Rizzoli

S.A. Cosby

Il sangue dei peccatori

Traduzione di Giuseppe Manuel Brescia

Rizzoli

Pubblicato per

Rizzoli

da Mondadori Libri S.p.A.

ISBN 978-88-17-18236-2

Titolo originale dell'opera:
ALL THE SINNERS BLEED

Prima edizione: maggio 2024

Il sangue dei peccatori

A mio fratello, Darrell Cosby.
Quel che sappiamo noi potremo saperlo sempre solo noi.

Non è necessario credere in una
fonte sovrannaturale del male: gli
uomini da soli sono perfettamente
capaci di qualsiasi malvagità.

Joseph Conrad

Ecco, io faccio nuove tutte le cose.

Apocalisse, 21:5

Charon

Charon fu fondata sul sangue e sulle tenebre.

Letteralmente e metaforicamente.

Persino l'origine del suo nome è oscura e rivela un certo gusto per la morte. Narra la leggenda che la contea avrebbe dovuto chiamarsi Charlotte o Charles, ma i padri fondatori indugiarono troppo a lungo e, quando si decisero a trasformare il loro piccolo accampamento in un insediamento con tutti i crismi, quei nomi erano già presi. La storia che si racconta è che qualcuno semplicemente continuò a scorrere il dito lungo l'elenco dei nomi fino ad arrivare a Charon, Caronte, colui che traghetta le anime dei defunti nel regno dei morti. Quegli uomini, con la pelle scolorita come il cuoio sbiancato e le mani come accette, chiamarono in questo modo la loro nuova cittadina senza curarsi della natura macabra del suo nome. O magari quel nome gli piaceva perché la contea era attraversata da un fiume che sfociava nella Chesapeake Bay, come lo Stige.

Chi lo sa. Chi lo sa cosa pensavano quegli uomini, morti così tanto tempo fa.

Sappiamo però che nel 1805, nel cuore della notte, alcuni proprietari terrieri con la pelle bianca, infastiditi dai limiti del loro destino manifesto, diedero fuoco all'ultimo villaggio indigeno rimasto sulla penisola a forma di lacrima che sarebbe diventata la contea di Charon.

Coloro che sfuggirono alle fiamme vennero abbattuti dai

moschetti, senza alcun riguardo per l'età, il sesso o lo stato di salute. Fu la prima di molte tragedie che scandirono la storia di Charon. Il cannibalismo dell'inverno del 1853. L'epidemia di malaria del 1901. L'avvelenamento in occasione del picnic delle Figlie Unite della Confederazione nel 1935. L'omicidio-suicidio della famiglia Danforth nel 1957. I battezzandi annegati durante il grande raduno cristiano del 1968 e via discorrendo. Il suolo di Charon e della sua contea, come quello di gran parte delle città e delle contee del Sud, era seminato a lacrime, da generazioni. Erano luoghi in cui una volta all'anno, per la commemorazione dei padri fondatori, si celebravano la violenza e il caso quali colonne portanti dello spirito dei pionieri.

Sangue e lacrime. Violenza e caos. Amore e odio. Su queste pietre era stato edificato il Sud. Su tali fondamenta poggiava Charon.

Se aveste l'opportunità di interrogare in merito i suoi cittadini, molti di loro vi direbbero che ormai è acqua passata. Che quelle storie sono state lavate via dal fiume del tempo, che scorre sempre e solo in una direzione. Potrebbero persino dirvi che certe cose bisognerebbe dimenticarle, affinché possano perdersi nella notte dei tempi.

Se invece aveste chiesto a Titus Crown, lo sceriffo della contea, vi avrebbe detto che chiunque lo sosteneva o era stupido o bugiardo. O entrambe le cose. E se aveste avuto occasione di parlargli dopo quel lungo ottobre, vi avrebbe detto che forse le fondamenta di Charon erano marce e fetide e impregnate di corruzione, qualcosa che corrodeva tanto l'anima quanto la carne. Che forse le pietre su cui era stato edificato il Sud si stavano spaccando in due come quella colpita dal bastone di Mosè. Ma al posto dell'acqua, sarebbero sgorgati soltanto sangue e icore.

Avrebbe potuto toccarsi distrattamente le cicatrici che aveva sul volto o sul torace, fissare il suo sguardo nel vostro e dirvi, con quel sussurro aspro che era diventata la sua voce: «Il Sud non cambia. Si può provare a nascondere il passato, ma quello ritorna, in forme anche peggiori. Forme tremende».

Magari avrebbe sospirato, per poi distogliere lo sguardo e dire: «Il Sud non cambia... cambiano i nomi, le date, le facce. E a volte non cambiano nemmeno quelli, in realtà. A volte, quando chiudi gli occhi, trovi lo stesso giorno e le stesse facce che ti aspettano. Appostate al buio».

UNO

Titus si alzò cinque minuti prima che la sveglia iniziasse a suonare, alle 7:00, e si fece una tazza di caffè con la Keurig che gli aveva regalato Darlene per Natale. Sulle prime aveva pensato che fosse un regalo un tantino costoso per una relazione iniziata da quattro mesi scarsi. Però, doveva ammettere che si trattava di un gran bel regalo ed era grato di averlo ricevuto.

Lui le aveva regalato una boccetta di profumo.

Ripensandoci si sentì quasi in imbarazzo. In un'ipotetica gara a *Quanto bene conosci il tuo partner?* Darlene avrebbe vinto l'oro. Lui non avrebbe nemmeno potuto puntare al bronzo. Negli ultimi dieci mesi si era costretto a migliorare in maniera esponenziale, in fatto di regali.

Bevve un sorso di caffè.

La ragazza prima di Darlene gli aveva detto che era un ragazzo fantastico ma negato per le relazioni. Titus non se l'era sentita di contestare il giudizio.

Bevve un altro sorso di caffè.

Le scale scricchiolarono mentre suo padre scendeva in cucina. Il lamento funereo del legno vecchio aveva inguaiato più di una volta sia lui che Marquis, il venerdì sera tardi, finché Titus aveva smesso di rincasare tardi e Marquis aveva smesso di rincasare e basta.

«Giovanotto, già che te ne stai lì in mutande a far niente, perché non mi fai uno di quei caffè con la tua macchinetta da ricchi?» lo salutò Albert Crown. Titus guardò il padre zoppicare fino al tavolo della cucina e calarsi su una delle sedie di metallo rivestite in vinile il cui sapore *new retro* avrebbe scatenato l'euforico entusiasmo di un interior designer hipster. Nonostante fosse passato un anno dall'intervento di protesi all'anca, Albert camminava ancora con ponderata cautela. Da gran testardo qual era, continuava a rifiutarsi di usare il bastone, ma al figlio non sfuggivano le smorfie spaventose che infierivano sul suo volto liscio e nero ogni volta che dalla baia arrivava un temporale, o quando la temperatura calava a picco come un piombino da pesca.

Albert Crown ci si era guadagnato da vivere per quarant'anni sulle acque di quella baia, trascinando trappole piene di granchi sei giorni a settimana, quattordici ore al giorno, dalla costa di Piney Island fino alla terraferma, su barche di proprietà di tizi che a malapena lo consideravano un uomo. Niente assicurazione, nessun fondo pensione, eppure tutti quei giorni a spaccarsi la schiena, insieme alla frugalità della madre di Titus, gli avevano consentito di costruirsi una casa con tre camere da letto in Preach Neck Road. Erano l'unica famiglia ad avere quattro mura poggiate su fondamenta vere. L'invidia aveva superato ogni barriera razziale e fatto da collante tra i vicini nel momento in cui l'abitazione si era innalzata come una rosa fra le erbacce dalla foresta di case mobili che la circondavano.

«Quando andiamo in pensione ci prendiamo due sedie a dondolo coordinate e le piazziamo sulla veranda, e poi salutiamo Patsy Jones con la mano ogni volta che passa in macchina e alza gli occhi al cielo» aveva detto sua madre Helen a suo padre, al tavolo della cucina, durante uno di quei rari fine settimana in cui il capofamiglia non era a bighellonare in giro, al Watering Hole o al Grace's Place.

Titus posò una tazza sulla griglia della Keurig, infilò una cialda nel filtro e fece partire il timer.

Ma, come tanto spesso accade nella vita, quel suo progetto tenero e un poco impertinente per la pensione non era destino. Helen era morta ben prima di dire addio alla CFF, la fabbrica di bandiere di proprietà dei Cunningham, e Patsy Jones continuava a passare in macchina alzando gli occhi al cielo.

«Quale ci hai messo?» chiese Albert. Aprì il giornale e cominciò a scorrere il dito sulla pagina. Titus vide le sue labbra muoversi impercettibilmente. Sua madre era stata la lettrice più avventurosa, in famiglia, ma suo padre non lasciava mai che il sole tramontasse senza aver dato una scorsa alle notizie.

«Nocciola. L'unico che ti piace» disse Titus.

Albert ridacchiò. «Non glielo dire però, alla ragazza. Gentile da parte sua prenderci quel pacco convenienza.» Si leccò un dito e girò la pagina. Un attimo dopo succhiò l'aria fra i denti e si lasciò sfuggire una sorta di grugnito. «Dannati razzisti. Non si arrendono mai. E adesso si son messi in testa di fare un diavolo di corteo per quella statua, ma son solo incavolati che la gente non ha più paura di dirgli in faccia che i loro cari nonni non erano altro che dei traditori e degli assassini, cazzo» sbottò.

«È da due settimane che Ricky Sours e i Figli della Confederazione bussano alla porta del mio ufficio» disse Titus, e mandò giù un altro sorso di caffè.

«Per cosa?» chiese Albert.

«Vogliono assicurarsi che gli agenti facciano il loro dovere e controllino la folla nel caso in cui qualcuno organizzi una contromanifestazione. Sai com'è, secondo Ricky avrei un pregiudizio nei suoi confronti per via del mio "retroterra culturale"» disse Titus. Tenne la voce bassa e monocorde, come aveva imparato quand'era un federale, mentre intercettava lo sguardo del padre oltre il giornale.

Albert scosse il capo. «Quel Sours. Non si sarebbe mai azzardato, se ci fosse ancora stato Ward Bennings. Diamine,

Ward probabilmente avrebbe marciato insieme a loro con la stella sul petto lucidata per l'occasione. Retroterra culturale. Ma che cazzo. Intende che tu sei nero e lui un razzista. Dio santo, a volte non capisco proprio come fai.»

«Facile. Mi basta immaginarmi Sherman che prende a calci nei denti quei traditori assassini dei loro bisnonni. È la mia versione dello zen» disse Titus con la stessa voce monocorde. Albert scoppiò in una risata fragorosa.

«Venerdì scorso, al negozio, Linwood Lassiter ha chiesto a uno di quei ragazzi con l'adesivo sul pick-up come mai non fanno una statua a... come si chiama quell'altro? Quello delle uova?» disse Albert.

«Benedict Arnold?»

«Ehi, fate una statua anche a lui, già che vi piacciono tanto i traditori, gli ha detto. L'altro si è messo a blaterare... e il patrimonio culturale e la storia... e Linwood gli ha detto va bene, allora che ne dici di una statua di Nat Turner? L'altro è montato sul pick-up e ha fatto fischiare le gomme, e ci ha riempito di fumi di scarico. Però intanto è rimasto zitto.»

Titus strinse gli occhi. «L'hai presa la targa? Che modello era?»

«Nah, eravamo troppo occupati a ridere. Era il solito pick-up, uguale a tutti gli altri pick-up che guida quella gente. Con le ruote giganti e manco una strisciata di sporco nel cassone. Stessa risma di quelli che arrivano nella baia con certi barconi grossi e moderni e poi non pigliano mai mezzo pesce. Ci giocano, con gli attrezzi da lavoro, quelli» disse Albert.

Titus finì il caffè. Sciacquò la tazza e la posò nel lavandino.

«A quelli non gli frega niente di Benedict Arnold, pa'. Non odiava le stesse persone che odiano loro. Vado a vestirmi. Stacco alle nove. Nel frigo c'è un po' di stufato di manzo avanzato da domenica. Puoi mangiarti quello, per cena» disse Titus.

«Giovanotto, non sono ancora così decrepito da non riuscire a prepararmi la cena da solo. E poi chi è che ti ha insegnato a cucinare?»

Titus sentì un sorriso teso farsi strada sul volto. «Tu» rispose. Poi pensò: ma non prima che mamma finisse nella terra e tu trovassi finalmente Gesù.

«Ecco, appunto. Voglio dire, facile che alla fine me lo mangio, lo stufato, ma guarda che me la cavo sempre, in cucina.» Albert gli fece l'occhiolino. Titus scosse il capo e puntò verso le scale.

«Magari questo weekend prendo due ostriche e diamo una botta di vita alla vecchia griglia. Magari riusciamo a far venire quel perdigiorno di tuo fratello» continuò Albert mentre il figlio poggiava un piede sul primo scalino. Titus si irrigidì per un istante prima di riprendere a salire. Marquis non sarebbe venuto, né questo fine settimana né mai. Il fatto che suo padre restasse ancora aggrappato a quell'idea lo deprimeva e lo faceva infuriare a fasi alterne. Marquis lavorava per i fatti suoi da falegname autodidatta. Abitava all'altro capo della contea, al campo caravan di Windy River, ma avrebbe potuto essere in Nepal. Nonostante non avesse orari da rispettare, passavano mesi senza che si facesse vivo. In una comunità piccola come quella di Charon, ci voleva dell'impegno.

In camera da letto, Titus aprì l'armadio. Teneva i vestiti di tutti i giorni appesi a delle grucce di fil di ferro sul lato sinistro. Le divise erano appese alle grucce di legno sul lato destro. Non gli piaceva definire «civili» gli indumenti di tutti i giorni. Quell'aggettivo conferiva alle divise un grado di militarizzazione che non gli andava a genio. I vestiti di tutti i giorni erano organizzati in ordine cromatico e appesi in ordine alfabetico. Prima i blu, poi i neri, poi i rossi eccetera. Darlene una volta gli aveva detto che era l'uomo più organizzato che conosceva. Le scarpe erano ordinate nello stesso identico modo. Kellie, la sua ex di quando abitava in Indiana, gli cambiava l'ordine dei vestiti ogni volta che si fermava a dormire da lui. Diceva che lo faceva per il suo bene.

«Bisogna che ti rilassi, Virginia. Sei troppo teso, e un giorno o l'altro finisce che ti spezzi. Lo faccio per la tua salute mentale» gli diceva.

Secondo Titus lo faceva perché sapeva che lui non lo sopportava. Sapeva che avrebbero finito per litigare e sapeva che poi avrebbero fatto pace, furiosamente.

Sospirò.

Kellie era il passato. Darlene era il presente. E nonostante quel che diceva Faulkner, quella parte della sua vita era finita. Meglio lasciarla dove l'aveva lasciata.

Spinse i vestiti comuni ancor più a sinistra. Le divise, sul lato opposto, erano tutte dello stesso identico colore. Camicia marrone scuro, pantaloni beige con strisce marrone scuro lungo i lati. C'erano due giubbotti antiproiettile all'estrema destra dell'armadio. Due paia di scarpe di pelle nera per terra. Su una mensola stava un tricorno. Darlene lo chiamava «il cappello da Orso Smokey».

«Perché sei il mio orsacchiottone» gli aveva detto una sera, con la testa posata sul suo petto, mentre gli accarezzava la cicatrice come una pianista che suona le scale. La cicatrice era un omaggio, per così dire, di Red DeCrain, suprematista bianco, nazionalista cristiano, leader di un gruppo paramilitare e, per sette minuti, aspirante martire.

Quei sette minuti avevano cambiato le loro vite. Quella di Titus, di Red, della moglie di Red e quella dei loro tre figli, che indossavano tutti giubbotti esplosivi. Il più piccolo aveva appena sette anni. Il giubbotto gli stava largo sulle spalle, come se avesse preso in prestito una felpa da uno dei fratelli maggiori. Quando aveva tirato via la sicura, la sua faccia era bianca come la pagina di un quaderno inutilizzato.

Poi aveva…

«Basta» disse ad alta voce, a nessuno. Si passò le mani sul volto. Le schegge delle esplosioni gli avevano lasciato sull'addome una cicatrice a forma di punto interrogativo. Le cicatrici che aveva nell'anima non si vedevano ma erano ugualmente orrende.

Per mettersi la divisa, Titus seguì il rituale provato e riprovato che lo aiutava a calmarsi. Prima infilò il giubbotto antiproiettile e lo assicurò tirando le cinghie. Poi prese la camicia. Poi una cravatta marrone, appesa accanto alle sue due sorelle sull'interno dell'anta dell'armadio. Dopo fu il turno dei pantaloni, poi delle scarpe. Aprì il cassetto del comodino e tirò fuori la cintura di servizio. La strinse per bene prima di prendere la chiavetta dal comodino e accosciarsi con cautela. Lo sceriffo non poteva andarsene in giro per la contea coi pantaloni stropicciati. E se era nero, lo sceriffo doveva tenere in ufficio un paio di pantaloni di scorta, tanto per andare sul sicuro.

Estrasse una cassetta di metallo da sotto il letto, fece scattare la serratura e prelevò la pistola di servizio. La contea era disposta a pagargli soltanto una Smith & Wesson nove millimetri. Ma lui voleva qualcosa con un po' più di potere d'arresto, e si era comprato la SIG Sauer P320 pagandola di tasca sua. Era la stessa arma che usava la polizia della Virginia. Controllò il caricatore e la camera prima di infilarla nella fondina. Sul comodino c'erano due paia di occhiali da sole a specchio. Ne fece scivolare uno nel taschino della camicia. La radio era sul comodino, accanto agli occhiali da sole. La prese e agganciò il trasmettitore alla cintura e il microfono al colletto.

Infine prese il distintivo che teneva nel cassetto. Se lo appuntò alla camicia sopra il taschino sinistro e scese le scale.

Albert era ancora seduto a tavola, ma il giornale adesso non c'era più. Al suo posto c'era una busta indirizzata a Titus.

«E quella cos'è?» chiese lui, pur essendo abbastanza sicuro di saperlo già.

«È passato un anno. Il reverendo Jackson ha detto ancora domenica scorsa che era un miracolo per il quale ringraziare il cielo. Chi lo sapeva, quando Ward Bennings è stato investito da un camion carico di legname, che quello avrebbe portato all'elezione del primo sceriffo nero della contea?» disse Albert.

Titus prese la busta. La aprì strappandola con l'unghia del pollice. Conteneva un biglietto con sopra un ridicolo pinguino che impugnava un forcone da diavolo. «MI SA CHE PER VOI DUE IL TEMPO SI È DAVVERO FERMATO, VISTO CHE SIETE ANCORA INSIEME! BUON ANNIVERSARIO!».

Titus sollevò le sopracciglia.

«Da Walmart non c'erano biglietti per chi era fiero che suo figlio fosse il primo sceriffo nero nella storia della contea. Però sono fiero eccome. Che il mio ragazzo è tornato a casa e sta cambiando le cose. Significa molto per la gente vederti con quella divisa addosso, Titus. Se tua madre era ancora qui, anche lei sarebbe stata fiera.» La voce di Albert s'incrinò. Sua moglie era morta da ventitré anni eppure il solo nominarla bastava a far sì che il dolore gli si strizzasse fuori dal cuore come l'acqua da uno straccio zuppo.

Sarebbe stata fiera anche se avesse saputo quanto era successo nel nord dell'Indiana alla tenuta di DeCrain? Non credo, si disse Titus. No, credo che non sarebbe per niente fiera.

«Non tutta la nostra gente la pensa così. Ma grazie del biglietto, pa'» disse Titus.

«Intendi quell'Addison della chiesa New Wave? Puah! Quello non se lo fila nessuno. Si pensa che Gesù girava coi blue jeans» disse Albert. Era l'insulto peggiore che quel battista pentecostale di suo padre, che ogni domenica andava in chiesa vestito di tutto punto, potesse rivolgere al pastore con i dread.

«Guarda, pa', che non fa un brutto lavoro, in quella chiesa.»

«E quella me la chiami chiesa? Quando ci passi davanti sembra di sentire una sala da ballo.»

«Perché, tu come la chiameresti? Comunque, Jamal Addison non è l'unico a considerarmi uno zio Tom» disse Titus con un sorriso mesto.

«Be', il reverendo Jackson dal pulpito dice sempre di stare attenti ai falsi profeti» disse Albert.

Titus pensava che fosse in senso ironico, ma non ribatté.

«Sai, sarebbe bello vederti alla funzione, una volta ogni tanto. In chiesa da noi nessuno ti considera uno zio Tom» disse Albert. «È che hanno lavorato sodo per te, Titus, tutto lì.» La vastità e la profondità della gratitudine che suo padre provava nei confronti della Chiesa Battista di Emmanuel per il sostegno offerto alla sua inattesa candidatura a sceriffo era un tema di conversazione che Albert continuava a tirare fuori e che Titus continuava a tentare di evitare. Non perché non fosse grato. Era conscio del fatto che era stato il sostegno della comunità di Emmanuel a dargli la spinta decisiva nella corsa al distintivo. Oltre a un afflusso di attempati fricchettoni progressisti e a tanti uomini e donne qualunque, per i quali l'odio nei confronti di Cooter, il figlio di Ward Bennings, superava di gran lunga la diffidenza che nutrivano per l'ex eroe della squadra di football ed ex agente dell'FBI. Una coalizione rara, insomma, che non si sarebbe ritrovata unita per un'altra generazione. Solo che adesso tutti quanti venivano a riscuotere. E la chiesa di suo padre non faceva eccezione. Sapeva che l'aiuto offerto dalla congregazione presupponeva delle condizioni, ma lui non intendeva accettarle. Senza contare che non entrava in una chiesa da quand'era quindicenne. Aveva smesso di andarci più o meno quando suo padre aveva iniziato. Due anni dopo la morte di sua madre.

«Vedremo, pa'. La settimana prossima c'è il Festival d'Autunno. Lo sai che avrò un sacco da fare» mentì Titus. Il Festival era soprattutto una scusa inventata dagli abitanti della contea per ubriacarsi e ballare nelle strade prima di sgattaiolare in un angolo buio del prato del tribunale per strappare un bacio zuppo di whiskey. Alla persona con cui stavano, o a quella di qualcun altro.

Albert stava per tornargli sotto, quando la ricetrasmittente gracchiò prendendo vita.

«Titus, c'è bisogno di te!»

Era la voce del suo operatore, Cam Trowder. Cam faceva il turno di mattina e l'altra operatrice, Kathy Miller, lavorava la sera. Cam era uno dei pochi ad aver fatto parte dell'amministrazione precedente.

Era un reduce della guerra in Iraq che manteneva la calma sotto pressione e che poteva vantare una conoscenza enciclopedica di ogni strada e ogni viottolo sterrato della contea. Nonostante portasse in dote simili credenziali, il contributo più importante di Cam era la vicinanza. Abitava a poco più di un chilometro dall'ufficio dello sceriffo. Non mancava mai, che piovesse o splendesse il sole. La sua sedia a rotelle off-road poteva superare i trenta chilometri orari. Cam se l'era truccata da solo con l'aiuto di un video di YouTube e alcuni PDF scaricati da internet. Di sicuro era un uomo risoluto.

Proprio per quello la disperazione che trasudava dalla voce e usciva dalla radio innervosì Titus all'istante.

«Qui Titus, passo» disse, dopo aver premuto il pulsante per parlare.

«Titus... c'è un uomo armato all'interno del liceo. Mi stanno arrivando cento chiamate al minuto, qui. Credo che... mi sa... credo... Titus, c'è mio nipote là dentro» disse Cam. Aveva una voce strana. Titus si rese conto che stava piangendo.

«Cam, chiama tutte le unità. Fa' convergere tutti al liceo!» gridò nel microfono.

«C'è mio nipote là dentro» disse Cam.

«Chiama tutte le unità! Subito!»

Cam gemette, ma quando parlò di nuovo, la voce era ferma.

«Sì, capo. A tutte le unità. Uomo armato in azione alla Jefferson Davis. Ripeto, uomo armato in azione alla Jefferson Davis.»

Titus lasciò cadere il biglietto e corse alla porta.

«Che succede?» chiese Albert al figlio mentre quello oltrepassava la porta sul retro.

L'unica risposta che ricevette fu lo sbattere della zanzariera contro lo stipite quando il vento autunnale la avvinse nella sua presa fredda.

DUE

Esiste un genere di caos che a volte può dare l'impressione di muoversi secondo un ordine. Quando certe situazioni caotiche continuano a ripetersi, da questo meccanismo emergono degli schemi.

Quando Titus piombò nel parcheggio del liceo piantando una frenata memorabile, poté osservare quegli specifici comportamenti dispiegarsi davanti a sé comc origami che si riaprivano tornando a essere fogli.

Studenti e insegnanti si riversavano fuori a ondate da qualsiasi via d'uscita offerta dall'enorme edificio di mattoni. Sciamavano dall'ingresso principale. Scappavano dalle entrate laterali. Saltavano giù dalle finestre. Alcuni erano sgattaiolati via dal retro attraverso la saracinesca che dava accesso all'officina meccanica del professor Herndon. L'ondata di studenti e insegnanti lambì i fianchi della sua auto e proseguì, come un fiume che lambisce e supera una roccia. I loro volti erano acqueforti degne di un dipinto di Francis Bacon, adombrati da un ricordo che a distanza di dieci anni li avrebbe ancora fatti scoppiare a piangere a una festa di battesimo, nel bel mezzo del supermercato, dopo aver visto la pubblicità di una cyclette.

Quella era la prima parte del caos che distingueva quel particolare tipo di evento. Il panico atavico e implacabile che sgorgava dai recessi più reconditi della parte animale del nostro cervello. La reazione di attacco o fuga passava dall'essere un concetto astratto spiegato durante la lezione di biologia a elemento necessario alla sopravvivenza.

Titus scese dal SUV con un balzo, tenendo la pistola in pugno. Le urla dei ragazzi erano come nubi temporalesche che si spostavano da est a ovest. I loro singhiozzi, tuoni che lo scuotevano fino ai talloni. Guardò a sinistra e vide due dei suoi agenti attraversare con le autopattuglie il fossato poco profondo che correva parallelo al prato della scuola. Davy Hildebrandt era alla guida di una, mentre sull'altra c'era Roger Simmons. Carla Ortiz seguiva a qualche secondo di distanza, sul furgone con il quale girava per le scuole medie ed elementari a spiegare ai ragazzi i pericoli delle droghe e della violenza. Roger scese brandendo un fucile antisommossa. Davy aveva estratto la pistola dalla fondina. E lo stesso valeva per Carla. Roger stava correndo incontro alla folla di adolescenti con la canna dell'arma puntata sul mare di corpi che gli veniva incontro come un'onda anomala.

«Roger, alza il tiro! Alza il tiro!» gridò Titus. Roger si bloccò e rimase a fissarlo. Sbatté forte le palpebre, poi si guardò le mani. Titus lo vide tremare come se si fosse fatto un cicchetto di whiskey. Finalmente alzò la canna mozza verso il cielo.

«Davy! Fai attraversare tutti. Falli attraversare!» sbraitò Titus. Davy ripose la pistola nella fondina e cominciò a sbracciarsi e, come un cane pastore ben addestrato, indirizzò ragazzi e insegnanti sul pascolo di proprietà della Oakfield Farms. Alcune vacche Angus brucavano l'erba sparse per il prato, impassibili nonostante le urla di terrore che echeggiavano nell'aria frizzante del primo mattino.

«Che facciamo, capo?» chiese Carla. Si era aperta un varco tra la folla e ora era al fianco di Titus. Titus vide un pick-up rosso con un lampeggiante fissato al tettuccio arrivare a velocità folle nel parcheggio. Tom Sadler. Era il suo giorno di riposo, ma doveva aver sentito la chiamata via radio. Erano ben poche le persone dell'ufficio dello sceriffo che in quel momento non si trovavano lì.

Titus pregò che non servisse chiamarle. Pregò che l'uomo armato non avesse con sé un AR-15 o un AK-47 o qualche altro marchingegno ideato per dispensare morte al pari di un contadino che sparge generoso la semenza.

«Entriamo e bonifichiamo l'edificio» disse Titus. Prese la ricetrasmittente. «Davy, di' a Tom di occuparsi della folla. Tu torna indietro e dacci una mano. Il giubbotto antiproiettile ce l'hai?»

La radio gracchiò quando Davy rispose: «Certo che ce l'ho. Aspetta che parlo con Tom».

«Forza, Davy» disse Titus. Fece cenno a Carla di seguirlo e cominciò a farsi strada fra gli ultimi studenti, diretto verso la scuola.

«Ha sparato al professor Spearman!» disse una ragazza bionda ed esile. Titus si rese conto che era la figlia di Daisy Matthews. Lui e Daisy si erano diplomati insieme. La ragazza si chiamava...

«Lisa, attraversa la strada!» strillò Carla.

«Chi è che ha sparato al professor Spearman? Che aspetto aveva, Lisa?» chiese Titus.

Lei si voltò e lo guardò come se si fosse appena accorta dell'apparizione della sua sagoma di un metro e ottantotto. «Non... Non... non lo so. Aveva una maschera. Gli ha sparato in faccia. Oddio, ha sparato al professore!» Gli occhi sbarrati di Lisa sembravano le ruote d'un trattore. Non piangeva, ma il volto vermiglio pareva pulsare. Titus sapeva che le lacrime sarebbero arrivate dopo. O le lacrime, oppure le grida in piena notte.

«Era alto? Più alto di me? Che vestiti portava? Cosa indossava?» chiese.

Lisa chiuse gli occhi e si accasciò su Carla. «Non lo so!» urlò.

Titus prese un respiro profondo: si era reso conto che stava sbraitando. E la voce roboante di un agente di polizia che ti grida in faccia di norma non ti induce a condividere informazioni rilevanti. Lo sapeva, lo insegnava ai suoi, eppure c'era caduto lo stesso.

Parlò alla radio.

«Il sospetto indossa una maschera. Non sappiamo altro. Entriamo» disse.

«Tesoro, bisogna che attraversi la strada, okay?» disse Carla alla ragazza con tutta la dolcezza che riuscì a trovare. Lisa non rispose ma si lanciò verso il pascolo come una gazzella impaurita.

«Okay. Andiamo» disse Titus.

Ecco l'altra faccia di quella tradizione figlia del caos che assomiglia all'ordine. Pistole alla mano, uomini e donne che andavano incontro a un uomo, perché è quasi sempre un uomo, che a sua volta ha una pistola in mano, la canna ancora calda dopo aver aperto il fuoco su una classe, o in un cinema, oppure in un ufficio pieno di cubicoli, tempestandoli di frammenti di piombo avvolti nell'acciaio che sfrecciano in aria a ottocento metri al secondo.

Titus sentì una fitta allo stomaco, così rapida e intensa che gli sembrò un crampo. Aveva il respiro calmo e regolare, ma gli pulsavano le tempie. Il vento carezzava e raffreddava il sudore che scendeva fin sotto il colletto. Le lenti degli occhiali attenuavano i raggi del sole riflessi dalle finestre, e lui continuava ad avanzare. Sentiva lo scricchiolio dell'asfalto sotto i piedi. Una polifonia nelle orecchie. Alla sua destra, Carla faceva respiri rapidi e profondi. Alla sua sinistra, Davy emetteva una specie di rumore lamentoso, come un belare d'agnello. Roger prese posizione davanti a tutti. Titus gli vide la tensione nei muscoli delle spalle larghe, nodosi come rotoli di corda.

Negli ultimi quindici anni a Charon c'erano stati esattamente due omicidi. Uno era stato risolto nel giro di quindici minuti non appena Alice Lowney aveva confessato di aver infilzato suo marito Walter con un forcone dopo averlo beccato a letto con il loro vicino di casa Ezra Collins, il cugino di Pip. L'altro era rimasto insoluto, e stando agli appunti di Ward Bennings che corredavano il fascicolo, lo sarebbe rimasto per tempo immemore. La vittima era un maschio bianco, fra i ventuno e i quarantacinque anni, trovato affettato in particine ben tagliate, in una valigia che la corrente aveva portato fino a Fiddler's Beach. Era opinione diffusa che i resti fossero arrivati dalla Chesapeake Bay, spinti da una marea strana che non sarebbe tornata mai più. Alla gente piaceva dire che Charon non era un posto in cui succedevano regolarmente cose terribili.

Titus pensava che la gente aveva la memoria corta.

La storia recente, in effetti, era stata relativamente tranquilla, ma il passato custodiva orrori che ormai erano diventati leggenda. Suo padre ogni tanto citava uno dei sermoni apocalittici del reverendo Jackson, secondo il quale a Charon da tempo sarebbe toccata una stagione di dolore. Titus non credeva che Gideon avesse il dono della preveggenza, però credeva nei corsi e ricorsi del tempo. Ciò che era già accaduto sarebbe accaduto ancora. La ruota gira, gira, e prima o dopo esce lo stesso numero che è uscito venti, trenta o quarant'anni prima. Indipendentemente da quel che avrebbero trovato in quella scuola, la stagione della pace era finita. Ora tornava la stagione del dolore, e toccava a lui vegliare sui suoi concittadini.

Erano a una quindicina di metri dalla scalinata d'ingresso quando le porte si aprirono e ne uscì un uomo che teneva nella mano sinistra una maschera di cuoio con il muso da lupo e nel braccio destro cullava come un neonato un fucile calibro .30-30. Indossava un logoro cappotto nero abbottonato nel mezzo e un paio di jeans luridi. Aveva i capelli stretti in crespe treccine afro decisamente da rifare. La bocca era bloccata in una smorfia che pareva occupargli la faccia per intero.

Per un momento il mondo fu di nuovo calmo. La brezza portò via con sé il rumore della folla. C'erano soltanto il sole del mattino, il cielo blu, e quest'uomo che Titus riconosceva e che ora li guardava.

«Latrell, metti giù il fucile!» ruggì Titus. Non era più il momento della voce interiore. Latrell spostò lo sguardo su Titus. La presenza di cinque agenti che gli puntavano addosso cinque pistole non sembrava turbarlo. Sul volto nero e liscio campeggiava una calma spettrale, nonostante avesse un livido grosso come una pallina da golf sulla guancia destra. Le pupille, ridotte a punte di spillo, esaminarono Titus con grave impassibilità. Titus immaginò fosse l'effetto dell'ossicodone o dell'eroina. Entrambi si trovavano con facilità a Charon, nonostante tutto il suo impegno. Latrell c'era e non c'era. Sembrava un bambino di due anni sfuggito agli occhi attenti dei genitori, ancora ignaro di essersi perso.

Titus conosceva i genitori di Latrell. Calvin e Dorothy Macdonald. Calvin era un suo ex compagno di scuola. Lui, Calvin, Patrick Tines e Big Bobby Packer avevano condotto Charon all'unica vittoria della storia nel campionato di football dello stato. Calvin era un ricevitore, Titus il quarterback. La sera dopo la finale, Titus aveva perso la verginità con Nancy Tolliver sul sedile posteriore della Ford Mustang di Calvin. Le piaceva farsi soffocare, ma quella non era roba per lui. Non all'epoca, perlomeno. Si era chiesto come facesse una diciassettenne anche solo a sapere che le piaceva l'asfissia erotica, poi si era reso conto che tutte le risposte a quella domanda non gli sarebbero piaciute.

Adesso Calvin lavorava al cantiere navale giù a Newport News. Ormai erano passati quasi venticinque anni. Dorothy era aiuto infermiera alla casa di riposo Pruitt. Avevano un altro figlio, un ragazzino di dodici anni di nome Lavon. Latrell era il più grande, e il più disturbato. Dopo essere diventato sceriffo, cosa che era successa un anno prima, Titus l'aveva arrestato per possesso di strumenti associati al consumo di droga, la volta in cui Latrell si era fatto cacciare fuori da un 7-Eleven per aver attaccato briga con il commesso, che non aveva voluto vendergli la birra dopo la mezzanotte. Quella sera l'aveva trovato più o meno come se lo trovava davanti adesso. Scapigliato, ma fondamentalmente innocuo. A parte il fatto che quella sera non imbracciava un fucile e non aveva con sé una maschera di cuoio. Quando Calvin era venuto a pagargli la cauzione per farlo uscire, si era limitato a dire a Titus che Latrell «aveva dei problemi».

Ma lui aveva avuto la sensazione che il suo vecchio amico volesse dirgli altro. Che volesse disperatamente dirgli altro. Invece si era limitato a portare a casa il figlio tenendo per sé i suoi pensieri. Titus li aveva guardati andare via, consapevole che Calvin faticava a fare i conti con i demoni che tormentavano il figlio. E consapevole, anche, di non essere più una spalla su cui l'ex compagno di squadra poteva piangere. Il distintivo che portava al petto aveva sbarrato quella porta.

Quali che fossero i demoni che tormentavano Latrell allora, pareva che nel frattempo si fossero decuplicati.

«Latrell! Metti. Giù. Il. Fucile» ripeté, scandendo al suo meglio ogni parola. Voleva aprirsi un varco nella mente annebbiata del ragazzo. Aveva bisogno che lui lo sentisse. Aveva bisogno che vedesse le pistole che gli puntavano addosso. Che capisse che, qualsiasi cosa aveva fatto, poteva ancora andarsene sulle sue gambe. Era il figlio di Calvin. Ma avrebbe meritato quell'opportunità anche se fosse stato il figlio di uno sconosciuto con cui Titus non aveva condiviso due allenamenti al giorno per quattro anni o bevuto moonshine, l'amato distillato casalingo. Anche se fosse stato il figlio di un uomo con cui Titus non era cresciuto all'ombra della gigantesca bandiera sudista che garriva al confine della contea.

«È uno degli arcangeli» disse Latrell.

Nel timbro si avvertiva la paura, eppure la voce era forte e chiara.

«Latrell, bisogna che metti giù quel fucile e che ti sdrai per terra» disse Titus.

«Diceva che era l'Angelo Nero. L'Angelo della Morte. Il professor Spearman diceva che gli piaceva ascoltarsi parlare, sì» disse Latrell. Titus guardò le lacrime scendere a rigargli il volto.

«Latrell, metti subito giù quel fucile.» Lo disse forte e chiaro, ma la minaccia aveva già perso forza. Non c'era bisogno che finisse con una sparatoria.

«Gli faceva invocare Dio. Poi gli diceva che lui era il Malak al-Mawt. Ma non era vero, non era neanche il Distruttore. Era solo uno psicopatico figlio di puttana, proprio come Spearman» disse Latrell. Lasciò cadere la maschera e si puntò il fucile sotto il mento.

Titus abbassò la canna della pistola di un centimetro. Non voleva che Latrell premesse il grilletto, ma sapeva quanto in fretta certe persone potevano passare dal suicidio all'omicidio. E le parole che uscivano dalla bocca del ragazzo era facile liquidarle come il vaniloquio di una mente guasta.

Eppure...

L'agonia che dilaniava il corpo di Latrell era palese. Lo piegava. Gli contorceva gli arti, come se soccombessero a un senso di colpa, a una vergogna che Latrell non poteva esprimere. Le mani stringevano il fucile con disperazione frenetica, le dita si agitavano come i tentacoli di una creatura degli abissi, ignara dell'esistenza del sole.

«Latrell, stammi a sentire. Qualsiasi cosa sia successa, possiamo parlarne. Qualsiasi cosa tu abbia fatto, non è questo il modo di risolvere la situazione. Metti giù il fucile. Per favore. Mettilo giù e parliamone. Non deve andare per forza così» disse Titus.

Staccò la mano dall'impugnatura della pistola e mostrò il palmo. Attraverso le dita tese vide che l'altro allontanava la canna del fucile dal mento.

«Bravo. Adesso mettilo giù e vieni verso di me.»

Aveva deciso di modificare gli ordini che dava a Latrell perché non voleva che avesse il fucile a portata di mano qualora avesse deciso di cambiare idea un'altra volta. Emanava follia a ondate, come il caldo quando sale dall'asfalto in pieno luglio.

«Metti giù il fucile, stronzo!» sbraitò Roger.

«Tu non ti immischiare!» lo zittì Titus.

Latrell chiuse gli occhi.

«No...» mormorò Titus.

«Non sapete le cose che ho fatto. Ho provato a smettere, ma dicevano che allora ammazzavano mio fratello. L'Angelo, lui la maschera non se la toglieva mai. Ma a Spearman, a lui gli piaceva che lo vedessero in faccia. Gli piaceva un sacco.» Le parole gli uscirono come un'unica lunga frase, come un cantico.

«Latrell, aspetta» disse Titus.

Latrell aprì gli occhi. «Guardategli nel telefono» disse. Titus abbassò il tiro di un altro centimetro.

Latrell sollevò il fucile fin sopra la testa.

«SONO DIVENTATO LA MORTE!» ululò, lanciandosi giù per la scalinata verso Titus e la sua squadra.

In seguito, ogni volta che Titus avrebbe rivissuto la scena come un film proiettato a ciclo continuo nel cinema della sua mente, quello sarebbe stato il momento del fermoimmagine. Quel momento sarebbe diventato una serie di movimenti enfatici velati, però, sempre, da una patina opaca. Latrell aveva puntato il fucile contro di loro? Aveva cominciato a farlo? Titus avrebbe chiuso gli occhi sforzandosi di afferrare il ricordo, che si sarebbe dissolto mentre lo agguantava, come una ragnatela.

Titus sentì lo sparo prima ancora che Latrell facesse il terzo passo. I pallettoni del fucile antisommossa di Roger trasformarono metà della testa di Latrell in una pioggerellina scarlatta. Tom Sadler fece partire cinque dei sei colpi che aveva nel caricatore della Smith & Wesson calibro .357. Tom era un eccellente tiratore e i proiettili centrarono tutti il bersaglio, conficcandosi nel petto del ragazzo in rapida sequenza.

«CESSATE IL FUOCO, PERDIO!» sbraitò Titus a pieni polmoni. Davy non aveva ancora sparato un colpo, ma infilò la pistola nella fondina con l'impressionante velocità di un prestigiatore. Carla abbassò la sua ma continuò a impugnarla, nel caso in cui servisse. Davy stava borbottando qualcosa, ma Titus non riuscì a distinguere le parole. Gli spari ancora rimbombavano nelle orecchie.

Il corpo di Latrell rotolò giù per gli ultimi nove scalini di granito della Jefferson Davis come un pupazzo di pezza gettato via. Il calibro .30-30 atterrò rumorosamente lontano da lui, per quel che contava. Quando Latrell si fermò, a un passo dai suoi piedi, Titus vide la traccia di sangue che si era lasciato dietro cadendo. Macchiava i gradini con ghirigori e svolazzi, quasi fosse una bella scritta di colore rosa.

TRE

Trovarono il professor Spearman alla cattedra.

Era riverso all'indietro sulla sedia, con la bocca spalancata, la cravatta storta e il codino del mullet ingrigito che sbordava dal colletto. Chiunque avesse studiato geografia al liceo di Charon negli ultimi trent'anni conosceva bene quella logora cravatta azzurrina con macchie di caffè che sembravano venire da un test di Rorschach. Se qualcuno avesse chiesto ai ragazzi della Jefferson Davis High di dire chi fosse il loro insegnante preferito, facile che avrebbero indicato Jeff Spearman per venticinque dei trent'anni durante i quali il professore aveva insegnato lì.

Non fosse stato per la piccola ferita che aveva sulla guancia e per il buco enorme che aveva al posto della nuca, si sarebbe potuto pensare che dormicchiasse.

La parte della lavagna che stava alle spalle del professore era dipinta di frammenti d'osso e cervella e capelli grigi. Una patina di sangue teneva insieme il tutto. Come se un pazzo avesse partorito un lavoretto a tema mattatoio per l'ora di educazione artistica.

Titus si avvicinò al corpo e mise due dita sul collo. Non c'era dubbio che Jeff Spearman avesse abbandonato le proprie spoglie mortali, ma riteneva che valesse la pena di essere meticolosi. Durante una lezione di anatomia, all'università, aveva letto di un uomo che era stato in grado di raggiungere l'ospedale alla guida della propria auto dopo che un incidente sul lavoro gli aveva piantato una sbarra di ferro da mezzo metro nel cervello.

«Mettiamo in sicurezza il resto della scuola. Aula per aula. Forza» disse Titus.

Nessuno si mosse.

«Che cazzo ha sparato a fare al professor Spearman?» chiese Davy. Il tono di voce affranto mise a disagio Titus. Se lo chiedeva anche lui, ma non era ancora il momento delle domande. Adesso bisognava mettere in sicurezza la scena del crimine.

«Terrorista del cazzo. Hai sentito cosa sbraitava mentre ci veniva addosso? Qualche cazzo di roba islamica» disse Roger. Aveva il respiro pesante come quello di un toro. Titus si voltò di scatto e in un istante gli fu a un palmo dalla faccia.

«Non sappiamo ancora niente di niente. Non sappiamo perché l'ha fatto. Non sappiamo nemmeno se è stato lui. Magari aveva un complice. Magari il professore si è sparato e Latrell ha solo raccolto il fucile. Magari abbiamo a che fare con dei terroristi. Magari abbiamo a che fare con qualcuno che ha dei problemi mentali e che non dovrebbe mai avere accesso a un fucile buono per abbattere un wapiti. Non sappiamo un cazzo. Quindi adesso mettiamo in sicurezza la scena del crimine, perdio. Subito. Non fatemelo ripetere.» Titus parlò al plurale, ma si stava rivolgendo a Roger. Lo guardò dritto negli occhi fino a che questi chinò il capo.

Andò dritto alla porta dell'aula. Il resto della squadra lo seguì. Prima di infilare anche lui la porta, Davy incrociò lo sguardo dello sceriffo.

«E comunque non gridava in arabo. Era aramaico. Non facciamo illazioni su quello che è successo» disse Titus all'aula deserta.

Un'ora dopo erano nel parcheggio ed erano arrivati ambulanze, camion dei pompieri e una folla di genitori sgomenti che cercavano figli traumatizzati. Decine di mariti e mogli abbracciavano i propri coniugi, molti dei quali verosimilmente non avrebbero mai più voluto lavorare in una scuola della contea. Trovarsi faccia a faccia con la possibilità di una dipartita imminente costringe a fare i conti con la carriera che ti sei scelto.

«Bisogna mandarli entrambi al medico legale?» chiese un nero robusto dalla carnagione chiara. Era un addetto delle pompe funebri. La Virginia era ancora in larga parte uno stato rurale, punteggiato da cittadine sonnolente circondate da vaste foreste e accoccolate in seno a colline cui mancavano pochi metri per essere considerate montagne, e da montagne che erano già antiche quando le piramidi erano nuove di pacca. Nemmeno contee come Red Hill e Queen, che erano già parecchio più popolose, potevano contare su un coroner. Lo stato nominava un dottore del posto come medico legale. Il suo compito era di certificare le morti di cui nessuno era stato testimone. Zia Emma trovata morta a letto dopo che un'arachide le era andata di traverso, o mamma Jane che finalmente si arrendeva a un infarto mentre faceva la conserva di pesche per l'autunno. Tutto quel che poteva definirsi naturale e prevedibile era responsabilità del medico legale della contea.

La gente che invece aveva dei fori di proiettile veniva spedita a Richmond, affinché il medico legale dello stato si occupasse della dissezione.

«Sì, bisogna mandarglieli entrambi, ma Spearman ce lo porta Maynard» gli rispose Titus. L'addetto delle pompe funebri annuì e si chinò sulla barella con il corpo di Latrell. Poi abbassò una leva e si alzò in piedi in un colpo solo. L'estremità della barella si alzò con lui. Ripeté la procedura sul lato opposto. Una volta assicuratosi che tutto fosse fissato a dovere, cominciò a spingere la barella verso il furgone.

«Ehi, aspetti un attimo.»

Il tizio si fermò.

«Ha dei guanti?» chiese Titus mentre apriva il sacco. L'addetto delle pompe funebri si infilò nel furgone e gli lanciò un paio di guanti di lattice neri. Titus se li infilò e sbottonò il cappotto di Latrell. Ignorò il sentore pungente degli intestini svuotati e l'aroma metallico del sangue. Un ricordo tanto forte da sembrare un'allucinazione cercò di farsi strada prepotentemente nella sua testa, ma lo tenne a debita distanza concentrandosi sul corpo. Il ragazzo aveva una sorta di rosone a nido d'ape sanguinante in pieno sterno. Titus gli frugò nelle tasche con mano esperta e trovò subito il cellulare. Il ragazzo, nei suoi deliri, aveva accennato al telefono di Spearman. Si erano parlati prima della sparatoria?

Uno dei modi per scoprirlo era spedire il corpo a Richmond e lasciare che le prove languissero in un cassetto per un mese. Un altro era portarsi in ufficio i telefoni di Latrell e di Spearman ed esaminarli.

«Carla, prendimi una busta» disse Titus. Carla annuì e partì di buon passo. Al suo ritorno, Titus lasciò cadere il cellulare nel sacchetto per le prove.

«Adesso può portarlo via. Carla, di' a Maynard che può portare via anche Spearman, ma prima vai a vedere se aveva con sé il telefono» aggiunse. Non disse *il professor*. Latrell era un'anima guasta, in preda a disturbi che lui non era in grado nemmeno di immaginare. Era anche un ladro, un tossico, e uno che magari ti piantava casini ovunque capitasse. A dar retta al buon senso, Titus non avrebbe dovuto dar credito alle sue parole. A dar retta al buon senso, quando Latrell Macdonald ti diceva che pioveva era il caso di mettere la testa fuori per vedere se si bagnava.

Ma ciò che gli aveva visto negli occhi quando si era messo a parlare di arcangeli e di Jeff Spearman faceva a cazzotti col buon senso. Non c'era traccia di menzogna nel buio di quegli occhi, diventato un buco nero quando il ragazzo si era lanciato contro di loro sbraitando dell'Angelo della Morte. Titus ne era certo. Lo sentiva nelle ossa. I suoi istruttori all'Accademia dell'FBI gliene avrebbero cantate quattro per un ragionamento del genere.

«Tutto quel che sentite di pancia probabilmente è merda» piaceva dire a Bob McNally, l'insegnante di Scienze comportamentali. Quell'idea, secondo cui soltanto le prove empiriche valevano qualcosa dal punto di vista investigativo, era una filosofia che Titus aveva abbracciato con entusiasmo, ai tempi dell'Accademia. La stessa idea però, non appena la mettevi in pratica, si rivelava fragile come il ghiaccio su un laghetto alla prima gelata dell'anno.

«Le prove ti servono per condannare le persone, ma è l'istinto che ti porta al cuore del caso» piaceva invece dire a Ezekiel Wiggins, l'unico altro agente nero con cui aveva lavorato in Indiana. Titus pensava che la verità doveva stare da qualche parte nel mezzo. Le prove potevano sempre essere inquinate. L'istinto poteva sempre ingannarti. Bisognava trovare un equilibrio fra tecnica, intuito e verità.

La verità era che Latrell era entrato nella classe di Jeff Spearman, gli aveva sparato, poi era uscito ed era morto sulla stessa scala che solo quattro anni prima si era fatto tutti i giorni avanti e indietro durante l'ultimo anno di liceo. Le prove erano il fucile, il cranio di Jeff Spearman, e forse ce n'erano altre nel telefono del professore.

«Titus, che cavolo sta succedendo qui?»

Al solo sentire Scott Cunningham pronunciare il suo nome, le mascelle gli si strinsero allo spasimo. Prese un gran respiro e si voltò ad affrontarlo.

«C'è stata una sparatoria, Scott. Bisogna che ti rimetti dietro al nastro giallo» rispose.

Scott si piantò le mani sui fianchi e sporse il mento. Titus gliel'aveva visto fare durante le riunioni del consiglio comunale quando non riusciva ad averla vinta, cosa che in tutta onestà non accadeva tanto spesso.

«A chi hanno sparato? Lo vedi? È per questo che insisto a dire che dovremmo permettere agli insegnanti di armarsi.»

«Scott, dirò all'intera contea tutto quel che posso una volta che avremo bonificato la scena del crimine, trasferito l'assassino e la vittima, e parlato con le famiglie. Ma in questo preciso momento mi stai tra i piedi nel bel mezzo della scena del crimine, calpesti le prove, e ho bisogno che tu te ne vada. Adesso» disse Titus.

Scott abbassò lo sguardo. Aveva i piedi dentro una pozza di sangue appartenuto a Latrell Macdonald.

«Dio Cristo. E che cazzo» ringhiò Scott, disgustato. Fece due lunghi passi indietro e si pulì le suole sull'erba.

«Dietro il nastro» ribadì Titus.

«Mi aspetto un rapporto completo» rispose Scott temporeggiando ancora un attimo prima di tornare al pick-up. Titus sapeva che voleva dare l'impressione di aver deciso lui di levare le tende.

«Scott, sei il presidente del consiglio comunale. Non sei il mio capo. Ti toccherà accontentarti di quanto dirò a tutti gli altri» disse Titus.

Scott impallidì, poi scosse la testa. «Non sono tuo nemico, sai?»

Bugiardo, pensò Titus.

Quando aveva annunciato la sua candidatura, Scott Cunningham, che era un uomo parecchio influente, si era schierato dalla parte di Cooter. Titus sapeva che il sostegno offerto da Scott a Cooter non aveva nulla a che vedere con la filosofia di Cooter in fatto di ordine pubblico, la quale, ridotta ai minimi termini, si poteva riassumere con «tormentare neri e ispanici e chiunque abbia votato per i Democratici».

Aveva invece tutto a che vedere con il fatto che Scott voleva uno sceriffo-marionetta. Uno che magari non avrebbe proprio chiuso un occhio, ma avrebbe potuto distogliere lo sguardo all'occorrenza. E quale miglior marionetta del figlio dell'ex sceriffo, famoso soprattutto per tre cose: malmenare i ragazzini che si imboscavano giù al fiume, estorcere soldi o erba durante le perquisizioni, e aver attaccato briga, una volta, con una capra. Se riuscivi a farlo bere abbastanza, Cooter ti raccontava per filo e per segno di come fosse stata la capra a cominciare, dandogli una testata senza la benché minima provocazione. La capra, come tendevano a fare i vincitori, preferiva non commentare l'alterco.

Quando si erano saputi i risultati delle elezioni, Titus era rimasto sbalordito quasi quanto Scott. Nel corso dell'ultimo anno si erano scornati più di quanto il nuovo sceriffo giudicasse necessario per una contea delle dimensioni di Charon. Il momento della rottura definitiva era arrivato quando Titus aveva arrestato Alan Cunningham, cugino di Scott nonché perito edile della contea. Jamal Addison aveva sporto un reclamo sostenendo che Alan negava permessi e licenze alle famiglie nere senza un valido motivo. Titus aveva indagato e scoperto una combutta decisamente maldestra, se non ridicola, fra Alan Cunningham e Reece Kanter, un imprenditore edile della zona. I due si erano accordati per impedire alle famiglie nere di costruire case su certi terreni vicino a Conyers's Beach, che Reece aveva adocchiato per una nuova zona residenziale. Alan riceveva una mazzetta per ogni permesso rifiutato.

Scott si era reso portavoce simbolico della rabbia collettiva della famiglia Cunningham. Ma non c'era niente che poteva fare per suo cugino. Vuoi per arroganza, vuoi per stupidità, Alan si era lasciato dietro una caterva di tracce documentali, tanto che sarebbe stato in grado di seguirle persino Mr. Magoo.

Titus di solito non traeva soddisfazione dall'arrestare qualcuno, ma stringere le manette attorno ai polsi di Alan Cunningham era stato il momento più alto della sua settimana, e il punto più basso nel suo rapporto con Scott.

«Bene. Neanche io. Però non sono nemmeno uno dei tuoi operai della fabbrica di bandiere o uno dei tuoi pescatori di granchi. Il mio ufficio si occuperà di questo caso. Se vuoi darci una mano, di' al consiglio di stanziare dei fondi per le persone che erano qui oggi, così che possano parlare con uno psicologo. Tu fai il tuo lavoro, io faccio il mio.» E così dicendo, Titus voltò le spalle a Scott e prese la busta per le prove dalle mani di Carla. In un giorno qualsiasi non avrebbe perso tempo nella gara senza fine a chi ce l'aveva più lungo che Scott Cunningham era convinto stessero facendo loro due, ma quella mattina erano morte delle persone. I corpi erano ancora caldi, nonostante il sangue si stesse raffreddando sui gradini e sui muri della Jefferson Davis High.

Gli uomini come Scott, consumati dall'ego e dal desiderio di affermare il proprio dominio in cima a gerarchie che vedevano soltanto loro, non riuscivano a mettere da parte le proprie meschine aspirazioni nemmeno di fronte alla morte. Avevano una fame disperata di potere e di controllo, in qualsiasi forma o dose. Titus era convinto che se gli avessero offerto un posto da Capo degli Spalamerda in un'azienda produttrice di letame, Scott l'avrebbe accettato di buon grado, purché gli garantisse la possibilità di dare ordini a qualcuno. La megalomania da provincialotto di Scott era alimentata in parti eguali dalla sua supponenza e dalla tradizione. I Cunningham erano tra le famiglie più in vista di una contea nella quale erano proprietari delle due aziende più importanti, quelle che più di tutte davano lavoro alla gente. Da molti punti di vista, a Charon comandavano loro.

Ma non da tutti.

Era Titus lo sceriffo, non loro, e oggi, di tutti i giorni che erano passati da quando si era appuntato per la prima volta quel distintivo sul petto, non era disposto ad assecondare certe fantasie da signorotti feudali.

«Se Spearman ha il telefono, prendilo e porta tutto in ufficio» disse a Carla porgendole il sacchetto. Carla era stata la seconda persona che aveva assunto, subito dopo Davy. Bassa e magra, era cintura blu di jiujitsu e sognava di entrare nell'FBI come aveva fatto lui. Davy era simpatico e leale, ma Carla era intelligente e tenace. Un giorno, col tempo, Davy sarebbe potuto diventare sceriffo. Un giorno, col tempo, Carla si sarebbe potuta ritrovare da tutt'altra parte, ad arrestare i narcotrafficanti di qualche cartello.

«Capito, capo. Ci penso io» disse Carla.

Poi si fermò.

«Si metteranno male, le cose, vero? Per lo scontro a fuoco, intendo. I ragazzi della scuola stavano riprendendo. Io... io pensavo che stesse per arrendersi, poi però... a me è sembrato che ci stesse venendo addosso. Secondo te? Sembrava che ci stesse venendo addosso o no?» chiese.

«Adesso ho bisogno che mi vai a cercare quel telefono. Al resto ci pensiamo dopo.» Lei annuì e andò a perquisire le tasche di Spearman. Titus chiuse gli occhi dietro gli occhiali a specchio e si passò la lingua sui denti senza schiudere le labbra. Quanto ci sarebbe voluto prima che il video di uno studente o di un insegnante diventasse virale? Un giorno? Un'ora?

Durante il confronto finale prima delle elezioni, a Titus e Cooter era stata offerta un'ultima possibilità di parlare ai cittadini di Charon per chiederne il voto.

Titus era salito sul podio del cavernoso East Charon Ruritan Club e aveva condiviso un frammento dei suoi sensi di colpa spacciandolo per la linea guida che si era dato.

«George Orwell ha scritto che di notte dormiamo tranquilli nei nostri letti perché ci sono uomini duri pronti a usare anche la violenza contro chi vuole farci del male. Io voglio semplicemente una squadra in grado di garantire che questi uomini duri non usino violenza contro le persone che invece dovrebbero proteggere. Sono nato qui, ho studiato qui fino al liceo. Sono cresciuto facendo il bagno a Fiddler's Bay, ho imparato a guidare sulla Route 15. Ho bevuto per la prima volta sul retro del Watering Hole. Charon è il mio cuore, la mia casa, ma so che non sempre gli uomini duri sono stati attenti con la violenza. Credo che il minimo che possa fare uno sceriffo sia assicurarsi che per quegli uomini valgano le stesse regole che giurano di far rispettare. Perché sappiamo tutti che non sempre è andata così» aveva detto. Come dichiarazione conclusiva la riteneva parecchio eloquente, specie dal momento che le dichiarazioni finali di Cooter si erano limitate a dei grugniti ursini, come se un grizzly avesse provato a dire le parole *ordine pubblico* e *frontiere sicure*. Nonostante Charon distasse tremila e rotti chilometri dal confine con il Messico. Quando era tornato a sedersi, solo alcuni avevano applaudito, tutti però lo avevano ascoltato.

Adesso i suoi uomini duri avevano usato violenza contro Latrell Macdonald, e prima Latrell aveva usato violenza contro Jeff Spearman. Sarebbe potuta finire diversamente?

Nella sua mente mossa da un bisogno di espiazione, Titus avrebbe detto di sì, tuttavia in quel momento capì di essere stato un ingenuo. Se impugni un'ascia, abbatterai un albero. Se imbracci un'arma da fuoco, che tu abbia una stella sul petto o no, prima o dopo abbatterai un uomo.

L'eventualità c'era sempre. L'algoritmo dell'ordine pubblico lo rendeva pressoché inevitabile. Non per questo era più facile accettare l'idea di avere potere di vita o di morte.

Quando Jamal Addison l'aveva contattato per parlargli della sua candidatura a sceriffo, dopo che Cooter Bennings aveva fermato Emmet Thompson e lo aveva pestato fino a fargli vedere la morte in faccia, Titus era andato al cimitero a confidarsi con sua madre. Sotto i pini funerei che vegliavano sulla tomba, le aveva giurato che avrebbe cambiato le cose. Che sarebbe cambiato lui per primo. Aveva visto quel che si poteva nascondere dietro un distintivo o una divisa, e ne era rimasto disgustato, tanto quanto lo disgustava quello che aveva fatto egli stesso, al di là delle provocazioni. Poi, si era candidato per il posto di sceriffo portando sulle spalle il fardello della promessa fatta a uno spirito.

E alla fine i suoi uomini avevano ucciso un ragazzo la cui mente era tenuta insieme da un delicato amalgama di deliri febbricitanti figli dell'eroina e del moonshine. Un ragazzo che soffriva. Un ragazzo che bisognava aiutare.

Titus tornò al SUV e si sedette al volante. Mise in moto e inserì la marcia. C'erano scartoffie da compilare, telefonate da fare. Doveva dare la notizia ai genitori di Latrell. E l'avrebbe fatto di persona. Non avrebbe potuto sbolognare quella responsabilità a nessun altro. Sperava di riuscire a parlare con Calvin e Dorothy prima che leggessero la notizia online o, peggio ancora, che li chiamasse qualcuno.

Doveva capire chi informare della morte di Spearman. La scuola ovviamente sarebbe rimasta chiusa per il resto della giornata, e forse fino alla fine della settimana. I muri e la scalinata avevano bisogno di una ripulita.

L'esorcismo a base di acqua e candeggina avrebbe, sì, lavato via il massacro, ma anche sortito un effetto risibile sulla coscienza di chi si era trovato in quei corridoi quella mattina. Gli sarebbe toccato convocare Roger e Tom. Quello andava da sé. Adesso centinaia di ingranaggi si dovevano incastrare come le rotelle arrugginite di un vecchio motore. E ogni pezzo era in grado di fargli male là dove lui era più vulnerabile. Ma questo pensiero non era l'unico che gli occupava la mente.

Voleva vedere cosa c'era nel cellulare di Jeff Spearman.

QUATTRO

Quando rientrò in ufficio, la notizia della sparatoria al liceo si era propagata come il fuoco dentro una scatola di fiammiferi. Titus sentì Cam che, seduto alla scrivania, rispondeva a una telefonata dopo l'altra. Non appena riattaccava, il telefono riprendeva a suonare, e lui rispondeva con la formula generica che Titus gli aveva detto di usare nell'eventualità di una strage.

«Sì, c'è stato un incidente al liceo. Al momento non possiamo darle altre informazioni. Lo sceriffo aggiornerà la comunità il prima possibile» ripeteva con quella sua voce ruvida come il cuoio segnato dal tempo.

Titus si indicò l'orecchio e fece un cenno a Cam. Questi tolse le cuffiette, poi scostò dagli occhi una ciocca ribelle biondo cenere.

«Mio nipote?» fu tutto quel che riuscì a dire. Le parole gli uscirono rigide e smozzicate, come se si stesse già preparando a parlare del ragazzo al passato.

«Sta bene. C'è stata una sola vittima oltre all'assassino» lo rassicurò Titus. Cam si appoggiò allo schienale della sedia a rotelle e chiuse gli occhi. Il sollievo, quell'emozione così voracemente egoista, gli invase il volto.

«Il centralino sta andando in tilt. Riesco a malapena a stare al passo. Magari potremmo registrare un messaggio sulla sparatoria, così intanto chi chiama sente quello» disse.

«Buona idea. Mi ci metto subito» disse Titus.

«Che... che cos'è... successo laggiù?» chiese Cam. Si era rimesso le cuffiette e aveva aperto una bottiglietta d'acqua.

«Lo conosci Calvin Macdonald? Suo figlio Latrell ha sparato a Jeff Spearman con un calibro .30-30. Poi Roger e Tom hanno sparato a Latrell» disse Titus. Non provò neanche a spiegare che aveva cercato di convincere Latrell a buttare a terra l'arma, né gli disse della sensazione che Roger e Tom avessero premuto il grilletto con mezzo secondo di anticipo.

«Gesù Cristo santissimo. Il professor Spearman era il mio insegnante preferito. Mi ricordo che mi dava sempre un passaggio a casa dopo gli allenamenti di pallacanestro. I miei avevano una macchina sola e la usava mio padre per fare il turno di notte da R&J. Dio santo. Si sa il perché?» chiese Cam. Prima che Titus potesse rispondere, il telefono squillò.

«Vado a registrare quel messaggio» disse Titus. Andò nel suo ufficio e chiuse la porta. Appese il cappello al piolo che era stato fissato nel muro alla stessa identica altezza del lato superiore del vetro smerigliato della porta. Lasciandosi cadere sulla sedia, pensò a quanto in fretta poteva cambiare la natura delle priorità. Una settimana prima il suo pensiero più pressante era stato che Ricky Sours e i Figli della Confederazione meditavano di scendere in piazza in difesa di una statua che nessuno stava seriamente pensando di eliminare. Poi era ovvio che non avrebbe pianto mezza lacrima se qualcuno avesse ridotto il Vecchio Joe, il Ribelle, a un cumulo di ghiaia, ma quel corteo era un'azione di protesta in cerca della sua stessa ragion d'essere. Adesso gli toccava comunicare alla collettività che le forze dell'ordine avevano ucciso un uomo che aveva sparato a un insegnante di fronte ai suoi studenti. Di colpo, Ricky Sours e la sua banda di nostalgici neoconfederati erano castelli di sabbia spazzati via dalla marea montante della nuova realtà di Charon.

Una realtà semplice e traumatica. Charon era l'ultima di una lunga serie di località costrette ad aggiungere alla propria storia un capitolo relativo a una sparatoria avvenuta in una scuola.

Titus fece per aprire il portatile, ma si accigliò.

«Cam» disse gridando, «sei stato nel mio ufficio?»

«Mi serviva una penna!» gridò di rimando Cam.

«La prossima volta non mi spostare il laptop!»

«Scusa, capo» disse Cam prima di rispondere a un'altra telefonata.

Titus sistemò il portatile in modo che fosse di nuovo perpendicolare al portapenne e al telefono, novanta gradi esatti. C'erano anche un timbro con la sua firma alla sua sinistra e un bloc-notes di fogli gialli sulla destra, appena sotto il computer. Così come l'armadio, il SUV e, nonostante gli sforzi indefessi di suo padre, la credenza della cucina, la scrivania di Titus era organizzata tanto rigidamente da rasentare l'ossessione. Da piccolo non era fissato con l'ordine ma, dopo la morte di sua madre quando lui aveva tredici anni, era stato preso dal desiderio viscerale di dare assetto alla propria vita. In parte perché suo padre si era rintanato in una bottiglia di J.T.S. Brown, dalla quale non sarebbe riemerso per due anni buoni, e in parte perché aveva fame di un nuovo tipo di religione. Quella basata sulla magia del sangue e del vino era stata una delusione. Così la sua religione era diventata dare assetto alle cose. La disciplina, il suo crocifisso contro il caos.

Ma c'erano momenti, come quello, in cui la vera natura dell'esistenza gli si rivelava. Momenti nei quali l'effimero sipario dell'ordine divino si apriva e l'entropia faceva irruzione sul palco. Giornate come quella di oggi, in cui si era trovato davanti il petto crivellato di colpi di un ragazzo che aveva visto nascere, gli ricordavano che, a dispetto dei suoi sforzi per dominarlo, il caos era la vera natura delle cose.

La famiglia DeCrain avrebbe potuto confermarlo.

Il caos la faceva da padrone.

Titus sospirò. Avrebbe continuato ad allineare per bene i pezzi della sua vita. Non poteva fare altro, perché era l'unica cosa che gli dava un minimo di pace.

Avviò il portatile e andò all'app del registratore vocale. Si schiarì la gola, cliccò e, con voce chiara e pacata, registrò un messaggio che andava dritto al sodo e rassicurava i suoi concittadini dicendo loro che la minaccia era stata sventata.

Aprì il pannello di controllo del sistema di gestione delle emergenze e caricò il file audio impostandolo come risposta automatica. Poi aggiunse il file sulla pagina social dell'ufficio e lo fissò in alto nella pagina. Occuparsi di simili banalità dopo aver dovuto estrarre la pistola gli faceva uno strano effetto. Scrivere un rapporto pareva disperatamente futile se avevi tenuto qualcuno in sospeso fra la vita e la morte con la canna della tua pistola. Eppure sapeva per esperienza diretta che scrivere quei rapporti era la parte più importante. Erano loro ad attestare se avevi o non avevi onorato il giuramento. In un mondo perfetto, sarebbe stata un'attestazione sacrosanta.

Ma il mondo era tutt'altro che perfetto.

Squillò il telefono sulla scrivania.

«Pronto?»

«Calvin Macdonald sulla uno» disse Cam.

«Cazzo» disse Titus. «Okay, passamelo.» Si massaggiò la fronte con pollice e indice. «Sceriffo Crown» disse.

«È vero che è morto mio figlio, Titus?» chiese Calvin. Il respiro era corto, affannoso.

«Calvin, dove sei?»

«Sul furgone. M'ha chiamato Dorothy. Dice che le han detto che Latrell ha fatto una strage a scuola.»

«Calvin, c'è qualcuno che può darti un passaggio a casa? Voglio venire lì e parlarne di persona» disse Titus, consapevole che, nel momento stesso in cui gli uscivano di bocca, quelle parole confermavano l'incubo peggiore di Calvin. Ma le pronunciò ugualmente, nonostante suonassero vuote come le ossa di un uccello. Di sicuro non intendeva affrontare il discorso al telefono, quell'uomo meritava di guardarlo in faccia.

«Titus, dimmelo: è vero che mio figlio è morto?» singhiozzò Calvin. Era un suono sincero, semplice. Il suono di chi ha perso la speranza.

«Calvin, vai a casa. Ci vediamo lì fra un'ora.»

«Oh, cazzo, vaffanculo, Titus» e riattaccò.

Titus rimise a posto la cornetta. Non era certo finita lì. Anzi, era soltanto l'inizio. E lui era pronto a fare quel che doveva, ma non significava che la cosa gli piacesse.

Aprì il modulo dei rapporti e cominciò a descrivere la sparatoria dal suo punto di vista. Roger e Tom avrebbero steso due rapporti separati. Nel tentativo di aumentare la trasparenza, aveva introdotto una regola secondo cui agli agenti non era permesso discutere fra loro dei dettagli di un'indagine in corso, e questo valeva anche per gli scontri a fuoco che li vedevano coinvolti. Non voleva dare adito al benché minimo sospetto, né permettere a eventuali mele marce di farsi proteggere da altri.

Quando ebbe finito, tornò al centralino. Cam era ancora alle prese con una marea di telefonate. Titus si indicò di nuovo l'orecchio.

«Sì, signora, il messaggio è corretto. Al momento non abbiamo altre informazioni. Arrivederci.» Cam concluse la telefonata e si sfilò le cuffiette. «Quel messaggio ci avrà risparmiato sì e no un paio di chiamate» aggiunse.

«Passo da casa di Calvin e Dorothy. Il numero di Tom ce l'hai? Sennò te lo passo io» disse Titus.

«Sì, me l'ha dato quando ha organizzato la grigliata a casa sua a giugno.»

«Chiamalo. Digli che ho bisogno di vederlo oggi pomeriggio entro le quattro. Digli di portare la pistola con cui ha sparato stamattina» disse Titus.

Cam abbassò lo sguardo, poi lo alzò cercando quello del capo. «Ma è stata legittima difesa, no? Voglio dire, hai detto che ha ammazzato il professor Spearman» disse Cam. Quella frase restò sospesa nell'aria che li separava, cullata dagli assunti impliciti di Cam: un cattivo aveva sparato a un brav'uomo, dopodiché dei brav'uomini avevano ucciso il cattivo. Di cos'altro si doveva discutere?

Titus avrebbe tanto voluto che le cose fossero così semplici. Con tutto sé stesso.

«Ho bisogno di parlargli, Cam. Tu passagli il messaggio.» Non gli stava chiedendo un favore.

Titus salì sul SUV e uscì dal parcheggio immettendosi sulla strada che serpeggiava per il centro, passando accanto al supermercato e al negozietto di cianfrusaglie a un dollaro e a quello che una volta era il negozio di arredamento ed elettrodomestici di Herndon. La strada lo condusse oltre la biblioteca e la tavola calda di Gilby e ancora a transitare davanti al palazzo di giustizia e al monumento ai caduti confederati che sorgeva a pochi metri dall'ingresso. Passò accanto alla scuola, il cui parcheggio, dopo quella mattina, era deserto.

Oltre, l'autolavaggio, la terza attività più redditizia di Charon: i ragazzi si divertivano a giocare in mezzo al fango coi loro pick-up truccati il venerdì sera per poi passare all'autolavaggio il sabato mattina e fare la spola fra le stradine di campagna e la Route 15 il sabato sera. Titus passò infine davanti a quella che era stata la farmacia Sommers. Sei mesi prima aveva pizzicato Billy Sommers per una storia di ricette false, ma quando era andato a casa sua con Davy e Carla, avevano trovato Billy seduto nella sua tana con i polsi tagliati fino all'osso. In grembo teneva un rasoio col manico di madreperla e una mano stringeva la fotografia della moglie e dei due figli. Sembrava che qualcuno avesse rovesciato una caraffa di merlot sulla moquette caffellatte.

Gli avevano stretto due lacci emostatici ai polsi e lo avevano trasportato d'urgenza all'ospedale di Newport News, dove lo avevano arrestato ufficialmente due settimane dopo.

Una nuova farmacista aveva provato a rilevare l'attività, ma i cugini di Billy, ancora incattiviti dopo l'arresto e la successiva condanna, si erano messi a spargere la voce che non fosse veramente laureata. Nel giro di un mese la voce era diventata un fatto incontrovertibile, e prima dell'autunno la donna che aveva provato a occuparsi dei bisogni farmacologici della brava gente di Charon aveva fatto le valigie in cerca di nuovi orizzonti. Secondo Titus, il colore della pelle non l'aveva aiutata a conquistarsi il favore dei cittadini bianchi della contea. Di norma, i neri di Charon si sarebbero stretti attorno a una sorella che aveva preso in mano un'attività, ma quella sorella non era nata a Charon, era una forestiera, e la gente di Charon non accoglieva di buon grado facce nuove. In questo i cittadini, tutti, si trovavano d'accordo.

Titus si sottrasse al limite di velocità che vigeva nel centro abitato e schiacciò sull'acceleratore appena fu sulla Route 15, che tagliava il grosso della contea a forma di lacrima come un'incisione dalla quale le strade secondarie si dipartivano come punti di sutura fatti d'asfalto.

Titus passò accanto alla Prima Chiesa Metodista Corinzia, un vasto edificio rivestito di mattoni rosso vivo che la domenica riuniva parecchi dei bianchi che abitavano da quel lato della contea. Pochi chilometri dopo superò la Seconda Chiesa Metodista Corinzia: nata da uno scisma interno alla congregazione della Prima, non era grande come la chiesa madre, ma quel che le mancava a livello di metratura lo compensava con l'appariscenza. Le vetrate colorate salivano da terra fino al campanile e un'enorme fontana grande abbastanza da poterci nuotare dentro dominava lo spazio verde di fronte all'edificio. La sua insegna, un cartellone con una cornice in pietra viva che pubblicizzava la salvezza delle anime con battute argute e aforismi assortiti, era alta sì e no tre metri ed era ornata di cherubini dorati.

Titus aveva l'impressione che i fedeli della Seconda Corinzia avessero saltato la parte dove si diceva che i miti avrebbero ereditato la terra.

La Prima e la Seconda Corinzia e il Tempio New Wave erano tre delle ventuno chiese della contea. Quando Titus era ragazzo ce n'erano diciannove. Sua madre faceva parte della Chiesa Battista di Emmanuel. Aveva insegnato il catechismo fino a che la malattia non l'aveva costretta a smettere per poi costringerla a letto e dopo ancora immobilizzarla. Finché quel male non le aveva portato via anche la voce, aveva continuato a sostenere che in un posto come Charon quella sovrabbondanza di salvezza non era affatto necessaria.

«Dio può essere ovunque in ogni momento, se vuole, ma di sicuro non è in ogni edificio che si autodefinisce chiesa. Puoi salire sul pulpito e dire che sei un pastore. Anch'io posso rotolarmi nel fango e dire che sono un maiale. Ma non vuol dire che sei stato chiamato al ministero, così come non vuol dire che io sia destinata a finire su una griglia» l'aveva sentita dire in più di un'occasione.

E ogni volta era scoppiata a ridere fino alle lacrime.

Quand'era ragazzino pensava che la risata di sua madre fosse piena delle note più belle. Acuta e frizzante, suonava come una melodia che Mozart avrebbe potuto improvvisare al clavicembalo. In tutti quegli anni, ancora non aveva sentito nulla che fosse stato in grado di fargli cambiare opinione.

Dopo altri quindici minuti di strada imboccò Salt Lick Lane, diretto alla casa mobile a doppio modulo in cui abitavano Calvin e Dorothy. I primi tempi dal suo ritorno a Charon, e prima di annunciare la propria candidatura a sceriffo, prendeva spesso il pick-up del padre per fare un salto da Calvin, per trascorrere qualche ora seduto sul portico con lui a condividere un barattolo di moonshine parlando di vecchi amici e ricordi di gioventù. Dei bei tempi che avevano vissuto insieme, e che nella mente di Titus si ammantavano di toni seppia man mano che sbiadivano, agonizzanti, pezzo dopo pezzo. Quando si era appuntato la stella sul petto, il suo amico aveva smesso di invitarlo. Titus l'aveva previsto, ma sperava che almeno stavolta gli aprissero la porta.

Vide il pick-up di Calvin parcheggiato alla bell'e meglio nel cortile. La vecchia berlina a due porte di Dorothy era parcheggiata allo stesso modo. Titus non faticò a immaginarseli entrambi rientrare a tutta velocità, inchiodare e fiondarsi in casa. Visto come correvano le voci, a quel punto dovevano aver sentito quindici versioni diverse di come era morto il loro figlio. Tutte sbagliate e tutte ripugnanti.

Salì i gradini e bussò forte alla porta, tre volte. Calvin aveva costruito delle fondamenta di mattoni, diversi anni prima, trasformando la casa mobile in un'abitazione vera e propria con quattro cassoni di argilla rossa. Titus sentì i passi avvicinarsi a un ritmo frenetico. Calvin aprì la porta di scatto e il suo sguardo andò subito a incrociare quello di Titus.

«Dimmelo. Dimmelo in faccia, stronzo» disse Calvin con la voce arrochita.

«Calvin, posso entrare?» chiese Titus. Calvin era un bel po' più basso di Titus, ma era largo il doppio, con la mascella larga e il collo taurino. Deteneva ancora il record della Jefferson Davis High per quanto riguardava lo stacco da terra. Sul suo volto nero come l'ebano c'era qualche ruga in più intorno agli occhi, ma, al di là di quello, fondamentalmente sembrava ancora il ragazzino sboccato e irriverente che Titus conosceva sin dalla prima elementare.

«Te ne puoi stare lì, per dirmi che hai ucciso mio figlio. Tanto lo so già. Voglio solo sentirtelo dire. Voglio che mi guardi negli occhi e mi dici...» Calvin lasciò la frase in sospeso. Per mezzo secondo ammutolì. La luce nei suoi occhi si affievolì e Titus si accorse che era da tutt'altra parte. In un luogo dove uno dei suoi migliori amici non aveva ucciso suo figlio. Poi tornò, conciato peggio di prima. Le lacrime scesero a rigargli il volto. Si prese la testa fra le mani. Singhiozzando, fece un passo indietro e andò a sbattere con la schiena contro il muro. Poi gli cedettero le gambe e si lasciò scivolare sul pavimento.

Dorothy apparve come una visione e gli fu subito accanto, senza mai staccare gli occhi da Titus.

«Cos'è successo, Titus?» gli chiese. La mascella era contratta. Dorothy era magra, ma cinse Calvin alla vita con un braccio e lo aiutò a rialzarsi. Fra lei e Titus passò un sentimento palpabile, invisibile come la corrente elettrica, ma altrettanto potente. Lei aveva sul viso l'espressione di chi, giorno dopo giorno, si è preparato a ricevere la notizia peggiore che si possa immaginare.

Titus tolse gli occhiali da sole.

«Ci è arrivata una chiamata. Un uomo armato aveva aperto il fuoco al liceo. Quando siamo arrivati, Latrell è uscito con un calibro .30-30 in mano. E... e non l'ha messo giù. Ha detto un po' di cose su Jeff Spearman, poi ha cominciato a correre verso di noi» disse Titus. Un sapore acido gli salì in gola invadendogli la bocca. Calvin e Dorothy si scambiarono uno sguardo carico di dolore. Titus lo intercettò all'istante, come un segugio che fiuta una traccia.

«Era tuo quel fucile, Calvin?» chiese.

Calvin lanciò un altro sguardo a Dorothy, ma sua moglie aveva chiuso gli occhi. Così si voltò di scatto verso Titus.

«Che fai, mi arresti, adesso?» abbaiò Calvin. Il dolore fece breccia dal bozzolo e divenne rabbia.

«No. Era solo una domanda. Sto cercando di capire cos'è successo, nient'altro» disse. Si rimise gli occhiali da sole e indietreggiò di un gradino. Tenne a bada il bisogno di dare spiegazioni. Di dire loro che aveva provato a ragionare con Latrell, a calmarlo. Di dire loro che aveva cercato di evitare che finisse con mezza testa spiattellata sull'asfalto del parcheggio.

«Quando andava a scuola, il professor Spearman era il suo insegnante preferito. Gli dava addirittura ripetizioni di geografia. Si fermava dopo le lezioni, e Spearman gli dava una mano. Perché mai avrebbe voluto spararagli, Titus?» chiese Dorothy.

Lui deglutì il groppo che tentava di crescergli in gola.

«Non gli ha sparato. Lo stanno incastrando, il mio ragazzo, altro che!» disse Calvin, sputacchiando. Titus sentì le gocce di saliva sulla guancia. Un'altra conversazione muta ebbe luogo fra lui e Dorothy. Gli occhi di lei gli dicevano cose, a proposito di Latrell, che Calvin non voleva accettare.

Nessuno conosce i fiumi interrati dell'anima di un uomo meglio della sua stessa madre.

«Cal, non lo stiamo incastrando. Nessuno dei miei uomini gli ha dato quel fucile» disse Titus. Fece del suo meglio per non rendere quella frase un'accusa. Stava soltanto riportando un dato di fatto. Ma chi diceva che ai fatti non fregava niente dei sentimenti non aveva mai dovuto dire a un padre che suo figlio era morto e che prima di morire era diventato un assassino.

Dopodiché tutta l'ostilità di Calvin sembrò scivolare fuori d'improvviso dal suo corpo. Senza preavviso, si voltò e se ne andò. Titus lo guardò infilarsi nel soggiorno e sparire alla vista. Rimase solo con Dorothy sulla porta, l'aria fredda che si portava via il calore dei loro corpi.

«Qualche settimana fa si è presentato con un machete. Lo faceva roteare, gridava, diceva che era il diavolo. Ci ha fatto una paura che non ti dico. Lavon si è messo a piangere. Poi ha mollato il machete e mi è crollato fra le braccia. Stava malissimo, e non sapevo come aiutarlo. Era mio figlio, e non sapevo come aiutarlo. Pensavamo che stesse meglio, sai? Aveva trovato lavoro alla fabbrica del pesce. Pensavamo che finalmente si era dato una regolata.» Dorothy si strinse le braccia al petto per proteggersi dal freddo. «Quando possiamo venirlo a prendere?»

«Adesso è dal medico legale. Ci vorranno un paio di giorni. Abbiamo contattato le pompe funebri. Immagino che vorrete usare Spence & Sons...» chiese Titus.

«Non ci avevo nemmeno pensato. Sì, direi che possiamo usare Spence. Ha... ci sono state altre vittime, oltre al professor Spearman?» chiese Dorothy.

Titus scosse il capo. «No. Nessuno. Non ha fatto niente né ai ragazzi né agli altri insegnanti.»

«Meno male. Vado a vedere come sta Cal. E poi dobbiamo capire come dire a Lavon che suo fratello è morto» disse Dorothy. Chiuse la porta. Titus restò impalato per qualche secondo prima di tornare al SUV. Avrebbe avuto tanto altro da dire, e al tempo stesso non c'era niente che potesse lenire la ferita che Calvin e Dorothy e Lavon si sarebbero portati addosso da quel giorno per sempre.

Stava per mettere in moto quando la radio gracchiò.

«Sceriffo, dove sei?» Era Carla.

«Dai genitori di Latrell. Trovato qualcosa?»

Nessuna risposta.

Titus sentì il telefono vibrargli nella tasca. Lo tirò fuori.

Era di nuovo Carla.

«Devi dirmi qualcosa che non possiamo discutere via radio?» le chiese. All'altro capo il respiro era affannoso, come nelle telefonate sconce degli anni Ottanta.

«Abbiamo trovato il cellulare ma non riusciamo a sbloccarlo. Serve l'impronta digitale. Ho chiamato Harold alle pompe funebri. Il corpo di Spearman è ancora lì. Lo doveva portare dal medico legale, ma gli sono arrivati dei clienti che volevano ordinare una lapide per la madre. Insomma, ti chiamavo per chiederti se vuoi che passi di lì a vedere se riesco a sbloccare il telefono con l'impronta di Spearman. Ma...»

«Ma cosa, Carla?»

«Sceriffo, nel parcheggio c'è Jamal Addison con una ventina dei suoi. Chiedono di te. Chiedono perché non siamo riusciti a prendere Latrell vivo. Chiedono se è veramente stato lui a sparare. Davy è uscito per provare a parlargli e...»

«Non è andata bene.»

«Per niente» confermò Carla.

«Digli che fra dieci minuti sono lì. Non andare alle pompe funebri. Aspetta. Potrei aver bisogno di te e di Davy» disse Titus.

Odiava dover riconoscere che c'era la possibilità che quella situazione gli sfuggisse di mano. Jamal era un pastore dinamico, appassionato di giustizia sociale tanto quanto di salvezza delle anime, con parecchia presa sui suoi fedeli. E questo magnetismo, unito a un legittimo scetticismo circa la veridicità di qualsiasi affermazione uscisse dalla bocca dello sceriffo di Charon (malauguratamente giustificato, visti i predecessori di Titus) e ai nervi a fior di pelle per gli eventi della giornata, offriva la cornice perfetta per una situazione esplosiva, nella quale alle parole sarebbero potuti subentrare da un momento all'altro i fatti, inevitabilmente violenti.

Titus non pensava che quello fosse l'intento di Jamal e dei suoi, ma era proprio questo il problema, con la violenza: non sempre aspettava l'invito. A volte intravedeva una crepa nella diga e sommergeva un'intera vallata. Titus non voleva che altri si facessero male. Per quel giorno aveva già dovuto sopportare troppo rumore e troppa furia.

Nove minuti dopo s'infilava nel parcheggio passando accanto alla piccola folla in attesa. Jamal Addison si era piazzato con una ventina dei suoi accanto all'ingresso dello scialbo edificio di mattoni che ospitava l'ufficio dello sceriffo e una cella di custodia.

Titus ruotò più volte il capo come per sciogliere i muscoli

prima di fare a botte. Non credeva che la conversazione sarebbe degenerata fino a quel punto, ma dalla battaglia non sarebbe uscito indenne. Un afroamericano era stato ucciso dal fuoco di due agenti bianchi, e non importava chi fosse lo sceriffo, avrebbe dovuto rispondere a domande severe. Titus lo sapeva, e anche se qualcuno lo metteva in dubbio, lui la pensava allo stesso modo. La storia dell'ordine pubblico in America, specialmente a sud della Mason-Dixon, rendeva necessarie quelle domande.

Sapeva anche che a Jamal non sarebbero piaciute le risposte, e che le avrebbe usate come prove di un complotto, perché adesso, quando lo guardavano, molti neri, compreso Jamal, non vedevano più il colore della sua pelle ma quello della divisa che indossava.

Quando avevano discusso della sua possibile candidatura, Titus aveva fatto di tutto per far capire a Jamal che sarebbe stato uno sceriffo nero, non lo sceriffo dei neri. Gli aveva detto che si sarebbe impegnato a fondo per cambiare le cose, ma che in ogni caso non avrebbe ignorato la legge, non poteva farlo, né voleva farlo. Sfortunatamente, non gli era riuscito di inculcare quel concetto nella testa del pastore. O forse Jamal sentiva di essere stato usato e, ora, tradito. Al momento, sembrava proprio la posizione che l'uomo di fede aveva in quel preciso istante. Quale che fosse lo stato delle cose, ogni volta che le circostanze li facevano incontrare, la distanza tra i due non faceva che aumentare.

Quanto al resto della comunità nera di Charon, per alcuni di loro sarebbe sempre stato il nemico. Era il prezzo del distintivo. La decisione di candidarsi implicava la scelta di vivere in una terra di nessuno, dove da una parte c'era gente che credeva in lui, dall'altra gente che lo odiava per il colore della sua pelle, da un'altra ancora gente che lo considerava un traditore. Faceva del suo meglio per restare in piedi sul confine di quel luogo inesplorato, sanguinante ma deciso a non piegarsi. Bene o male, nell'ultimo anno, aveva avuto la sensazione di riuscirci. Ci aveva pensato la giornata di oggi, con il suo manrovescio, a togliergli dalla testa quell'idea, e a lui non restava che guardarla andare in frantumi. Non poteva dare la colpa a Jamal. Era così che andavano le cose. Ogni tanto beccavi un ceffone.

Titus scese dal SUV. Fece un cenno del capo a Carla e Davy, sull'altro lato dello spartitraffico che separava le due file di parcheggi. La folla si era radunata dalla parte dov'era sceso Titus. Quando Carla e Davy non si mossero, fece loro un altro cenno, più eloquente. Carla afferrò il messaggio e diede di gomito a Davy. Titus notò che Davy aveva il volto rosso come una barbabietola.

Entrambi sparirono oltre la porta d'ingresso.

Titus li voleva vicini, ma non appostati di guardia fuori. Se la situazione fosse degenerata, sarebbero stati a pochi passi di distanza, ma era deciso a evitare che Jamal e i suoi avessero la sensazione di trovarsi in un faccia a faccia con le forze dell'ordine.

«Sceriffo Crown, ci concederebbe un attimo del suo tempo?» Jamal era un giovane fratello di bella presenza, con la voce tonante e i modi da pastore vecchia maniera e un lato visionario tipico di un attivista della Generazione Y. Gli anziani non vedevano di buon occhio le sue treccine lunghe e il suo stile casual. Jeans, stivali di cuoio della Timberland e magliette da football retrò non erano quel che certe persone si aspettavano di vedere addosso a un pastore. Titus credeva invece che il guardaroba di Jamal fosse una bella ventata di novità. A dirla tutta, lo preferiva al look da magnaccia/profeta che andava per la maggiore.

«Reverendo Addison. Posso aiutarla?»

Jamal aveva smesso di chiamare Titus per nome circa sei mesi dopo che era diventato sceriffo. A quel punto Titus si era detto che forse doveva fare altrettanto. Quando un uomo decide che non sei suo amico, tu prova a restare aggrappato a quel titolo e farai solo la figura dello stupido.

Jamal giunse le mani come se stesse per pregare. Si concesse un momento per riordinare i pensieri.

«Sceriffo, ci hanno detto che c'è stata una sparatoria al liceo, oggi. Calvin Macdonald mi ha chiamato in lacrime e ha detto che i suoi uomini gli hanno ucciso il figlio. Ora sento che è sospettato di aver sparato al professor Spearman e sento anche che stava per arrendersi quando l'hanno abbattuto come un cane» Jamal parlò lentamente, scandendo le parole, tanto da far capire a Titus che era arrabbiato.

«Reverendo, sulla sparatoria stiamo ancora indagando. I due agenti coinvolti saranno sospesi dal servizio fino al completamento delle indagini. Domani rilascerò una dichiarazione ufficiale, ma posso assicurarle che abbiamo fatto il possibile per risolvere la situazione senza spargimenti di sangue» disse Titus. Odiava il suono di quelle parole. Era come parlare una lingua straniera con un conterraneo.

Jamal si posò la punta degli indici giunti sulle labbra.

«Sceriffo, chiedo scusa, ma francamente non è abbastanza. Ci può assicurare qui e ora che l'indagine relativa alla sparatoria verrà condotta dalla polizia di Stato? Senza offesa, ma se becchi una volpe nel pollaio non lasci che siano le altre volpi a valutarne le intenzioni.» La folla concordò con il pastore mormorando sommessamente.

«Al momento non ritengo necessario che l'indagine venga affidata ad altri. Le do la mia parola che ci atterremo alla massima trasparenza nel...»

«La tua parola non conta un cazzo, noce di cocco.» Titus riconobbe il giovane che aveva parlato, accanto a Jamal. Il nome sulla patente era Ervin Jameson, ma tutti lo chiamavano Top Cat. Fino a sei mesi prima era uno dei rappresentanti farmaceutici più in vista della contea. Poi la stessa roba ricreativa che vendeva lo aveva mandato in overdose. Tornato da questo lato del velo dopo aver passato una settimana in coma, aveva dichiarato di essere stato salvato. Aveva visto l'aldilà, e soprattutto aveva intravisto il luogo in cui sarebbe finito. Si era unito alla chiesa di Addison poco dopo quel proclama. Titus non dubitava che la conversione fosse sincera. Sapeva per esperienza personale che trovarsi faccia a faccia con il Tristo Mietitore poteva cambiare un uomo. Di Top Cat lo infastidiva l'eccesso di moralismo, un tratto che accomunava i nuovi convertiti. Specialmente quelli che prima di salvarsela, l'anima se l'erano intossicata. Come se avessero rimpiazzato una dipendenza laica con la sua versione santificata.

«Mi sa che non ho sentito bene. Ripeti un attimo» disse Titus. Era stanco e stressato e aveva la testa centrifugata dagli eventi di quella mattina. Il figlio di uno dei suoi migliori amici era stato ucciso davanti ai suoi occhi. Un insegnante che gli aveva scritto una lettera di referenze per l'università della Virginia era finito con le cervella spalmate sul muro. E adesso gli toccava veder messa in discussione la sua negritudine – che era parte di lui tanto quanto lo erano le braccia e le gambe – da un uomo che sei mesi prima vendeva più ossicodone e metilone alla sua gente di quanto ne vendesse ai Tyler e ai Madison della contea.

La faccia tosta era anche accettabile. L'ipocrisia lo mandava in bestia.

«Ripeti» disse Titus. Questa volta non usò il tono da poliziotto. La voce era quella della Charon più profonda. Moonlight e pane di mais. Scazzottate e caprifogli.

«Mi hai sentito» disse Top Cat, ma stavolta a volume molto più basso.

«Ervin, lascia perdere. Sceriffo Crown, la capisco, ma devo davvero spiegarle per quale motivo la cosa ci lascia perplessi?»

chiese Jamal. Titus inclinò appena appena il capo. Da molti punti di vista quel che stava dicendo Jamal era peggio dell'insulto di Top Cat. Certo che capiva. Conosceva bene la lunga storia di discriminazione e bigottismo che ancora impregnava l'ufficio dello sceriffo della contea, come anche tanti altri dipartimenti di polizia in tutto il paese. Era cresciuto guardando Ward Bennings usare il distintivo come una mazza da premere sul collo di ogni uomo, donna e bambino nero nella sua giurisdizione. Titus aveva una gran voglia di afferrare Jamal per il colletto della sua maglietta retrò degli Houston Oilers e gridargli: «Perché cazzo credi che mi sia candidato a sceriffo?!».

Però non è stato solo per quel motivo, vero? gli sussurrò in testa la voce di Red DeCrain.

«Reverendo, capisco le sue perplessità. Ma al momento non posso dirle altro.»

Jamal si strinse nelle spalle. «E va bene. Tenga bene a mente questa cosa, sceriffo: terremo d'occhio il prosieguo dell'indagine. E se ci darà l'impressione di voler insabbiare l'omicidio dell'ennesimo giovane nero, faremo sentire la nostra voce e non molleremo. La verità non va in vacanza, sceriffo Crown.»

A Titus venne in mente il comizio organizzato da Jamal appena un anno prima per caldeggiare la sua candidatura. Si chiese quando, esattamente, il pastore avesse perso la fiducia in lui. Capiva la diffidenza nei confronti delle forze dell'ordine in generale, ma gli dava fastidio che Jamal e i suoi non si fidassero di lui nello specifico.

«Vi do la mia parola che ci sarà un'indagine seria e approfondita» disse.

«Immagino che per il momento Calvin, Dorothy e il loro altro figlio, quello ancora vivo, dovranno accontentarsi» disse Jamal.

«Lavon» disse Titus.

«Come?» disse Jamal.

«L'altro figlio. Si chiama Lavon. Sono andato a trovare la

famiglia, quando è nato. Sono stato la quinta persona a tenerlo in braccio, dopo sua madre, suo padre e i nonni. Erano preoccupati per lui perché è nato con un piccolo difetto al cuore. Poi i medici l'hanno risolto. Adesso ha dodici anni e sprizza energia da tutti i pori. Gli piace disegnare. Prima che diventassi sceriffo, un giorno ero da Calvin per una grigliata. Lavon ha fatto un disegno di me insieme al suo papà. So che Calvin non potrà accontentarsi. Gli è appena morto il primogenito. Niente può cambiare questo fatto. Né le mie promesse né le sue prediche. Ora, se mi vuole scusare» disse Titus. Si lasciò dietro Jamal e i suoi, diretto in ufficio.

Carla e Davy erano in piedi, vicino alla porta della cella di custodia. Roger stava con una mano appoggiata al muro, la testa bassa, vicino alla sala reperti. L'unico suono nell'ufficio era il vocione di Cam che rispondeva al telefono.

Gli altri agenti se ne stavano zitti e seri, come a un funerale.

Questo, avrebbe potuto pensare qualcuno, perché avevano ucciso un giovane figlio di Charon. E sì, il fatto spiegava senz'altro, in parte, il loro atteggiamento, ma Titus sapeva che non era il motivo principale delle loro espressioni meste. Quel figlio di Charon aveva ucciso Jeff Spearman, insegnante di geografia, preparatore della squadra che ingaggiava le gare di dibattito e patrocinatore del circolo di teatro della scuola. Jeff Spearman, che sembrava schierarsi sempre dalla parte dei ragazzi ogni volta che c'erano contrasti fra l'amministrazione del liceo e il corpo studentesco. Titus ricordava ancora quando il preside della Jefferson Davis aveva provato a cancellare il ballo di fine anno per i maturandi. Ufficialmente per via di un'epidemia di mononucleosi, ma tutti sapevano che aveva preso la decisione perché troppe coppie interrazziali intendevano presentarsi al ballo. Spearman si era schierato al fianco degli studenti. Aveva persino minacciato di organizzare un ballo alternativo al Ruritan Club, qualora il preside avesse annullato quello ufficiale.

Quando Titus aveva raccontato quell'aneddoto al suo compagno di stanza dell'università, l'altro, che veniva da Trenton, New Jersey, gli aveva chiesto se per caso Charon non fosse rimasta bloccata nel 1958, vittima di un cortocircuito spaziotemporale.

«Cioè, siamo nel terzo millennio, e i presidi ancora si preoccupano di proteggere la virtù delle fanciulle bianche dallo spaventoso mostro nero col pisello grosso?» aveva detto il suo compagno di stanza, Malik.

«Sì, però Spearman ci ha difesi» aveva risposto Titus.

«Eh, ma non avrebbe proprio dovuto essercene bisogno» aveva detto Malik. Titus ricordava di essersi sentito stupido per aver elogiato il suo professore. Non perché non se lo meritasse, ma perché l'intera faccenda era un triste, patetico anacronismo.

«Tutti nel mio ufficio» disse Titus. I tre lo seguirono, muti come pietre. Lui appese il cappello al piolo e si sedette alla scrivania. Carla, Davy e Roger gli si piazzarono di fronte, disposti a semicerchio.

Fissavano tutti il cellulare posato sulla scrivania, alla destra del portatile, a schermo in giù nella sgargiante custodia tie-dye. Roger era pallido come il ventre di una trota, le labbra umide di saliva. Titus ebbe l'impressione che avesse appena dato di stomaco. Davy teneva il pugno schiacciato forte sulla bocca e le orecchie a sventola erano paonazze, come se l'avessero preso a schiaffi. Carla aveva le mani dietro la schiena in una postura militare.

Titus inspirò a fondo e sentì l'odore acre del sudore, e al di sotto di quello colse un puzzo amaro, familiare e inquietante in egual misura.

Paura. Fiutò nell'aria la loro paura come si sente l'odore dell'ozono prima di un fulmine.

Tutti, a eccezione di Cam, avevano sentito quel che aveva

detto Latrell a proposito di Spearman. Le sue accuse lamentose non parevano le farneticazioni di un pazzo, perlomeno non del tutto, e poiché non c'era spazio per le mezze misure, avrebbero sbloccato quel telefono, e o Jeff Spearman si sarebbe confermato un insegnante amatissimo tragicamente assassinato da un ex studente psicolabile, oppure si sarebbe rivelato un mostro. Erano queste le uniche due possibilità. Vie di mezzo non ce n'erano. Scrutando i volti dei suoi agenti, Titus seppe che anche loro ne erano consapevoli.

«A che punto siamo con le dichiarazioni dei testimoni di stamattina?» chiese.

Carla si schiarì la gola. «Ne abbiamo raccolte il più possibile. Saranno una trentina. In tanti non volevano parlare.»

«Ho cercato di farmi rilasciare una dichiarazione almeno dai maggiorenni» intervenne Davy.

«Vediamo se riusciamo a trovarne altre. Voglio assicurarmi di avere più testimonianze possibile» disse.

«E quante ne servono? Quello stronzo ha sparato al professor Spearman e noi abbiamo sparato a lui» disse Roger. Aveva lo sguardo inferocito e le sue parole grondavano spavalderia, per quanto le labbra sottili tremassero.

«Andate un po' a vedere cosa riuscite a fare. Io porto il telefono alle pompe funebri» disse Titus. Davy e Carla fecero per uscire e Roger li seguì a ruota.

«Tu no, Roger. Siediti» disse Titus. L'omone si bloccò e prese posto sulla sedia rivestita in pelle di fronte alla scrivania dello sceriffo. Carla lanciò un'occhiata rapida alle proprie spalle prima di infilare la porta.

Titus intrecciò le dita e appoggiò gli avambracci sulla scrivania. Fissò Roger negli occhi.

«Roger, oggi sei stato coinvolto in uno scontro a fuoco.»

«Sì, e mi pare che abbiamo ammazzato un bastardo fuori di testa» disse Roger. Incrociò le braccia sul petto ampio, come un bambino sul punto di dire no ai cavoletti di Bruxelles che gli hanno messo nel piatto. Titus continuò.

«Come sai, come ho spiegato dopo che ho preso le redini, un agente coinvolto in una sparatoria in cui ci sono stati dei morti viene messo in congedo per almeno due settimane.»

«Cosa? Non puoi dire sul serio! Latrell ha sparato al professor Spearman davanti a una classe intera. Ragazzini che conosciamo. Ragazzini che conosci anche tu. Abbiamo fatto quel che andava fatto e adesso mi chiudi in ufficio?! Sul serio? Sei...» Anziché finire la frase, scattò in piedi.

Titus studiò il suo agente con sguardo freddo e spassionato. Roger era grosso, e spesso gli tornava utile per intimidire un sospetto o qualcuno che avevano arrestato, e anche la gente che voleva soffiargli un tavolo al Watering Hole. Con Titus non ci aveva mai provato, così come un coyote non prova a intimidire un grizzly, specie quand'è da solo. Ma adesso piantò i palmi sulla scrivania per farsi sotto. La sua enorme testa squadrata eclissò la luce del neon al soffitto.

«Hai bisogno di tutti gli uomini disponibili, Titus. Ho agito secondo la legge, ma tanto non sarà mai abbastanza per Addison e per quelli della sua setta» disse Roger.

Titus disgiunse le mani e si sporse ancora un po'. «È vero, ci serviranno tutte le risorse disponibili. Per questo ho bisogno che ritorni Trey a dare una bella occhiata e ad assicurarsi che la nostra reazione sia stata ineccepibile. Se ignorassi che abbiamo ucciso un uomo sulle scale del liceo, indipendentemente da quel che può aver o non aver fatto, finirei per macchiare indelebilmente questo ufficio e compromettere la nostra indagine sull'omicidio di Jeff Spearman. Senza contare che tutti i presenti stavano riprendendo la sparatoria, da più angoli di quanti ne potrai mai trovare in un libro di geometria. Quei video ormai saranno ovunque, Twitter, Facebook, Instagram... diavolo, potrebbe esserci ancora qualcuno che li posta su MySpace.

Sarà un casino, qui. E l'ultima cosa che mi serve è che si parli di insabbiamento.»

«Intendi che gente tipo Addison si incazzerà perché un poliziotto bianco ha sparato a un nero. Ma se mi metti in congedo, allora sì che penseranno che non dovevo sparare» disse Roger.

«Roger, c'è gente che penserà sempre e comunque che non avresti dovuto sparare, proprio per quel motivo. Ma di loro non ci possiamo preoccupare. Noi vediamo di fare le cose per bene. Il che vuol dire due settimane in ufficio mentre Trey si occupa dell'indagine sulla sparatoria e il resto di noi cerca di fare chiarezza sulla faccenda di Spearman, questo telefonino qui, e Latrell. Appena Trey ha finito, torni in servizio» disse Titus.

Roger raddrizzò la schiena. Incrociò nuovamente le braccia. «Non crederai mica alle cazzate di Latrell, vero? Non è possibile. Lì dentro non troverai nient'altro che foto di Spearman ai concerti dei Phish» disse Roger indicando il cellulare.

«Qualsiasi cosa ci sia o non ci sia, ho bisogno che tu non sia di pattuglia, ora come ora. Gli animi si faranno incandescenti. E noi siamo tenuti a fare il nostro dovere. Puoi tenerti la pistola, ma metti il fucile antisommossa nella sala reperti.»

Roger lo guardò in cagnesco.

Ci siamo, pensò Titus, o mi dà del nero bastardo o finisce che mi dice di peggio. Non voleva licenziare Roger, ma di sicuro una violazione del genere gliel'avrebbe imposto. Un buon capo non tollera che gli si manchi di rispetto. All'università aveva letto *L'arte della guerra*, e non per gioco, a differenza di molti dei bambinoni nati con la camicia con i quali girava per i corridoi del college. Quelli lo leggevano per avere qualche frasetta chic da tirare fuori durante le riunioni aziendali, lui lo leggeva per prepararsi alle battaglie che lo attendevano all'FBI. Sul campo e in ufficio. Di quel fondamentale testo di Sun Tzu c'era una frase in particolare che aveva letto e riletto fino alla nausea: «Persino la spada più pregiata, immersa nell'acqua salata, alla fine arrugginisce».

Non poteva tenersi intorno gente che gli mancava di rispetto. La mancanza di rispetto era una pestilenza, bisognava tenerla a bada, altrimenti avrebbe infettato l'intero ufficio. Il che era doppiamente vero se eri nero. La gente poteva anche negarlo, ma i preconcetti pesavano. Sun Tzu, su questo, aveva poco da insegnargli.

Roger lasciò cadere le braccia lungo i fianchi. «Stai facendo un errore. Un errore bello grosso.»

«Secondo te lo vedrai, stanotte, nei tuoi sogni?» chiese Titus.

«Come?»

«Latrell. Non pensi di trovartelo lì che ti aspetta, stasera? Io penso di sì. Te lo troverai lì con mezza testa in meno. Roger, saresti finito in panchina anche se Trey non fosse sceso in campo. Puoi estrarre la pistola mille volte, ma premere il grilletto è un'altra cosa. E non provare a negarlo, lo so che hai vomitato prima del mio arrivo. È colpa di quello che ti passa per la testa, vero?» chiese Titus.

Roger aprì appena la bocca, lasciando intravedere la lingua spessa, poi la richiuse, preferendo non rispondere.

«Sono solo due settimane. Nel frattempo puoi dare una mano a Cam al centralino e occuparti di mandati di perquisizione e ordini di comparizione. Sarebbe stato il turno di Davy questa settimana, ma te ne occuperai tu.»

«Ho un po' di ferie arretrate» disse Roger.

«Come vuoi.»

Roger girò i tacchi e se ne andò.

Dieci a uno che fra tre anni si candida a sceriffo, pensò Titus.

Il telefono vibrò. Era Darlene. Premette il tasto rifiuta. Le mandò un messaggio.

Non posso parlare. Tutto a posto. Ti chiamo dopo.

Doveva essere preoccupatissima. Aveva messo in chiaro più

di una volta che il suo lavoro non le piaceva. Essere la ragazza dello sceriffo non era esattamente il sogno della sua infanzia.

Il telefono vibrò di nuovo.

Okay. Ti amo.

Titus rispose nella maniera più lapidaria possibile.

Anch'io.

La amava. La amava davvero. Semplicemente faceva fatica a esprimerlo, il che lo rendeva un cliché ambulante: l'uomo di legge duro e puro che fatica a esternare le proprie emozioni. Era una fortuna che Darlene non avesse accettato ciecamente quel cliché. Aveva fatto breccia nelle sue difese e imparato a decifrare le stravaganze del suo linguaggio affettivo.

Fino a un certo punto.

Lui non le aveva raccontato tutto quel che era successo in Indiana nella tenuta di DeCrain e, gliene dava atto, lei gliel'aveva chiesto una volta sola. Darlene accettava che non fosse pronto a parlarne e aspettava fiduciosa, convinta com'era che un giorno le avrebbe confidato i suoi segreti.

Prese la busta con le prove diretto all'impresa di pompe funebri dove Jeff Spearman riposava in pace. Il telefono di Latrell era un vecchio cellulare a conchiglia. Nessuna traccia di app per la sicurezza del dispositivo. I segreti del ragazzo sarebbero stati facili da decifrare.

Ma i tuoi, Jeff, di segreti?, pensò accendendo il SUV.

Titus non aveva ancora trovato il coraggio di dire a Darlene che nessuno confidava mai a qualcun altro tutti i suoi segreti. Persino le persone che amiamo tengono pezzi di sé nascosti, al riparo dalla luce.

CINQUE

Harold Bigelow lo aspettava all'ingresso dell'agenzia di pompe funebri Maynard, quella a cui si affidavano quasi tutti i bianchi della contea. I neri invece erano per la maggior parte clienti di Spencer & Sons. Titus pensò che l'unico luogo dove si praticava ancora senza problemi la segregazione razziale, oltre alle chiese la domenica mattina, erano le pompe funebri. Gli ultimi due baluardi delle convenzioni sociali del Vecchio Sud.

«Salve, sceriffo. Sarebbe bello non doverci sempre vedere in circostanze come questa. Dio, non riesco a credere che ci sia stata una sparatoria in una scuola proprio qui a Charon. Uno tende a pensare che certe cose accadano sempre da un'altra parte» disse Harold.

«E da un'altra parte, la gente pensa la stessa cosa, Harold. Può portarmi da Spearman?» chiese Titus. Harold annuì e gli fece strada oltre l'ingresso spoglio ma elegante e lungo il corridoio che conduceva al locale di preparazione. Aprì la porta metallica a due ante con su scritto PRIVATO e si fece da parte.

Il locale di preparazione era spoglio quanto l'ingresso, ma non altrettanto elegante. Al centro c'era un tavolo di acciaio inossidabile per l'imbalsamazione. Sulla destra, contro il muro, il tavolo per la vestizione delle salme, anch'esso di acciaio inossidabile. Sulla sinistra, un carrello su cui era posato un vassoio metallico ingombro di scalpelli, morsetti e altri strumenti tipici delle camere mortuarie. Accanto al tavolo per la vestizione c'era una barella alla quale era assicurato il sacco nero che conteneva il corpo di Jeff Spearman.

«Qualcuno ha contattato suo fratello? Per quel che ne so sta in North Carolina» disse Harold.

Titus scosse il capo. «È anche per questo che sono qui. Devo vedere se riesco a sbloccare il telefono e trovare il numero di un parente.» Non era propriamente una menzogna, visto che, in effetti, si rendeva necessario farlo. Titus sapeva che Spearman, pur avendo frequentato diverse donne nel corso degli anni, era rimasto scapolo. Suo fratello avrebbe dovuto occuparsi delle spoglie e del funerale. Ma non era questo il motivo principale per cui Titus si trovava lì. Niente affatto. Per quella che gli sembrò l'ennesima volta quel giorno, si infilò un paio di guanti di lattice e aprì la cerniera del sacco.

Spearman aveva gli occhi spalancati, il volto bloccato in un riso sardonico e sorpreso. Era come se nel momento in cui la pallottola di Latrell gli era entrata nel cranio si fosse finalmente reso conto di essere, dopotutto, un comune mortale. Titus estrasse dalla tasca la busta per le prove e fece scivolare fuori il cellulare.

«Lungi da me dirle come fare il suo lavoro, ma è probabile che sia troppo tardi per riuscire a sbloccarlo con l'impronta del pollice. La temperatura corporea influenza...» cominciò Harold, ma Titus lo interruppe.

«Influenza la forma delle creste e dei solchi delle impronte digitali. Lo so. Ma il telefono di Spearman è impostato per funzionare anche sottozero, quindi scommetto che ce la farò» disse Titus. Afferrò la mano destra di Spearman. Il rigor mortis si stava lentamente impossessando degli arti, e fu costretto a strattonare il braccio del cadavere per girargli la mano e avere accesso al pollice.

Harold guardò Titus premere il pollice di Spearman sullo schermo del telefono.

Il telefono non si sbloccò.

«Non vorrei dirle che gliel'avevo detto ma...» disse Harold lasciando in sospeso la frase. Titus afferrò la mano sinistra del professore, gli distese le dita e premette il pollice sullo schermo, che stavolta passò dal rosso al verde.

«Neanche a me piace dire te l'avevo detto» ribatté Titus.

Seduto nell'abitacolo dell'auto, nel parcheggio di ghiaia davanti a Maynard, Titus cominciò a esplorare il cellulare di Jeff Spearman.

Suo padre gli avrebbe detto di pregare Dio affinché gli desse forza, prima di cominciare, ma lui non pregava dal giorno in cui sua madre era morta.

Spearman doveva essere un fan sfegatato dei Grateful Dead. Il suo salvaschermo era lo strambo orso danzante che faceva da mascotte alla band. Titus fece scorrere il dito guantato sullo schermo fino a trovare le foto. In due app distinte. Una era un'app di Google alla quale si accedeva dal telefono e da pc. L'altra era installata solo sul telefono e consentiva l'accesso unicamente tramite quel dispositivo. Partì da lì. Gli sembrava improbabile che Spearman custodisse materiale potenzialmente incriminante su un'app facile da hackerare.

I primi scatti erano relativamente innocui. Spearman in gita nei boschi. Spearman sotto il tendone a un concerto. Titus continuò a scorrere. Altre immagini insignificanti. Poi vide la cartella «Preferiti». La sfiorò con la punta del dito.

«Oh, Dio.»

Non si rese neanche conto di avere invocato l'altissimo.

Il SUV di Titus imboccò a tutta velocità il vialetto di ghiaino e si parcheggiò accanto alla volante di Davy. Titus scese al volo e si fiondò verso la casetta a un piano bianca e grigia di proprietà del professore. Ignorò i pochi vicini curiosi che si affaccendavano in giardino fingendosi disinteressati alla presenza dello sceriffo a casa del defunto Jeff Spearman. Aveva chiamato Davy e Carla subito dopo aver finito di esaminare il cellulare, dicendogli di lasciar perdere le dichiarazioni dei testimoni e dandogli appuntamento lì. Li aveva aggiornati a grandi linee su ciò che aveva trovato e quelle grandi linee erano bastate ad ammutolire entrambi.

Aveva rimesso il telefonino nella busta di plastica dopo aver resistito all'impulso di piazzarlo sotto la ruota del SUV, passarci sopra cinque o sei volte, e poi dargli fuoco. Titus ne aveva viste, di cose orribili, nei suoi dodici anni da agente dell'FBI. La capacità di un singolo essere umano di depravarne altri era sconfinata quanto il mare e varia quanto i granelli di sabbia su una spiaggia.

Le immagini sul telefono di Jeff Spearman erano la cosa peggiore che avesse mai visto.

Non riusciva a togliersi dalla testa l'idea della purificazione per immolazione. Gli sembrava l'unica cosa in grado di rimuovere la macchia di quelle immagini dalla mente, dal cuore, dall'anima. Bruciare il telefono. Ustionarsi gli occhi con l'olio bollente. Mettere Spearman e Latrell su una pira, ridurli entrambi in cenere e poi spargere quelle ceneri ai quattro venti. Cancellare qualsiasi prova della loro esistenza e delle cose che avevano fatto. Ma i ragazzini in quelle foto meritavano che la loro storia venisse raccontata. Meritavano giustizia. Qualsiasi cosa significasse.

Studiando gli scatti che Jeff Spearman teneva sempre a portata di mano, Titus si era imposto di mettere in pratica quanto aveva appreso all'Accademia. Concentrati sui dettagli. Spingi ai margini il dolore e la perversione e punta agli elementi utili per le indagini. Aveva notato che di solito c'erano due persone, nelle foto. Due individui con delle maschere di cuoio con il muso da lupo come quella che Latrell teneva in mano sulle scale. Titus sapeva che uno dei due era Spearman: aveva riconosciuto la coda di cavallo grigia sulla schiena, in certe inquadrature. Altre volte si vedevano Spearman a volto scoperto e Latrell. E altre ancora c'erano Spearman e una terza persona. Questa persona non toglieva mai la maschera. Questa persona era sempre vestita di nero. Questa persona aveva sempre i guanti e i guanti erano attaccati ai polsini della camicia con il nastro adesivo.

A quanto pareva, Latrell era presente ma non partecipava in maniera attiva a quello che Spearman e l'altra persona facevano ai ragazzini. Perché di ragazzini si trattava. Adolescenti. I più piccoli avevano tra i tredici e i quattordici anni, i più grandi non più di diciassette. Tutti neri, o comunque con la pelle scura. Tutti indifesi.

Quel po' di compassione che sentiva per Latrell evaporò come acqua da una pozza nel mese d'agosto. Magari non aveva partecipato, ma nemmeno aveva cercato di fermare quanto succedeva. Cosa avrebbero trovato sul suo telefono?

Titus deglutì a fatica.

Quello che avevano subito i ragazzini delle foto era un abominio. Un'atrocità perpetrata dinanzi a un Dio apparentemente disinteressato a fermare la mano delle sue creature più maledette mentre attaccavano le sue creature più innocenti.

Se a Titus era rimasto anche solo un brandello di fede, quelle foto l'avevano distrutto. Aveva chiamato Mack Bowen e ottenuto un mandato di perquisizione per l'abitazione di Spearman.

«È roba brutta, Titus?» gli aveva chiesto Mack. Oltre a essere il pubblico ministero della contea, Mack era il presidente della sede locale del Rotary Club, che pochi mesi prima aveva assegnato a Jeff Spearman il premio di Insegnante dell'anno.

«Se non lo fosse, non ti chiamerei» aveva risposto.

«Allora? Come siamo messi?» chiese Titus a Davy.

«Abbiamo il computer, ma è protetto da password» disse Davy.

Carla uscì dalla casa con una cassetta di plastica piena di lettere.

«Ho trovato questa nella stanza in fondo. A occhio direi che la usava come studio. Bisognerà rovistarci per bene» disse. Titus non era mai stato a casa di Spearman e aveva chiamato Cam per l'indirizzo. Avrebbe potuto ottenerlo tramite la banca dati della motorizzazione, ma Cam era più veloce e non lo metteva in attesa.

«C'è qualcosa là dietro? Magari un capanno?» chiese.

«No, c'è solo bosco» disse Davy.

Titus poggiò le mani sui fianchi. «Dov'è Steve?»

«Ha detto che arriva. Voleva assicurarsi che suo figlio stesse bene» disse Carla.

«Cazzo, è vero. Fa dei corsi pomeridiani lì a scuola» disse Titus.

«Quel ragazzino è intelligente da far paura» disse Davy.

«Ma tu hai... cioè, è veramente...» balbettò Carla.

«Io non ci credo. Non riesco a credere che al professor Spearman piacesse...» Davy rabbrividì.

«La pedopornografia» disse Carla sottovoce.

«Non è semplice pornografia.» Titus si levò gli occhiali scuri e si passò una mano sugli occhi. «È una faccenda molto più seria. E c'è... c'è anche lui, nelle foto.»

Sentì Davy soffocare un'imprecazione. Carla scosse il capo con foga.

«E da quel che ho visto, non si sono limitati a fargli del male. Li hanno uccisi. Li hanno ammazzati, quei ragazzini» disse Titus. Mise gli occhiali nel taschino della camicia.

Da Carla uscì un rumore a metà fra un conato e un gemito. «Ne sei sicuro? Assolutamente sicuro, intendo.»

Titus non rispose.

Carla raddrizzò le spalle e annuì. «Sei sicuro.»

«Spearman, Latrell e una terza persona. Però non era qui che li portavano. Non c'è abbastanza spazio. Ovunque sia quel posto, se lo sono sistemato ad hoc. Avete trovato libri o altro su quel genere di cose?» chiese Titus.

Carla e Davy si scambiarono un'occhiata.

«Boh, cioè, di libri ne ha un sacco» disse infine Davy.

«Abbiamo appena cominciato a cercare. Ma insomma... non credo siano libri che uno terrebbe in bella vista» disse Carla. La sua voce era sorda, come se stesse parlando in un barattolo di latta.

«Come facciamo a sapere se... cioè, come li riconosciamo?» chiese Davy.

Titus sospirò.

«Avranno titoli che c'entrano con la deflorazione o la distruzione di giovani vite. Copertine banali, ma testi dettagliati. Molto dettagliati. Le riviste saranno più... esplicite. Libri e riviste saranno spiegazzati, pieni di orecchie, insomma consumati. Li avrà nascosti da qualche parte, ma a portata di mano. Potrebbero esserci anche... dei souvenir» disse Titus.

«Devo vomitare» disse Davy senza scomporsi. Andò sull'altro lato della casa di Spearman e vomitò.

«L'hai imparato quand'eri nell'FBI? A fare il profilo ai maniaci...» chiese Carla. Aveva la faccia verdognola, ma per il momento non aveva bisogno di andare a fare compagnia a Davy.

«Sì» rispose Titus.

«Come ci convivi, con quella roba in testa?» chiese Carla.

Titus si rimise gli occhiali da sole.

«Cerco di non sognare» disse, entrando nella casa.

«Lo so che Steve è preoccupato per suo figlio, ma un altro paio di mani ci farebbe comodo. Chiamatelo di nuovo» disse Titus, spostando una pila di riviste su un tavolino.

«E Roger? Potrebbe dare una mano anche lui» propose Carla, con appena un accenno di frustrazione nella voce.

«Roger resta in ufficio per il momento. E lo stesso vale per Tom, solo che con lui non ho ancora parlato. Procedura standard per le sparatorie in cui viene ucciso qualcuno.»

«Però, scusa, se quello che dici è vero, se quello che c'è su quel telefono è quello che dici, allora Latrell se lo meritava. E Spearman pure. Perché punire Roger e Tom?» chiese Davy.

Titus voltò la testa a guardare il suo sottoposto.

«Che Latrell sia coinvolto in questa cosa... qualunque cosa sia... non cambia il fatto che noi seguiamo la procedura. E la procedura richiede un'indagine interna. Ti servono spiegazioni in proposito? C'è qualcosa che non ti torna?» Davy scosse il capo. Titus gli si avvicinò.

«Noi seguiamo le regole. Non le facciamo soltanto rispettare. Adesso chiama Steve. Abbiamo un sacco di lavoro da fare» disse.

Quando Steve arrivò, avevano già passato al setaccio il letto e svuotato gli armadi. Man mano che procedevano, trovavano pezzetti sparsi che erodevano la fama di professore illuminato di Jeff Spearman. Carla trovò un libro intitolato *La fine di Alice* sotto il materasso. C'era un altro libro, su Tiberio, con evidenziati dei paragrafi sui suoi «pesciolini». Trovarono dei porno con storie di «esche», ragazzini e ragazzine minorenni che seducono gli adulti mettendoli nei guai. Gli attori erano ovviamente maggiorenni, dato che sui dvd c'era l'adesivo del vecchio videonoleggio, chiuso da tempo, a indicare che erano stati acquistati legalmente. Dentro un armadietto chiuso a chiave nel locale lavanderia Steve trovò alcune riviste che si spingevano più in là, ma sulla cui quarta di copertina stava scritto in grassetto che tutti gli attori erano maggiorenni e avevano fornito il proprio consenso agli atti fotografati. Queste cose di per sé dimostravano soltanto i peccati veniali di Jeff Spearman. Magari perversi, ma non illegali.

Titus pensava che fosse tutto disgustoso, ma non era nulla in confronto alle foto sul telefono. Riviste e dvd e libri da depravati, da malati, ma nessuno era morto per realizzarli; le persone coinvolte se ne erano tornate a casa vive, anche se, forse, con un pizzico di dignità in meno. Non sembrava invece fosse successo lo stesso ai ragazzini delle foto. Quella cosa che aveva detto a Roger sui sogni cominciò a danzargli nella testa, sbeffeggiandolo.

Fu Steve a trovare la maschera da lupo.

Stava ispezionando i battiscopa nella camera da letto e sbirciando nelle griglie di aerazione, quando incappò in una porzione di parete che suonava cava. Dopo aver spinto e tirato, il battiscopa fissato a una cernierina si staccò dal muro. Dietro c'era un piccolo scomparto nascosto.

«Titus, vieni a vedere» lo chiamò Steve. Titus lasciò cadere il cuscino del divano che era in procinto di squarciare con il coltellino. Entrò in camera da letto e vide Steve con in mano una maschera di cuoio simile a quella che aveva tenuto in mano Latrell. La maschera aveva il muso rigido, lungo poco meno di una ventina di centimetri. Le orecchie culminavano in punte aguzze. I buchi per gli occhi erano fessure sottili intagliate nel cuoio che davano alla maschera un aspetto straniante, occhi da insetto. La mano di Steve che reggeva la maschera era nuda.

«E il guanto dov'è?» chiese Titus, senza sforzarsi di nascondere la delusione.

«Me lo sono tolto per asciugarmi gli occhi. Ma la sto tenendo per l'angolo.» Carla nel frattempo era entrata nella stanza e senza dire una parola si era accosciata a ispezionare lo scomparto. Fece scivolare fuori un astuccio di plastica e lo aprì. Dentro c'erano due chiavette usb.

«Mi sa che non dobbiamo più preoccuparci troppo della password del computer» disse Titus.

«Se ci sono prove su queste chiavette, e credo che siamo tutti abbastanza sicuri che ci sono, perché si teneva quelle schifezze sul telefono?» chiese Carla.

«Voleva poterle guardare ogni volta che gli prendeva la voglia. Lo elettrizzava averle sempre con sé. Lo faceva sentire potente. E si eccitava. Non per ciò che vedeva nelle foto, ma perché le aveva con sé mentre stava tra la gente. Gente che pensava di conoscerlo. Sì, ci scommetto che si eccitava un sacco» disse Titus.

«Guardava quella roba quando si trovava nello stesso edificio in cui stava mio figlio?» disse Steve. Titus non riuscì a capire se fosse incredulo o furioso. La voce di Steve era sempre monocorde, quali che fossero le circostanze.

Non rispose alla domanda, la risposta era ovvia.

«Carla, hai il computer nel furgone?»

«Sì.»

«Vallo a prendere. Dobbiamo dare un'occhiata alle chiavette. Se a qualcuno non va di vedere questa merda può aspettare fuori» disse Titus.

«Certo che ne sai, di 'sti maniaci» disse Davy.

Titus alzò appena le spalle. «Prenderli era il mio lavoro.»

«C'è qualcos'altro qui sotto» disse Carla. Tirò fuori, lentamente, una tela arrotolata. Poi si alzò e sciolse il nastro nero legato intorno. Quando la tela si srotolò, Titus ebbe la netta sensazione di non essere l'unico a provare sollievo. Il dipinto raffigurava un paesaggio. Un boschetto di giovani aceri e betulle intorno a una piccola radura. Al centro della radura si stagliava un alto e maestoso salice piangente. C'erano tre parole scarabocchiate in fondo: *Il giardino segreto*.

Davy si strofinò la faccia con la mano guantata. Ebbe un conato dopo essersi leccato le labbra e aver sentito il sapore del lattice, poi si schiarì la gola: «Grazie a Dio è soltanto un quadro. Non credo di poter reggere altro».

«Quella è la grafia di Spearman. La riconosco dal calendario che ho visto in cucina. E dalle sue lezioni di geografia» disse Carla.

«Direi che è il caso di metterlo in un sacchetto insieme a questa» disse Steve, con la maschera in mano.

«Chi sono i ragazzini delle foto?» disse Carla, ragionando ad alta voce.

Titus sfilò il dipinto dalle dita di Carla.

«Che ne hanno fatto Spearman, Latrell e l'Ultimo Lupo? Dove sono corpi?» mormorò, anche lui riflettendo tra sé e sé.

«Potrebbero averli buttati nel fiume» suggerì Davy.

«Li avremmo trovati. Il Wercomico è salmastro. Ha una certa salinità e i corpi sarebbero riaffiorati. Non te l'ha mai raccontata, Pip, la storia dei battezzandi annegati nel... cos'era, il '68? No. Devono averli messi da qualche altra parte. Un luogo che per loro era speciale. Un luogo segreto» disse Titus.

«Okay, ma come lo troviamo?» disse Carla, indicando il dipinto.

«Non lo so. Però so che quell'albero l'ho già visto, il loro posto segreto è lì. Troviamo l'albero e troveremo i corpi. Sono pronto a scommetterci» disse Titus. Arrotolò la tela e la richiuse con il nastro.

«Adesso vai a prendere il laptop, Carla» disse.

«Titus, devo essere onesto. Se c'è lui che fa del male ai ragazzini, non credo di riuscire a guardarlo» disse Davy.

«Lo capisco, Davy. Nessuno vuole avere certe immagini nella testa.»

«E tu lo guardi lo stesso?» chiese Steve. Sembrava sollevato che Davy avesse detto quel che pensava pure lui.

«Qualcuno deve farsene testimone» disse Titus. Erano passati vent'anni dall'ultima volta in cui era andato volontariamente in chiesa, e ancora si sorprendeva a usare il gergo dei fedeli. Non ti lasciava mai, non del tutto, almeno. La cadenza, le sincopi, la sintassi da Vecchio Testamento. Era tutto lì, pronto a tornare in superficie come le cicale che sbucano dal sottosuolo ogni diciassette anni.

Se le foto erano oscene, i video erano ripugnanti. Titus aveva la sensazione che certe parti di lui si stessero insozzando in maniera irrimediabile, infettandolo di un marciume per il quale non esisteva cura. Carla aveva cercato di restare con lui a visionare il contenuto delle chiavette, ma dopo il primo video era corsa fuori. Quando il sole cominciò a scivolare verso l'orizzonte, era nel giardino con Steve e Davy. C'erano cinquantuno video sulla prima chiavetta. Sette ritraevano la tortura e l'omicidio di adolescenti neri. Negli altri venivano ripresi bambini bianchi più piccoli. Le vittime parevano drogate e prive di conoscenza. C'era anche una mailing list codificata. Sull'altra chiavetta erano archiviate migliaia di fotografie.

Titus spense il computer. Andò nella cucina di Spearman e aprì il rubinetto. Si spruzzò dell'acqua fredda in faccia. Aveva sentito da certi agenti dell'FBI che si finiva per diventare insensibili alla crudeltà che alberga sul fondo di certi esseri che passano per umani.

Se mai gli fosse successo di diventare insensibile alle cose che aveva appena visto, Titus decise che si sarebbe infilato la pistola in bocca.

Tornò in soggiorno, raccolse le chiavette USB e le infilò in una busta per le prove. Prese il portatile e il bloc-notes e si unì al resto della squadra in giardino.

«Portate le chiavette, il telefono e il computer di Spearman in ufficio. Mettete tutto in sala reperti. Non parlate di quello che abbiamo trovato oggi. Non ancora. Ci toccherà coinvolgere la polizia di Stato, e può darsi che la questione interessi anche all'FBI. La pedopornografia è un reato federale» disse Titus. Gli faceva bene parlare, pensare alle prossime mosse. Era il minimo che poteva fare per i ragazzini che Spearman, Latrell e l'Ultimo Lupo avevano ammazzato.

«Spearman e Latrell sono morti. Che se ne fa la polizia di Stato di questo caso?» chiese Carla. Titus avvertì che aveva cambiato atteggiamento. Era passata dal disgusto a una collera più che legittima.

«Il terzo uomo è ancora vivo e ancora se ne va in giro come se non fosse un mostro. Di sicuro continueremo a essere noi i titolari del caso, ma ci servono risorse per rintracciare le vittime. Trovare i corpi, trovare le famiglie. E trovare lui» disse Titus. Restituì il computer a Carla, poi tirò fuori il bloc-notes.

«È alto almeno un metro e ottanta. Spearman era uno e settantacinque, e l'altro è più alto. È muscoloso, peserà circa novanta chili. Usava una voce artefatta. Cercava di sembrare... demoniaco. È bianco, o comunque chiaro di pelle. Lo si vede dalle fessure per gli occhi. Tendenzialmente mancino, anche se usava ambedue le mani per... le usava tutte e due. Il luogo era un capannone, abbastanza grande. Pareti di lamiera dipinte di nero ma coperte da decine di quadri che raffigurano angeli. Lungo il perimetro del soffitto, appesi, c'erano fili di led colorati. Non si vedevano porte. Potrebbe essere un rimorchio riadattato. Facevano tenere il telefono a Latrell perché li filmasse, salvo quando gli dicevano di partecipare. Sette video finiscono con la morte della vittima.» Titus chiuse il bloc-notes con uno schiocco secco.

Sette, pensò. Hanno ammazzato sette ragazzini. Ci sono sette famiglie, da qualche parte, che si chiedono dove siano i loro figli. Sette innocenti legati a un tavolo che hanno sofferto perché quei figli di puttana potessero divertirsi. Latrell lo sapeva, e non ha mai detto nulla.

Non una parola. Se c'era un inferno, lui e Spearman si sarebbero ritrovati sullo stesso spiedo.

C'è un sacco di posto, all'inferno, gli sussurrò nella testa Red DeCrain.

«Rientriamo. Abbiamo un sacco di lavoro da fare» disse Titus.

«Proprio vero che non puoi mai sapere com'è davvero la gente, eh?» disse Davy.

«Secondo me nessuno ha davvero voglia di saperlo» disse Titus.

Tornato in ufficio, scrisse una mail alla polizia di Stato, che salvò nelle bozze. L'avrebbe spedita una volta che Trey fosse rientrato e avesse sbloccato il computer di Spearman. Titus pensava che tutto il materiale incriminante fosse sulle chiavette, ma essere meticolosi non guastava. Poi diede un'occhiata ai resoconti delle spese mensili, controllò se c'erano allerte da diramare, mandati di comparizione da recapitare, mandati di perquisizione da richiedere. Roger gli chiedeva due settimane di ferie, ma aveva fatto male i conti. Aveva soltanto tre giorni di ferie arretrate. Firmò le etichette che contrassegnavano i reperti e siglò con data e iniziali ogni oggetto rinvenuto. Spedì Steve a casa in modo tale che potesse godersi quel poco che restava del suo giorno libero. Mandò Davy di pattuglia. Carla si offrì volontaria per coprire il turno di Roger, così approvò la sua richiesta di fare gli straordinari e lei andò a pattugliare le strade.

Essere riuscito a dedicarsi tanto abilmente a questi compiti dopo aver contemplato l'abisso nell'anima di quei tre sociopatici lo fece sentire impuro. Sapeva, meglio di tanti altri, che la ruota della vita avrebbe continuato a girare, incurante dei genitori che avevano perso i propri figli o dei ragazzini che avevano perso la vita. Aspettarsi che il mondo versasse una lacrima per il tuo dolore era come aspettare che una statua parlasse. E quindi stilavi rapporti, rispondevi alle mail. Tiravi avanti. E se eri come Titus, se avevi un distintivo sul petto, promettevi di fare il possibile per trovare l'Ultimo Lupo e strappargli la maschera dal volto. Per mostrare al mondo la faccia del mostro.

Certe volte pensava che il distintivo gli desse troppo potere. Quand'era nell'FBI aveva visto cos'era in grado di fare, quel potere. Aveva visto che, in una certa misura, era uno scudo che proteggeva dalle conseguenze e dalle ripercussioni delle azioni compiute in nome della giustizia. Titus aveva potuto lasciare l'FBI godendo di quella protezione, e quando si era candidato a sceriffo si era ripromesso di usare quel potere per aiutare il prossimo, non per fare del male. Mai più.

Prese la busta con il cellulare di Latrell. Infilò i guanti, lo aprì e cominciò a scorrere le schermate. Quel telefono era talmente vecchio che gli parve di essere un archeologo. Niente app, solo HTML nudo e crudo. Niente immagini, niente video. Solo un sacco di sms e un sacco di numeri senza nome. La maggior parte dei messaggi erano della madre di Latrell che lo pregava di chiamarla. Che lo supplicava di chiedere aiuto. C'erano messaggi di gente a cui Latrell si era rivolto per procurarsi la roba. Qualche donna, con cui lui sembrava avere una relazione. Titus premette un tasto per continuare a scorrere i messaggi. Gliene saltò agli occhi uno che lo fece restare di sasso.

Era una frase sola, enunciativa, eppure era carica di minacce.

Ho visto tuo fratello in giro tutto solo oggi.

Era l'ultimo messaggio che Latrell aveva ricevuto. Titus controllò la data: era di tre giorni prima.

Chiamò il numero da cui era stato inviato il messaggio. Una voce robotica disse che il numero non era attivo.

Aveva già richiesto i tabulati, ma il suo intuito – quel vecchio, inaffidabile chiacchierone – gli disse che, molto probabilmente, si trattava di un prepagato.

Notò poi un numero, che chiamava spesso, l'ultima volta la sera precedente. Titus lo richiamò.

Non fu per niente sorpreso quando il cellulare di Spearman si mise a vibrare sulla scrivania.

SEI

Il tempo di occuparsi delle minuzie quotidiane che non c'entravano nulla con il caso, in rapida espansione, che vedeva accusati di omicidio plurimo Jeff Spearman e compagnia, e si erano fatte le otto di sera. Quel giorno Titus non aveva mandato giù neanche un boccone. L'unico sapore che aveva sentito era stato quello del caffè intorno alle sei del mattino. Si alzò e prese il cappello, era ora di rientrare a casa. Sì, se ne stava andando con un'ora di anticipo rispetto al solito, ma pensava di meritarselo.

Stava per uscire, quando squillò il telefono sulla scrivania.

«Mi sembra giusto.»

Rispose.

«Scott sulla tre» disse Cam. Anche lui doveva andare a casa nel giro di pochi minuti. Kathy stava per venire a coprire il turno di notte. Titus prese la chiamata.

«A che punto siamo con le indagini? Non ti ho sentito tutto il giorno» disse Scott.

«Ho pubblicato un rapporto sulla nostra homepage. Per il momento non ti serve sapere altro.»

«In che senso, non mi serve sapere altro?»

«Nel senso che non ti serve sapere altro, Scott. Stiamo indagando. E tu devi occuparti degli affari della contea. Approvare il bilancio. Stanziare i fondi per i nuovi segnali di stop. Non sono un tuo dipendente. E comincio a stancarmi di dovertelo ricordare in continuazione» disse Titus.

«Sai, che ci sia stata una sparatoria in una scuola proprio il giorno dell'anniversario della tua elezione è una bella ironia. A me sembra il genere di cosa che la gente tende a ricordarsi. E secondo me, un pubblico ufficiale eletto dalla comunità farebbe bene a tenersi buone le persone che potrebbero dargli una mano» disse Scott.

Titus sapeva che voleva essere una minaccia, ma Scott non l'aveva aiutato a farsi eleggere e di sicuro non gli avrebbe impedito di farsi rieleggere qualora avesse deciso di ricandidarsi.

«Nient'affatto. L'ironia c'è quando una situazione è esattamente il contrario di quella che uno si aspetta. Se prima della sparatoria avessi dichiarato che non ci sarebbe mai e poi mai stata una sparatoria in una scuola il giorno dell'anniversario della mia elezione, allora sì che potresti parlare di ironia. Quello che è successo oggi è una tragedia, Scott, non un'opportunità per fare politica» disse Titus.

Scott ridacchiò mesto. «Ti piace ostentare la tua laurea prestigiosa, eh, Titus? Lo sai che io non sono riuscito a entrare all'università della Virginia. Troppe quote da rispettare.»

«Se ti aiuta a dormire la notte, Scott, continua pure a crederci» tagliò corto Titus.

«Cos'è, adesso sono un razzista, giusto? Tanto appena dici le cose come stanno ti danno del razzista» disse Scott. Titus riusciva a percepire il ghigno risentito all'altro capo del filo. Scott era il tipo d'uomo che si lamentava perché il mondo era diventato troppo sensibile, e non avrebbe mai riconosciuto i propri privilegi e quanto fosse ridicolo il suo piangersi addosso. Là dove alcuni vedevano uguaglianza, lui vedeva complotti ai danni della sua identità. Diceva a chiunque lo stesse a sentire che se aveva la casa più grande della contea e una Jaguar e un Hummer era perché aveva lavorato sodo, non perché era bianco e figlio della famiglia più ricca del posto. Gli piaceva considerarsi un soldato coraggioso schierato in prima linea nelle battaglie culturali del nostro tempo. Per Titus era soltanto un moccioso viziato troppo cresciuto. Un moccioso viziato che non aveva mai dovuto sudarsi niente e che non era capace di apprezzare un bel niente ma pensava che tutto gli fosse dovuto. Persino un posto all'università più prestigiosa dello stato.

«Due cose. Primo, non sono entrato all'università della Virginia per chissà quale quota. Ho vinto una borsa di studio per meriti sportivi e un'*altra* per meriti accademici. Secondo, se mai avessi l'impressione che tu stessi anche solo pensando di dirmi qualcosa che potrebbe essere percepito come razzista, dovremmo farci una bella chiacchierata. Faccia a faccia.» Titus mise una pausa, fra «chiacchierata» e «faccia a faccia», abbastanza lunga da permettere a Scott di cogliere la minaccia che ora sottintendeva lui.

«Ci sarà una veglia in ricordo del professor Spearman sul prato davanti al tribunale, stasera alle nove. Volevo solo fartelo sapere» disse Scott.

Titus spostò la cornetta da un orecchio all'altro.

«Scott, siamo nel pieno dell'indagine. Sarebbe meglio aspettare.» Era quanto di più vicino a un consiglio fosse disposto a fornirgli. Avrebbe potuto dirgli che Jeff Spearman probabilmente era un pedofilo, e un serial killer. Che Latrell, a ben vedere, aveva fatto un favore alla comunità. E che c'era un terzo uomo coinvolto, ancora non identificato, che se ne andava a spasso libero come l'aria. Ma tutte quelle informazioni riguardavano un'indagine in corso. Titus voleva far avere il materiale recuperato alla polizia di Stato o addirittura all'FBI, per verificarne l'autenticità, ma era necessario sbloccare il computer di Spearman per procedere. C'erano puntini da mettere sulle i, trattini da mettere sulle t. Che Charon si raccogliesse pure in un minuto di silenzio. Avrebbero pianto Jeff Spearman, prima che lui svelasse loro chi era stato davvero.

Quella serata si candidava a essere la fine dell'innocenza per un'intera generazione di suoi concittadini.

Una volta rilasciata una dichiarazione ufficiale, chiunque avesse mai frequentato le lezioni di geografia di Jeff Spearman, chi aveva riso del ridicolo completo cosmopolita che indossava ogni anno in occasione della Giornata della Terra (un patchwork di bandiere di quasi tutti i paesi del mondo), o gli aveva battuto il cinque dopo una gara di dibattito o una gara teatrale, ecco: tutte queste persone avrebbero messo in discussione ogni singola interazione avuta con lui. Ogni abbraccio e pacca sulla spalla, ogni conversazione, tutto sarebbe diventato una sfera di cristallo offuscata che li aveva traditi.

Che si aggrappassero pure all'idea che avevano di quell'uomo per un giorno ancora. Ben presto la terribile verità dei fatti sarebbe arrivata per restare.

«Ascolta tu adesso, sceriffo. Nemmeno io lavoro per te, e la comunità vuole riunirsi. Stasera alle nove. Immagino che manderai qualcuno dei tuoi. La gente di Charon ti tiene d'occhio. Ti tiene d'occhio con grande attenzione» disse Scott.

«Buona serata, Scott.» Titus riattaccò prima che l'altro avesse il tempo di aggiungere qualcosa e mandargli la pressione alle stelle.

Si mise il cappello e attraversò l'atrio. Cam aveva gli occhi fissi sulla porta. Kathy era in ritardo di qualche minuto.

«Vedrai che fra cinque minuti arriva» disse Titus.

«Lo so. È che... oggi è uno di quei giorni che ho voglia di andare a casa e abbracciare forte mio nipote e mia sorella» disse Cam. Titus annuì.

Cam si massaggiò il mento. «Quando sono tornato, un giorno, ho incrociato il professor Spearman al supermercato. Mi ha salutato, abbiamo parlato. Non ha distolto lo sguardo.

Non... non sembrava compatirmi. Un sacco di gente neanche riusciva a guardarmi negli occhi.»

«C'è gente che pensava che Danny Rolling fosse un cantante della madonna» disse Titus.

«E chi è Danny Rolling?»

«Lo Squartatore di Gainesville. Ha ucciso cinque studenti universitari in quattro giorni nel 1990. A una delle ragazze ha tagliato la testa e l'ha appoggiata su una mensola vicino al corpo. Era uno dei nostri casi di studio all'Accademia.»

«Gesù Cristo» disse Cam.

«Le persone terribili a volte possono fare cose buone. Ma preferiscono fare cose terribili. Ci vediamo domani.»

Titus uscì dal parcheggio e lasciò scivolare il SUV in carreggiata. La notte era scesa a coprire il cielo sopra la contea come una trapunta nera piena di forellini. Svoltò a destra e passò davanti al tribunale. Ricky Sours e i suoi neoconfederati avevano piazzato delle lampade solari intorno alla statua del Vecchio Joe. A Titus sembravano fari da due soldi, di pessima qualità, proprio come la statua. Era stata eretta nel 1923 dalle Figlie Unite della Confederazione nell'ambito di una vasta e ben orchestrata campagna propagandistica volta a trasformare i traditori in patrioti.

Finita la Prima guerra mondiale, migliaia di reduci neri tornarono a casa, dopo aver salvato la democrazia dal Kaiser, con un rinnovato senso della propria dignità. Erano eroi, dopotutto. Perché mai avrebbero dovuto inchinarsi e fare ossequi a chicchessia? Poi venne l'Estate Rossa, e certi bianchi come Everett Cunningham, il bisnonno di Scott, decisero che era compito loro ricordare a quegli eroi quale fosse il loro posto. Non serviva scavare troppo negli archivi del «Charon Register» per trovare un articolo che raccontasse come Everett aveva condotto un gruppo di «patrioti» fino a Washington, onde far capire che per lui, e per quelli come lui, sarebbero rimasti sempre dei pezzenti. Più complicato era trovare negli archivi pubblici che Everett era tornato senza un occhio ma con litri di sangue sulle mani.

Per consolidare quello che percepivano come il proprio predominio, mentre l'Estate Rossa volgeva al termine le Figlie avevano eretto in tutto il Sud centinaia di monumenti dedicati alla Guerra civile. Erano quasi tutti fatti di bronzo scadente o pietra calcarea, prodotti in serie, piazzati in fretta e furia spendendo il meno possibile.

Quelle effigi avevano due scopi: creare una falsa narrazione che parlasse di onore e sacrificio alla quale i nostalgici confederati potessero aggrapparsi, per dimenticare la vergogna del tradimento, che era invece il loro vero marchio di fabbrica. E ricordare ai neri del Sud che per alcuni dei loro vicini bianchi non erano che bovini fuggiti dal recinto, pronti per essere sacrificati sull'altare della Causa Persa.

Quand'erano giovani, più o meno in età di patente, Titus e Cal e Big Bobby avevano parlato di legare una corda intorno alla statua che sorgeva davanti al tribunale, tirarla giù dal piedistallo e trascinarla lungo la strada fino alla discarica. Se chiudeva gli occhi, Titus riusciva a immaginare la nube di scintille che avrebbe seguito la Dodge Ram rossonera dell'84 di Big Bobby mentre trascinavano quel grumo di latta e scorie di rame lungo la Route 18.

Ma erano state solo parole. I proclami immaturi di un gruppo di giovanotti che cercavano di capire come diventare uomini, che magari non sarebbero mai stati in grado di articolare fino in fondo come si sentivano nel vedere quella statua tutti i giorni, mentre andavano a scuola, ma che sapevano senz'ombra di dubbio cosa rappresentava.

Svoltando nel parcheggio di Gilby gli tornò in mente la volta che suo nonno gli aveva raccontato del prematuro scioglimento della sezione locale delle Figlie della Confederazione. La versione breve e concisa era che Sarah Anne Denning, la vicepresidentessa, snervata dal fatto che suo marito Norris Denning avesse pucciato il biscotto in molte delle sue compagne revisioniste, aveva preparato un tortino di patate dolci per il picnic organizzato dall'associazione in occasione del Primo Maggio del 1935. Aveva usato i soliti ingredienti. Purè di patate dolci. Latte. Noce moscata. Burro. Cannella. Poi aveva aggiunto un altro ingrediente. Cinque cucchiai colmi di laudano.

«Mio papà diceva che quando lo sceriffo le ha trovate erano morte da mezza giornata. Stavano lì come conigli dopo la caccia. Diceva che si vedevano gli avvoltoi volteggiare a chilometri di distanza.»

Nonno Crown aveva raccontato quella storia in poltrona, mentre Titus e Marquis lo ascoltavano seduti per terra. La madre aveva rimproverato il nonno per aver raccontato ai bambini una storia tanto cruenta, ma l'aveva fatto sorridendo. A casa sua non c'era mai stato grande affetto per i nostalgici dell'anteguerra.

Titus entrò da Gilby e si tolse il cappello. Gilby non cucinava più, ma veniva ancora alla tavola calda e teneva sempre banco in un angolo. Gillian «Gilby» Hayes aveva almeno ottant'anni, ma avrebbe anche potuto averne cento. Era plausibile che fosse stato a causa sua che si era diffusa l'idea per cui i neri «invecchiavano bene». Se ne stava seduta al suo tavolo con un pacchetto di Virginia Slims in una mano e una tazza da caffè colma di whiskey nell'altra. Alta e magra, con una corona di capelli bianchi come la neve che sembravano una montagnola di panna montata in netto contrasto con la pelle nera come l'ebano. Una volta, di passaggio a New York per una riunione dell'FBI, Titus era stato in un museo di Brooklyn. D'un tratto, si era trovato davanti una scultura di ossidiana intitolata *Donna martinicana*. Era come se Gilby lo stesse fissando da un piedistallo in una teca di vetro.

Da Gilby si mangiava cucina tipica del sud degli Stati Uniti, casalinga, senza fronzoli, e dal valore nutrizionale dubbio. Pollo fritto, purè al sugo d'arrosto, porridge di mais, fagioli dall'occhio nero, cime di rapa, sfogliatelle al latticello grosse come frisbee, prosciutto arrosto, pesce fritto di qualsiasi categoria ittiologica, torte farcite con melassa, alle noci pecan, al limone e al cioccolato, e tè freddo talmente dolce che solo a guardarlo ti si alzava di due punti l'emoglobina glicata.

Titus ne andava matto.

E non era l'unico a provare un amore sconfinato per quel posto. Gilby era uno dei pochi locali a Charon dove sembrava che tutti si sentissero a casa. Tanto dipendeva dalla stessa Gilby. Era tua mamma e tua zia. Tua nonna e la tua bisnonna, e negli ultimi anni era diventata una specie di *abuela* per i lavoratori immigrati che arrivavano in città durante l'estate per rimpinguare i ranghi sempre meno nutriti della fabbrica del pesce. Il suo sorriso era un caldo benvenuto a chiunque varcasse la soglia e ti faceva venire voglia di sederti per una bella mangiata. Se la trattavi con rispetto, lei ti rispettava.

E se per caso non lo facevi, Titus sapeva che dietro il bancone c'era una calibro .44 pronta a insegnarti le buone maniere.

«Ehi, Titus, che fai, non vieni neanche a salutarmi?» chiese Gilby.

Titus sorrise e per averlo fatto si sentì strano, dopo tutto quello che era successo in quella giornata infinita. Poi Gilby gli restituì il sorriso e per un istante lui sentì alleggerirsi il peso che portava sulle spalle e sbiadire l'ombra che gli gravava sul cuore.

Gilby gli prese la mano, quando la raggiunse al tavolo che le faceva da trono. La stretta della donna fu più energica del previsto. Anni passati a tritare verdure, tirare pasta e cucinare polli avevano conferito alle sue mani una forza profonda, quel tipo di forza che non appassiva con l'età. Si chiese come mai le sue fossero rimaste forti mentre invece quelle di suo padre si erano rattrappite. Dopotutto, entrambi avevano sempre lavorato con le mani. Però solo Gilby era padrona del proprio tempo e poteva riposarsi ogni volta che ne aveva bisogno. Le mani di Albert erano legate ai capricci di un altro uomo.

«Ho saputo del figlio di Calvin. Latrell non è mai stato del tutto normale. Poi quando s'è messo a farsi di quella roba di sicuro non l'ha aiutato» sussurrò Gilby a voce bassa, discreta. Titus alzò e abbassò il mento con un rapido cenno di assenso. Non poteva fare commenti su Latrell o sulla sparatoria, per quanto fosse d'accordo con le valutazioni di Gilby. Non ebbe bisogno di scandagliare la sala per rendersi conto che i presenti lo osservavano ignorandolo al tempo stesso. Scott aveva ragione solo a metà. La gente lo teneva d'occhio, ma spesso voleva fingere il contrario. A nessuno piaceva veder spuntare un poliziotto mentre cenava, se non a coloro a cui i poliziotti piacevano un po' troppo.

«È una gran brutta storia, questo è certo» disse Titus.

«Lo so che ci stai male. Tu e Calvin eravate come fratelli. E anche Bobby» disse Gilby. Gli lasciò andare la mano e si accese una sigaretta sottile, ignorando completamente le linee guida del dipartimento della Salute della Virginia. Due viticci di fumo gemelli le uscirono piano dalle narici, simili ai pennacchi di vapore delle locomotive.

«Sì, signora, proprio così.»

«E quel Big Bobby Packer lì, il suo soprannome se lo guadagnava. Veniva qui coi suoi amici, e Dio mi fulmini se non si mangiava un pollo intero da solo.»

«Bobby mangiava eccome. A proposito di mangiare, meglio che vada a ordinarmi qualcosa» disse Titus.

«Tu somigli a tuo papà, ma parli come tua mamma. Helen era furba come una volpe. E sapeva anche come togliersi dai piedi una vecchia rompiballe» disse Gilby. Si infilò la sigaretta nell'angolo della bocca e gli fece un mezzo sorriso.

«Lei non rompe affatto, Miss Gilby. Ho solo fame.»

«Di' a Patrice che non ti faccio pagare niente. E fatti dare il piatto del giorno.»

«Non deve disturbarsi, Miss Gilby.»

«Lo so. Non devo disturbarmi per niente, non ho altro da fare che restare nera e schiattare, però voglio che ti fai una bella mangiata. Darlene è una brava ragazza, ma farebbe bruciare pure l'acqua» disse Gilby.

Titus si augurò di vivere abbastanza a lungo da poter dire la prima cosa che gli passava per la testa senza doversi preoccupare delle ripercussioni.

«Be', grazie. Apprezzo molto» disse.

«Ci mancherebbe, ragazzo. Salutami tuo padre e gli altri» disse Gilby.

«Sarà fatto, signora.»

Titus si fece strada fra i tavoli puntando al bancone. Pochi lo degnarono di uno sguardo. Due ragazzine bianche, sedute accanto al vetusto juke-box a cd, gli lanciarono un'occhiata da dietro gli schermi dei cellulari e sghignazzarono. Lui ricordò di averle viste quella mattina al liceo, sulla scena del crimine. Qualche ora prima correvano in preda al panico per salvarsi la pelle, ora si nascondevano dietro un display e ridacchiavano. Si chiese se fosse il loro modo di affrontare quell'esperienza traumatica. Se la provvisorietà dei social offrisse loro un rifugio dall'inappellabilità della morte.

O stava di nuovo pensando troppo?

«Sceriffo... Volevo... solo dirle grazie. Avete salvato delle vite oggi. Gesù Cristo su un ginepro, quel ragazzo era pazzo da legare» disse una voce.

Titus si fermò e vide che era Cole Marshall. Cole guidava un camion con il quale consegnava il pesce per conto della

Cunnigham Seafood e il resto del tempo gestiva un'impresa che abbatteva e rimuoveva alberi e arbusti. Come molti cittadini di Charon, gli servivano diverse fonti di reddito. Era seduto insieme a una donna che Titus prese per la sua ragazza. Stavano allo stesso lato del tavolo. Le mani di lei erano posate sull'avambraccio di Cole, e giocavano con la sua fine peluria bionda. Il linguaggio dei corpi tradiva un'intimità nata da poco. Sul divanetto di fronte al loro c'erano Dallas e Megan Processer, le cui maniere da coppia sposata, per contro, parevano scorrere lungo solchi concentrici e ben rodati.

«Non c'è bisogno di ringraziarmi» disse Titus.

«Sono contento che avete avuto il coraggio di abbatterlo, il ragazzo. Il professor Spearman era un brav'uomo, non si meritava di fare quella fine» disse un uomo seduto al tavolo sul lato opposto del locale. Titus strinse gli occhi dietro le lenti. Il nome dell'uomo danzava ai margini della sua memoria. Dopo un attimo gli venne in mente. Royce Lazare. Aveva un vecchio cappellino da camionista della TEXACO su un testone di capelli castani.

«Non era un cane. Non l'abbiamo abbattuto» disse Titus sfilandosi gli occhiali per fissare Royce.

Royce si accigliò, sistemandosi il cappellino della TEXACO. «Stavo solo dicendo...» attaccò, per poi lasciar morire la frase sulle labbra.

«Non intendevamo...» balbettò Cole.

Titus lanciò loro un'occhiataccia, dicendo in quel modo le cose che uno sceriffo nero non poteva dire ad alta voce, fino a che il disagio costrinse i due ad abbassare lo sguardo e le loro donne a distoglierlo.

Si rimise gli occhiali da sole.

Riconobbe il sapore rancoroso che era salito a riempirgli la bocca. Era quello della mortificazione, puro, semplice e acre come l'aceto. Ciò che aveva fatto Latrell era orrendo. Non quello che aveva fatto a Spearman, ma quello che aveva fatto con Spearman, e con l'Ultimo Lupo. Le immagini dei loro atti disumani avrebbero piagato la mente di Titus per il resto dei suoi giorni incessantemente, senza bisogno che le richiamasse.

Questo però non significava che doveva starsene lì come una comparsa in *Via col vento* a sentire lo stronzo con il cappellino da hipster finto-retrò che se la spassava parlando a un nero di come avevano ammazzato un altro nero. Poteva detestare le azioni di Latrell senza bearsi della sua morte.

Una cosa non escludeva l'altra.

«Buona serata a tutti» disse.

Quando si fermò davanti a casa, vide l'utilitaria a tre porte di Darlene accanto al pick-up di suo padre e alla sua auto personale, una Jeep Wagoneer. Parcheggiò il SUV, scese e andò a toccare il cofano della macchina di Darlene. Era ancora caldo.

Entrò in casa.

Li trovò in cucina. Albert era seduto a tavola, come l'aveva lasciato quella mattina. Darlene gli stava di fronte, sulla sedia solitamente occupata da Titus. Avevano davanti un contenitore di cibo cinese ciascuno.

«Giovanotto, il telefono non lo sai usare?» brontolò Albert. Si alzò dalla sedia, zoppicò incontro al figlio e lo stritolò in un abbraccio. Chissà perché Titus aveva pensato che suo padre si fosse arreso alla propria condizione di infermo. Albert gli stava strizzando l'aria fuori dai polmoni, neanche cercasse di far scoppiare un palloncino. «Ho sentito della sparatoria alla radio. Avevo paura che ti fosse successo qualcosa, testone» gli borbottò sul collo.

I peli della barba di suo padre gli grattavano la guancia. La sensazione lo riportò indietro fino all'infanzia. Un altro abbraccio, la stessa sensazione di barba ispida, ma quell'abbraccio sapeva di whiskey. Un odore pungente, forte, come quello dell'alcol disinfettante, verde. Suo padre che lo stringeva mentre calavano sua madre nella terra fredda.

Titus ricambiò con il braccio libero. Nell'altro aveva il sacchetto con la cena.

«Non vado da nessuna parte, vecchio» disse. Suo padre rinnovò la stretta prima di lasciarlo andare. Quando si scostò, Titus lo vide passarsi le mani sugli occhi. Fece sparire le lacrime come neanche un prestigiatore.

«Tutto a posto?» chiese Albert.

«Abbastanza.» Nella sua mente, una carrellata delle immagini che Jeff Spearman teneva sul telefono rese quella risposta una menzogna.

Darlene si alzò e passò accanto ad Albert per abbracciarlo a sua volta. Era più bassa di Albert, e gli appoggiò la testa sul petto.

«La odio, questa situazione. Ogni giorno ho tanta paura che ti succeda qualcosa» disse. Lo strinse forte, e Titus fece altrettanto. Ammirava la sua onestà: Darlene non faceva finta che lui avesse un lavoro normale, non gli nascondeva che il suo lavoro la teneva costantemente in ansia. Parlava spesso delle sue paure, eppure non gli chiedeva mai di scegliere fra lei e il distintivo. Era in grado di separare quelle paure dai bisogni del suo uomo. Lui, dal canto suo, sapeva che si trattava di una qualità rara, e anche per questo continuava a innamorarsi di lei.

«Lo so. Ma sono qui e sto bene» disse.

«Ti ho portato da mangiare. Non mi aspettavo che passassi da Gilby» disse lei. Titus si accigliò. Avrebbe dovuto richiamarla.

Albert tossicchiò. «Io mi sa che vado a mangiare di sopra. Vi lascio un po' da soli, a voi giovani.»

«Pa', guarda che non devi andare da nessuna parte» disse Titus.

«Ah, ma tanto sono stanco. Son stato nell'orto a trafficare con le cime di rapa e le taccole. C'è un coniglio che mi mangia le carote manco fosse Bugs Bunny, diavolo, e con Gene abbiamo tirato su una rete. Non pensavo di stancarmi così tanto. Cerca di non invecchiare, ragazzo mio» disse Albert. Lui e Gene Dixon curavano l'orto della chiesa, che era stato ricavato da un lotto di terreno situato proprio di fronte alla Emmanuel. La chiesa donava quasi tutte le verdure al dipartimento dei Servizi sociali della contea. Per suo padre la cura dell'orto aveva preso il posto delle mangiate e delle bevute a cui si era dedicato dopo la morte della moglie; e quando anche i suoi due figli avevano lasciato la casa aveva messo le proprie forze al servizio della chiesa. Per un certo periodo parte del raccolto l'aveva dato a Gilby, poi un bel giorno aveva smesso.

Titus era abbastanza sicuro che suo padre e Gilby avessero avuto una relazione di qualche tipo. Dovendo azzardare un'ipotesi, avrebbe detto che era iniziata intorno al suo terzo anno di liceo cd era finita intorno al secondo anno di università. Lei non era mai venuta a casa, ma suo padre passava un sacco di tempo alla tavola calda.

Intorno al giorno del Ringraziamento, a un certo punto, Gilby si era presentata alla Emmanuel nonostante avesse sempre frequentato la Chiesa Battista del Calvario. Titus era, per l'appunto, al terzo anno. Quello stesso anno, per Natale, suo padre li aveva portati a cena da Gilby. Titus non provava rancore, capiva il bisogno di compagnia di Albert. Non era entusiasta, ma non provava rancore. Non aveva mai pensato che suo padre cercasse di sostituire sua madre.

Marquis invece non aveva mai più messo piede da Gilby, dopo quella cena.

«Sicuro, pa'? Non c'è bisogno» disse Titus da dietro la spalla di Darlene. Suo padre gli sorrise.

«Sì, son sicuro. Prenditi cura del mio ragazzo, Darlene. Si pensa di essere alto tre metri e di avere la pelle antiproiettile» disse Albert.

«Io mi prendo sempre cura di lui, signor Crown» disse Darlene. Sia lei che Titus avevano passato i trent'anni, ma quei momenti con suo padre lo facevano sempre sentire come se fosse ancora ragazzino. Non era una situazione del tutto sgradevole, c'era un certo conforto, nella nostalgia, per quanto fugace.

«Lo so, tesoro. È per non farti abbassare la guardia. Buonanotte, figlioli» disse Albert. Lo guardarono strascicare i piedi su per le scale con il riso cantonese e il manzo saltato. Darlene si alzò sulle punte e stampò un bacio sulle labbra di Titus.

«Era talmente preoccupato per te che avevo paura che gli venisse un colpo» disse Darlene.

«E tu invece no?» Titus la abbracciò un'altra volta.

«Certo che ero preoccupata, però dovevo restare forte per lui. Dai, dammi quel sacchetto e siediti. Ti scaldo la cena» disse Darlene.

«Lascia stare, non c'è bisogno.»

«Lo so che non c'è bisogno. Ma mi va. Tu intanto vatti a cambiare, ci vediamo in soggiorno fra cinque minuti.» Titus le porse il sacchetto senza fare altre storie. Salì al piano di sopra, si tolse la divisa e si infilò i pantaloni di una tuta grigia e una maglietta nera. Tornò di sotto scalzo, godendosi la frescura del pavimento in laminato che accomunava la cucina e il soggiorno.

Si sedette sul divano, appoggiò la testa allo schienale e chiuse gli occhi.

«Non addormentarti prima ancora di mangiare, Smokey» disse Darlene. Lui aprì gli occhi di scatto e prese il piatto che gli porgeva insieme a una birra fresca di frigo. Suo padre non beveva più, ma non gli dava fastidio che Titus tenesse un po' di birra in casa. Svitò il tappo e mandò giù una lunga sorsata tenendo il piatto in equilibrio sulle cosce.

Lei andò a sedersi accanto a lui e lo guardò mangiare. Lui la guardò e vide che lo fissava. I suoi occhi grandi lo osservavano, lo studiavano, lo vedevano attraverso il prisma dell'adulazione.

Lui la prendeva in giro dicendole che aveva gli occhi come i cartoni animati giapponesi. Aveva la pelle di un marrone molto scuro, liscia come il ghiaccio appena formatosi su un laghetto di montagna. I capelli tagliati corti dietro e una montagna riccia in cima alla testa. Da qualche mese li teneva al naturale, e al posto dei liscianti chimici usava prodotti biologici. Titus pensava che sua madre avrebbe guardato con scetticismo a quella nuova routine in fatto di cura del capello. Helen Crown era sempre rimasta fedele ai liscianti della Dark & Lovely.

Svuotò la bottiglia della birra con un altro lungo sorso. Lei gliela prese con la mano sinistra e la portò in cucina per gettarla nella pattumiera. Gli aveva detto che era nata destrorsa, ma dopo che un incidente al negozio di fiori di sua madre le era costato la punta del mignolo si era messa a usare entrambe le mani. Titus aveva i suoi dubbi circa la storia del negozio di fiori. L'ultima volta che aveva parlato con Marquis, suo fratello gli aveva detto che girava voce che l'ex di Darlene le avesse chiuso la mano nella portiera dell'auto.

Titus non aveva fatto domande. Parte di lui voleva credere alla storia di Darlene. Così non avrebbe avuto la tentazione di andare a cercare il suo ex. Lei ne parlava restando sempre sul vago, ma non sarebbe stato difficile farsi dire come si chiamava. Non sarebbe stato difficile consultare la sua fedina penale. Non sarebbe stato affatto un disturbo trovare il suo indirizzo e andare a fargli una visitina.

Probabilmente, andare a fargli una visitina gli avrebbe dato soddisfazione.

Ma Darlene non gli aveva mai dato motivo di credere che fosse quello che voleva. Continuava a raccontare di un incidente con un paio di cesoie affilate e lui si consentiva di crederci, nonostante lei non lo guardasse mai negli occhi quando ne parlava.

Un picchiettio contro la finestra del soggiorno fece sobbalzare entrambi. Un grosso gufo si era posato sul davanzale.

Titus avvertì un brivido attraversargli il corpo. Suo nonno, che oltre a intrattenere lui e Marquis con gli aneddoti più cruenti della storia della contea era anche un'antologia ambulante di leggende popolari, gli diceva sempre che gufi e civette erano messaggeri di sventura. Titus non prendeva sul serio le superstizioni, come non prendeva sul serio il mago celeste, ma la vista di quel gufo che li fissava dall'altra parte del vetro con gli occhi grossi come dollari d'argento lo fece pensare a oscuri presagi e gatte da pelare. Batté il piede. Il gufo spiegò le ali e spiccò il volo con potenza, silenzioso ed esplosivo.

«Che inquietante» disse Darlene.

«Già. Credo gli interessino gli scoiattoli che bazzicano fuori» disse Titus. Mangiò una forchettata di succotash.

Darlene gli poggiò una mano sulla coscia. «Non riesco a credere che Latrell abbia sparato al professor Spearman. Era tanto un bravo insegnante» disse.

Titus masticò. Deglutì. Poi fece un respiro profondo. «Ho cercato di calmarlo. Pensavo di esserci riuscito, e invece si è messo a correrci incontro sventolando il fucile. Non ho mai visto nessuno con la faccia più triste di quella che aveva Latrell stamattina. Fino a che non sono andato da Cal e ho dovuto dirgli che suo figlio era morto» disse Titus. Fra i due scese un silenzio eccessivamente lungo, a parere di Titus. Darlene si girò verso di lui, e ora gli fissava il profilo. Aveva le mani irrequiete, che tiravano un filo invisibile dei pantaloni. Titus sapeva che voleva fargli una domanda. Aspettò che trovasse il coraggio.

«Avete scoperto qualcosa di brutto oggi, a casa del professor Spearman?» disse Darlene.

Eccola, pensò.

Posò il piatto sul tavolino accanto al divano e si voltò per guardarla negli occhi.

«Perché me lo chiedi?»

«Oggi, mentre stavamo chiudendo, al negozio è passato

Bucket Miller e ha detto che Joyce, giù al supermercato, gli ha detto che Davy le aveva detto che stasera non andava alla veglia. Ha detto che avete trovato delle cose a casa del professor Spearman e che la gente avrebbe rimpianto di aver sprecato anche solo una candela per lui. Poi ho visto Gladys al distributore di benzina e mi ha detto che qualcuno ha detto che vi ha visto portare via delle cose da casa sua oggi. Insomma... volevo solo... era uno dei pochi insegnanti bianchi simpatici quando andavamo a scuola. Dava l'impressione che gli importasse davvero qualcosa di noi» disse Darlene.

Titus prese un appunto mentale per ricordarsi di fare un discorsetto a Davy per non aver tenuto la bocca chiusa. Le dicerie, nella contea di Charon, correvano più in fretta del kudzu. L'indomani mattina ogni singolo cittadino avrebbe avuto la propria versione di quel che avevano trovato da Spearman.

«Sì, anche a me» dissc Titus.

«Ma è vero?» chiese Darlene.

Non rispose. Le prese la mano nella sua. Sentì la pelle ruvida dell'estremità mozzata del mignolo. Le parole intrappolate nella gola erano come calabroni in un nido. Pronte a riversarsi all'esterno e pungere.

«Pensa alla cosa peggiore che tu abbia mai visto. Adesso immagina di vederla decine e decine di volte. Di vederla e di sentire le urla che la accompagnano e le grida che implorano pietà o invocano Dio, o chiamano la mamma, sapendo che non ci sarà nessuna pietà, nessun soccorso, nessuna mano divina in grado di abbattersi sui diavoli. Immagina di essere testimone di tutto questo e di sapere che tutto questo ti accompagnerà per il resto dei tuoi giorni, come il cazzo di marchio di Caino.»

Questo avrebbe voluto risponderle, invece disse: «Andiamo a letto».

SETTE

Titus alle sette era in piedi che preparava il caffè. Darlene era sgusciata fuori dal letto verso le sei del mattino, dandogli un bacio sulla guancia prima di scendere al piano di sotto. Doveva accompagnare la madre dal fisioterapista, dopodiché bisognava aprire il negozio di fiori entro le dieci. La signora Gilchrist si stava riprendendo da un intervento chirurgico, un'artroprotesi totale al ginocchio. Era così che si erano conosciuti, nella sala d'attesa dello studio di fisioterapia. Figli adulti che si erano scambiati i ruoli con i genitori e si ritrovavano a dover calmare il paziente quando il medico si avvicinava con un ago di trenta centimetri.

«Ieri sera eri una furia, eh? Chiamami più tardi, Smokey» gli aveva sussurrato all'orecchio prima di andarsene.

Titus bevve un sorso di caffè.

Per Darlene era stato particolarmente passionale, quella notte, ma nel corso dell'ultimo anno Titus aveva imparato che loro due davano a *passionale* significati ben diversi. Non che gli importasse granché. Lei non lo lasciava mai del tutto insoddisfatto. Darlene voleva fare l'amore, anche quando erano ancora solo amici con benefici. Non voleva fare sesso, lei. Non voleva scopare. Voleva fare l'amore.

Cosa che gli andava benissimo, e qualora non gli fosse andata bene avrebbe dovuto farlo presente quando la relazione aveva preso un'altra piega. Non è che lui volesse mettere in scena *Histoire d'O* ma, avendo consacrato quasi interamente la sua vita alla religione dell'ordine e del controllo, c'erano momenti in cui sentiva il bisogno di peccare e cedere alle forze del tumulto e della discordia. Di tuffarsi nel centro del gorgo per riemergerne segnato da ferite che raccontavano una storia di autentica passione.

«Piantami le unghie nella schiena» le aveva sussurrato. Adesso, nella luce fredda del mattino, non sapeva perché gliel'avesse chiesto. Immaginava che la parte giurassica del suo cervello avesse preso il comando, fregandosene bellamente del fatto che a Darlene non piaceva essere aggressiva. Ma in quel momento aveva proprio bisogno di aggressività. Per poter scacciare via le immagini del telefono di Jeff Spearman, che ormai gli erano entrate nella testa. Aveva voglia di provare... qualsiasi cosa che non fosse disgusto. Al di là di tutto quel che poteva dire di Kellie, lei non aveva mai avuto problemi con l'aggressività. Anzi, a dire il vero la bramava. Se ci fosse stata lei, ieri sera nel suo letto, avrebbe...

Basta. Ti sei trovato una brava donna. Apprezzala, pensò.

Finì il caffè e prese la porta. Suo padre era ancora a letto. Aveva controllato come stava prima di scendere al piano di sotto. Entrare in camera di suo padre era come salire su una macchina del tempo, nulla era cambiato in quella stanza da quando era morta sua madre. Le tende erano le stesse. La moquette era logora. Il comodino di sua madre, con gli occhiali che usava per leggere e la sua copia dell'*Autobiografia di Miss Jane Pittman* era esattamente come se lo ricordava dalla sera in cui aveva sentito l'ultimo rantolo uscirle dalla gola, quasi che qualcuno stesse agitando dei dadi in un bicchiere.

Suo padre aveva sempre dormito dal suo lato del letto. Sempre lì, mai dal lato di sua madre. Titus gli vide il petto che si alzava e si abbassava, lo sentì russare e lo guardò cambiare leggermente posizione. Suo padre non parlava mai dei propri sogni, ma Titus sperava che in quei sogni vedesse sua moglie. Sperava che i sogni del padre fossero diversi dai suoi.

Stava aprendo la portiera del SUV quando gli squillò il telefono. Lo tirò fuori dalla tasca e guardò lo schermo.

«Oh. Questa sì che è una sorpresa» disse fra sé.

Era un messaggio di suo fratello. Era lungo due parole.

tutto ok?

Titus rispose a tono.

Sì, tutto a posto.

Ok.

Restò col dito sospeso sullo schermo. Aveva la sensazione che ci fosse dell'altro da dire, ma poi cambiò idea. Perché doveva essere lui a dirlo? A Marquis piaceva comportarsi come se fosse l'unico a sentire la mancanza di sua madre. E in questo modo giustificava la vita che viveva. Dopo essere diventato sceriffo, Titus aveva sfruttato l'occasione per andare a sfogliarsi i rapporti in archivio. Nonostante il suo predecessore non fosse molto metodico, i rapporti relativi agli arresti erano perlopiù integri. Aveva visto il nome di Marquis una marea di volte. E scoperto che suo padre si era impegnato la casa per pagargli la cauzione. E anche che l'aveva quasi persa perché Marquis si era presentato in ritardo a un'udienza. Titus voleva bene al fratello, ma non sopportava che credesse di avere il monopolio sul dolore.

Dopo un lungo minuto, scrisse un altro messaggio.

Ehi, ci sei questo weekend? Papà vuole che vieni da noi vuole prendere due ostriche

La risposta di Marquis fu così rapida che si chiese se per caso non l'avesse provata e riprovata.

Lavoro sto weekend. Tiro su un capanno per Vanessa Ferguson giù dove abita Tank Billups

Nella mente di Titus, un ingranaggio si incastrò d'improvviso al posto giusto. Tank Billups era il proprietario della Norton's Marina. Aveva una grossa casa di mattoni in Stamper Hill Road, vicino alla tenuta dei Cunningham. Era lì che Marquis avrebbe lavorato quel fine settimana, o almeno così diceva. Il nome di Tank gli aveva sbloccato un ricordo. Un ricordo che condivideva con dozzine di altri abitanti di Charon.

Saltò sul SUV e partì sfrecciando.

Quando svoltò nel parcheggio, Titus vide Trey appoggiato alla macchina che parlava con Pip. Trey indossava un completo marrone scuro di diverse taglie troppo grande per il suo fisico smilzo. Aveva i capelli tagliati a spazzola e stava ingrigendo prematuramente. Trey era il primo investigatore nero nella storia della contea, era stato la terza persona che Titus aveva assunto. Era laureato in diritto penale e, come Carla, aveva in programma di andarsene da Charon dopo qualche anno di apprendistato sotto l'ala protettrice di Titus. Titus non dubitava che avrebbe avuto successo ovunque avesse deciso di andare. Era intelligente, ambizioso e tenace; qualità che potevano produrre un ottimo poliziotto oppure un pessimo poliziotto. Titus era pronto a scommettere sulla prima opzione.

Pip era in divisa. Gli ultimi tre bottoni della camicia erano sottoposti a una fatica erculea nel tentativo di impedire alla pancia di strabordare. Era l'agente più vecchio alle sue dipendenze ed era lo stereotipo fatto e finito del poliziotto del Sud. Testona, doppio mento, capelli rasati con calvizie incipiente.

Anche quand'era in borghese, era come se avesse scritto in fronte «piedipiatti». L'unica cosa che gli mancava era il virulento razzismo che accomunava tanti altri suoi colleghi.

Pip era cresciuto mennonita. Aveva lasciato la fattoria dei suoi nel nord della contea per andare a farsi un decennio da volontario nei Peace Corps, dopodiché, una volta tornato a casa, era entrato a far parte della squadra dello sceriffo. Mentre diventava un uomo, Titus aveva imparato a vedere Pip e le sue sfumature come lo yin che andava a contrastare lo yang dei suoi colleghi bellicosi sempre con la schiuma alla bocca.

Quando Pip gli aveva chiesto se poteva restare in servizio, Titus era rimasto sorpreso.

«Sei proprio sicuro, sì? A me fa piacere averti con noi, ma temo che certa gente ti vedrà come un traditore» aveva detto.

«Probabile, sì, ma penso che potrebbe essere una bella cosa finire la carriera agli ordini di uno sceriffo che tanto per cambiare non è più fetente di una donnola con la rabbia. Uno che le lenzuola bianche le usa a letto, anziché indossarle» aveva ribattuto Pip.

«Se era così un inferno, perché sei rimasto tutti questi anni?» gli aveva chiesto Titus.

A quella domanda, il volto anziano si era adombrato. «Ward era un gran bastardo. Uno così, be', se sa di avere almeno un paio di occhi addosso, pronti a segnarsi quello che fa, magari ci pensa due volte.»

Titus si era limitato ad annuire. Non aveva chiesto a Pip se quella tecnica aveva funzionato, conosceva già la riposta. Si chiedeva se Pip ci avesse mai pensato, a quella risposta, quando guardava negli occhi l'uomo nello specchio.

«Signori» disse Titus avvicinandosi alla macchina di Trey.

«Sceriffo Crown, mia nipote mi ha detto di dirti che le hai rovinato la cerimonia di consegna del diploma» disse Pip.

«Non è vero» disse Titus.

Pip gli fece un gran sorriso. «No, però l'ha pensato.»

«In realtà è la mia fidanzata che l'ha detto. L'ha detto più di una volta, tornando a casa» disse Trey.

Pip non sorrideva più. «È... brutta, vero?»

«Altro che brutta. È cinquanta chilometri oltre il brutto. Andiamo dentro» disse Titus.

Ad aspettarlo trovò Davy, Steve, Carla e Douglas, che quando era arrivata notizia della sparatoria alla scuola era alle prese con una violenza domestica. Non aveva ancora parlato con Tommy, ma lui non era in servizio, quindi l'avrebbe aggiornato più tardi.

Titus si sedette alla scrivania. La squadra si schierò a semicerchio davanti a lui.

«Per prima cosa, vediamo di non condividere con nessuno i dettagli delle indagini sulla sparatoria di ieri. Non con le persone care, non con gli amici, non coi vicini, non con la gente al mercato. I dettagli di questo caso cambiano in fretta. L'ultima cosa che ci serve è che si spargano voci in giro. Chiaro?» disse. Inchiodò lo sguardo su Davy, che si fece amaranto.

«Secondo: Trey, ti ho inoltrato i rapporti sulla sparatoria che ha portato alla morte di Latrell Macdonald. Mi raccomando, non trascurare niente. Vedi di capire se eravamo giustificati ad aprire il fuoco. Voglio pensare che sia così, ma al momento quello che penso io non è importante, bisogna guardare il materiale con occhi diversi.»

«Sissignore. Capito» disse Trey.

«Carla, puoi andarmi a prendere il dipinto che abbiamo trovato da Spearman?» disse Titus. Si infilò un paio di guanti di lattice. «Lo sapevo che quell'albero aveva un'aria familiare.»

Quando Carla tornò, Titus prese il dipinto e lo srotolò, tenendolo per gli angoli.

«Davy, sei mai stato a caccia sui settantacinque acri di Tank Billups? Giù, lungo King Field Road.»

«Sì, capo. Insieme a mio padre qualche volta per la caccia al cervo» disse Davy.

«Anch'io» disse Steve. «Con mio padre e mio zio ci andavamo spesso. Tank chiede cinquanta dollari al giorno a persona.»

«Pure io ci sono stato, con mio fratello e il mio vecchio. Ci ho preso un cervo con le corna a dodici punte, laggiù. A noi però faceva pagare cento a testa.»

«Veramente? Così tanto?» Era Steve. Come se avesse bisogno di farsi ripetere quel che Titus aveva detto un secondo prima.

«Il privilegio è una droga mica da ridere. Comunque, guardate quest'albero. Dove l'avete visto un salice piangente così grosso?» chiese Titus.

Davy e Steve si scambiarono sguardi confusi.

«Nella tenuta di Tank. A quattrocento o cinquecento metri dai cancelli. Ci sono capitato davanti seguendo le tracce di sangue di un cervo a cui aveva sparato mio fratello. Me lo ricordo perché è raro vederne uno così grosso in mezzo al bosco. Nei video, Spearman parlava di un giardino segreto. E credo che sia questo.»

«Cristo Santo. Adesso me lo ricordo» disse Davy.

«E perché è così importante, quest'albero?»

Titus si voltò per rispondere a Steve, ma Trey fu più veloce: «Credi che li abbiano seppelliti lì, vero?».

Titus annuì. «Sì. Ci sono perlomeno sette vittime nei... video. Non sono sotto la casa di Spearman. Non sono nelle pareti. C'è sempre la possibilità che se ne siano sbarazzati in altri modi, ma questo dipinto era importante per Spearman. Talmente importante da nasconderlo insieme alle chiavette USB. Gli assassini come Spearman e il suo socio si nutrono delle proprie fantasie. Ci sguazzano tutto il giorno. Gli piace riviverle fino a che la fantasia non basta più, e a quel punto serve una nuova vittima. Secondo me li seppellivano vicino a quest'albero e poi ci tornavano. A più riprese» disse Titus. Parlarne in quel modo, col gergo da poliziotto, lo aiutava, almeno un po', gli consentiva di introdurre un minimo di distanza con il ricordo di quei ragazzini e delle loro urla.

«Cosa vuoi fare?» chiese Douglas. A differenza di Trey e Carla, Douglas non aveva ambizioni. Era un ex buttafuori che lavorava in quell'ufficio per l'assicurazione sanitaria. Non lo faceva per vocazione come Roger, né ambiva a far carriera come Trey. Quello per lui era solo un lavoro. E Titus lo rispettava. Certe volte l'atteggiamento spassionato di Douglas tornava utile.

«Voglio chiamare Warren Ayres e dirgli di portare i volontari dei vigili del fuoco e della squadra di soccorso alla tenuta di Tank Billups. Ci sarà da scavare intorno a quell'albero, e ci serviranno braccia in più. Pip, ho bisogno che ti occupi di pattugliare la zona nord della contea. Steve, tu e Douglas chiedete un po' in giro, agli insegnanti del liceo, agli amici di Spearman. Cercate di scoprire se qualcuno ha mai visto Latrell e Spearman insieme. Tutti gli altri con me da Tank. Bocche cucite finché non troviamo qualcosa» disse Titus.

«Pensi veramente che Jeff Spearman abbia sepolto quei ragazzini sotto a un albero in mezzo al bosco?» chiese Steve.

«Spearman e l'Ultimo Lupo. Sì, credo di sì. Gli piaceva sapere che quei corpi erano laggiù. Gli piaceva avere un segreto. Ma i segreti ti consumano, te li porti dentro, e cominciano a rosicchiarti le viscere. Ben presto arrivi al punto di essere disposto a tutto pur di avere tregua. Latrell ci ha provato facendo un buco in testa a Spearman grande abbastanza da infilarci un pugno» disse Titus. Stava parlando di Latrell, ma avrebbe potuto riferirsi a se stesso. Il suo segreto aspettava con pazienza di essere svelato. Ce l'aveva sospeso sulla testa come una spada di Damocle spuntata. «A Spearman o Latrell non possiamo più fare niente. Ma il terzo uomo? Quello che non si toglieva mai la maschera? Lui possiamo trovarlo. Possiamo fare in modo che risponda delle sue azioni. Togliergli quella maschera e mostrare al mondo il suo volto. Le cose che facevano in quei video...»

Si fermò, fece un respiro, e poi continuò.

«Nessuno dovrebbe passarla liscia dopo aver fatto cose del genere. Nessuno. Una persona così malata di certo non smette soltanto perché sono morti i suoi soci. E possa io bruciare all'inferno se gli permetterò di portarsi via un altro innocente. Non finché ci siamo noi a dargli la caccia. Dobbiamo fare giustizia. E il primo passo è trovare quei corpi. Anche i corpi si portano dentro dei segreti» disse Titus.

«Lo chiamavano giardino segreto. Cosa cazzo ha che non va gente come quella, Titus?»

Titus arrotolò il dipinto e lo posò, chiuso, sulla scrivania.

«Tutto, Davy. Tutto.»

Come la maggior parte delle strade di campagna che solcavano la contea di Charon, quella che portava ai settantacinque acri di Tank Billups era in ombra persino in pieno giorno. Alberi decidui e conifere orlavano i fossati come i primi reggimenti di un esercito intento a reclamare un regno perduto. Titus pensò che quegli alberi erano prossimi a invadere il sottile nastro d'asfalto che li teneva separati, come il grande bosco di Birnam nel *Macbeth*.

Mentre guidava si fece due conti. Le date dei video sulle chiavette USB coprivano gli ultimi cinque anni. I primi erano del 2012. Le foto erano più vecchie. Parecchio più vecchie. Nelle più datate, Spearman aveva ancora i capelli neri ed era da solo, in compagnia di un ragazzino che era chiaramente il giovane Latrell. Poi c'erano altri ragazzini. Titus ne aveva riconosciuti alcuni. Li aveva visti in giro, segnati e consumati, con la barba lunga o l'eyeliner tatuato. Uomini che erano stati bambini spaventati in mano a un altro uomo che era l'adulto del quale si fidavano di più dopo i propri genitori.

Gli venne la voglia improvvisa di andare fino a Richmond per ficcare anche lui due colpi nel corpo di Spearman.

Dopo la riunione, aveva mandato a casa i suoi così che potessero cambiarsi e indossare qualcosa che non avevano problemi a sporcare. Lui restò in divisa. Se lì nella contea l'avessero visto con la divisa zozza si sarebbero fissati su quell'immagine come su una suggestione postipnotica. Sarebbe diventata oggetto di pettegolezzi all'ufficio postale o al minimarket. L'avrebbero aggiunta alle varie ragioni per le quali secondo loro non era adatto a ricoprire quella carica. Per certa gente il colore della sua pelle era un motivo sufficiente. Non aveva intenzione di fornire loro altro materiale per alimentare le fiamme dell'odio.

Titus guidò la carovana lungo East Wood Road per più di quindici chilometri.

Aveva finalmente parlato al telefono con Tom e l'aveva informato della sospensione di due settimane. Una telefonata non era la maniera ideale di comunicare quel tipo di decisione, ma stava succedendo tutto molto in fretta e il giardino segreto aveva la precedenza.

«Certo. Capisco. Titus, dovevo sparargli. Ci stava venendo addosso. Avrebbe potuto aprire il fuoco su di noi, su di te. Dovevo farlo. Questo lo sai, sì?» aveva chiesto Tom. Titus si era accorto che le sue *s* e le *t* suonavano strane. Aveva avuto la sensazione che Tom fosse ubriaco fradicio.

«Riposati un po', Tom. Hai qualcuno con cui parlare?» aveva chiesto.

«Posso parlare con te?»

«Sì... ma più tardi. Stiamo andando alla tenuta di Tank Billups.»

«E che succede laggiù?» aveva chiesto Tom.

«Dobbiamo fare dei controlli.».

Tom si fece silenzioso, per un attimo.

«Che genere di controlli?» aveva chiesto, strascicando le parole.

Titus aveva ignorato la domanda. Tom era sbronzo. Tutt'altro che rassicurante, dovendo contare sulla sua riservatezza.

«Ti richiamo. Passa in ufficio a dare la pistola a Trey» gli aveva detto prima di riattaccare.

Su East Wood Road, Titus imboccò uno sterrato il cui passaggio si interrompeva davanti a un cancello per cavalli montato su due pali decrepiti. Fermò la macchina, scese e aprì il cancello. Tank non aveva saputo dirgli se il cancello fosse chiuso a chiave, quando lo avevano chiamato per chiedergli il permesso di perquisire la tenuta. Tank, che aveva superato da un bel po' i sessanta, aveva detto a Titus che erano anni che non ci metteva piede.

«Non ci vedo più tanto bene. E Jerry mi ha fatto togliere la patente, Cristo. Io lo so perché. Mi vuole mandare all'ospizio, Cristo. E lui non ci pensa neanche a controllarla, la tenuta. Gli interessa vendere e basta. Quella terra è della mia famiglia da quando mio nonno è tornato dalla Prima guerra mondiale. Va be' che dopo ci siamo trasferiti in città, ma non significa che dobbiamo darla via. La terra è l'unica cosa che vale davvero qualcosa a questo mondo» aveva sentenziato Tank.

Sarà per quello che ai neri facevi pagare il doppio per una battuta di caccia? pensò Titus.

«Ci serve solo il permesso di dare un'occhiata in giro, signor Billups.»

«E che cercate laggiù?»

Giovani cadaveri, pensò Titus. «Abbiamo motivo di credere che alcuni sospetti abbiano lasciato prove di un crimine.»

«Che tipo di crimine? Penso di avere il diritto di saperlo, visto che volete andare a scavare nella mia proprietà. E avrò ben diritto a un indennizzo, o no? Voialtri andate a mettere tutto sottosopra e io sono bloccato qui in casa senza nessuno a curarsi dei miei interessi. Voglio garanzie» aveva detto Tank. Titus pensava che Tank probabilmente non aveva più molte occasioni di fare due chiacchiere. Si stava godendo quella trattativa, per così dire. L'arte di mercanteggiare e balle varie.

Però lui non aveva tempo. «Omicidio, signor Billups. Ora, ci dà il permesso di perquisire la proprietà?»

La trattativa fu bruscamente interrotta.

La carovana venne guidata fino alla radura dove la strada sterrata si interrompeva e cominciava il bosco. Dietro Titus non c'erano soltanto i suoi agenti, ma anche quattro pick-up e un camion messo a disposizione dai volontari dei vigili del fuoco della contea. Due persone su ogni pick-up. Tre sul camion. Ogni pick-up aveva il cassone stipato di pale e di fari. Nel camion stavano i sacchi di plastica per gli eventuali cadaveri.

Titus scese dal SUV. Aspettò che gli uomini e le donne scendessero dai rispettivi veicoli. Una volta che ci furono tutti, cominciò a parlare.

«Non so quanti di voi siano mai venuti qui a caccia o a fare una passeggiata col cane, ma siamo diretti al salice piangente. Se siete già stati qui, l'avete notato di certo, perché non ha senso che si trovi in quella radura. È per questo che salta agli occhi. Una volta arrivati all'albero, vi darò indicazioni in merito al nostro raggio d'azione.»

«Pensa davvero che Spearman e Latrell abbiano ammazzato dei ragazzini e li abbiano seppelliti quaggiù?» chiese una voce che grondava incredulità.

Non solo Spearman e Latrell, pensò Titus.

«Non avete visto quello che abbiamo visto noi. Adesso andiamo» e condusse il gruppo fra pini, querce, olmi e qualche cipresso.

La luce del sole trafiggeva qui e là le chiome fitte degli alberi, lasciando ricadere su di loro catene d'oro incandescenti mentre marciavano nel bosco.

Di tanto in tanto Titus alzava gli occhi verso la cima di un albero. Pensava che gli alberi fossero la cosa più vicina all'immortalità che si poteva trovare sulla Terra. Quanti di quei giganti erano dei fuscelli, quando in quelle foreste i primi popoli indigeni andavano a caccia di cervi dalla coda bianca? Quando i coloni che fondarono Jamestown erano stati costretti a mangiarsi le scarpe perché il primo inverno in Virginia aveva messo a dura prova la loro determinazione? Quanti uomini che gli somigliavano erano stati linciati e appesi ai rami di quegli alberi, dopo la fallimentare ribellione dei latifondisti del Sud e dei loro poveri braccianti? Cosa avrebbero detto quelle eterne forze della natura se avesse chiesto loro dei bambini che Jeff Spearman, Latrell Macdonald e l'Ultimo Lupo avevano torturato? Avrebbero avuto qualcosa da dire? Oppure per loro le questioni umane erano equivalenti a quelle delle formiche?

Tu pensi troppo, gli diceva sempre suo padre quando da piccolo faceva domande del genere.

È il suo superpotere, Albert, ribatteva sempre sua madre prima di baciarlo in fronte. Prima che la sua carne cominciasse a trasformarsi in osso.

Calpestarono foglie morte e aghi di pino fino a che non raggiunsero la radura.

«Eccoci» disse Titus.

Il salice torreggiava al centro di una radura della circonferenza di almeno trenta metri. I molteplici rami che si dipartivano dal tronco spesso puntavano al cielo per poi separarsi in foglie sottili, simili a viticci color della giada. Le foglie penzolavano come le ciocche indebolite di un dio anziano e spettrale. Il vento le muoveva come se quel dio stesse scuotendo il capo.

«Dobbiamo scavare l'intera zona. Cominciamo al limitare della radura e avviciniamoci via via all'albero. Warren, se innanzitutto tu e Derry poteste dare un'occhiata coi metal detector, intanto noi vediamo di scavare e vedere cosa troviamo. Se sono qui, non li avranno seppelliti molto in profondità.»

«Noi un'occhiata la diamo, Titus, ma devo essere onesto: ancora non ci credo che Spearman possa aver fatto del male anche solo a una mosca» disse Warren.

«Aveva dei video in cui lui, Latrell e un altro uomo approfittavano di adolescenti. Li vuoi vedere?» disse Carla. Il viso di Warren avvampò.

Titus disse: «Se trovate qualcosa cacciate un urlo e noi veniamo subito a marcare il terreno. Fate del vostro meglio per non incasinare i resti, se potete. Dobbiamo preservare quanti più reperti possibile». Scrutò i loro volti. Il desiderio che vi scorse era palese e disperato. Non ci volevano credere. Volevano che Jeff Spearman fosse l'uomo che fingeva di essere, nient'altro. Quando la verità è scomoda, tutti quanti scegliamo di essere scettici.

«Mettiamoci al lavoro» disse Titus.

Tre ore dopo, il sole era basso nel cielo e le ombre che vegliavano su di loro si erano allungate.

Warren andò da Titus con la pala sulla spalla. «Titus, qua non c'è niente. Qualsiasi cosa sia successa a quei poveri ragazzini, non è qui che sono finiti.» Aveva il volto madido di sudore nonostante il fresco.

«Avviciniamoci all'albero. Qualcuno ha portato un'ascia? Bisogna spaccare le radici» disse Titus.

Warren si accigliò. «Senti, lo so che eri un cazzutissimo agente speciale dell'FBI, ma ti dico che abbiamo scavato venti buche e non abbiamo trovato un cazzo.»

«Agli uomini così, agli uomini come Spearman, non piace lasciar andare le proprie vittime. Dobbiamo tagliare quelle radici per avvicinarci all'albero» ribadì Titus. Ignorò la frecciata di Warren che rimandava al suo passato. Era abituato al fatto che la gente che aveva votato per lui magnificasse la sua esperienza nell'FBI, e gli altri invece non la tenessero in conto. Titus pensava che se avessero saputo per quale motivo aveva lasciato l'FBI, le due fazioni si sarebbero scambiate i ruoli. Quella consapevolezza non lo confortava affatto.

«È una cazzo di perdita di tempo. Tu e i tuoi fate quello che volete. Io porto a casa la mia squadra. Siamo volontari, noialtri. Non possiamo cazzeggiare per boschi quando dovremmo star pronti in caso di emergenza» disse Warren.

«Dammi altri tre quarti d'ora» disse Titus. Avrebbe potuto semplicemente dire che da quel momento in poi tutti i vigili del fuoco erano alle dipendenze dello sceriffo, facendo appello a un'arcana clausola dello statuto della contea, che aveva letto parola per parola dall'inizio alla fine. Le possibilità che anche Warren l'avesse letto stavano fra lo zero e il nulla. No, non aveva voglia di addentrarsi in una discussione sulla fondatezza di un codicillo vecchio di due secoli. Se Warren voleva andarsene, pazienza. Le ricerche sarebbero continuate, con o senza di lui.

«Scusa, ma non posso...»

«VENITE QUI!»

Quelle parole echeggiarono per la radura rimbalzando come il lamento di un ossesso.

«Mi sa che non mi servono più quei tre quarti d'ora» disse Titus.

Tutti si strinsero intorno ad Anita Denton, la donna che aveva dato l'allarme. Teneva la pala con due mani, una vicino alla lama e l'altra in cima al manico. Fece due passi indietro allontanandosi dalla buca che aveva appena scavato. Il volto era cinereo. Uno stormo di corvi passò sopra il capannello facendo piovere un coro di gracchi.

Titus guardò dentro la buca.

Il teschio era piccolo da far male, come del resto capita

ai teschi quando la pelle e i muscoli spariscono. C'erano ancora delle ciocche di capelli attaccate alla testa. Dal teschio partiva una spina dorsale che sembrava fragile come un ramoscello. C'era anche una maglietta, marrone di terra e sbrindellata. Le radici dei salici sono notoriamente infestanti. È buona norma non piantarli vicino a un pozzo o a una fossa biologica. E queste radici non facevano eccezione. Si erano avvinte intorno al corpo come un anaconda. Una si era introdotta nel cranio e fuoriusciva da un'orbita per ricongiungersi alle sorelle.

Titus si accosciò. Vicino al cranio c'era un piccolo rettangolo di plastica. Allungò una mano, nella quale qualcuno mise un paio di guanti di lattice. Li infilò e raccolse il pezzetto di plastica.

Si era scurito, con il tempo, ma lui lo riconobbe. La sua ragazza al liceo ne portava uno uguale tra i capelli. Un fermaglio color tartaruga.

«Ce ne saranno altri. Vediamo di darci una mossa. Togliamoli dalla terra e riportiamoli a casa» disse. Alzò la voce quanto bastava perché tutti lo sentissero. Si erano piazzati a semicerchio intorno a lui, ma si tenevano distanti dalla buca.

Si alzò in piedi. «Stanno qui da troppo tempo.»

Due ore dopo stavano ancora lavorando. Usarono i fari per illuminare la scena quando l'oscurità ricacciò il sole nella tana. Le creature della notte, i caprimulgi e le civette, i grilli e i tordi, di tanto in tanto un coyote, proclamavano a gran voce la propria presenza. Una luna quasi piena e tinta d'arancio splendeva su di loro, la sua luce persa in quella dei fari. Titus guardò le bandierine rosse affisse ai paletti sottili e flessibili che spuntavano dal terreno come fiori di campo.

«Quanti sono?» chiese.

Davy si asciugò la fronte con il dorso della mano. «Per adesso sette, quanti ne hai contati nei video.»

Titus fece un respiro profondo. «Chiama le pompe funebri.»

«Quali?»

«Tutte quante. Bigelow, Blackmon, Spencer & Sons. Toccherà mandare tutti i corpi a Richmond. Chiamerò la polizia di Stato della Virginia. Ci servirà aiuto per esaminare i resti e avere autopsie complete» rispose, desiderando in silenzio che la Virginia avesse un coroner anziché quattro uffici distrettuali di medicina legale.

Davy abbassò il mento fino a toccarsi il petto. Gli caddero di bocca delle parole, ma sottovoce.

«Come?» fece Titus.

«Ho detto, perché nessuno li cercava? Alcuni di questi corpi sono qui da anni, a vederli così... Perché non c'era nessuno che li cercava? Erano solo dei bambini!»

Titus si tolse il cappello e si passò una mano tra i capelli cortissimi. «Erano neri, Davy. Qualcuno che li cerca probabilmente c'è, ma sono i capelli biondi e gli occhi azzurri che finiscono al telegiornale.»

«Non farne una questione razziale» disse Davy. Traboccava indignazione come un canale in piena.

Titus si rimise il cappello in testa. «Da' un'occhiata laggiù e poi vienimi a dire che non è una questione di razza.» Davy non rispose.

«Torno in ufficio. Bisogna che contatti la polizia il prima possibile. Sarà un'indagine congiunta, ma il caso è nostro. Non ho intenzione di lasciare che se ne occupino solo loro. Questa è casa nostra. Delimitate la zona, dopodiché tu e Carla andate a dormire. Metterò Douglas di guardia al cancello, stanotte.»

«Lunghetto, come turno» disse Davy.

«Ci toccherà fare gli straordinari a tutti, d'ora in poi, fino a che questa storia non sarà finita.»

«E quand'è che finisce?»

Titus guardò oltre Davy, verso il cimitero che era spuntato

in fretta intorno a loro. Il campo della morte che per anni era rimasto nascosto in bella vista.

Il salice piangente ondeggiava sinuoso, a tempo col vento freddo.

«Quando lo prendiamo.»

Tornò in ufficio mezz'ora dopo. Vide la macchina di Kathy nel parcheggio.

«Sei in anticipo. Cam in teoria doveva lavorare fino alle otto» le disse entrando.

«Sì, ma m'ha chiamata e m'ha chiesto se potevo venire un po' prima, già che ieri sera ero in ritardo. È ancora scosso per quello che è successo. Mi ha detto di dirti che Ricky Sours l'ha tempestato di telefonate.»

«Lo richiamo più tardi.»

«Ma è vero? Di Latrell?» chiese Kathy. Per un periodo brevissimo era uscita con Calvin, quando Dorothy lo aveva mollato. Tre mesi dopo quei due avevano fatto pace e Kathy si era messa con Bobby Packer, altro compagno di squadra di Titus ai tempi del liceo. Si erano sposati un anno dopo Calvin e Dorothy. Ed erano rimasti insieme fino a che Bobby non era morto in un incidente nel 2012, alla guida del suo mezzo d'opera.

Dopo l'elezione di Titus, Kathy aveva presentato la sua candidatura per la posizione di operatrice, dato che entrambe le operatrici, due anziane donne bianche, si erano licenziate in segno di lealtà nei confronti di Cooter. Titus l'aveva assunta praticamente all'istante. Mentre lei compilava i moduli, si era reso conto che aveva ripreso a usare il suo cognome da nubile. Non le aveva chiesto niente, ma lei si era accorta che lui se n'era accorto.

«Non è facile sentirlo. Packer. Ogni volta che lo sento penso a Bobby. È... è dura» gli aveva detto. Titus capiva quel tipo di dolore. Da ragazzino adorava leggere i miti greci. Soprattutto l'*Iliade*. Dopo che era morta sua madre, non era più riuscito a leggerla. Non sopportava di vedere in continuazione il nome *Elena* sulle pagine consunte di quel libro. Alla fine l'aveva bruciato nella stufa. Quando Kathy gli aveva detto quelle parole, Titus aveva sentito abbattersi su di sé un'ondata travolgente di dolore. Certe volte il dolore è amore inespresso. Altre volte è rimorso fattosi carne.

«Sì. È vero.»

«Gesù ci protegga» disse Kathy.

«Mi sa tanto che Gesù non si interesserà a questo caso.»

«Titus!»

«Non c'è solo Latrell che ha sparato a Jeff Spearman. C'è altro.»

«E cioè?»

«Abbiamo trovato del materiale inquietante sul telefono di Spearman. Nei prossimi giorni qui scoppierà un putiferio.»

«Oh, Signore santissimo. Meno male che almeno ci sei tu a occupartene» disse lei, e gli sorrise.

«Faccio qualche telefonata e poi me ne torno a casa. Pip fa il doppio turno. Se avete bisogno di me, sapete dove trovarmi» disse Titus, glissando sul complimento.

«Ok. Ah, e ha chiamato anche Darlene. Ha detto che ti ha cercato sul cellulare.»

«Non avrò avuto campo. Va bene, grazie.»

Titus poteva sopportare la tendenza ad assumere il controllo che contraddistingueva i tizi della polizia di Stato solo se in cambio avessero messo a disposizione della sua contea tutto il loro arsenale e le loro capacità.

La sua contea. Quand'era in Indiana, spesso evitava di parlare di Charon, così com'era sfuggito al complimento di Kathy che l'aveva messo in imbarazzo. A voler essere onesti, all'epoca si vergognava del suo luogo natio. Della gente arretrata e delle meschinità da cittadina di provincia che da quelle parti andavano alla grande. Solo dopo che la famiglia di Red DeCrain gli era esplosa davanti agli occhi, finalmente aveva trovato conforto nella familiarità delle strade e stradine di Charon. Essere a casa con suo padre, dopo aver perso tutto, gli aveva fatto vedere quel luogo sotto una luce diversa. Era casa sua, era il suo cuore. E, fosse cascato il mondo, non avrebbe lasciato che uomini come Ricky Sours la trattassero come se fosse roba loro, o che uomini come l'Ultimo Lupo la facessero franca dopo averla ridotta a un campo della morte.

Non si faceva illusioni. Sapeva chi era e cos'era. Per molta gente era il diavolo. E lo accettava. Però era un diavolo che andava a caccia di demoni.

Quando tornò a casa, suo padre non c'era. Trovò un biglietto sul frigorifero che diceva che era andato a dare una mano alla nipote di Bernice Gresham, che non riusciva a far partire la macchina. Bernice frequentava la stessa chiesa di Albert, e dato che suo padre era il presidente del consiglio dei diaconi, il suo numero stava tra quelli che i membri della chiesa potevano contattare in caso di bisogno. Titus pensava che suo padre stesse ancora cercando di farsi perdonare di aver speso male la gioventù. A dar retta agli amici che finivano le serate con lui all'alba, alla stazione di servizio, Albert Crown da ragazzo era una rogna. Bastava poco a fargli alzare le mani ed era impavido come soltanto i giovani sanno essere. Solo quando suo padre perdeva le staffe, Titus aveva modo di intravedere l'uomo che aveva temprato il pugno nei molti anni passati a trascinare trappole per granchi, tanto che lo chiamavano Martello da Guerra. Perché quando menava qualcuno, era come se lo prendesse a martellate. Per Titus, il fatto che l'attaccabrighe e il devoto che curava l'orto della chiesa coesistessero nella stessa persona era una prova del poliedrico arazzo che abita in ciascuno.

«Come Jeff Spearman, che era un insegnante e ammazzava i ragazzini» disse sottovoce.

Si levò la divisa per infilarsi un paio di jeans, gli stivali e una felpa. Uscì e lasciò che l'aria gli pungesse le guance per un attimo, poi andò alla catasta della legna. Suo padre aveva fatto installare una caldaia anni prima, ma ogni tanto usavano ancora la stufa. Ad Albert piaceva dire che così il calore sembrava più vero. E poi non tutti i condotti funzionavano a dovere, ecco perché si erano tenuti la stufa.

Da bambino Titus si sedeva ad ascoltare con un pizzico di paura quando quel vecchio cubo di ghisa cominciava a ruggire come un leone.

Il calore che emanava era qualcosa di biblico. Marquis si lamentava che la stufa scaldava troppo la casa. Sua madre gli dava un buffetto affettuoso e gli diceva che all'inferno faceva ancora più caldo.

Li faceva ridere un sacco. Quando c'era.

Titus afferrò un'accetta e si mise a spaccare il quintale di legna che gli avevano consegnato la settimana prima. La maggior parte dei ciocchi erano della lunghezza giusta, ma un filo troppo larghi. Ne prese uno e lo posò sul ceppo. Sopra di lui, una lampada ai vapori di sodio ronzava come un vecchio bluesman prima di intonare un evergreen.

Sollevò l'accetta e l'abbatté con violenza sul ciocco tracciando un arco sibilante. Il legno si spezzò in due. Entrambe le metà caddero dal ceppo, danzando sull'erba. Titus le raccolse e le addossò alla parete, primi pezzi della nuova catasta. Prese un altro ciocco e lo colpì con forza. Mentre lavorava gli giunse una zaffata degli ultimi fiori della magnolia che dominava il giardino sul retro. Si fermò a guardare l'albero. Nonostante il freddo, ancora non era gelato.

Sua madre adorava i fiori della magnolia. A volte lo assoldava perché la aiutasse a estrarre l'essenza dai boccioli. L'odore poi aleggiava in tutta la casa per settimane. Un sentore zuccheroso, stucchevole, che per metà ricordava i sacchettini per la biancheria delle vecchiette e per l'altra il puzzo dolciastro e nauseante dei cadaveri in putrefazione subito prima che si riempiano di larve. Certi giorni, dopo che lei aveva bollito i petali in una pignatta, Titus era convinto di vedere quell'odore sospeso nell'aria.

Prese un altro ciocco. Scoprì i denti nel colpirlo con l'accetta.

Il giorno prima del funerale di sua madre, lui e Marquis avevano preparato un mazzetto di fiori di magnolia ciascuno. Durante la notte i petali erano appassiti e diventati scuri. Marquis aveva buttato il suo nella spazzatura. Titus l'aveva tenuto, e poi l'aveva gettato nella fossa durante la funzione. Aveva guardato i petali morti e marroni cadere sulla bara di sua madre come frammenti di carta bruciacchiati. Negli anni successivi, si era messo a pensare che doveva esserci una verità profonda, nel rapido disseccarsi di quei bellissimi fiori bianchi, che tutte le prediche e gli strilli dei reverendi non potevano negare.

Prese un altro ciocco. Nel colpirlo con l'accetta emise un grugnito gutturale. Non era un singhiozzo, ma ci andava dannatamente vicino.

Nessuno aveva raccolto fiori per quei ragazzini seppelliti sotto il salice piangente. Non c'erano corone, primaverili o autunnali che fossero, a segnare il luogo del loro riposo eterno. Solo l'abbraccio freddo della terra e le radici del salice a stringere sempre più forte i fragili corpi nell'oscurità.

Titus prese un altro ciocco. Stavolta, nel colpirlo con l'accetta, gridò. Non c'erano parole, in quell'esclamazione, soltanto un dolore inesprimibile.

Pensò che una volta chiusa quella faccenda, una volta preso quel bastardo che non si toglieva mai la maschera da lupo, sarebbe tornato sotto quel salice. Si sarebbe portato dietro una motosega. L'avrebbe abbattuto, quell'albero di merda; Tank Billups poteva andarsene a fare in culo.

I fari del pick-up gli sfavillarono alle spalle, e per un attimo vide la propria sagoma proiettata sul muro di casa. Era un gigante ingobbito che brandiva un'ascia fra le mani bulbose. Suo padre scese dal pick-up stringendosi nel cappotto.

«Tutto bene, giovanotto?» chiese Albert.

Titus piazzò un altro ciocco di legna da ardere e lo spaccò in due. «Tutto a posto.»

«Sicuro? No, perché son le nove e mezza e tu sei qui a spaccare la legna al buio.»

«C'è la lampada» sbuffò Titus.

«Titus.»

Titus prese un nuovo pezzo su cui si scagliò con un colpo secco.

«Titus!» strillò suo padre. Lui si voltò a guardarlo. Strinse il manico dell'accetta con tanta forza che gli fecero male le mani.

«Ammazzavano i ragazzini, pa'. Latrell, Spearman, e un altro. Li legavano a un tavolo e li tagliuzzavano e... e... poi li ammazzavano e li seppellivano sotto un salice nella tenuta di Tank Billups. Ragazzini, pa'. Neri, maschi e femmine. Gli hanno fanno di tutto. Cose che non posso neanche dire perché non voglio infilarti quella merda nella testa.» Aveva appena violato le sue stesse regole sulla riservatezza, ma non ce la faceva più a tenersi tutto dentro. I suoi agenti non avevano visto quel che lui aveva visto, non avevano visto morire quei ragazzini. Quel dovere se l'era accollato lui e lui soltanto.

«Oh, Signore, figliolo. Ne sei sicuro?»

«Ci sono i filmati, pa'.»

«Oh, Signore. Povere creature. Perlomeno adesso sono nelle mani di Dio. Che possa curare e santificare le loro anime» disse Albert. In un batter d'occhi quell'affermazione era diventata una preghiera.

«Dio non li ha salvati. Li ha lasciati morire gridando al buio» disse Titus. Sapeva che avrebbe causato una discussione, ma così come non era riuscito a tenere per sé il modo in cui erano morti, non riusciva a contenere il disprezzo che provava quando sentiva fare appelli a un essere supremo tanto pernicioso.

«Titus, lo sai che non mi piacciono certi discorsi. Non ci è dato di capire il disegno di Dio, ma il Padre sa ciò che fa» disse Albert.

Titus si voltò e conficcò l'accetta nel ceppo. «Una volta ci credevo, nel disegno di Dio. Credevo che avrebbe guarito mamma. Anche se non mi aveva mai parlato. Non aveva mai risposto alle mie preghiere, ma credevo ancora che l'avrebbe guarita. Che avrebbe impedito che i suoi muscoli diventassero ossa. Che l'avrebbe toccata con la sua mano divina e si sarebbe portato via il suo dolore. Così che potesse smettere di gemere forte tutta la notte. Sai cosa? Non l'ha fatto» disse. «Mamma è morta a quarant'anni e il mondo è andato avanti come se niente fosse. Quindi, quando mi dici che il disegno di Dio era di lasciare che quei ragazzini finissero sepolti sotto quel salice, non posso fare a meno di chiedermi chi è il più stupido dei due. Tu che me lo dici o io che ti sto a sentire?»

Suo padre sfilò le mani dalle tasche del cappotto. Si unirono in un gesto che ricordava la supplica. Albert chiuse gli occhi. Titus guardò le sue labbra muoversi in silenzio per qualche istante.

«Ho pregato per te. Perché so che stai soffrendo. Era mia moglie. Era la donna più incredibile che abbia mai conosciuto. Perciò so quanto stai soffrendo, perché è la stessa sofferenza che provo io. Però, figlio mio, aver fede non è mai una cosa da stupidi» disse Albert.

«Pa'» disse Titus, passando oltre il padre per tornare in casa, «la fede mi ha spezzato il cuore, cazzo.»

OTTO

Quando Titus arrivò in ufficio la mattina successiva, trovò ad aspettarlo due investigatori della polizia di Stato. Il sergente Adam Geary e il sergente Ian Wright. Ad accompagnarli c'erano due furgoni del dipartimento di Medicina legale, su ognuno dei quali viaggiavano tre assistenti.

«Buongiorno, sceriffo Crown» disse Geary.

«Mi dispiace doverla conoscere in queste circostanze» disse Wright. Titus annuì. Geary e Wright gli ricordavano Starsky e Hutch. Geary era biondo con gli occhi azzurri, Wright bruno con gli occhi castano scuro. Si strinsero la mano con tutta la forza consentita dal protocollo.

«Ha messo in sicurezza la scena del crimine?» chiese Geary.

«Messa in sicurezza e fatta sorvegliare da un mio agente per tutta la notte» rispose Titus. Il paternalismo era implicito, ma lui lo ignorò.

La competizione fra i dipartimenti faceva parte del gioco, in situazioni del genere. Ai tempi dell'FBI si era trovato dall'altra parte della barricata ed era disposto a sopportare, fino a un certo punto, se questo significava poter sfruttare il laboratorio scientifico della polizia di Stato. Voleva prendere l'Ultimo Lupo. Era l'unica cosa che contava. Non gli importava se quelli si sarebbero presi il merito. Lui voleva solo la testa impalata dell'Ultimo Lupo.

Metaforicamente parlando.

«Sono sicuro che avete fatto del vostro meglio» disse Geary.

Titus lasciò correre anche stavolta.
«Andiamo a dare un'occhiata» disse.

Titus si appoggiò al cofano del SUV mentre i medici legali e i tecnici misuravano distanze ed estraevano campioni di terra dalle fosse. Li guardò esaminare una per una, con meticolosa accuratezza, quelle fauci spalancate.

Geary andò da lui.

«Come l'avete trovato, questo posto?»

«Fra gli effetti personali di Spearman c'era un dipinto del salice. Una volta venivo a caccia in questa tenuta con mio padre. Ho riconosciuto l'albero.»

«Veramente?» chiese Geary.

«Veramente. Ho preso il mio primo cervo duecento metri più in là. Un palco di corna a otto punte» disse Titus.

«E quand'è stato?» chiese Geary.

«Avevo undici anni, quindi venticinque anni fa.»

«E quand'è stata l'ultima volta che è venuto qui a caccia?» chiese Geary. Titus lo fissò negli occhi. Lo stava interrogando. Come fosse un sospettato. Era quello il problema, se facevi il poliziotto. Poco alla volta cominciavi a sospettare di chiunque, e prima o poi finivi col tagliare il mazzo due volte giocando a carte con tua moglie.

«Ho smesso di andare a caccia quando avevo tredici anni.»

«E si ricordava l'albero? Ricorda dove ha sparato a un cervo venticinque anni fa?» chiese Geary.

«Ho un'ottima memoria.»

«Be', cosa vuole che le dica, beato lei» disse Geary con un sorriso.

Titus non reagì.

Dopo qualche istante Geary si schiarì la gola. «Ha detto che avete trovato delle chiavette USB?»

«Abbiamo anche il computer di Spearman. Deduco vogliate portarlo con voi.»

«Sì, volevo giusto chiederglielo. Senta, tanto per essere chiari: siamo qui per fornire assistenza. Sarà anche un'indagine congiunta, ma questa è la sua contea. Conosce questo posto meglio di noi. Voglio dire, l'albero l'ha trovato lei» disse Geary.

«Intende dire che non avrebbe obiezioni se volessi andare a Richmond a parlare con il coroner?» chiese Titus.

«Obiezioni non ne ho, ma possiamo semplicemente inviare i rapporti via mail» disse Geary.

«Lo so, ma ho imparato che parlare faccia a faccia con la persona che si occupa degli esami a volte risulta più utile.»

«Vi capitano tanti casi di omicidio da queste parti?» chiese Geary.

«No, è che... una volta ero nell'FBI. Ho cominciato nell'unità di Scienze comportamentali, poi sono passato al terrorismo interno» disse Titus. Condividere il proprio passato con altri poliziotti di solito portava a due reazioni distinte. Adulazione o sprezzo. La prima da parte di chi voleva togliersi di dosso i gradi da provinciale e il distintivo di latta e sognava i gloriosi corridoi dell'FBI, la seconda da chi preferiva trattare la propria contea, la propria città o il proprio stato come un feudo.

«Cazzo, davvero? E come ci è finito qui in campagna?»

Che adulazione fosse, allora.

«Mio padre ha dovuto sottoporsi a un intervento abbastanza serio, sono tornato a casa a dargli una mano. E ho finito col candidarmi per il posto da sceriffo» spiegò. Geary si accigliò. Titus l'aveva già inquadrato, era un tipo aggressivo. Probabilmente era stato il primo della classe all'accademia. Intelligente e determinato, come Trey e Carla. Il genere di persona che non riusciva a concepire l'idea di lasciare l'FBI e finire in provincia a far multe per eccesso di velocità e a sedare risse nel parcheggio del supermercato.

«Be', è... Voglio dire, la famiglia è importante» disse Geary, lanciando un'occhiata ai tecnici alle sue spalle.

«Che idea si è fatto della situazione? Signor FBI?»

Titus si sistemò gli occhiali da sole.

«La terza persona è di queste parti. Conosce il posto. Non solo il luogo delle fosse, ma la contea in generale. Maschio, bianco, fra i trenta e i cinquanta. Forte fisicamente. Organizzato. Non è uno che passa da un lavoro all'altro. Probabilmente non ha una ragazza fissa, o moglie che sia. Nel caso in cui ce l'abbia, ha una vita sessuale disfunzionale. Possiede un terreno. Abbastanza grande da costruirci un capanno o un fabbricato, che ha poi insonorizzato. In un posto abbastanza isolato. Dove nessuno si è reso conto che portava degli adolescenti vivi per poi andarsene con dei cadaveri. Le... le lesioni inflitte alle vittime sono agghiaccianti. Denotano un mare di rabbia dentro. Tanta, troppa rabbia. Iconografia religiosa sui muri del luogo in cui hanno commesso i crimini. Potrebbe essere affetto da teomania. È ossessionato dall'idea di Dio, o pensa di essere Dio, oppure è arrabbiato con Dio. Magari è Dio la fonte della sua rabbia» disse Titus.

«Nella sua mail diceva che indossavano delle maschere da lupo. Per nascondere la propria identità, o più che altro per una questione cerimoniale?» chiese Geary.

Titus incrociò le braccia. «Credo che per Spearman fosse solo un costume. E lo stesso valeva per Latrell. Ma non per l'Ultimo Lupo. Non lo so, non credo che stesse cercando di nascondere la propria identità. Il lupo ha il ruolo dell'antagonista nella teologia cristiana. Specie nel Nuovo Testamento. Credo... credo che si veda così. Crede di essere il Lupo. L'Angelo della Morte. E la sua rabbia è diretta verso Dio e al tempo stesso messa al suo servizio.» La voce si era ridotta a un tenue sussurro.

Il verso di una strolaga squarciò il silenzio. Geary rabbrividì.

«Di sicuro si vede che si è formato nell'FBI» disse Geary.

Titus sbatté le palpebre dietro le lenti degli occhiali da sole e disincrociò le braccia.

«Sono solo alcune deduzioni basate sulla mia esperienza. Non è magia» disse Titus.

«No, però va bene anche quella, se ci aiuta a prendere questo tizio. Ho richiesto i tabulati di Spearman per vedere se riusciamo a tracciare i suoi spostamenti triangolando i ripetitori» disse Geary.

«Buona idea, anche se scommetto che non si portava il telefono dietro quando si vedeva col suo socio» disse Titus.

«Ma le immagini...»

«Sono su una SIM. E i video sulle chiavette. Le foto potrebbero averle fatte con un cellulare prepagato e poi hanno sostituito la SIM. Fossi in lei chiederei anche i tabulati del telefono di Latrell. Speriamo che almeno lui o il terzo uomo si portassero dietro il telefono. Non è molto, ma è un inizio» disse Titus.

Geary scosse il capo.

«Che c'è?»

«Ma non si annoia, quaggiù? Dev'essere tutt'altro ritmo rispetto a quando dava la caccia ad al-Qaida» disse Geary.

«Ci occupavamo di terrorismo interno. Suprematisti bianchi. Ecoterroristi. Fanatici religiosi di tutte le fedi abramitiche» precisò Titus.

Geary si schiarì la gola. «Capito.»

Prima che tra loro si frapponesse un silenzio imbarazzante, la radio di Titus prese vita e gracchiò.

«Sceriffo, abbiamo un 415 al palazzo di giustizia. Due gruppi che discutono in mezzo alla strada. L'agente Ortiz chiede rinforzi» disse Cam nel microfono.

«Ricevuto. Di' all'agente Ortiz che sto arrivando.»

«Le faremo sapere cosa troviamo. E una volta o l'altra dovrà raccontarmi qualche storia di quand'era nell'FBI» disse Geary.

«Non sono poi così interessanti» concluse Titus.

Il volto di Red DeCrain gli arrivò come un messaggio inviatogli da Morfeo in un incubo a occhi aperti.

Ricky Sours e la sua congrega di revisionisti erano schierati intorno alla statua come una falange a cui mancavano solo le lance. Jamal Addison e un nutrito gruppo di giovani occupavano per metà la carreggiata. Presa fra i due gruppi, Carla stava facendo del suo meglio per tenerli separati. Titus parcheggiò a lisca di pesce davanti al tribunale. Sulla statua si vedeva una lunga striscia nera con i bordi imprecisi tipici della vernice spray. Sull'erba giaceva una bandiera sudista strappata in due.

«La storia non è odio! La storia non è odio!» gridava Ricky a pieni polmoni. La sua faccia grassoccia era chiazzata di rosso. Portava un cappellino da baseball nero inneggiante al Secondo Emendamento dal quale spuntavano i ruvidi capelli biondo scuro striati di grigio. Indossava una camicia sulla quale erano ricamate la bandiera a stelle e strisce e quella portata in battaglia dai sudisti. Nelle mani teneva un'asta da cui penzolavano brandelli della bandiera degli Stati Confederati.

Titus sapeva che se avesse chiesto lumi a Ricky, quello avrebbe detto che i fautori del politicamente corretto cercavano di cancellare il suo patrimonio storico. Che lui voleva solo proteggere la storia dei suoi avi. Titus si chiedeva se credesse veramente a quella balla, quando se la raccontava. Sapeva che in realtà, alla gente come lui, dava fastidio che gli altri, soprattutto la gente di colore, avessero finalmente il coraggio di mettere in discussione la menzogna secondo cui negli stati del Sud, prima della guerra civile, vigevano le leggi dell'onore e della cavalleria, menzogna che era stata propinata a forza a ogni bambino di quei posti per generazioni.

Menzogna che le persone come Ricky facevano propria, custodendola nell'angolo più nero del cuore.

«Jamal, toglietevi dalla strada!» ruggì Titus. Usò tutte le basse frequenze che gli riuscì, per farsi sentire nonostante il frastuono delle opposte fazioni.

«Sceriffo, volevano pestare il ragazzo!» gli gridò Jamal in risposta.

«Ha vandalizzato la statua! Stavamo solo cercando di trattenerlo fino all'arrivo della polizia!» sbraitò a sua volta Ricky.

«Jamal, devi togliermi questa gente dalla strada. E tu, Ricky, non hai il diritto di alzare le mani su chicchessia» disse Titus.

«Sei dalla loro parte. Chissà perché non mi sorprende» disse Ricky. Alcuni dei suoi compagni neoconfederati borbottarono per dargli manforte.

«Non sono dalla parte di nessuno. Cerco di capire cos'è successo. Jamal sta portando i suoi all'altra parte della strada. Adesso tu vedi di calmare i tuoi, e poi ne parliamo. O vuoi che mi metta ad arrestare tutti quanti?» chiese Titus. Ricky cercò lo sguardo di Titus dietro gli occhiali da sole, così che lo sceriffo vedesse il suo disgusto, ma le lenti a specchio intralciarono quel tentativo di sfida. Pur senza averne incrociato lo sguardo, Ricky dovette notare in Titus una fermezza che metteva in chiaro che non era disposto a piegarsi ai capricci altrui. Si voltò e radunò i suoi, conducendoli fino alla scalinata del palazzo di giustizia sull'altro lato del prato.

Titus andò da Carla.

«Cos'è successo?»

Carla aveva il respiro affannato. Alcune ciocche nere come il carbone si erano liberate dal tiratissimo chignon che portava al lavoro, e ora le ricadevano serpeggiando sul collo.

«Ho ricevuto una chiamata, qualcuno aveva vandalizzato la statua. Quando sono arrivata ho trovato Ricky e alcuni dei suoi che tenevano un ragazzino a terra. In quel momento stava passando Jamal, che ha accostato la macchina ed è sceso. Un attimo dopo Ricky aveva fatto arrivare venti persone, Jamal cinquanta, e tutti gridavano come ossessi» disse Carla.

«È il ragazzino bianco coi dread?» chiese Titus.

Carla annuì. «Come fai a saperlo?»

«Macchie d'erba sui jeans. Macchie nere sulle mani. E poi continua a guardarmi. Chi è che ha strappato la bandiera?» chiese Titus.

«Non... non lo so. A quel punto la situazione mi era già sfuggita di mano» rispose Carla.

«La situazione sfugge sempre di mano quando c'è di mezzo Ricky. Se solo si limitasse a occuparsi dei suoi camion dell'immondizia... Vai dal ragazzino e chiedigli se vuole sporgere denuncia. Io vado a parlare coi ribelli» disse Titus.

Mentre Carla attraversava la strada fino al marciapiede davanti alla biblioteca, Titus si avvicinò a Ricky e al suo gruppo.

«Hai intenzione di arrestarlo, sì o no?»

«Dovresti chiedermi se ho intenzione di arrestare te» ribatté Titus.

Ricky sbiancò. «E per cosa?»

Titus si tolse gli occhiali da sole. Indicò la statua con una stanghetta. «Quella statua sorge su un pezzo di terra donata dalle Figlie della Confederazione. Tecnicamente appartiene a loro. Non è proprietà pubblica. Il che significa che non hai alcun diritto di trattenere qualcuno, qualunque cosa abbia fatto a quella statua. Si potrebbe configurare un reato di fermo illegale, aggressione e/o percosse» disse Titus.

«Stronzate» sbottò uno dei compatrioti di Ricky.

«Ehi, Denver, tu li hai letti gli statuti? Perché io sì. Quindi ti conviene tenere la bocca chiusa. E quest'odore? Sta' a vedere che è Canadian Mist. Mi auguro tu sia venuto a piedi» disse Titus.

Ed eccola di nuovo, la contea di Charon che gli usciva di bocca nuda e cruda come dalla gola di un vitello appena macellato. Non una litania di minacce, bensì una promessa di conseguenze.

Denver Carlyle era un ubriacone con la patente da camionista appesa a un filo che però decideva di andare e venire dal

Watering Hole più o meno sbronzo: Titus lo sapeva, e il suo casuale accenno fece abbassare la cresta a tutti quanti. Era la paura, a generare il rispetto. Per Ricky e Denver, e per i tipi come loro, la paura era duplice. Lo temevano come uomo e temevano l'invincibilità che secondo loro gli dava il distintivo. A frenarli era l'idea che lo status di intoccabile, che i loro nonni avevano sfruttato per brutalizzare la gente come Titus, d'un tratto lo potesse sfruttare qualcun altro.

«Ora, se volete che quel ragazzo, che credo sia il figlio di William e Renee Dolson, sia processato per vandalismo, rivolgetevi alla sezione più vicina delle Figlie della Confederazione e convincetele a sporgere denuncia. Altrimenti credo che fareste meglio ad andarvene a casa. Subito.» Titus sentì qualcuno lamentarsi a bassa voce. Non mise la mano sulla pistola, ma la lasciò comunque penzolare lungo il fianco.

Le lamentele si spensero.

Vedeva i volti di quegli uomini sfigurati dalla tracotanza e dallo sprezzo. Era andato a scuola con molti di loro. O coi loro figli. Reggie Wilson era stato suo compagno di squadra l'anno in cui avevano vinto il titolo. Stephanie, la figlia di Kevin Cross, era stata seduta nel banco davanti al suo dall'asilo fino all'ultimo anno di liceo.

Ma nulla di tutto questo contava. Tutto cancellato, ora che Titus era un negro con il distintivo. Per alcuni di loro spariva persino il distintivo, mentre lo riducevano a qualcosa che era facile e comodo disprezzare. Titus lo sentiva nell'aria che li separava come si percepisce la carica elettrica prima che si abbatta un fulmine. Non c'era da sorprendersi, e già questo di per sé era un fatto tragico.

«Via, subito.» Titus parlò alla folla, ma tenne lo sguardo fisso su Ricky Sours.

«Abbiamo ancora il permesso per il Festival d'Autunno» sbraitò questi all'indirizzo di Titus, allontanandosi con la saliva che schizzava fuori dalle labbra sottili. Ricky stava cercando di salvare la faccia davanti ai soci nostalgici; Titus non rispose nemmeno, non aveva alcuna intenzione di dargli una mano. Notò Royce, con il solito cappellino della TEXACO, che percorreva a ritroso il piazzale del tribunale insieme a Ricky. Sapeva che Royce guidava uno degli scuolabus di Charon. A quanto pareva era anche un apologeta della Confederazione.

Dopo che li ebbe visti infilarsi nei rispettivi veicoli (notando che Denver Carlyle saliva sul pick-up di Ricky Sours anziché prendere la sua Buick nuova di zecca), attraversò la strada verso la biblioteca.

«Stavo giusto dicendo al signor Trevor Dolson che se vuole sporgere denuncia può passare da noi in ufficio» disse Carla.

«Hai intenzione di sporgere denuncia, Trevor?» chiese Titus. Trevor fece spallucce.

«Credo proprio che sia il caso. Il male vince quando gli uomini di buona volontà non fanno nulla» disse Jamal. La folla che lo circondava concordò a gran voce.

«Sono nei guai?» chiese Trevor. Titus lanciò un'occhiata alle sue spalle, dove la statua di un soldato confederato della contea si ergeva su un blocco di pietra imbrattato da una strisciata di vernice nera.

«Non lo so. Se sei stato tu, allora i proprietari della statua dovrebbero sporgere denuncia. Nello specifico, le Figlie della Confederazione. Visto che dagli anni Trenta non c'è una sezione in città, immagino che non ci saranno problemi. Sempre che sia stato tu» disse Titus.

«Io... io voglio solo andare a casa» disse Trevor.

«Quanti anni hai, Trevor?»

«Diciotto... signore.»

«Okay. Visto che sei maggiorenne, non sono legalmente obbligato ad avvisare i tuoi genitori, ma se fossi in te glielo direi» disse Titus. Si voltò verso la folla. Era un misto di membri della New Wave e giovani uomini e donne bianchi che avevano adottato un'estetica simile a quella di Trevor. Titus li riconobbe. Appartenevano alla piccola ma vivace scena artistica di Charon. Alcuni li aveva visti al mercato delle pulci che si teneva nel parcheggio del liceo ogni terzo sabato del mese, altri erano membri di una band che suonava agli open mic del martedì sera al Watering Hole.

«Voialtri, tutti a casa, adesso. Non c'è nient'altro da fare qui» disse. Alcuni si incamminarono lentamente lungo il marciapiede. La maggioranza non si mosse. Sentivano ancora le scariche di adrenalina nelle vene. Gli ribolliva il sangue, come avrebbe detto suo padre.

Incrociò le braccia. «A meno che non vogliate farvi arrestare per disturbo della quiete pubblica.» Altre promesse, altre minacce. Sul suo distintivo campeggiavano le parole PROTEGGI e SERVI, ma in momenti come quello gli sembrava che INTIMIDISCI e SPAVENTA funzionassero meglio.

Fa parte del mio lavoro, pensò. E a ruota di quel pensiero ne arrivò un altro, proveniente da un angolino remoto della mente: se fa parte del tuo lavoro, siamo sicuri che sia il lavoro per te?

Titus scacciò quel pensiero e si rivolse di nuovo ai presenti. «Andate a casa, forza.» La folla si disperse borbottando insulti e nebulose proteste. Jamal fu l'ultimo ad andarsene.

«Dice il Signore: praticate il diritto e la giustizia, liberate il derubato dalle mani dell'oppressore» recitò.

«Geremia, capitolo ventidue, terzo versetto» gli fece eco Titus.

«Hai fatto la cosa giusta, con Trevor. Vorrei che fossi riuscito a fare altrettanto con Latrell.»

Titus diede un'occhiata all'orologio. Erano da poco passate le dieci del mattino. «C'è una conferenza stampa oggi verso le quattro. Dovresti ascoltarla.»

Jamal andò avanti a parlare come se non l'avesse sentito. «Non posso credere che permetterai a quegli aspiranti nazisti di sfilare in nome del potere bianco durante il Festival d'Autunno. Tu sei lo sceriffo. A cosa è servito farti eleggere se non riesci a impedire che Ricky Sours e i suoi confederidioti marcino nel cuore della città?» Titus si morse l'interno della guancia. Aveva la stessa voglia del buon reverendo di vedere Ricky Sours e i suoi ribelli sfilare in costume per le strade di Charon.

«Il comitato competente ha approvato la loro richiesta e ha dato l'autorizzazione. La cosa non mi piace, ma non posso impedirla. E dato che si sono messi a frignare per avere protezione, io ci sarò. Ti devi fidare di me e mi devi credere quando dico che se la fanno fuori dal vaso ce ne occuperemo.»

Jamal scosse il capo. «Sei l'ultima persona che avrei pensato potesse diventare un negro da cortile. Tua madre al catechismo ci insegnava che i giusti non vengono mai abbandonati, ed ecco qui suo figlio, che permette ai figli del demonio di camminare in testa ai figli di Dio» disse Jamal.

«Carla, perché non vai a scrivere il rapporto?» disse Titus.

«Sissignore» disse lei, e attraversò la strada per risalire sulla volante.

Titus si sfilò gli occhiali da sole. Poi si tolse il distintivo e lo mise in tasca. Gli spigoli aguzzi della stella premevano sulla coscia. Si avvicinò a Jamal.

«Te ne stai qui a citarmi versetti della Bibbia sugli oppressi e hai anche il coraggio di accusarmi di ballare il tip tap per quegli stronzi. Manco avessi smesso di essere nero quando mi sono messo il distintivo. Vederli marciare lungo Main Street sventolando le bandiere confederate, con le loro magliette che inneggiano a Jefferson Davis e Robert E. Lee mi dà la nausea. Ma finché non infrangono la legge non c'è niente che possa fare.» Titus si avvicinò di più a Jamal, fino a che non ebbe la bocca a meno di un palmo dall'orecchio del reverendo. «E ora è Titus che parla, non lo sceriffo. Tu nomina ancora una volta mia madre e quando ti risvegli ti accorgi che ti sei ingoiato tutti i denti. Ci siamo capiti?» Fece un passo indietro e si rimise gli occhiali da sole e il distintivo. «Venga alla conferenza stampa, reverendo. Bisogna che ascolti quello che ho da dire.» Si voltò e andò dritto al SUV. Salì e mise in moto. Guardò Jamal scuotere il capo e tornare alla macchina. Intravide il proprio riflesso nello specchietto retrovisore. L'uomo che lo fissava continuava a sorprendersi nell'atto di sbattere parole dure come pietre in faccia alla gente che aveva giurato di proteggere.

Inserì la marcia.

E si ritrovò a chiedersi di chi era la colpa. Dell'uomo o della gente?

NOVE

Titus svoltò a destra imboccando Jackson Street e si infilò nel parcheggio davanti agli uffici del medico legale: un edificio di cemento alto e anonimo, situato di fronte al fatiscente Richmond Coliseum, che custodiva orrori generazionali del passato e terrori rivoltanti catalogati per benino con un freddo e rodato distacco che Titus non sembrava in grado di padroneggiare.

Posteggiò il SUV ed entrò dalla porta d'ingresso anziché dalla grossa saracinesca di metallo che accettava corpi di qualsiasi forma, dimensione, età ed etnia. Nella vecchia capitale della Confederazione, il luogo in cui più di ogni altro vinceva l'uguaglianza era il tavolo autoptico.

Attraversò l'atrio e prese l'ascensore fino all'obitorio. Il sentore pungente dell'antisettico gli arrivò in faccia come uno schiaffo non appena si aprirono le porte. Gli si insinuò a forza nelle narici e andò a pungerlo in fondo alla gola. Era come un presagio giunto ad ammonirlo che stava varcando il confine della terra dei morti.

«Lasciate ogni speranza, o voi ch'entrate» sussurrò.

Premette il pulsante dell'interfono sulla destra delle grosse porte d'acciaio che somigliavano in maniera inquietante a quelle dell'ascensore. Una voce gracchiò.

«Sì, posso aiutarla?»

«Sceriffo Titus Crown, della contea di Charon. Vi abbiamo

mandato dei corpi ieri. Vorrei parlare con qualcuno a proposito delle osservazioni preliminari» disse Titus. L'interfono restò muto. Sapeva che probabilmente non erano nemmeno a metà dell'opera, ma doveva – anzi, voleva – occuparsi della questione il prima possibile. Gli serviva qualcosa, qualsiasi cosa, un indizio qualunque, per dare una scossa alle indagini. Quei sette ragazzini morti e le loro famiglie lo esigevano. Era un nuovo fardello che aveva deciso di accollarsi. Per quanto triste, gli indizi migliori sarebbero saltati fuori dai loro poveri corpi spezzati.

Titus non voleva guardarli di nuovo, ma era disposto a farlo. Era il suo lavoro. Era la sua penitenza.

«Venga pure» gracchiò la voce.

Le porte si aprirono con un sibilo e Titus varcò la soglia della terra dei morti.

Restò impalato nella piccola anticamera che separava l'obitorio vero e proprio dall'ufficio del medico legale. Una giovane donna asiatica gli si fece incontro con indosso un camice blu e una cuffietta. Tolse entrambi e li gettò in un contenitore di plastica per rifiuti sanitari pericolosi prima di passare il badge davanti alla porta e raggiungerlo nell'anticamera.

«Sceriffo. Sono la dottoressa Julie Kim.»

«Piacere di conoscerla» disse Titus. La dottoressa Kim annuì. Portava i lunghi capelli neri stretti in uno chignon simile a quello di Carla. Gli indicò l'ufficio con un cenno. Titus la seguì, mentre lei andava a sedersi dietro un'enorme scrivania di rovere. Lui si tolse gli occhiali e il cappello e si accomodò in una delle due poltrone di pelle all'altro lato della scrivania.

«Sceriffo, devo essere onesta, abbiamo esaminato soltanto due dei sette corpi che ci avete mandato. Al momento siamo un po' a corto di personale.»

«Cos'è, c'è poco interesse per la medicina legale, oggigiorno?»

Kim sorrise. «No, è che c'è molto interesse per il concerto degli American Aquarium stasera al National. Pare che alcuni membri del nostro staff abbiano contratto la marinarite» disse la dottoressa.

«Da noi, invece, c'è sempre una miniepidemia intorno al primo giorno della stagione di caccia. Ma non sono qui per metterle fretta, dottoressa. Sono solo interessato a sentire qualche osservazione preliminare, qualunque essa sia» disse Titus.

«Stavo per dirle che avrei potuto inviargliele via mail, ma ho come l'impressione che lei preferisca interagire faccia a faccia» disse la dottoressa. Gli sorrise, e Titus si ritrovò a ricambiare. Poi pensò a quei sette adolescenti neri stesi sui tavoli di metallo con un'incisione a Y sul torace e il sorriso appassì all'istante.

«Oggi terrò una conferenza stampa. Dottoressa, Charon è un posto piccolo. Girano già fin troppe voci per la contea, per non parlare dei social. L'altro ieri c'è stata una sparatoria al liceo e poi abbiamo trovato quei corpi. La mia gente è sconvolta. Se potesse darmi qualcosa, potrei dire loro che stiamo facendo del nostro meglio, se non altro» disse Titus.

La dottoressa Kim stirò le dita. Premette un tasto sul telefono della scrivania.

«Peter, puoi portarmi il fascicolo di Charon?»

«Sì, dottoressa.»

Pochi secondi dopo entrò un giovanotto bianco che le porse una cartellina abbastanza spessa e se ne andò talmente in fretta che Titus pensò quasi di esserselo immaginato.

«Dunque. Le dirò le cose salienti, se mi passa il termine» disse la dottoressa Kim porgendogli la cartellina. Lui la aprì, e la prima cosa che vide fu un corpo scorticato sul tavolo autoptico. La pelle coriacea era stata tirata indietro e il costato sezionato con una sega. Titus capovolse la foto. L'immagine successiva era un primo piano del braccio dello stesso corpo.

«Sono... parole?» chiese.

«Sì. Sui corpi che ancora avevano pelle esaminabile abbiamo trovato parole incise sulle braccia, sul torace, sulle natiche. Immagino che troveremo incisioni simili anche sugli altri.»

«Sia... maledetto... Canaan» sussurrò Titus leggendo le scritte.

Ripose la foto a faccia in giù.

Quella dopo ritraeva un volto disseccato. Era stata scattata con un dispositivo a ultravioletti, o infrarossi, che gli conferiva un aspetto spettrale. Titus non avrebbe saputo dire se appartenesse a un maschio o a una femmina. Le labbra si erano ritratte tutt'intorno alla bocca spalancata, lasciandosi dietro un rictus figlio delle torture.

Strizzò gli occhi per mettere meglio a fuoco le parole incise sulla fronte.

«Quelle parole sono solo la punta dell'iceberg di ciò che hanno passato questi ragazzini. Hanno sofferto. Tanto» disse la dottoressa Kim.

Mentre lei parlava, Titus si sentì travolgere da qualcosa che conosceva e temeva. Gli era già successo alla tenuta di DeCrain, quando si era ritrovato con pezzi dei figli di DeCrain in faccia.

Alterigia. Quel genere di alterigia che ti faceva sentire al di sopra di piccolezze come le leggi e gli emendamenti. Quel genere di alterigia che era spesso figlia della canna di una pistola. Ormai sapeva che si trattava di una posa, una falsità. Era una santità bugiarda che ti seduceva fino a farti credere che il fine giustificasse i mezzi.

Chiuse la cartellina. Si ripromise di non ascoltare mai più il canto di quella sirena. La sua anima, o meglio quel poco che ne restava, non l'avrebbe sopportato.

«DNA? Fibre? Avete trovato nulla? Tracce di insetti o larve?» chiese Titus.

«Abbiamo fatto dei test del DNA. Abbiamo trovato diversi campioni utilizzabili, ma ancora non sappiamo quanto siano degradati. Stiamo anche incrociando i dati con quelli contenuti nei database nazionale e statale. Proveremo anche con le impronte dentali. Non c'erano documenti sui ragazzi. Ed è interessante che mi abbia chiesto delle fibre. Abbiamo trovato dei capelli sintetici su due dei quattro corpi esaminati. Di una parrucca, direi. Costosa. Stiamo facendo ulteriori analisi. Abbiamo identificato anche quasi tutti gli oggetti metallici estratti dai corpi. C'erano chiodi, aghi, filo spinato, lamette.» La dottoressa smise di parlare e fece un respiro profondo. «Su uno stiamo ancora lavorando. Dia un'occhiata all'ultima pagina del fascicolo.»

Titus obbedì.

Su un tavolino, accanto a un righello metallico messo lì per fornire un'idea delle dimensioni, c'era un oggetto arrugginito a forma di T. Le braccia della T erano sottili come le setole di uno scovolino; l'asta era cilindrica e bombata sul fondo. Ricordò a Titus un giocattolo che aveva da bambino. Era una minibomba a pallini che ricordava un ordigno bellico della Seconda guerra mondiale. Ci mettevi i pallini esplosivi delle pistole giocattolo, poi la buttavi per terra e quella faceva un gran botto.

«Abbiamo contattato la polizia di Stato della Virginia e inviato la foto all'FBI. Finora nessuno è stato in grado di dirci cosa sia» disse la dottoressa.

«L'FBI avrà in archivio almeno cinque o sei varianti di qualunque cosa sia» disse Titus.

«Vedo che il loro zelo le è familiare.»

Titus fece un sorriso amaro. «Fin troppo.»

La dottoressa Kim annuì. «E per il momento è tutto. Tra qualche settimana avrò i risultati degli esami tossicologici e del DNA.»

«So che siete oberati di lavoro e perennemente in ritardo,

ma ci sarebbe modo di dare la massima priorità alla questione?» chiese Titus.

«Non sono le uniche vittime che abbiamo sul tavolo. Ma vedrò cosa riesco a fare.»

Adesso toccò a Titus annuire. Richiuse il fascicolo e lo poggiò sulla scrivania.

«Bene, grazie della disponibilità» disse. Si alzò e rimise il cappello.

«Si chiede mai come facciano? O perché lo fanno? Come può una persona... fare... quelle cose?» disse la dottoressa. Per un istante la maschera di distacco che indossava le scivolò via e Titus intravide Julie Kim. Un essere umano nel cui cuore albergavano empatia e gentilezza. Stando alle foto che teneva sulla scrivania era una moglie e una madre, oltre a essere la direttrice dell'ufficio di medicina legale.

Titus si sistemò il cappello. «Di solito cerco di non pensarci. Cerco di concentrarmi su chi sono, non sul perché. Ma se proprio vuole una risposta» disse sfilando gli occhiali da sole dal taschino della camicia, «lo fanno perché gli piace. E perché possono» aggiunse, inforcando gli occhiali a goccia. «Non è che ci siano ragioni più profonde.»

«Crede davvero che sia tanto semplice?»

«Il male raramente è complicato. È solo che ha una gran cazzo di faccia tosta.» Titus si toccò la tesa del cappello e se ne andò.

Di nuovo in auto, estrasse il bloc-notes per annotare le informazioni avute dalla dottoressa Kim: non mancava mai di supportare la sua ottima memoria con annotazioni scrupolose.

Poveraccio il coniglio che ha una tana sola, diceva sempre sua madre. Le sue battute e i suoi colloquialismi di solito nascevano in risposta a un succoso pettegolezzo, ma questo non ne inficiava l'acume e la saggezza.

Riportò tutto ciò che la dottoressa aveva condiviso con lui. In cima alla pagina scrisse «La maledizione di Canaan.» Immaginava che fosse un riferimento alla maledizione di Cam di cui si parla nel libro della Genesi. Un episodio livoroso del Vecchio Testamento che numerosi imperi avevano usato per soggiogare popoli e tenerli in catene. Gli tornò in mente l'insegnante di scienze sociali che aveva detto senza alcun accenno di compunzione che i neri erano condannati alla schiavitù dalla parola di Dio. Quando quel giorno era tornato a casa da scuola e l'aveva raccontato alla madre, aveva visto un tornado prendere forma nei suoi occhi.

«Domani ci andiamo a parlare, con quella signora. Stammi bene a sentire, Titus, e non te lo scordare mai. Primo, la Parola è perfetta, ma il modo in cui gli uomini la interpretano spesso è corrotto. Secondo, la tua insegnante dice un mucchio di cazzate.»

Titus ricordava ancora lo sbalordimento che gli provocò sentire una parolaccia uscire dalla bocca di sua madre. Era come vedere Gesù che si beveva un Hennessy. Più tardi, quando lei era già sottoterra, si sarebbe reso conto che la Parola era corrotta quanto gli uomini che la recitavano. Vecchio Testamento, Nuovo Testamento, erano solo parole con la *p* minuscola, scritte da zeloti per far pubblicità alla nuova setta che avevano fondato in memoria di un falegname morto.

Scrisse un'altra frase in cima alla pagina: «La nostra salvezza è la sua sofferenza».

Era incisa sulla fronte del corpo nella terza fotografia. Non veniva dalla Bibbia, ma non era la prima volta che la incontrava. Dei ventitré luoghi di culto della contea di Charon, sei l'avevano usata in vari momenti nel corso degli ultimi tre anni come slogan acchiappattenzione sulle proprie insegne.

L'aveva letta su un cartello davanti alla chiesa di Sant'Ignazio. Poi davanti alla chiesa di suo padre e davanti alla Chiesa

Battista della Trinità e alla Chiesa Unita di Nazareth. L'aveva usata anche la Prima Corinzia, ma la primissima a usarla era stata quella della Sacra Roccia del Redentore, una chiesa non confessionale a conduzione familiare che sorgeva a Piney Island, un mucchietto di massi e sabbia collegato a Charon dal ponte più pericolante del mondo. La Sacra Roccia del Redentore aveva fama di essere una di quelle chiese pentecostali tutte fuoco e fiamme, dove si maneggiavano crotali e si beveva stricnina, roba da credenti veri. O, come diceva suo padre, *una manica di svitati razzisti figli di puttana.*

Titus mise via il bloc-notes e avviò il motore. Non era molto, ma era qualcosa a cui aggrapparsi, anche se solo con la punta delle dita. L'Ultimo Lupo era membro di una delle sei chiese che avevano usato quella frase? Oppure era solo un bastardo fuori di testa che viveva nella contea e pensava che fosse divertente inciderla con un rasoio sulla fronte delle sue vittime? In ogni caso, era uno del posto. Ne era certo. Solo uno del posto poteva sapere dove stava il salice piangente. Solo uno del posto poteva agire con Spearman e Latrell. Solo una persona cresciuta a pane e Charon poteva odiare la contea al punto da seminarne il suolo con il sangue degli innocenti.

Titus tornò in ufficio che era quasi mezzogiorno. Cam era al centralino, alle prese con dozzine di chiamate, il volto solcato da rughe di fatica.

«Lo sceriffo risponderà a queste domande in conferenza stampa, Toby. Non ti posso dire niente perché non so niente, va bene?» disse. Riattaccò in faccia a Toby e prese un'altra chiamata. «Ufficio dello sceriffo della contea di Charon. Signora, lo sceriffo terrà una conferenza stampa oggi alle quattro per parlare di tutte queste cose. Grazie.» Aveva la voce rotta dall'esasperazione. I telefoni restarono muti per un attimo, una breve pausa in cui il silenzio invase l'ufficio.

«Ti tieni occupato, vedo» disse Titus.

Cam brontolò. «Parlano tutti di quello che abbiamo trovato in quel prato. La gente sta impazzendo. Ricky Sours vuole arruolare i suoi come volontari. C'è gente che parla di mollare tutto e andarsene. Ha chiamato Scott, che ne ha dette di tutti i colori. Giuro su Dio, quell'uomo ha una faccia fatta per essere presa a pugni» disse Cam.

Titus gli diede una pacca sulla spalla. «Scott è l'ultimo dei nostri problemi. Fammi un favore, chiama Freddie Nickels a Channel Seven e digli di far circolare la notizia della conferenza stampa. Gli ho mandato una mail, ma voglio sollecitare. Ne ho mandata una anche a Dan Dawson di Channel Twelve e a Stacy Weddle di Channel Twenty-Three. Chiama anche loro.»

«Vuoi anche Charlie del "Charon Register"?» chiese Cam.

«Più gente c'è, meglio è» disse Titus.

Cam annuì. «Ha chiamato Roger.»

Titus sospirò. «Che dice?»

«Voleva sapere dov'eri. Ha detto che ha parlato con Scott della sospensione.» Esitò a riportargli l'ultima parte, come un bambino riluttante a fare la spia nei confronti di un fratello.

«Che ci parli quanto gli pare. Finché su questo distintivo c'è scritto SCERIFFO può parlare con chi vuole. Gli servirà quanto un carro con le ruote quadrate.»

Entrò nel proprio ufficio pensando che se i suoi vecchi colleghi di Fort Wayne l'avessero sentito adoperare quella particolare espressione gli avrebbero fatto trovare una salopette da contadinotto sulla scrivania.

Per scherzare, ovviamente. Avevano sempre voglia di scherzare.

Titus accese il laptop e cominciò a preparare il discorso per la conferenza stampa. Era fondamentale azzeccare il tono. Preoccupato ma non timoroso, severo ma non troppo duro.

C'era un equilibrio da trovare quando ti toccava dire alla comunità che tre concittadini avevano trasformato la contea in un camposanto.

Titus si interruppe e lanciò un'occhiata alla foto di Ward Bennings sulla parete del corridoio. Vicina a quelle di tutti gli altri sceriffi della contea. Alcuni di quei corpi erano rimasti sotto il salice per più di cinque anni. Spearman, Latrell e l'Ultimo Lupo li avevano portati laggiù, passando fra rami e rovi, senza che Ward o chiunque altro battesse ciglio. Come ci erano riusciti? Erano stati attenti, d'accordo, ma non erano maghi. Qualcuno avrebbe dovuto notarli. Almeno una volta. Charon era un posto troppo piccolo perché un terzetto di uomini potesse trasportare cadaveri nel fitto dei boschi passando inosservato. O almeno era quello che sperava.

Guardò la carrellata di sceriffi che l'avevano preceduto. Una stirpe di custodi che avevano protetto determinati cittadini ignorandone altri. Una tradizione di vigilanti che avevano chiuso gli occhi davanti alla sofferenza di chi non era come loro. Ciascuno di loro era passato per questo mondo, generazione dopo generazione, consegnando alla buona volontà del candidato successivo quel che restava della contea. Ora Titus si ritrovava all'ombra di uno spettro con la testa di lupo e faceva del suo meglio per reggere quei cocci, anche se gli scorticavano le mani.

«Cavoli, c'è il mondo, e s'è portato pure gli ospiti» disse Davy.

Titus sbirciò fuori dalla finestra. Il parcheggio era pieno zeppo. Non soltanto c'erano i furgoni delle tre principali televisioni della Virginia sudorientale, ma anche tre delle stazioni che trasmettevano nell'area metropolitana di Richmond e un paio della Virginia settentrionale. Vide Frank del «Register» e un paio di altre persone con tablet, taccuini, e quello sguardo subdolo che si trova solo in faccia ai giornalisti a caccia di una buona storia. A riempire il resto del parcheggio c'era circa il sessanta per cento degli abitanti della contea. Le auto e i pick-up arrivavano fino al supermercato.

«Dai, su, togliamoci il dente. Davy, tu, Carla, Pip e Steve occupatevi del servizio d'ordine. Io vado al microfono, faccio il discorso e chiudiamo. Oggi non rispondiamo a nessuna domanda. Siamo tutti d'accordo?» chiese Titus. I suoi annuirono.

Controllò la divisa nel riflesso del vetro. La piega dei pantaloni avrebbe potuto tagliare una torta. Si era passato la crema idratante in faccia e sulle mani. Il distintivo splendeva come un diamante. Ad alcuni non importava, ma alla maggioranza dei cittadini di Charon doveva mostrarsi inappuntabile, se voleva che almeno fingessero di rispettarlo. E oggi quel rispetto gli serviva come mai prima. Stava per mandare in frantumi la loro illusione di essere al sicuro. Era sul punto di distruggere uno dei loro idoli. Gli sarebbe toccato trascinarli in una nuova realtà nella quale persone che conoscevano, magari da tutta la vita, erano dei mostri dal volto umano.

La gente detestava notizie del genere.

E spesso finiva col detestare anche chi le portava.

«Forza» si spronò.

Il silenzio scese sulla folla non appena Titus picchiettò sul microfono. Era di Davy. Prima di entrare in polizia aveva fatto il DJ. Titus restò a guardare le persone davanti a sé, che attendevano le sue parole con un'ansia che si insinuava come gommalacca in ogni più piccolo spazio tra i corpi. Avevano sentito storie, ripetuto voci, inventato cose, e adesso era il momento di abbeverarsi alla fonte, per così dire. Titus sentiva il peso di quell'ansia sulle spalle larghe. La pressione delle centinaia di occhi che aveva addosso per poco non gli fece chinare il capo. Invece prese un respiro profondo e tenne lo sguardo saldo. Sottomettersi non era un'opzione. Non poteva permettersi di avere l'aria sconfitta, neanche per una frazione di millisecondo. Trovarsi davanti a una folla era come avere a che fare con un cane selvatico. Se facevi vedere che avevi paura, ti ritrovavi bell'e sgozzato.

«Grazie a tutti per essere venuti.»

La caccia era aperta.

DIECI

Titus si tolse il cappello e lo posò sulla scrivania. Si sedette, tolse gli occhiali da sole e si passò le mani sul volto. Fuori la folla cominciava a disperdersi, ma lui sentiva ancora la loro voce al di là del muro, come l'eco di un tuono.

Carla entrò nell'ufficio. «Secondo te lo prendiamo?» chiese.

Titus si lisciò la cravatta. «Dobbiamo farlo.»

Squillò il fisso. «C'è qualcuno per te sulla uno» sbraitò Cam.

«Fammi un favore. Torna al salice e vedi come procede con i ragazzi della polizia di Stato. Digli che sei lì per conto mio. Ti dicono che ti tengono al corrente, ma poi fanno quadrato e ti tagliano fuori» disse Titus.

«Capito.» Carla si voltò e uscì.

Titus prese la chiamata. «Sceriffo Crown, mi dica.»

«Cacchio se sei formale! Un vero tutore della legge, eh? Scommetto che ti hanno dato delle manette tutte tue.» Una risata grassa risuonò all'altro capo della linea. Titus sentì un macigno precipitargli nello stomaco.

«Kellie. Perché mi chiami qui?»

«Wow, anche a me fa piacere sentirti.»

Titus si schiarì la gola. Sentiva la faccia calda come una griglia. «No, cioè, come stai? Non posso certo dire che mi aspettassi di sentirti» balbettò.

«Rilassati, Virginia. Non sono diventata una stalker. È una telefonata strettamente professionale» disse lei.

«Professionale? Cioè mi stai chiamando in veste di giornalista del "Journal Gazette" di Fort Wayne?» chiese Titus.

«Non esattamente. E poi adesso sto a Indianapolis. Scrivo per il "Times". Solo che mi ha detto un uccellino che c'è qualcosa di grosso dalle tue parti che potrebbe fare al caso mio.»

Titus non rispose.

Kellie ridacchiò. «Non hai saputo del mio podcast, vero?»

«Non... non ho molto tempo libero» disse Titus.

Un'altra risata grassa.

«Però Spotify sul telefono ce l'hai. Ti mando il link. Puoi ascoltarlo in macchina, per strada, tra un linciaggio del Klan e l'altro» disse Kellie. Un'altra risata.

Di nuovo, Titus non rispose.

«Okay, capito, battuta di cattivo gusto» disse Kellie.

«Ma no, è più tipo bue che dà del cornuto all'asino. Non è che l'Indiana sia proprio la terra del progressismo spinto» disse Titus.

«Obiezione accolta. Però, sul serio, dammi il tuo numero di cellulare, così ti mando il link.»

«Cosa pensi che stia succedendo quaggiù, esattamente?»

«Nel podcast racconto episodi di cronaca nera. Ho cominciato quando ho perso il posto al "Journal Gazette". All'inizio ci occupavamo solo di reati contro le professioniste del sesso nella conurbazione, ma ultimamente stiamo ampliando il raggio. Un'amica che lavora per un tg di Richmond mi ha scritto che hai trovato dei ragazzini assassinati in un prato. Mi chiedevo se l'uomo con il quale ho condiviso il letto per due anni fosse disposto a concedermi un'intervista, quando arrivo in città.»

Titus svuotò i polmoni come se gli avessero assestato un pugno sullo sterno. «Perché stai venendo qui?»

«Sai che per essere un ex agente dell'FBI non sei poi tanto bravo ad ascoltare? Ho un podcast di cronaca nera. Tu a quanto pare hai appena scoperto un serial killer. Io ho un po' di ferie da smaltire, quindi ho deciso di fare un salto lì e preparare un episodio sul suddetto serial killer. E speravo che tu me ne parlassi» disse Kellie. «Senti, scherzavo su quella cosa del letto e dei due anni. Cercavo solo di farti ridere. Non hai mai riso abbastanza, tu.»

«Le indagini sono appena all'inizio. Già è pieno di giornalisti e gente di qui angosciata, tutti che fanno la fila per starmi fra i piedi. Senza offesa, ma l'ultima cosa di cui ho bisogno è qualcun altro fra i piedi» disse Titus.

«Mi diresti la stessa cosa se non fossi la tua ex?»

«Te la direi anche se fossi Anderson Cooper.»

Kellie ridacchiò. «Be', se lui fosse un tuo ex, la nostra storia sarebbe di certo stata interessante. Ascolta, Titus, noi stiamo venendo lì. Volevo solo capire se ti interessava un megafono. Per scuotere un po' la gente. Magari trovare qualche pista. Non sei obbligato a parlarmi, ma non puoi impedirmi di fare il mio lavoro.»

«Nessuno può impedirti di fare qualsiasi cosa tu abbia deciso di fare. Ti sto solo dicendo che è una perdita di tempo. Davvero, stiamo ancora provando a capirci qualcosa. Nessuno sarà in grado di dirti niente, perché nessuno sa niente. Venire quaggiù sarà un'inutile spreco di benzina.»

«Non hai proprio voglia di vedermi, vero?» disse Kellie. La risata grassa era sparita, sostituita da una calma che le addolciva la voce. Il ronzio nel telefono regnò sovrano mentre nessuno dei due apriva bocca. I ricordi, carichi come elettroni, correvano lungo la linea come impulsi nervosi.

Aveva conosciuto Kellie Stoner mentre indagava su alcune prostitute trovate morte nella zona di Fort Wayne. Kellie era una delle due giornaliste di cronaca nera del «Journal Gazette». Faceva anche volontariato per un'associazione che si occupava di sex worker e senzatetto. Era un concentrato di energia e sarcasmo che non arrivava al metro e sessanta, e l'aveva incalzato per tutta l'intervista. Aveva capelli neri, lunghi, e lo stesso valeva per le ciglia. Una pelle liscia e olivastra che, avrebbe scoperto poi, doveva alle sue origini filippine e italiane. Occhi castano chiaro come gocce di miele che diventavano ambra ogni volta che si arrabbiava. Com'era successo quel giorno.

«Mi scusi, agente Crown, ma ho l'impressione che all'FBI questi omicidi non interessino. Siamo già a sei cadaveri quest'anno. Che progressi avete fatto? E come mai ci avete messo tanto a intervenire? Voglio dire, senza offesa, ma sono mesi che la gente supplica la polizia di fare qualcosa per queste donne che spariscono nel nulla» gli aveva detto, seduta con lui nell'ufficio gentilmente concesso a Titus dal capo della polizia locale.

«Signorina Stoner, le assicuro che l'FBI sta facendo tutto il possibile. Le prometto che io farò tutto il possibile. Non credo nelle discriminazioni. E sono un uomo di parola» aveva detto.

«Wow, adesso ci manca che mi dica che Babbo Natale esiste davvero» aveva borbottato lei sottovoce.

«Come, scusi?»

«Mi scusi lei. Ma non può biasimarmi se sono scettica. La gente di quei quartieri di solito non vede un poliziotto neanche in cartolina, a meno che una ragazza bianca non si presenti in tempo per un addio al nubilato» aveva detto Kellie.

«Signorina Stoner, non affronto le mie indagini sulla base dello status sociale delle vittime. O contiamo tutti o non conta nessuno. Tutti meritano di avere qualcuno che li rappresenta» aveva detto Titus.

«Non dice tanto per dire, vero?» gli aveva chiesto lei.

«Tutt'altro. Mia madre mi ha cresciuto bene. E vedo benissimo quanto le stanno a cuore non solo le vittime, ma anche gli abitanti di questa città. È raro incontrare una simile dedizione» aveva detto Titus. «E comunque credo che in questo periodo dell'anno Babbo Natale giri in incognito sotto falso nome» aveva aggiunto.

E lei aveva riso. Quella risata piena, grassa, che ben presto sarebbe diventata musica per le sue orecchie.

Alla fine, Titus e la sua squadra avevano catturato l'uomo che aveva ucciso quelle donne, e lui aveva pensato che, così facendo, le avevano vendicate. Rappresentate.

Dopodiché, lui e Kellie avevano cominciato a danzare al ritmo di una canzone sospesa in quella strana terra inesplorata che esisteva fra l'amore e il desiderio.

Fino al raid nella tenuta di DeCrain, dopo il quale la canzone si era interrotta all'improvviso.

«Non è così, e lo sai. Io dovevo tornare a casa e tu dovevi restare in Indiana. Una storia a distanza non avrebbe funzionato. Pensavo che avessimo chiuso nel migliore dei modi» disse Titus.

«Ma davvero?» disse Kellie.

Titus strinse forte la cornetta. «Mi sarò sbagliato.»

«No, hai ragione. Anche se non cambia niente. Comunque abbiamo entrambi voltato pagina. Io mi vedo con qualcuno e sono sicura che lo stesso vale per te. In ogni caso mi piacerebbe mandarti il link al podcast. Se per te va bene.»

Titus pensò a Darlene. Sì, aveva voltato pagina. Era tornato a casa e aveva trovato una persona onesta e di buon cuore che gli si dedicava anima e corpo. Non che lo stesso non si potesse dire di Kellie. Ma Kellie era saccente e aveva una personalità forte che lo metteva continuamente alla prova, croce e delizia. Se Darlene era il giorno, il sole, un bel bicchiere di limonata, Kellie Stoner era un liquore fatto in casa, un cielo nero senza stelle... lui era contento di vivere nella luce.

Il che non significava che non potesse ascoltare il podcast, no? Forse avrebbe dovuto, se non altro per sapere cosa aspettarsi una volta che fosse arrivata in città.

«Certo, mandamelo.»
«Stesso numero?» chiese Kellie.
«Non è cambiato. Ce l'hai ancora?»
«Secondo te? Se l'avessi cancellato non avrei detto stesso numero, no?»
Titus si sentì uno scemo non da poco.
«Ti richiamo quando arrivo. A presto, Virginia.»
Poi la linea fu interrotta.
Titus rimise la cornetta a posto.

Aveva chiesto aiuto ai suoi concittadini, incoraggiandoli a segnalare chiunque si comportasse in modo strano o sospetto, specialmente se possedeva un grosso capannone o aveva un atteggiamento insolito. Le segnalazioni sarebbero arrivate presto, per la maggior parte inutili ma ciononostante meritevoli di attenzione, per cui Titus passò il resto del pomeriggio a occuparsi delle scartoffie proprie di una cittadina di provincia. Tre mesi prima aveva fatto domanda al consiglio comunale per avere body cam e pistole ad aria compressa, una richiesta cassata talmente in fretta da indurlo a credere che qualcuno si stesse appropriando indebitamente dei fondi della contea.
Compilò un altro modulo e lo inviò a chi di dovere affinché esaminassero di nuovo la domanda. Sperava che i consiglieri, ora che i loro figli avevano rischiato di finire con la testa spappolata, fossero più aperti all'idea di fornire le body cam. Non ne andava particolarmente fiero, ma se da quella tragedia era possibile cavare qualcosa di utile, allora valeva la pena di tentare. Magari sarebbe stato l'unico sviluppo positivo.
Esaminò le note spese e le ricevute carburante. Postò due righe sulla conferenza stampa sui social della contea. Diede un'occhiata ai rapporti relativi agli arresti effettuati nelle ultime ventiquattr'ore. Per quanto sembrasse inconcepibile, le sette buche nel terreno, disposte a nido d'ape intorno al

salice piangente di Tank Billups, non erano l'unica cosa di cui doveva occuparsi. Ben Thomas e Wayne Hodges erano stati trovati privi di sensi sul pick-up di Ben, in apparente overdose di eroina tagliata col fentanyl. Louise Tallifero aveva versato addosso alla figlia una scodella di brodo di pollo bollente perché la bambina non la smetteva di strillare. La bambina aveva due anni. Darryl West aveva chiamato per segnalare che il suo vicino Lenny Barkers e la moglie Stephanie stavano caricando di botte il padre di Lenny, un ottantanovenne che aveva fatto la Seconda guerra mondiale ed era andato a vivere con loro un anno prima. Darryl aveva già chiamato un'altra volta per dire che aveva visto Lenny e Stephanie prendere a calci il vecchio dopo che era caduto in giardino. Darryl aveva detto che secondo lui il vecchio aveva l'Alzheimer. Vagava spesso per strada. Quando Steve era giunto sul posto, gli avevano dato una ripulita e l'avevano riportato in casa, però la frattura all'avambraccio non si poteva nascondere.

Mentre cliccava sui rapporti, uno dopo l'altro, si sentiva come il personaggio di un vecchio episodio di *Ai confini della realtà*: l'uomo condannato in eterno a perdere per pochi minuti un treno in partenza. Era così che si sentivano certi giorni i poliziotti di provincia: sempre in ritardo, sempre inadeguati. Te ne stavi impalato davanti a un corpo dilaniato, coperto di lividi, oppure a un'auto sfasciata che puzzava di whiskey, con la scopa, la paletta e la bocca piena di rimpianti. Un addetto alle pulizie, incaricato di raccogliere i cocci delle vite distrutte.

Quando ebbe finito di leggere i rapporti, sentì il bisogno di farsi un bagno. La bruttezza sembrava colmare il mondo come un elisir nero.

Si passò le mani sul volto.

Quella non era tutta la verità. La bruttezza c'era, sì, ma c'era bellezza, nel mondo, c'era grazia, se sapevi dove guardare. Erano lì, se avevi abbastanza coraggio o incoscienza da andare a cercarle. La stella che aveva sul petto gli imponeva di guadare la fanghiglia del pantano, ma non era un'ancora. Non si sarebbe lasciato trascinare giù nella melma, finché avesse saputo resistere.

Titus guardò l'ora.

Le nove di sera. Si alzò, si stirò la schiena e la sentì scoppiettare come un ciocco di legna nel fuoco, poi prese il cappello e andò alla porta. Per quel giorno si era avvelenato abbastanza.

Imboccò il vialetto di casa e parcheggiò accanto al pick-up di suo padre. Quando entrò in casa, lo trovò appisolato sulla poltrona che aveva cercato di convincerlo a non comprare. Prese una coperta dall'armadio dell'ingresso e gliela mise sulle ginocchia. Albert grugnì, poi se la avvolse intorno al corpo. Titus salì in camera, si tolse la divisa e indossò la tuta. Tornò di sotto, prese degli avanzi dal frigorifero e riempì un piatto.

Dopo aver mangiato lavò il piatto e quello che suo padre aveva lasciato nel lavandino. Li asciugò e li mise via. Poi tornò da lui.

«Ehi, vecchio. Alzati un po' e mettiti a letto» disse toccando piano la spalla di Albert. Gli occhi del padre si aprirono languidi mentre sbadigliava.

«Ho fatto due lavori nell'orto, oggi. Mi sa che mi son stancato più del previsto.» Albert si alzò lentamente, facendo una smorfia.

«Vedi di non esagerare. Avrai pure le anche di titanio, ma non sei Iron Man» gli disse Titus.

Albert scosse il capo. «Il Signore ha ritenuto opportuno lasciarmi qua fino a oggi, e mi sa che ancora per un po' non vado da nessuna parte. Se non a letto. Ci vediamo domattina, giovanotto.»

«Ehi, pa'» disse Titus.

Albert si fermò davanti al primo scalino. «Lo conosco, quello sguardo.»

Titus fece un mezzo sorriso. «E che sguardo sarebbe?»

«Lo stesso che avevi quando tu e Marquis avete fatto cadere dal bancone la torta di patate dolci di tua madre, quella volta che vi siete messi a fare la lotta libera in cucina il giorno del Ringraziamento.»

«Ti ricordi che ti avevo detto di quella ragazza con cui mi vedevo quand'ero in Indiana, la giornalista?» disse Titus.

«Quella che ha attaccato briga nella sala da biliardo?» chiese Albert.

Titus annuì. «Sì, be', sta venendo qui per un servizio sui ragazzini che abbiamo trovato sotto quel salice.»

«Hm-hmm. E anche per vedere te, immagino» disse Albert.

«Be', mi vuole intervistare.»

«Provi ancora qualcosa per questa ragazza?»

«Eh? No, direi di no... Sto solo pensando a come dirlo a Darlene. Sai che certe volte è un po'... non lo so, insicura? Non voglio che la prenda male. Cioè, non posso impedire a Kellie di venire, e non le ho chiesto io di venire» disse Titus.

«Però non ti dispiace neanche, è vero o no?»

Titus si schiarì la voce. «Non voglio che Darlene la prenda male.»

Albert tornò sui suoi passi per andare a posargli una mano sulla spalla. «Figliolo, l'unico motivo per cui Darlene può prenderla male è se ti vede lo stesso sguardo in faccia che ti vedo io adesso. Ti sei trovato una brava donna, ma se non è lei che vuoi, le devi almeno la cortesia di dirglielo. Non aspettare che arrivi in città quella ragazza» disse Albert stringendo la spalla di Titus.

«Capito, pa'. Buonanotte.»

«Buonanotte.»

Una volta che Albert fu salito al piano di sopra, Titus scrisse un messaggio a Darlene.

Ehi, sono a casa

Lei rispose quasi all'istante.

Vuoi che vengo da te?

Titus guardò il telefono per un minuto buono prima di rispondere.

No, lascia stare. Sono distrutto. Magari andiamo a Newport News a cena domani

Stavolta Darlene ci mise un po' a rispondere.

OK

A Titus non servì ricorrere alle sue doti investigative per dedurre che ci era rimasta male. Avrebbe potuto dirle di sì, ma cominciava ad accusare la fatica degli ultimi giorni. Era come un'ondata al rallentatore che pareva avvolgerlo sempre di più in un bozzolo; si sentiva esausto. Sarebbe stato una pessima compagnia se fosse venuta. Quand'era stanco a volte diventava scontroso. Valeva la pena rischiare una scaramuccia, se significava evitare un litigio in piena regola. Era così che funzionavano le relazioni a lungo termine. Dozzine e dozzine di decisioni strategiche e negoziati a senso unico per mantenere la pace, o qualcosa che le somigliasse.

Salì le scale con la sensazione di avere le gambe rivestite di piombo. Una volta raggiunto il letto, praticamente dormiva in piedi. Si era appena steso quando suonò il cellulare.

«Ma cazzo» disse Titus con la faccia nel cuscino.

Rotolò su un fianco, prese il telefono e guardò lo schermo. Davy.

Titus toccò il display.
«Che succede?»
«Ehi, Titus. Eh, son qui al Watering Hole e, eh, be', volevo solo chiamarti perché, eh...»
«Davy, sputa il rospo» disse Titus.
«Okay, be', Titus, c'è qui Marquis e ha appena fatto un macello. E Jasper sbraita che vuole sporgere denuncia e io non so cosa fare» farfugliò.
Titus chiuse gli occhi. Era troppo stanco persino per sospirare.
«Arrivo.»

UNDICI

Venti minuti dopo, Titus svoltava nel parcheggio del Watering Hole. Il congegno rotante di luce blu-rossa sul tettuccio della volante di Davy proiettava immagini spettrali sul muro di mattoni del locale. A differenza di tanti bar di provincia in quelle zone della Virginia, il Watering Hole era un edificio a sé stante, non inglobato in un centro commerciale. Un rettangolo robusto con il tetto squadrato che ricordava gli scatoloni nei quali Titus era solito archiviare i rapporti ai tempi dell'FBI. Non era l'unico bar della contea, ma era il più preso d'assalto. Il Celtic Tavern di solito raccoglieva gli avanzi che il Watering Hole si era lasciato dietro. Gente che era stata bandita da Jasper per una vasta gamma di sgarri e offese, o gente che non voleva tirar fuori i sette dollari dell'ingresso.

Jasper non aveva alcuna remora a far pagare i clienti per entrare nel suo locale. C'era musica dal vivo quattro sere su sette. Gli spettacoli comici e le serate open mic riempivano il resto del calendario, per variare un po'. Jasper di recente aveva rifatto l'impianto audio e aggiunto un bell'impianto di illuminazione a led per il palcoscenico. Faceva in modo che al Watering Hole ci fossero sempre gli aggeggi più moderni e costosi in circolazione.

Titus parcheggiò il SUV.

Una delle prime cose che aveva notato quand'era diventato sceriffo era la quantità di soldi che sembrava transitare per il

Watering Hole, considerato che era un bar di provincia in una piccola contea rurale che contava meno di ventimila abitanti. Pareva che Jasper fosse un genio della finanza creativa. Riusciva a spremere quella rapa striminzita alla periferia della contea e a cavarne un bel po' di sangue.

O perlomeno quella era una delle possibili spiegazioni.

Titus credeva che Jasper Sanderson usasse il suo bar per spacciare eroina, meth e qualunque altra sostanza illegale riuscisse a procurarsi, in quantità tali da stroncare un cavallo. Nell'anno che era trascorso dalla sua elezione a sceriffo, c'erano stati ventidue casi di overdose nel raggio di otto chilometri dal bar. Ben e Wayne erano stati visti uscire dal Watering Hole un'ora prima che li trovassero privi di sensi nel bel mezzo di Severn Road. Diversi informatori avevano dichiarato sotto giuramento che Jasper aveva dei contatti con una filiale dei Rare Breed, una banda di motociclisti che gli procurava tutta la china white e la metanfetamina di livello che riusciva a trafficare. Lo stesso Titus aveva sedato una rissa nel parcheggio e trovato mezz'etto di crystal meth addosso a uno dei due. Chucky Crowder si era detto pronto a testimoniare che Jasper e suo cugino Cotton gli avevano fornito due etti di metanfetamina. Titus si era rivolto alla task force antidroga della regione per un raid che coinvolgesse le forze dell'ordine di diverse contee, ma a quanto pareva a Hampton c'era ben poco interesse a far indossare a Jasper una tuta arancione. Al che aveva dedotto che Jasper doveva avere amici influenti. Poi Chucky Crowder aveva levato le tende, lasciandosi dietro quasi tutti i denti. Carla diceva che sua cugina, che con Cotton continuava a prendersi e mollarsi, le aveva raccontato che Cotton teneva i denti in un barattolo nel suo ufficio sul retro del bar.

Titus scese dal SUV e andò verso Davy e Pip. Erano in piedi fuori dal locale. Poco distante si era radunato un capannello di gente malferma, che nonostante la stonata si sentiva al sicuro grazie al fatto che gli agenti erano concentrati sui tizi in manette seduti sul gradino che portava al bar.

«Davy, Pip. Che succede?» disse Titus. Davy si morse il labbro inferiore. Pip si tirò indietro il cappello, svelando la piccola voglia bordeaux a forma di Florida che aveva sopra l'occhio destro.

«Pare che tuo fratello si sia offeso per qualcosa che ha detto Austin McCormick e abbia deciso di fargli mangiare uno sgabello. Brent Johnson non pensava che al suo amico Austin piacesse lo sgabello e ha provato a intervenire. Lo stanno portando al Riverside General con quel che gli resta della faccia. Austin, qui, se l'è cavata con poco.»

Titus succhiò l'aria fra i denti. Austin era cugino di Cotton e Jasper.

Si avvicinò a Marquis.

Suo fratello era più o meno alto come lui, ma con il torace un po' più ampio. Indossava una maglietta bianca e una camicia di flanella rossa sbottonata. Sulla maglietta bianca c'erano enormi chiazze rosse che sembravano isole ancora da scoprire. E si stava gonfiando sotto l'occhio sinistro. A parte quello, non un graffio. Titus era abbastanza sicuro che le chiazze fossero di sangue ed era certissimo che quel sangue non apparteneva a Marquis. Suo fratello aveva le mani legate dietro la schiena, ma Titus se le ricordava, dall'ultima volta che si erano stretti la mano. Larghe come lame d'ascia, con tutti i segni e le cicatrici del carpentiere autodidatta.

«Davy, porta Austin alla tua macchina. Dammi un minuto, qui» disse.

«Certo, capo» disse Davy. Lui e Pip aiutarono Austin ad alzarsi e Titus notò che aveva il naso rotto. Quando si mise in piedi gli prese un po' d'affanno. Pip e Davy lo scortarono lentamente alla volante.

Titus guardò suo fratello. Marquis scosse il capo e si tolse i dread dalla faccia. Sorrise a Titus, con il sangue sui denti che andava dal rosso al blu congiuntamente al lampeggiante.

«Come sta papà?» chiese Marquis.

«Dovresti passare a salutarlo qualche volta. Sei sballato?»

«Nah, però potrei essere ubriaco.»

«Lo sai che devo arrestarti. Fratello o non fratello. Almeno fino a che non risolviamo la questione» disse Titus.

«Ti tocca fare il tuo lavoro, sceriffo» disse Marquis. Poi rise.

«Come?»

Marquis sollevò il capo per guardarlo e sorrise di nuovo. «Immagino che non possa fare altro che ammirarti.»

Titus deglutì a fatica.

«Quello stronzo ha cercato di ammazzare Austin!» gridò una voce alla loro destra. Titus si voltò e vide Cotton Sanderson emergere a grandi passi dal gruppo. Sbandò a sinistra, si raddrizzò, e continuò alla carica come un toro che aveva visto rosso.

«Cotton, sta' fermo lì» disse Titus, alzando la voce ma senza urlare.

«Vaffanculo. Ti pensi che non ti conosco? Ti pensi che non lo so, come lavori? Che tuo fratello lo lasci andare a spasso dopo che ha dato un pugno in faccia a Austin a tradimento?» biascicò Cotton. Adesso era a poco più di tre metri di distanza. Titus si accorse che aveva in mano una stecca da biliardo spezzata.

«Cotton, non fare un altro passo o va a finire che te ne pentirai. Arresto sia Austin che Marquis. Risolveremo la questione. Se Jasper vorrà farsi risarcire dei danni, o se Austin e Marquis e Brent vogliono denunciarsi a vicenda, ce ne occuperemo a tempo debito» disse.

Alcune persone si staccarono dal drappello di curiosi per frapporsi fra Titus e Cotton. Cercarono con pazienza di ricondurre Cotton dall'altra parte del parcheggio, come cani da pastore. Sembrò funzionare, fino a che lui non scartò sgusciando via dalle mani dei suoi amici e si lanciò alla carica. Considerata la sua stazza, era sorprendentemente agile. Puntò dritto verso Marquis.

Titus fece un passo a destra. Poi aprì la mano sinistra e andò a comporre una sorta di V, con il pollice da una parte e quattro dita dall'altra. Piantò i piedi e spinse la V sul collo taurino di Cotton. Sentì un brivido salirgli lungo il braccio allorché la mano cozzò contro il pomo d'Adamo di Cotton. L'energumeno lasciò andare la stecca da biliardo e cadde in ginocchio, stringendosi la gola mentre diventava paonazzo.

Titus prese Marquis per un braccio e lo aiutò ad alzarsi.

«Lo sentirà domattina» disse Marquis.

«Voialtri date una mano a Cotton» disse Titus. Vide Sawyer Hudgins, Arnold Atwell e Royce Lazare avvicinarsi.

Marquis scoppiò a ridere di nuovo mentre veniva scortato al SUV.

«Certo che sei proprio bravo, come investigatore. Pensavo che quello manco ce l'avesse il collo e invece l'hai trovato» disse.

Ezekiel una volta gli aveva detto: *puoi pretendere rispetto e puoi anche trattarli con rispetto. Puoi salvare i loro figli, trovare i loro nonni che si sono persi. Puoi entrare a far parte della giuria della cazzo di gara di torte. Ma ogni tanto gli devi comunque ricordare che non devono farti girare i coglioni. Certa gente capisce soltanto quello.*

Titus ci pensò mentre faceva salire Marquis sul retro del veicolo.

Quel pensiero lo intristiva immensamente.

Titus prese una sedia pieghevole, se la portò davanti alla cella e si sedette di fronte a suo fratello. Incrociò le gambe all'altezza della caviglia, si tolse il cappello e lo posò a terra, dopodiché si appoggiò allo schienale. Guardò l'ora. Era da poco passata la mezzanotte.

Si mise a fissare Marquis, così da farlo svegliare. Era una tecnica che usava quand'erano piccoli e che di solito tirava fuori in situazioni speciali, come la mattina di Natale o il primo giorno delle vacanze. I ricordi minacciarono di annegarlo nel fiume del tempo.

Marquis si mise a sedere e appoggiò la testa contro il freddo muro di blocchi di cemento della cella.

«Pensi davvero che ventiquattr'ore in gabbia possano rimettermi a posto?» chiese.

«No. Provo solo a impedire che ti cacci in qualche altro casino» disse Titus.

Marquis rise. «Bugiardo. Tu cerchi sempre di aggiustarmi. Cerchi sempre di aggiustare tutto. Già da quando...» Marquis lasciò la frase in sospeso, ma Titus ne conosceva la fine.

«Già da quando è morta mamma» concluse al posto suo.

Marquis si sporse in avanti appoggiando gli avambracci sulle ginocchia. Titus incrociò le braccia al petto, poi le sciolse subito, rendendosi conto che poteva sembrare aggressivo.

«Non toccava a te» disse Marquis.

«Qualcuno lo doveva fare.»

Marquis sbadigliò. «Ma non toccava a te, anche se eri il più grande. Cazzo, toccava a papà, però sappiamo entrambi com'è andata. Ha messo la Bibbia al posto della bottiglia e ha pensato che così si sistemava tutto. E invece sono solo cazzate.»

«Non sono cazzate. Si può provare ad aggiustare le cose. È che papà ha usato gli attrezzi sbagliati.»

«Ma non tutto si aggiusta, non c'entrano gli attrezzi, Ti'. Cazzo, già è difficile aggiustare qualcosa. La maggior parte del tempo è testa bassa e stringi i denti» disse Marquis.

«Io non la vedo così.»

Marquis gli sorrise, ma il sorriso non si estese agli occhi. «È per quello che sei triste, fratellone.»

Fra di loro sbocciò il silenzio. Non imbarazzante né gravido di chissà quali potenzialità: un silenzio che esiste, banalmente, tra fratelli di un certo tipo.

Alla fine Titus ruppe l'incantesimo. «Mi vuoi dire cosa cavolo è successo? Jasper dice che gli hai rotto due tavoli e uno sgabello.»

«Quei tavoli sono sgangherati forte, cazzo. Che fai, chiami il giudice così posso uscire su cauzione?» chiese Marquis.

«Non correre. Prima voglio sapere cos'è successo. Cos'è che ti ha fatto perdere le staffe in quel modo?»

Marquis si sgranchì il collo e allungò le braccia sopra la testa. «Ero stanco di sentirli sparare a zero su mio fratello» disse infine.

Titus piegò indietro la testa e restò a fissare il soffitto. «Marquis, se ti metti a fare pugni con tutti quelli che dicono male dello sceriffo, ti conviene avere un buon avvocato a portata di mano.»

«Non sei solo lo sceriffo» disse Marquis.

Titus lo fissò.

«Giusto per curiosità, cosa stavano dicendo?» chiese.

Marquis si stiracchiò un'altra volta, e questa volta gli scrocchiò la schiena. «Dicevano che mentivi a proposito del professor Spearman. Che non sapresti distinguerti il culo da un buco per terra. Poi uno di loro ha detto che eri un negro che alzava troppo la cresta. Così ho messo giù il mio rum e coca, ho preso lo sgabello e l'ho aiutato a riflettere sulle sue scelte di vita.»

Titus non voleva ridere. Sapeva che non avrebbe dovuto. Ma la risata uscì, senza invito e senza briglie. Presto Marquis si unì a lui. Era tanto che non si facevano una risata insieme. Echeggiò nella cella come la campana d'una chiesa. Mentre svaniva, Titus sentì che cominciavano a bruciargli gli occhi. Quanti momenti così c'erano stati da quando era morta la mamma? Tre, forse quattro?

«Ascolta, non ti toccherà passare la notte in cella. Austin ha deciso di non sporgere denuncia. Brent, mentre lo portavano via in ambulanza, diceva a chiunque lo stesse a sentire che avrebbe regolato la faccenda a modo suo, quindi immagino che neanche lui sporgerà denuncia. A meno che non sia tu a voler denunciare loro, rilascio Austin, e poi un'ora dopo rilascio te. Hai bisogno di un passaggio per andarti a prendere la macchina?» chiese Titus.

«Nah, chiamo Tisha.»

«Non c'è bisogno. Ti porto io» disse Titus.

«Lo so che sei stanco morto. Chiamo Tisha. Non ha niente da fare.»

«Quant'è che vi vedete, ridendo e scherzando? Dieci anni? Bisogna che ti decidi a sposarla, quella ragazza» disse Titus, rendendosi conto all'istante che era esattamente quel che avrebbe detto suo padre.

«Come tu sposi Darlene?» Marquis gli fece l'occhiolino.

«È diverso.»

«Diciamo così» disse Marquis.

«Cosa stai insinuando?»

«Niente. Solo... credi davvero che passerai il resto della tua vita qui? Cioè, hai vinto perché hai avuto fortuna. Ma lo sai che i bianchi non te lo fanno fare un secondo mandato. E poi che fai? A papà non è che serva davvero che tu rimani. Eri nell'FBI, cazzo. Perché dovresti restare a Charon? A parte il fatto di papà, ancora non riesco a credere che tu sia tornato. Darlene è una gran brava donna, ma è una ragazza di Charon. Una di quelle che se ne andrebbero solo da morte. E io ti conosco. Questo posto non ti basta. Non ti è mai bastato» disse Marquis.

«Ci siamo visti cinque o sei volte negli ultimi sette anni. Pensi davvero di conoscermi, di sapere cosa voglio?» disse Titus, la voce tesa come la pelle d'un tamburo.

Marquis si alzò dalla branda e si avvicinò alle sbarre della cella. Le afferrò con quelle mani grandi come lame d'ascia e si sporse in avanti. I dread compatti gli ricaddero sul volto.

«Meglio di chiunque altro respiri ancora, fratellone.» Il silenzio calò su di loro come nebbia. Dopo qualche secondo, Titus si alzò e chiuse la sedia.

«Pip ti ridarà le tue cose e ti rilascerà. Tutto tranne la cintura. Sono abbastanza sicuro che quella fibbia a coltello sia illegale nello stato della Virginia. A cosa ti serve un affare del genere?» chiese Titus.

«Ad accoltellare la gente» disse Marquis, prima di scoppiare a ridere.

Titus questa volta non rise con lui. «Sta' attento, per favore. Jasper e Cotton sono gente che se la lega al dito.»

«Non sono io quello che ha dato una mazzata in gola a Cotton e probabilmente l'ha fatto cagare addosso» disse Marquis.

«Io sono lo sceriffo. Non sono così scemi.»

«Senza offesa, fratellone, ma la tua stella non significa granché per quei ragazzi. Sanno per esperienza che un distintivo non costa poi molto.»

Titus si avvicinò alle sbarre. «Cosa vorresti dire?»

Marquis si scostò i dread dal volto. «Io non vorrei dire niente. Ma la gente mormora. Sento cose.»

Titus fissò suo fratello dritto negli occhi castano scuro. Aveva sentito le voci secondo cui Cooter Bennings chiedeva una sorta di pizzo alle attività del posto, ma immaginava che fosse per fare il pieno gratis o per avere un buon mutuo dalla banca.

«Sai qualcosa che io non so?»

Marquis scosse il capo. «Io non so niente. Ma non pensi che è davvero strano che non riesci mai a beccarli, quei visi pallidi? Dico così per dire.»

Titus si avvicinò ancora di più, fino a mettere le mani sulle sbarre. «Se sapessi qualcosa me lo diresti, vero?»

«Se sapessi qualcosa di sicuro, te lo direi eccome. Sei mio fratello, no?» disse Marquis.

Titus tolse le mani dalle sbarre. «Pip ti rilascerà fra un'ora. Io vado a casa. Dovresti... passare a salutarci, questo weekend.»

«Dai, magari passo. Ci vediamo, Ti.»

«Ci vediamo, Marq» disse Titus, incamminandosi lungo il corridoio.

Proprio quando raggiunse la porta, Marquis gli urlò dietro: «Tientela pure, la cintura. Mi sa che ti serve più che a me!».

Titus si fermò al centralino, dove si aspettava di vedere Kathy e invece trovò Carla, senza divisa, con i capelli sciolti e una felpa col cappuccio dell'università di Dartmouth.

«Tu non sei Kathy. E a dirla tutta non mi sembri neanche Carla» disse.

«Lo so, Kathy mi ha chiesto se potevo coprire il resto della serata. A quanto pare si vede con Brent ed è dovuta andarlo a prendere all'ospedale» disse Carla. «Nota a margine: bisognerebbe davvero trovare un terzo operatore per il centralino.»

«Pensa un po', la vita di provincia. Sono cresciuto qui, eppure mi sconvolge sempre scoprire chi ha visto nudo chi.»

Carla ridacchiò. «Esse-esse-bi.»

Titus inarcò un sopracciglio.

«Mio fratello Luis diceva sempre che nelle città piccole non c'è niente da fare a parte scazzottarsi, scopare e bere. E stasera abbiamo visto i risultati di tutte e tre le attività» disse Carla.

«Tuo fratello diceva bene. Pip manderà a casa Austin da un momento all'altro. E poi farà uscire Marquis un'oretta dopo. Speriamo che così non si incontrino. E le ore che lavori stasera ricordati di segnarle come straordinario. Io vado a casa, provo a chiudere gli occhi qualche ora» disse Titus.

«Va bene, capo. Ah, a proposito, probabilmente per domani avranno finito con la scena del crimine. Hanno prelevato i campioni di terreno e fatto le foto e tutto il resto. Per domani che programmi abbiamo?»

«Ne parliamo domattina. Sono esausto» disse Titus.

«Ok. Ci vediamo, capo.»

«A più tardi, Carla» disse Titus.

Era quasi arrivato alla macchina quando sentì Carla che lo chiamava. Era sulla porta, con il dito puntato sull'auricolare.

«Titus! C'è qualcuno al telefono che dice che ha una soffiata sul caso. Dice che deve parlare con lo sceriffo.»

Titus tornò indietro a passo svelto. Prese le cuffie con il microfono.

«Sceriffo Crown, posso aiutarla?» Fece un cenno a Carla e le mimò il gesto di scrivere per poi indicare lo schermo del centralino. Carla scrisse il numero sul pezzetto di una busta.

«Ah... pensavo di essere io ad aiutare lei» disse una voce. Chiunque fosse, stava parlando da dietro un pezzo di tessuto o di carta piazzato sul microfono. E strascicava le parole, e respirava come se avesse appena corso un chilometro con un puma a fare l'andatura.

«Be', apprezziamo qualsiasi aiuto ci potrà fornire. Ha detto alla mia operatrice che ha delle informazioni per me.»

«Cazzo, non è che so proprio, sa? Potrebbe non esser niente. Ho sentito la conferenza stampa. M'ha dato da pensare. Gesù Cristo nel ginepro, sto da cani. È tutto il giorno che bevo.»

«Mi ascolti. Quello che secondo lei magari non è importante, invece potrebbe esserlo. Anche i dettagli più insignificanti possono aiutare. Mi dica solo cosa le passa per la testa» disse Titus, abbassando la voce di un'ottava.

«Non so, sa? Se poi non è niente, non vorrei mettere nei guai nessuno» disse la voce.

«Se non è niente, questo signore non ha nulla di cui preoccuparsi. E se invece è qualcosa, quei ragazzini nella radura meritano giustizia.»

La persona all'altro capo del telefono fece un respiro profondo. «Mah, è che ho fatto dei lavori per uno. L'ho aiutato a costruire ’sto posto. Ci abbiamo portato delle ragazze. Per divertirci un po’, sa com’è. Era...» La persona smise di parlare.

«Sì, mi dica. Vada avanti» disse Titus simulando nonchalance. Non voleva spaventare l’informatore, ma avere un nome a quel punto delle indagini sarebbe stato un enorme passo avanti.

«Era strano... Un sacco di angeli sui muri. Angeli inquietanti, con le facce strane» disse la voce, sottile come carta crespa. Titus strinse la mano a pugno. Nessuno sapeva dei quadri con gli angeli.

«Chi era? Per chi è che ha fatto questi lavori?» insisté Titus. L’intuito, quella vecchia, cara, affidabile risorsa, gli stava dicendo che si trattava di qualcosa di grosso. Era importante. Magari era addirittura lì lì per risolvere il caso. Se lo sentiva da qualche parte, nelle ossa, al di là di quello che diceva il cervello.

«Cazzo, no. Non... non dovevo chiamare. È un bravo cristo. Mi scusi.»

Poi cadde la linea.

«Richiama quel numero» disse Titus. Carla fece il numero, ma non rispose nessuno.

«Credo che sia un prepagato, capo. Non risulta associato a nessun nome. Che ti ha detto?» chiese Carla mentre Titus le porgeva le cuffiette.

«Ha detto che ha fatto dei lavori per un tizio. Da quel che ho capito una specie di capannone. Un capannone con degli angeli alle pareti» disse Titus.

«Ti ha dato un nome?»

«No. Ma in quei video c’erano i quadri degli angeli sulle pareti. E adesso mi chiama qualcuno e dice che conosce qualcun altro che ha un posto tappezzato di immagini religiose. Le due cose stanno insieme» disse Titus.

«Potrebbe essere una coincidenza.»

Titus ripensò alle foto delle autopsie. A quei corpi massacrati e agli orrori e alle violenze che avevano subito, come in una punizione da Vecchio Testamento. «Potrebbe. Potrebbe anche darsi che un giorno mi escano le scimmie volanti dal culo. Ma non per questo comincio a usare le banane al posto della carta igienica.» Si portò l'indice sinistro alle labbra.

«Che c'è?» chiese Carla.

«La conosco, quella voce. Ha tentato di camuffarla, ma l'ho già sentita. Cazzo, siamo a Charon, ho già sentito la voce di tutti quanti» disse Titus strofinandosi gli occhi.

«Non è questa la cosa più inquietante? Chiunque abbia... fatto quelle cose è una persona che conosci. Che conosco anch'io. Che conosciamo tutti» disse Carla.

«No» disse Titus, la voce incolore. «È una persona che pensavamo di conoscere.»

DODICI

Cam stava preparando una caraffa del suo caffè speciale, quando Titus oltrepassò la soglia. Non si sapeva bene cosa ci mettesse dentro, ma una tazza bastava a farti ridipingere una casa intera da solo.

«Ci sono tutti?» chiese Titus.

«Sì. Be', tutti tranne Tom e Roger» disse Cam.

Titus annuì. Aveva mandato un messaggio di gruppo, la sera prima, per poi piombare in un sonno agitato. I sogni gli avevano riempito la testa come spiriti invasati. Sua madre, la famiglia DeCrain, la voce al telefono non così anonima, e infine lui e Marquis da piccoli; ricordi di eventi mai accaduti e parole mai dette che sembravano reali tanto quanto il pavimento che adesso aveva sotto i piedi. All'inizio sogni, incubi poi, e subito dopo era sveglio e si preparava per la riunione con la squadra al completo.

Le conversazioni a mezza voce si zittirono non appena entrò nella stanza. Gli altri si aprirono facendogli spazio e lui andò alla scrivania. Si sedette, tolse il cappello.

«Andiamo dritti al punto. La nostra priorità è il caso Spearman/Macdonald, ma questo non significa che lasceremo andare a quel paese il resto della contea. A tale scopo, istituirò una mini-task force che mi aiuterà a indagare esclusivamente sugli omicidi. Ovviamente, se qualcuno che non fa parte della task force dovesse trovare indizi importanti, li condividerà con la squadra, ma ho bisogno che il grosso di voi si occupi di mantenere l'ordine pubblico mentre noialtri lavoriamo con la polizia di Stato. La task force si compone di Carla, Steve e il sottoscritto. Quando Trey avrà finito con gli esami balistici, si aggiungerà anche lui. Tutti gli altri continueranno a svolgere i loro soliti compiti. Domande, prima di andare avanti?» chiese Titus.

Davy alzò la mano.

«Davy?»

«Ehm... dunque, ho sentito, cioè, ho visto su Facebook che c'è già chi si è messo a chiamarlo, lui, il terzo uomo, l'Uomo del salice piangente. Insomma, lo chiamiamo così anche noi? Cioè, alla fine come nome non è male» disse Davy.

Titus avrebbe scommesso la casa di suo padre e ogni dollaro che aveva da parte che quel nome se l'era inventato Davy. Si alzò, fece il giro della scrivania e si appoggiò allo spigolo.

«No, non lo chiamiamo così anche noi. Non gli diamo nessun nome, se non "il soggetto ignoto". Se i media vogliono chiamarlo con un nome acchiappaclic, affari loro. Per quella che è la mia esperienza, quando dai un nome a questi assassini, li mitizzi. Che è esattamente quello che vogliono. E bramano. Quello che li eccita. Ma non sono miti, non sono Hannibal Lecter o John il Rosso, o Mastermind. Sono assassini e basta. Niente di più, niente di meno» disse Titus.

Davy chinò il capo, ma Titus riuscì a vedere la marea scarlatta che gli montava sul collo e sulle guance.

«Ora, ieri sera abbiamo ricevuto una telefonata da qualcuno che potrebbe avere delle informazioni sugli omicidi. Purtroppo ha riattaccato prima che avessimo in mano un nome o che riuscissimo a localizzare la telefonata.»

«Chi è il coglione che l'ha lasciato riattaccare?» disse Douglas, accolto da qualche risatina.

«Sono io, il coglione» disse Titus. Le risatine cessarono all'istante.

«Però credo di aver riconosciuto la voce, e abbiamo il numero. Vedrò di richiedere i tabulati alla compagnia telefonica. A meno che non sia un prepagato, potremmo avere qualcosa per le mani entro fine giornata. Okay, chi è nella task force resta con me. Tutti gli altri al lavoro, forza. E a quelli che oggi erano di riposo, grazie di essere venuti, e non dimenticate di segnare le ore.»

Dopo che gli altri agenti se ne furono andati, Titus fece cenno a Steve di chiudere la porta dell'ufficio. Tirò fuori le foto delle autopsie e le fece girare. Aveva chiamato Cam e gli aveva chiesto di stampare delle copie direttamente dalla sua mail.

«Quelle che avete davanti sono foto delle prime due autopsie completate dal medico legale. Le sevizie sui corpi sono compatibili con quello che c'è nei video. Notate niente in particolare?» disse Titus.

«A parte che è l'opera di menti malate?» rispose Steve.

«Guarda meglio. Il corpo di una vittima di omicidio è la prova più preziosa in assoluto» disse Titus.

«Questa frase, "la nostra salvezza è la sua sofferenza", l'ho già letta da qualche parte» disse Carla.

«L'hanno usata sui loro cartelli sei chiese di questa contea. Ci divideremo e andremo in ciascuna chiesa» disse Titus.

«E cosa dobbiamo cercare?» domandò Steve.

«Chiedete se c'è qualcuno dei loro che si comporta in modo strano o diverso dal solito. Cerchiamo una persona molto riservata ma anche servizievole ai limiti del patologico. Chiunque sia soggetto a repentini sbalzi d'umore, ma soprattutto una persona molto religiosa. Tranquilla, all'apparenza, ma decisamente troppo a modo. La sovracompensazione per mezzo di emozioni esagerate è molto comune tra i sociopatici. Non comprendono appieno come funzionano l'empatia e le emozioni, per cui le imitano, ma nell'imitarle a volte strafanno» disse Titus. «Tutti indossiamo delle maschere» aggiunse dopo una pausa. «Abbiamo il nostro volto pubblico, quello privato, e poi c'è il nostro vero volto. Un'individuo come questo, in grado di fare a un altro essere umano le cose che vedete in quelle foto, una volta che si toglie tutte le maschere, sotto non ha nulla. È un guscio vuoto. Un guscio che viene riempito di fantasie, di desideri che farebbero vomitare una persona normale. Ma è così che lo prenderemo: quella maschera è di certo scivolata via davanti a qualcuno. In quel momento il nostro soggetto ha commesso un errore. Noi dobbiamo scoprirlo» disse Titus.

«E se non ne ha mai commesso uno?» chiese Carla.

«Uno l'ha già fatto. Ha fatto qualcosa che ha spinto Latrell oltre il punto di non ritorno. C'è stato un episodio, dopo il quale le cose sono talmente degenerate da portarlo a uccidere Spearman. Se non l'avessimo fermato, credo che avrebbe ucciso anche il terzo membro del piccolo trio di assassini. Quindi un primo errore l'ha già fatto. E sono pronto a scommettere che ne ha accumulati altri. Cerchiamo di scoprire quanti» disse Titus, con un cenno del capo verso la porta.

Titus aveva preso in consegna la Seconda Corinzia e la Sacra Roccia del Redentore. A capo della Seconda Corinzia c'era il reverendo Calhoun Wilkes. Abitava in una semplice casetta di mattoni a un piano solo, vicina alla chiesa e circondata da vecchie lagerstroemie dai fiori rosa, con un sentierino lastricato che divideva in due quel cerchio serpeggiando fino al vialetto d'accesso, dove il reverendo parcheggiava la sua altrettanto vecchia Volvo.

Titus parcheggiò accanto alla berlina e bussò. Venne ad aprirgli un uomo magro con una lunga barba grigia, una camicia bianca e un soffice cardigan marrone.

«Sceriffo Crown, prego, si accomodi» disse il reverendo Wilkes. Titus chinò il capo varcando la soglia. Il reverendo gli fece cenno di sedersi su una poltroncina stile regina Anna, vecchia ma ben tenuta, mentre lui si metteva in poltrona. Sul tavolino che li separava c'era un piccolo vassoio d'argento con una tazza di tè, una zuccheriera e una teiera d'argento.

«Gradisce una tazza di tè, sceriffo?» chiese il reverendo Wilkes.

«No, grazie. Volevo solo chiederle...»

«Come sta, sceriffo? Dev'essere davvero orribile trovarsi a gestire questa tremenda faccenda del professor Spearman e di quel giovanotto» disse il reverendo.

«Sì, ma fa parte del mio lavoro. Anche se di sicuro non è la parte che mi piace.»

«Sa, di solito quando c'è una tragedia nella vita, io trovo conforto nella Parola di Dio. Riesco a compartimentalizzare la situazione, se penso che tutto fa parte del disegno del Creatore. E la Sua visione non è la mia visione. La storia di Jeff Spearman ha messo a dura prova la mia obbedienza e la mia determinazione. Continuo a chiedermi, come ha potuto Jeff permettere che il diavolo gli entrasse tanto nel cuore?»

Titus si schiarì la gola. «Reverendo, crede davvero che un angelo caduto abbia preso possesso del corpo di Jeff Spearman e gli abbia fatto uccidere quei ragazzini?» chiese.

Il reverendo Wilkes versò l'acqua calda dalla teiera nella sua tazza. Ci aggiunse un cucchiaino di zucchero e si mise a girare il tè. Ne bevve un sorso, chiuse gli occhi, poi bevve un altro sorso. Posò la tazza sul piattino e si sporse in avanti per guardare Titus dritto negli occhi.

«È per caso più facile accettare che un uomo al quale questa contea ha affidato i propri figli per più di trent'anni fosse un sociopatico e un impostore che sfogava i propri desideri contro natura su coloro che avrebbe dovuto proteggere? Il diavolo assume molte forme, sceriffo. Un serpente, un angelo con le ali in fiamme, la follia. Lei non crede al diavolo, sceriffo?» chiese il reverendo Wilkes.

Titus posò il capello su un ginocchio e inclinò la testa verso destra.

«Reverendo, se avesse visto le cose che ho visto io, si renderebbe conto che diavolo è solo il nome che diamo alle cose terribili che ci facciamo gli uni con gli altri» disse.

«Una visione alquanto negativa dell'umanità, sceriffo.»

«Per come la vedo io, è l'unica visione che abbia senso, reverendo.»

L'uomo annuì lentamente. «Non posso immaginare ciò che ha visto. Ma pregherò per lei» disse.

Titus ignorò le suppliche che il pastore intendeva porgere per suo conto e gli fece invece la domanda per cui si trovava lì.

«Reverendo, sono venuto perché vorrei chiederle informazioni su una frase che avete usato sul cartellone della chiesa l'anno scorso. "La nostra salvezza è la sua sofferenza". Vorrei sapere da dove arriva e chi ha suggerito di metterla sul cartellone.» Scrutò il volto del reverendo Wilkes. Lasciò che i suoi occhi si sintonizzassero sui gesti dell'altro, sulla sua postura, sul modo in cui si tirava piano la barba. Tentava di decifrare il linguaggio criptico della gestualità involontaria.

«Se non ricordo male è stata la signorina Maggie Scott a suggerire di mettere quella frase sul cartellone.»

«Ha il suo numero di telefono?» chiese Titus.

«Oh, la signorina Maggie è morta qualche mese fa» disse Wilkes. Titus si appoggiò allo schienale della poltroncina. «Sceriffo, perché le interessa il cartellone della chiesa, se mi consente la domanda?»

Titus si alzò in piedi. «Mi sa che sto solo dando la caccia a dei fantasmi, reverendo. Grazie del suo tempo.»

«Ci mancherebbe. Posso fare nient'altro per lei?» chiese Wilkes.

«Giusto una cosa. C'è per caso qualcuno dei suoi fedeli che sembra un po'... diverso dal solito? Qualcuno che si è comportato in modo strano, dopo la sparatoria alla scuola?»

«Non mi viene in mente nessuno, sceriffo. Altro?» disse Wilkes.

«No, reverendo, direi che è ora di andare.» Titus si rimise il cappello e si diresse alla porta.

«Sceriffo, gliel'ho chiesto ma non ha risposto. Le dispiacerebbe se pregassi per lei, stasera?» volle sapere il reverendo Wilkes.

Titus si fermò. «Non mi dispiace affatto, ma magari è meglio che preghi per un credente, reverendo.»

«Dio ama il credente e il non credente in egual misura.»

Sì, ma sono io che non amo lui. Da quella relazione tossica sono uscito tanto tempo fa, pensò Titus.

«Buona serata, reverendo» disse invece.

Guidò lungo il confine della contea e fece rotta verso Piney Island. I pini gradualmente lasciarono il posto a enormi distese di erba della pampa, giaggioli selvatici e stiance che spuntavano dalla palude come gli aculei d'un porcospino. Abbassò il finestrino e lasciò che l'aria salmastra si intrufolasse nell'abitacolo e lo baciasse sulla bocca. Attraversò il ponte che conduceva a Piney Island con un accenno di timore. La placcatura arrugginita del vecchio ponte poteva suggerire che l'avessero immerso in un bagno d'ocra. Il ferro decrepito cigolava e scricchiolava sotto il peso del SUV come un vecchio che tentava di alzarsi da terra.

Durante una recente assemblea del consiglio comunale, Titus si era unito a un piccolo contingente di cittadini che imploravano di sostituire il ponte di Piney Island. La richiesta era stata respinta con quattro voti contrari e due a favore. La maggior parte degli abitanti della contea a malapena considerava Piney Island una parte di Charon, ma neanche gli altri sembravano capire la gravità della situazione. Titus sperava che non succedesse, ma cominciava a pensare che avrebbero capito solo quando quei dodici metri di ponte fossero crollati nella Chesapeake Bay.

La Sacra Roccia del Redentore sorgeva sul promontorio occidentale di quel largo punto esclamativo che era Piney Island. C'era una curva, in quella strada di ghiaia abbastanza stretta da toglierti il fiato, e poi un lungo rettilineo orlato di piante di yucca incolte che conduceva fino all'angusto parcheggio sul davanti della chiesetta di legno. Dietro la chiesa si stendeva la Chesapeake Bay, e nella baia c'era, abbandonato, il vecchio faro di Piney Point. Da bambino, lui e suoi amici si raccontavano sempre delle storie spaventose sui fantasmi che abitavano il vecchio faro e sui due guardiani che avevano perso il senno negli anni Venti.

Titus parcheggiò accanto all'ingresso della chiesa, di fianco a una Chevrolet Celebrity beige che secondo lui era fuori produzione da almeno quindici anni. Salì i consunti scalini di legno. Quasi tutte le chiese aprivano solo di domenica o in occasioni particolari, ma Titus sapeva che padre Elias Hillington, il pastore della Sacra Roccia sin da quando lui era bambino, abitava lì insieme alla moglie, gli otto figli (la maggior parte dei quali aveva abbandonato quel luogo appena raggiunta l'età adulta) e la sua colonia di serpenti. Quasi tutti i membri della Sacra Roccia si chiamavano Hillington e Crenshaw, come i genitori di Elias, e Rollins e DeButte come i genitori della moglie Mare-Beth.

Per quanto ne sapeva Titus, l'intera congregazione, così come gran parte di chi abitava a Piney Island, era bianca: gente di mare, che si spaccava la schiena nella baia e vendeva il tesoro che tirava fuori a forza dall'oceano allo stabilimento dei Cunningham. Uomini e donne ossuti, con le facce segnate e temprate dal vento freddo che spazzava la superficie dell'acqua alle cinque del mattino. Il padre di Titus aveva lavorato fianco a fianco con quegli uomini e quelle donne per decenni, eppure era sempre rimasto un forestiero per loro, nonostante la sua famiglia si fosse stabilita a Charon più di cent'anni prima.

Chiunque non avesse iniziato a gattonare sulle coste orlate d'ostriche di Piney Island, o non avesse assaggiato il vino sacramentale alla Sacra Roccia, sarebbe stato sempre considerato un forestiero da quelle parti.

Titus bussò alla porta con l'enorme batacchio d'ottone a forma di mani giunte in preghiera. Ascoltò l'eco riverberare nella chiesa. Dopo qualche secondo sentì dei passi avvicinarsi alla porta.

«Che c'è?» disse padre Elias Hillington quando aprì. Non ci voleva molto a dedurre che padre Elias non aveva votato per Titus quando si erano tenute le elezioni per il nuovo sceriffo. Elias Hillington e la sua congregazione non facevano mistero del proprio orientamento politico. Oltre alle prediche sulla dannazione eterna delle anime, padre Elias si concedeva lunghe e pesanti filippiche sui matrimoni omosessuali e sull'agenda dei progressisti, perorando il diritto dei bianchi di difendersi dalle ingiustizie. Chi frequentava la Sacra Roccia non si incappucciava e non aveva mai dato fuoco a una croce in un giardino, ma Titus non si faceva illusioni circa l'opinione che avevano di lui e delle persone come lui. Quell'opinione si percepiva a ondate, come il fetore d'una ferita incancrenita. Una putrefazione dell'anima.

«Padre Elias, mi chiedevo se potessi farle qualche domanda» disse Titus, facendo ricorso al suo tono di voce gradevole. Avrebbe usato quello da poliziotto qualora l'uomo di fede si fosse dimostrato troppo insolente. In caso di aperta ostilità sarebbe entrato in modalità Charon, e allora sì che le cose si sarebbero fatte interessanti.

«Sto dando da mangiare ai serpenti. Se vuole venga sul retro e me le faccia lì, le sue domande.» Così dicendo, gli diede le spalle e si incamminò lungo la navata centrale senza dire un'altra parola. Titus seguì quello spaventapasseri alto e smilzo oltre il pulpito, oltre le scale che conducevano al primo piano della chiesa fino a che non raggiunsero una stanza illuminata da una fioca lampada color indaco che sfarfallava in alto producendo minuscoli lampi di luce. Contro il muro più lontano vide dodici terrari disposti su mensole di metallo. Tre teche di vetro per ogni mensola. Sulla destra c'erano un grosso lavandino e un piano di lavoro costituito da un pannello laminato in formica sostenuto da blocchetti di cemento macchiati. Il banco era invaso da contenitori di plastica dai quali salivano squittii nervosi. Padre Elias infilò la mano nuda in uno di quei contenitori e separò un topolino bianco dai suoi simili. Si avvicinò a un terrario, lo scoperchiò e buttò dentro il topolino.

Titus guardò un serpente marrone a chiazze strisciare giù da un ramo finto e scagliarsi sul topo con sorprendente velocità. Mentre il topo si contorceva sulla sabbia del terrario, il serpente cominciò a ingoiarlo intero.

«Mi faccia le sue domande, sceriffo» disse Elias infilando le braccia in un terrario per tirare fuori un serpente e metterlo in un'altra teca con il coperchio bucherellato. Prese il terrario, lo sistemò nel lavandino e si mise a pulirlo. Elias era in piedi davanti al lavandino e dava le spalle a Titus.

Un uomo che non ti guarda negli occhi quando gli parli è un uomo che non ti rispetta, gli aveva detto suo padre la settimana prima che partisse per l'università della Virginia. Albert Crown non era parco di ammonimenti, ma quello in particolare si era rivelato corretto più d'una volta.

«Padre Elias, ha intenzione di parlarmi con la nuca?» chiese Titus.

Elias irrigidì le spalle. Quando le rilassò, chiuse il rubinetto e si voltò. La faccia sbarbata era scavata da rughe e sembrava il mantice di una fisarmonica. L'uomo sfidò Titus con lo sguardo, ma ciò che trovò negli occhi dell'altro estinse la sua ferocia.

«Quali sarebbero queste domande? Credevo fosse sommerso di cose da fare, con quei ragazzini che han trovato sotto a quell'albero. Perché se ne viene fin qua da noi sull'isola a darci fastidio?»

«Padre, non sono qui per darle fastidio. Ho bisogno di chiederle chi ha suggerito la frase "La nostra salvezza è la sua sofferenza" per il cartellone nel parcheggio della chiesa. Se mi fa la cortesia di rispondere la lascio a maneggiare tutti i serpenti che vuole» disse Titus. Elias si accigliò. Titus non capiva se avesse colto la battuta e perciò si era accigliato, o se invece non l'aveva colta e non sapeva come altro reagire.

«Sono stato io. Viene da uno dei miei primi sermoni. La metto sul cartellone una volta all'anno per commemorare quando abbiamo costruito questa chiesa. Quando abbiamo cominciato a costruire, tanti anni fa. I giusti, i timorati di Dio che ne diffondo la vera Parola. Non la versione annacquata che fa sentire la gente a posto coi suoi peccati. Nossignore. Qui si predica la divina Parola di Dio. La sua sofferenza *è* la nostra salvezza. Gesù il Cristo è morto sulla croce per la sua gente. I giusti, protetti dagli arcangeli del Padre, Michele, Uriel, Gabriele e Raffaele. Ha pagato per noi, su quella croce, per proteggerci. È tramite la sua sofferenza che ci salviamo. E quando verrà l'ora di unirsi a lui, Azrael verrà a riprendersi le nostre anime immortali» disse Elias.

Titus guardò il suo volto indolente imperlarsi di sudore e animarsi neanche avesse fatto un tiro di metanfetamina purissima.

«Chi sarebbe la sua gente, padre?» chiese Titus. Aveva altre domande in canna, ma voleva vedere fin dove fosse disposto a spingersi Elias con i criteri che andavano a determinare il novero degli eletti dal Signore.

«I giusti. Gli incorruttibili. I puri di cuore. Gli unti dal divino.»

I bianchi? pensò Titus.

«Padre, il motivo per cui glielo chiedo è che quella frase è saltata fuori nel corso delle indagini sugli omicidi dei ragazzini che ha menzionato poco fa. C'è per caso qualcuno dei suoi fedeli che si comporta in modo strano da quando è uscita la notizia degli omicidi? Qualcuno ha per caso smesso di venire alla funzione, o ha detto qualcosa di fatalistico?» chiese Titus.

Il cipiglio di Elias si trasformò in un ghigno. Aprì il contenitore di plastica con dentro il serpente, lo fece uscire, e lasciò che gli avvolgesse il braccio sinistro.

«Sceriffo, gliel'ho detto che nella mia congregazione ci sono solo gli unti dal Signore. Siamo figli di Dio, pieni della sua grazia e della sua pietà divina. Nessuno di coloro che camminano lungo quella navata e si sottomettono al potere del Padre, del Figlio e dello Spirito Santo potrebbe mai fare quel che dice lei. "Prenderanno in mano i serpenti e non verranno morsi, e berranno veleno e non recherà loro danno"» proclamò padre Elias alzando il braccio sinistro e stendendolo davanti a sé.

«Padre, non sono venuto a giudicare i suoi fedeli. Sto cercando un assassino. Un assassino che ha tolto la vita a sette innocenti. E comunque sia, il Vangelo secondo Marco, capitolo sedici, versetto diciotto, non dice nulla circa l'immunità ai morsi o ai veleni. L'ha cambiato per dire quello che voleva lei. E oltretutto, visto che quello è un serpente del latte, e non un serpente corallo, un suo morso non sarebbe granché pericoloso» disse Titus.

Il volto del vecchio si fece paonazzo. Aveva quell'espressione stranita che la maggior parte dei credenti più arroganti faceva quando qualcuno che consideravano un infedele era in grado di citare la Bibbia meglio di loro.

Elias fece un passo verso Titus.

«Ma solo i peccatori sanguinano, sceriffo» disse Elias.

«Padre, come le ho già detto, non sono qui per giudicarla.

Però se si avvicina anche solo di mezzo passo con quel serpente, mi toccherà mandarlo all'inferno via proiettile.»

Elias si fermò, si voltò e rimise il serpente nel contenitore di plastica. Riprese a lavare il terrario.

«E come le ho già detto io, nessuna delle persone che frequentano questa chiesa potrebbe fare quello di cui parla. Se la sua domanda era quella, la ringrazio e la prego di lasciarmi lavorare» disse Elias.

Titus sospirò. Ripensò a un film che aveva visto una volta, nel quale uno dei personaggi diceva che, se non riuscivi a farti rispettare, dovevi farti temere. Elias Hillington non lo rispettava, però di sicuro lo temeva. Non era una vittoria, ma non era neanche esattamente una sconfitta.

«Se le viene in mente qualcosa, padre, mi chiami pure in ufficio. Qualsiasi cosa. Quei ragazzini meritano giustizia e farò del mio meglio perché la ottengano» disse Titus.

L'altro non rispose.

Titus lo lasciò ai suoi serpenti.

TREDICI

Paul Garnett aveva un segreto.

Gli piaceva brontolare e lamentarsi perché gli toccava portare fuori l'husky con cui sua moglie se n'era tornata a casa un anno prima senza avergli chiesto se lui lo voleva, uno stramaledetto husky. I suoi figli adoravano quel cane, la moglie cucinava per la bestia meglio di quanto cucinasse per lui, e tutti i vicini sostenevano che era decisamente più simpatico del suo padrone.

E non avevano torto.

Ma il segreto che custodiva in fondo al cuore, la menzogna che alimentava, era che nonostante affermasse a gran voce il contrario, lui adorava quella stupida palla di pelo. I bambini, due maschi e una femmina, lo avevano chiamato Rider, e non era neanche male, come nome. Paul faceva il turno di sera alla fabbrica di bandiere, per cui toccava a lui la passeggiata mattutina con il cane quando sua moglie partiva per il turno da infermiera al pronto soccorso e i figli erano finalmente sullo scuolabus. Una volta sicuro che il campo fosse libero, prendeva qualche bocconcino e faceva fare a Rider una serie di giochi relativamente semplici prima di portarlo a fare la passeggiata quotidiana.

Sapeva che, anche qualora avesse ammesso il bene che voleva a Rider, né sua moglie né Kent, Chad e Nikki lo avrebbero guardato in maniera diversa. Non avrebbero certo pensato che fosse in qualche modo meno uomo perché era affezionato a quel cumulo di bava e latrati che pesava trenta chili e adorava dormire ai piedi del letto che divideva con la moglie. Lo sapeva, ma teneva in piedi il teatrino, che ormai faceva parte del tran tran quotidiano. Era abbastanza sicuro che Kent, il più grande, sapesse che era tutta una messinscena. Lo stronzetto l'aveva beccato ad accarezzare Rider un sabato mattina, quando Paul pensava che tutti stessero ancora ronfando dopo il barbecue della sera prima. Ma non aveva fiatato. E così, anche fingere di non sapere che suo padre vedeva Rider come un terzo figlio maschio era diventato parte della routine. Si godevano in segreto il loro mezzo imbroglio. Da un certo punto di vista, Paul si sentiva vicino al ragazzo. E Dio lo sapeva che non condividevano molti altri interessi.

Paul non portava Rider al guinzaglio. Quel fessacchiotto non si allontanava mai troppo dal suo fianco, quando percorreva la stretta striscia d'asfalto che era Ten Devil's Hop Road. Lui, che aveva vissuto tutta la vita a Charon, ancora non riusciva a spiegarsi da dove diavolo fossero usciti i nomi di certe strade. Era come se uno dei fondatori si fosse ubriacato di idromele o di moonshine, se non di entrambi, e avesse cominciato a estrarre parole a caso da un cappello.

Scese gli scalini della veranda con Rider al fianco. Il sole era soltanto una suggestione dietro i nuvoloni grevi e grigio-blu che incombevano da est. Non appena si incamminarono lungo la strada, il vento prese a tormentargli il cappuccio in cerca di un varco. Paul sentì qualche uccello cantare e un cane che abbaiava in lontananza, nient'altro. A quell'ora del mattino non c'erano macchine per la strada né vicini in giardino. Ten Devil's Hop Road era tutta sua e di Rider.

Continuarono lungo lo spazio che separava il ciglio ghiaioso della strada dal fossato che la orlava. Rider rimase sulla destra di Paul per quasi tutta la passeggiata. Ogni tanto sconfinava sulla strada, ma Ten Devil's Hop era pressoché una linea retta che congiungeva la Route 143 a Chapel Neck Road, e veniva usata solo occasionalmente come scorciatoia, se la strada principale era occupata da un trattore o da un camion carico di balle di fieno durante l'autunno, ma a quell'ora capitava di rado.

Quando arrivarono alla strada secondaria che conduceva a uno dei quattro ripetitori che coprivano la contea, Rider la imboccò subito. Paul vide uno scoiattolo grigio e grassoccio filare via per salvare la pelle mentre l'husky incombeva su di lui. Non si preoccupò che Rider potesse perdersi. Quel cagnone ebete seguiva gli scoiattoli e i conigli senza la minima intenzione di prenderli per davvero. Paul non doveva far altro che fermarsi e aspettare che ritrovasse la strada.

In attesa che il cane stancasse lo scoiattolo (che probabilmente conosceva almeno cinque vie di fuga), controllò il telefono. Diede un'occhiata ai social, si informò sul risultato della partita dei Wizards della sera prima, scoprendo con piacere che avevano vinto. Il che significava che Todd Robbins gli doveva cinquanta dollari. Dopo qualche minuto Rider tornò da lui di corsa.

«Hey, piccolo, che succede? Oddio, sanguini!» Paul restò sconvolto nel rendersi conto che stava urlando. Corse incontro a Rider e si inginocchiò. Il tartufo e il pelo del muso erano coperti di sangue. Sangue tanto brillante da sembrare finto. Come se avesse infilato il muso in un secchio di vernice. Paul gli fece scorrere le dita sotto la pelliccia, alla frenetica ricerca di ferite.

«Ma dove ti sei andato a cacciare? Grazie al cielo non ti sei tagliato. Che hai trovato, un cervo morto?» Paul si alzò in piedi e si avvicinò al fossato. Si pulì le mani sull'erba ripromettendosi di lavarsele con una soluzione di candeggina e acqua appena fosse rientrato a casa.

Rider si rimise a correre verso il bosco. Si fermò e abbaiò in direzione del padrone. Dopodiché ripartì fra la macchia e la boscaglia.

Più tardi, Paul avrebbe detto ai suoi amici del Watering Hole che aveva seguito quel maledetto cagnaccio perché non voleva che si perdesse, altrimenti poi chi l'avrebbe sentita sua moglie? Ovviamente era una bugia. Aveva seguito Rider perché non voleva che andasse a ravanare in qualche carcassa putrescente di cervo e si prendesse un'infezione da parassiti o da chissà quali batteri che infestavano il cadavere. Per cui, imprecando fra sé, si fece strada fra la boscaglia, la macchia, i rovi di more. Seguì l'abbaiare di Rider fino a che non arrivò a un canaletto. Lo superò con un salto, spinse via alcuni rampicanti pregando che non si trattasse di edera velenosa e si ritrovò in una pineta.

Rider era lì che abbaiava agitando furiosamente la coda con le orecchie tirate indietro.

Paul era di turno, il giorno che Oscar Tillman era rimasto impigliato nella macchina da cucire industriale. Un incubo degno di Lovecraft, un marchingegno lungo dodici metri che cuciva l'orlo delle bandiere a stelle e strisce con precisione pazzesca. Purtroppo, quando Oscar aveva provato a lavorare al macchinario senza averlo messo in sicurezza come avrebbe dovuto, aveva sentito quella precisione sulla pelle. Quando erano riusciti a spegnere la macchina, il corpo di Oscar somigliava a una fila di insaccati, pezzi di carne inseriti in un budello di tela cerata.

Paul era stato tormentato dagli incubi per mesi, dopo aver visto Oscar Tillman macellato come un agnello.

Di fronte a ciò che aveva trovato Rider, si disse che gli incubi lo avrebbero perseguitato fino alla fine dei suoi giorni.

Titus esaminava il morto.

Il corpo era appeso per i polsi a due pini cresciuti a meno di un metro di distanza l'uno dall'altro. La corda di nylon gialla, del tipo che si poteva trovare da Sadler o in qualsiasi altro negozio di giardinaggio o di bricolage in America, era avvolta intorno ai polsi e agli avambracci, oltre che a un paio dei rami più bassi di ciascun albero.

Era un corpo senza volto.

Gli avevano levato la pelle come la buccia d'un frutto esotico. Restava solo qualcosa di terribilmente contorto, che per metà ricordava un urlo e per metà una risata. Gli occhi senza palpebre fissavano il nulla come quelli d'un cieco con lo sguardo fisso sul sole. Era una giornata fresca di metà ottobre, quindi non c'erano mosche a svolazzare intorno al cadavere, anche se altri insetti avevano trovato di che banchettare. C'erano diverse formiche nella bocca e sulla lingua. Grossi scarafaggi neri che ne esploravano il petto nudo. Uno squarcio solcava la gola, aprendola come una seconda bocca.

Era stata posata una corona di spine di rovo sulla testa. Titus adesso poteva vedere che quel che sulle prime aveva preso per le pelli ripulite e lucidate di qualche bestia, un cervo forse, fissate in qualche modo alle braccia della vittima, erano in realtà i suoi polmoni. L'assassino gli aveva praticato due incisioni nella schiena dalle quali li aveva estratti.

Si trattava della cosiddetta aquila di sangue, una forma di tortura attribuita ai vichinghi e ad altre tribù selvagge della Scandinavia settentrionale, ma per come erano state sistemate le braccia e per la corona di spine, pensò che più che a un'aquila somigliava a un angelo. Qualora il simbolismo non fosse stato abbastanza esplicito, qualcuno aveva inciso la parola URIEL sul petto della vittima, proprio sopra il tatuaggio di un teschio su bandiera sudista in corrispondenza del cuore. La potenza del getto arterioso aveva fatto schizzare il sangue lontano, lasciando sul corpo strisce rossastre che dalla ferita scendevano al petto e al tatuaggio. Il sangue si era raccolto ai piedi della vittima in una pozza di sciroppo quasi nero.

«È come se l'avesse abbrancato un mostro» sussurrò Carla.

«No, questa è la mano di un uomo. I mostri non sono così

esibizionisti» disse Titus. Trey stava scattando le foto prima che portassero via il corpo. Titus lo aveva messo in pausa dall'indagine balistica. Era il miglior fotografo di cui disponeva e voleva che la scena fosse documentata con la massima accuratezza.

«Questo è Cole Marshall» disse Davy.

«Come fai a saperlo? Cioè, così, senza faccia né niente...» chiese Steve.

«Anni fa giocavamo a basket, al campetto. Giocavamo una squadra con la maglietta e l'altra a torso nudo. Ho visto quel tatuaggio salire al cielo per un appoggio a canestro più di una volta.» Disse quelle parole senza cambiare tono.

«Gesù Cristo nel ginepro» disse Titus fra sé. Lo sapeva che quella voce l'aveva riconosciuta. S'infilò un paio di guanti di lattice.

Solo, l'aveva riconosciuta troppo tardi. Decisamente troppo tardi.

«Finito, Trey?»

«Sì, siamo a posto.»

«Dottor Leonard, siamo a posto?» chiese Titus.

Il medico minuto si accese una Pall Mall, fece un tiro profondo ed espirò. «Sì, è senz'altro morto» disse.

«Tiratelo giù» ordinò Titus.

Steve e Douglas tagliarono le corde e infilarono il cadavere in un sacco nero cortesemente fornito dalle pompe funebri Blackmon. L'omone fece un cenno verso il cadavere.

«Immagino che questo debba andare a Richmond. Non ha l'aria di una morte per cause naturali» disse.

Titus lo guardò senza dire nulla per una decina buona di secondi.

«Lo prendo per un sì» disse l'altro, mentre tirava su la cerniera del sacco. Davy e Steve gli diedero una mano a caricarlo su una barella. Il portantino, che aveva detto di chiamarsi Nathan ma di chiamarlo Nate, spinse la barella fino al furgone.

«Cole Marshall o no, stiamo comunque parlando di un uomo di centodieci chili almeno. Quanto dev'essere forte, l'assassino, per tagliargli la gola, aprirgli la schiena e poi appenderlo a due alberi?» chiese Titus a Trey.

«Forte abbastanza che non vorrei farci a botte da solo» rispose Trey.

«Se fossero stati in due? Uno lo teneva mentre l'altro gli tagliava la gola?» ipotizzò Carla.

Titus esaminò il terreno. I rami e i rametti e gli aghi di pino che coprivano la foresta.

«No, non erano in due. Quando siamo arrivati si notavano a malapena i segni di una colluttazione. È stato un uomo solo. Uno di cui si fidava, tanto da fargli delle domande su quel capannone che l'aveva aiutato a costruire. Abbastanza da lasciarlo avvicinare e farsi sgozzare.» Titus replicò il gesto, da sinistra a destra. Si avvicinò ai due alberi e afferrò la corda che pendeva dai rami. Ne studiò i bordi sfilacciati. Li tagliò e con un gesto della mano chiese una busta. Poi, facendo attenzione a non calpestare la pozza di sangue, girò intorno a ciascun albero senza smettere di fissare il terreno.

«Prima l'ha legato. Avrete notato che aveva i piedi sollevati da terra. L'ha messo fuori combattimento, dopodiché l'ha impiccato, ancora vivo. Solo dopo gli ha tagliato la gola. Ecco il sangue. Gli ha tagliato la gola, poi gli ha spellato la faccia, poi ha fatto l'aquila di sangue. Non c'è stata alcuna resistenza, lo dimostra la mancanza di schizzi di sangue sugli alberi e vicino al fossato. Si sono incontrati sulla strada; l'assassino l'ha steso, e poi ha trascinato un uomo di centodieci chili fin quaggiù e lo ha squartato neanche stesse macellando un vitello. Gli ha tirato fuori i polmoni dalla schiena in modo tale che sembrassero ali e gli ha posato una corona di spine sulla testa. Uriel, l'angelo della saggezza, della conoscenza. Che fosse perché Cole sapeva troppo?» disse Titus mormorando fra sé.

«Sta parlando da solo?» sussurrò Davy a Steve.
«Sì» rispose Steve.
«Mette un po' i brividi» disse Davy.
«Eh, sì.»

Nel tempo che Titus impiegò a tornare in ufficio, Jessica Twitchell, la ragazza di Cole Marshall, aveva chiamato tre volte. Le telefonate si erano fatte via via più frenetiche. Non lo sentiva dalle otto e mezza della sera prima, ma aveva sentito in giro che avevano trovato un corpo vicino a Ten Devil's Hop Road. Cole non rispondeva al telefono. Era lui? Qualcuno poteva dirle se l'uomo che amava era morto? Titus sapeva che non avrebbe smesso di chiamare fino a che un uomo o una donna con un distintivo sul petto non le avesse spezzato il cuore.

«Cosa le dico se richiama un'altra volta?» chiese Cam.

«La verità. Che ancora non abbiamo identificato il corpo e non possiamo rilasciare altre dichiarazioni.»

«Però è Cole, no?» chiese Cam.

«Tu dille quello che ti ho detto io, Cam» disse Titus. Andò nel suo ufficio e chiuse la porta. Si lasciò cadere sulla sedia, levò il cappello e gli occhiali da sole a goccia, si appoggiò allo schienale e si mise a fissare il soffitto. Le rientranze e le sporgenze dei pannelli acustici gli ricordavano le linee di Nazca in Perù. L'informatore anonimo era Cole Marshall. Ne era sicuro. E adesso Cole Marshall era morto, sfilettato come una trota.

Sfilettato.

Alla Cunningham Seafood usavano coltelli particolari per sfilettare il pesce. Titus si segnò un appunto mentale per ricordarsi di chiedere al medico legale se era in grado di stabilire il tipo di coltello usato per uccidere Cole Marshall.

Si rizzò sulla sedia.

Chiamò Carla al cellulare.

«Sissignore.»

«Carla, fammi un favore. Di' a Steve di passare alla fabbrica del pesce e chiedere in giro di Latrell e Cole. Cercate di scoprire se erano amici o se avevano amici in comune.»

«Credi che il collegamento sia la fabbrica del pesce?»

«Latrell ci lavorava, e frequentava due assassini. Cole Marshall ci lavorava, e adesso è morto. Mi sorprenderebbe parecchio se non ci fosse un collegamento» disse Titus.

«Va bene, capo. Ricevuto.»

Carla riattaccò. Non appena Titus posò il cellulare sulla scrivania, gli suonò il fisso.

«Ufficio del medico legale, linea uno» disse Cam.

Titus prese la chiamata. «Sceriffo Crown.»

«Sceriffo, sono la dottoressa Kim.»

«Dottoressa, deve avere facoltà paranormali. Le sto facendo recapitare un corpo proprio in queste ore.»

«Un'altra vittima del caso Spearman?» chiese la dottoressa Kim.

«In un certo senso, credo di sì.»

«Be', non è per quello che la chiamo. Avrei potuto mandarle una mail, ma ho pensato che fosse meglio informarla di persona. Abbiamo identificato una delle vittime.»

Titus strinse il telefono tanto forte che sentì scricchiolare la plastica. «Aveva precedenti?»

«Sì, li aveva. Lui e la madre sono stati condannati per taccheggio nel 2015. Si chiamava Tavaris Michaels. La sua scomparsa è stata denunciata l'anno scorso. Aveva diciassette anni.» La dottoressa Kim pronunciò quelle parole lentamente, scandendole, come per paura che anche solo dirle ad alta voce potesse condannare i suoi figli a un destino analogo.

«Ha il recapito della madre o del padre?»

«La madre si chiama Yasmin Michaels. L'ultimo indirizzo conosciuto è a Baltimora, Maryland. Ho un numero di telefono, ma non so se è ancora attivo» disse la dottoressa.

«Me lo dia.»

«La chiama lei per informarla?»

«Se prendo la 301 sono a Baltimora nel giro di un'ora e mezza» disse Titus.

«Ma... ci va di persona?»

«Se lo merita, non crede?»

La dottoressa non rispose subito. Poi disse: «Sì, ha ragione».

Titus riattaccò e si alzò dalla scrivania. Rimise il cappello e prese gli occhiali da sole. Gli avrebbe fatto bene muoversi, fare qualcosa, anziché aspettare la prossima tegola sulla testa. In ogni indagine c'era un momento in cui sembrava che le cose ti sfuggissero irrimediabilmente di mano. Un fiocco di neve poteva diventare una valanga, capace di trascinare in un crepaccio freddo e solitario come l'ultimo cerchio dell'Inferno dantesco chi stava dedicando quella fase della vita a un'indagine. Se eri fortunato, quel momento passava e uscivi dal crepaccio con un sospettato in manette.

Titus sperò che l'omicidio di Cole Marshall non fosse il momento valanga di quell'indagine. Sperava che la sua piccola banda locale trovasse la forza di agguantare l'ombra che stavano inseguendo e trascinare in piena luce quell'assassino di uomini e ragazzini.

Uscì dall'ufficio e si trovò davanti Scott Cunningham, in piedi accanto al centralino, che parlava con Cam.

«Titus, avresti un attimo?» disse Scott. Sorrise mostrando troppi denti, come uno scimpanzé. Titus prese in considerazione l'ipotesi di mandarlo a quel paese, ma sapeva che, se l'avesse evitato, quello sarebbe tornato alla carica o, meglio ancora, avrebbe sollevato la questione in consiglio comunale: «Lo sceriffo Crown, per qualche motivo, continua a evitarmi».

Già se lo vedeva, Scott, con una maschera di sincerità e premura sul volto, come una puttana da due soldi, mentre i suoi sodali nel consiglio annuivano servili all'unisono.

Si tolse il cappello e gli fece un cenno indicando l'ufficio.

Scott si sedette e accavallò le gambe, facendo dondolare appena la sua Brogue mentre muoveva il piede. Buttò fuori l'aria, con forza, prima di iniziare a parlare. Titus pensò che forse era la tecnica che quel pallone gonfiato adottava per evitare di scoppiare.

«Titus, Titus, Titus. Gira voce che avete trovato Cole Marshall inchiodato a un albero come una farfalla. Mi faresti la cortesia di spiegarmi cosa sta succedendo? Prima il professor Spearman viene assassinato davanti ai nostri figli, poi saltano fuori quei poveri ragazzini nel terreno di Tank, e adesso questo? Cosa diavolo sta succedendo?»

Titus tamburellò le dita sulla scrivania.

«Tu credi che lavori per te?» chiese.

«Credo che in quanto presidente del consiglio comunale...»

«Lascia che ti tolga l'idea dalla testa, Scott. Cercherò di essere chiaro e trasparente come il cazzo di vetro. Io lavoro per la gente di Charon. Per ogni singolo cittadino del posto in cui sono nato. Il mio lavoro è proteggerli. Assicurarmi che sentano di poter vivere la propria vita senza ritrovarsi sgozzati o a piangere la morte di un figlio. E per quanto tu sia in effetti un cittadino di Charon, non lavoro per te come individuo. Sei parte della collettività. E ogni volta che esci dal branco e vieni qui a battere i piedi e a rompere le palle e a lagnarti e a pisciare negli angoli per marcare il territorio, mi impedisci di fare il lavoro per cui sono stato eletto. Riduci la mia capacità di compiere il mio dovere. Lo capisci? Ci arrivi?» disse Titus, resistendo con tutto se stesso al desiderio di stringere il pugno.

Scott sorrise di nuovo.

«Titus, lo sai come impediamo che Charon diventi una città fantasma? Voglio dire, i giovani qui non vedono l'ora di andarsene. Lo sai per esperienza. Per quanto mi stiano a cuore, non è merito della fabbrica del pesce né di quella di bandiere.

Certo, servono a far sì che chi ci lavora abbia qualche soldo in tasca, ma non è quello che impedisce a Charon di sparire dalla cartina. Nossignore, quel che manda avanti Charon sono quei bonari ciccioni del Nord che vengono qui a passeggiare in Main Street e comprano cianfrusaglie assortite pagandole tre volte il loro valore. Li facciamo ubriacare al Celtic Pub e poi li portiamo in giro per la piantagione di Greenway, così che possano far finta che gli freghi qualcosa di quei poveri schiavi morti secoli fa. Ora, se quei bonari ciccioni del Nord cominciano a pensare che ci sia un serial killer che se ne va in giro a inchiodare la gente agli alberi, non saranno più tanto propensi a spendere i loro sudati dollari da fighetti da queste parti. Per cui immagino tu capisca quanto sia importante per la gente di Charon che tu prenda in mano la situazione. E in fretta. A meno che tu non creda di non esserne in grado. Non vorrei mai dover presentare una mozione di sfiducia o indire un'elezione anticipata. Magari Roger riesce a trovarlo, quello psicopatico» disse Scott. Stavolta non sorrise, ma Titus era sicuro che avrebbe voluto.

Si alzò dalla sedia e fece il giro della scrivania. Incrociò le braccia e fissò Scott dall'alto in basso.

«La popolazione della contea ammonta a quattordicimiladuecentottantasette persone. Il sessanta per cento sono neri. Gente che non avrebbe mai pensato di avere l'opportunità di votare per uno sceriffo che finalmente non li facesse accostare al ciglio della strada per palpeggiargli la moglie o le figlie, o per massacrare di botte i figli o i mariti. Aggiungici che una bella fetta dei bianchi non nutre grande simpatia per Robert E. Lee e non ha in casa un altare dedicato a Ronald Reagan, e viene fuori che posso contare su una coalizione di elettori parecchio solida. Scommetto che gli piacerebbe molto mettersi in coda davanti a quella statua sudista che c'è in piazza e venire a votare per me... per la seconda volta. Perciò presentala pure, la tua mozione di sfiducia. Nel frattempo io vedo di catturare quest'assassino. Un assassino che ha torturato ragazzini e ragazzine, quasi tutti neri, insieme a Jeff Spearman e a Latrell Macdonald. Te lo ricordi Jeff Spearman, no? Giocavate sempre a golf insieme» disse Titus.

Si sporse appena appena in avanti.

«Lo troverò, e sarà meglio che tu la smetta di starmi fra i piedi. Non ho intenzione di ripetere questa conversazione un'altra volta. E la prossima volta che mi vedi, mi chiami sceriffo Crown. Adesso porta via il culo dal mio ufficio» disse Titus.

Scott alzò le mani per mimare una resa. «Titus, voglio solo...»

«Scott, se non te ne vai subito sulle tue gambe, finisce che te ne vai in barella.» Scott dovette accorgersi che non si trattava di un'iperbole, perché si alzò e fece per andarsene. Un istante dopo si fermò, sembrò voler dire qualcos'altro, ma poi vide l'espressione di Titus e ci ripensò. Titus rimase fermo in piedi fino a che Scott uscì dall'ufficio, dopodiché andò nell'atrio.

«Cam, ho da fare una cosa. Devo andare in Maryland. Sono le undici; dovrei tornare entro le quattro. Se hai bisogno, e non riuscissi a contattarmi, chiama Trey» disse.

«Cosa c'è in Maryland?»

«Una madre che non sa che suo figlio è morto.»

Il traffico sulla 301 si mantenne molto scorrevole fino al confine con il Maryland. Dopodiché, tutto si trasformò in una specie di distopia alla *Mad Max 2* in cui automobilisti distratti, burocrati stressati e pendolari di ritorno da Washington tentavano disperatamente di evitare gli ingorghi di mezzogiorno. Titus uscì dalla 301 per raggiungere Baltimora tramite l'altrettanto intasata 95. Girò per strade strette orlate da schiere di villini e negozietti fino a che giunse all'indirizzo di Yasmin Michaels. Parcheggiò di fronte alla minuscola costruzione a un piano. Scese dal SUV e bussò con il miglior equilibrio fra dolcezza e fermezza che riuscì a trovare. Non voleva bussare «da sbirro» alla porta di una madre in lutto, ma alla sua mano pesante non si poteva comandare.

L'aveva chiamata prima di partire, per assicurarsi che vivesse ancora lì, per cui sapeva che era in casa. Tuttavia, non rispose immediatamente. Titus non poteva biasimarla. Dopo tutto quel tempo doveva sapere, intuire, in qualche modo, che non era venuto a portarle notizie gioiose. Chi mai si fionderebbe alla porta per ricevere aggiornamenti tanto devastanti?

Alla fine, dopo un paio di minuti buoni, una donna magra con un'acconciatura afro venne ad aprirgli la porta.

«Salve, sono lo sceriffo Crown.»

«L'avevo più o meno capito, fra il distintivo e il cappello da orso Smokey. Si accomodi» disse Yasmin. Si voltò, e Titus la seguì in un soggiorno piccolo e ordinato. La donna si sedette su una poltrona reclinabile logorata dal tempo. Titus avrebbe potuto sedersi sul divano altrettanto liso o su una più austera sedia di bambù con un cuscino consunto, ma decise di restare in piedi.

«Vuole qualcosa da bere? Acqua?» chiese Yasmin accendendosi una Newport.

«No, signora, sto bene così, ma grazie dell'offerta.»

«Se l'è scampato quel traffico vicino a College Park? Verso l'ora di pranzo è un incubo. Non esco nemmeno per la pausa pranzo. Troppo intasato» disse Yasmin.

«Mi diceva che lavora in un centro medico?» chiese Titus.

Yasmin scosse il capo. «Nah, lavoro per una ditta che produce kit di pronto soccorso. Per l'esercito e stronzi vari. Son lì da un anno. Quando Tavaris... non è tornato a casa, mi sono data una sveglia. Non so. Ho smesso di farmi. Da un giorno all'altro. Ho trovato un lavoro. Ho pensato che quando tornava a casa doveva trovarmi meglio di quando se n'era andato. Pensavo... Credo che pensavo che in quel modo le cose sarebbero cambiate. Ma visto che è qui, mi sa che non importa più granché» disse Yasmin.

Titus si preparò. Doveva dirglielo. Dirglielo subito, senza tenerla in sospeso. Più aspettava, più sarebbe stato difficile per lei.

«Signora Michaels, mi dispiace terribilmente doverglielo dire, ma abbiamo trovato i resti di suo figlio nella contea di Charon due giorni fa. A quanto pare si tratta di omicidio.» Quelle frasi risuonarono come proiettili sparati dritti al cuore di Yasmin.

Yasmin inspirò a fondo, poi soffiò una nuvola di fumo fuori dalle narici come un drago che si sveglia da un sonno millenario.

«Mia madre lo diceva, che era in un posto migliore. Quand'eravamo piccoli ci costringeva ad andare in chiesa ogni maledetta domenica. Ad andare così spesso non puoi fare a meno di credere. Almeno per un po'. È come credere a Babbo Natale, o cazzate del genere. E io credevo. Ci credevo da morire» disse Yasmin.

Titus notò la sagoma sbiadita di un crocifisso sulla tappezzeria alle spalle di Yasmin, sulla sinistra. La sagoma indistinta gli ricordò quei tatuaggi che si fanno in carcere.

«La fede è una cosa fragile, sceriffo, lo sa? Gli piace parlare del granello di senape, e di quella cosa che non camminiamo in visione e fesserie così, ma la verità è che non ci vuole molto a perdere la fede. Basta che ti ammali, o che rimani senza un soldo, o che perdi il tuo unico figlio e la fede sparisce più in fretta di uno spiantato che t'ha messa incinta» disse Yasmin. Le lacrime scesero a rigarle le guance lisce e scure. «Per un po' ho pregato tutte le sere che tornasse. Ogni sera. Poi un giorno ho smesso e basta. Tanto lo sapevo che non serviva a un tubo. Mi sa che farci arrestare alla fine è stata una buona idea, eh? È così che avete scoperto chi era, vero?» Si percepiva il pianto ai margini della voce.

Titus si disse che nel giro di pochi secondi si sarebbe messa a urlare.

«Sceriffo, chi è che ha fatto del male al mio bambino?» disse Yasmin, che a quel punto stava piangendo sul serio. Grida come latrati che le sconquassavano il corpo minuto. La cenere cadeva dalla sigaretta al pavimento e lei tremava nell'abisso della sua tristezza.

«Non lo so, ma lo scoprirò. Glielo prometto» disse Titus. Parole profetiche e stupide. Sapeva che non avrebbe dovuto fare promesse. Così andava in cerca di delusioni, per se stesso e per Yasmin. Quella povera donna era già abbastanza distrutta. Eppure erano stati i suoi frantumi, i frammenti del suo cuore, a penetrare il patto di fede cui lui stesso era venuto meno e a fargli uscire di bocca quelle parole come fossero state sangue.

QUATTORDICI

Titus tornò più tardi del previsto. Il traffico era peggiorato in maniera esponenziale, nei trenta minuti che aveva passato a casa di Yasmin Michaels. Sapeva che probabilmente non sarebbe stato in grado di informare ogni padre o madre di ogni vittima che identificavano, ma sentiva di aver fatto la cosa giusta. Lo viveva come un passo ulteriore nel suo percorso di penitenza. Un percorso lungo e avviluppato come un lenzuolo funebre.

Oltre al proprio dolore, Yasmin Michaels non aveva granché da condividere a proposito del figlio.

«Ci facevamo tutti e due quando... se n'è andato» aveva detto.

«Se n'è andato?» aveva chiesto Titus.

«Sì. Abbiamo fatto una brutta litigata e lui è andato all'Inner Harbor. Si mischiava a quegli universitari che vanno lì. Diceva sempre che gli piaceva far finta di andare all'università. Si faceva offrire da bere, giocava a biliardo, e varie cose» gli aveva detto. Avevano convenuto entrambi, in silenzio, che era meglio non indagare su cosa significasse precisamente *varie cose.*

Titus aveva preso svariati appunti, ma il più importante era che Tavaris probabilmente era stato visto per l'ultima volta all'Inner Harbor, la sfilza di bar e ristoranti che accoglieva i turisti di passaggio a Baltimora e gli studenti universitari che il ragazzo ammirava tanto.

Magari non era nulla, magari era tutto. Titus pensò che quel concetto riassumeva alla perfezione la natura sorprendentemente casuale che accomunava la maggior parte delle indagini di polizia.

«Ehi, Titus, scusa se sono dovuta scappare via l'altra sera» disse Kathy arrivando in ufficio.

«Non ti preoccupare.» Non voleva metterla a disagio chiedendole come era messo Brent, anche se una parte di lui avrebbe voluto sapere fino a che punto ci teneva a vendicarsi. O se per caso la ramata di botte presa da Marquis lo avesse convinto a trovarsi un nuovo hobby, tipo farsi gli affari suoi.

«Quello che avete trovato nel bosco è Cole Marshall?» chiese Kathy. A quel proposito, invece, pareva non fosse necessario menare tanto il can per l'aia.

«Non lo sappiamo ancora. Probabilmente ci vorrà qualche giorno» disse Titus.

«Ho sentito che... gli hanno tagliato l'affare e gliel'hanno infilato in bocca» disse Kathy, con la faccia spremuta in un cipiglio partecipe.

Una bugia può fare il giro del mondo prima ancora che la verità si sia tirata su le braghe, piaceva dire a Helen Crown. Un'altra perla di saggezza di sua madre di cui il tempo aveva confermato la tremenda verità.

«No, Kathy, non è vero. Vediamo di non far circolare dicerie, okay? Ché le dicerie poi prendono vita propria» disse Titus, con voce gentile. Il volto di Kathy si ammorbidì e Titus sperò che avesse colto quel che intendeva dire anche a livello di sottotesto. Non voleva che lei mettesse in giro chiacchiere sulle indagini, tanto quanto lei probabilmente non voleva che la gente chiacchierasse a vanvera sul conto suo e di Brent.

Titus andò alla scrivania e accese il computer. Controllò le mail e vide che Carla, Steve e Trey gli avevano mandato i rapporti sulle visite fatte alla fabbrica del pesce e alle chiese del circondario. Prima di leggerli, cercò il nome di Latrell online.

Quasi all'istante saltò fuori una dozzina di pagine. Molte contenevano brevissimi video girati con il cellulare che riprendevano i momenti immediatamente precedenti alla sparatoria. I commenti erano divisi pressoché equamente fra chi sosteneva i suoi agenti usando una retorica ributtante e chi etichettava lui e la sua squadra come una cricca di razzisti e assassini. Altre pagine menzionavano la conferenza stampa. Aveva accusato Latrell e Spearman di essere gli autori dei sette omicidi scoperti intorno al salice piangente insieme a un terzo soggetto ancora non identificato. L'esistenza dei video che confermavano la fondatezza dell'accusa mossa a Latrell, concorso in omicidio plurimo, non sembrava intaccare in alcun modo la furia che alcuni provavano nei confronti dell'ufficio dello sceriffo.

Titus conosceva quello stato d'animo. Troppi neri, uomini e donne, erano stati giustiziati da gente in divisa per aver fatto oggettivamente molto meno di quel che aveva fatto Latrell. Che Latrell avesse un fucile e avesse appena ucciso qualcuno non cambiava la tragica realtà.

Titus si diceva sempre che stava cambiando le cose lavorando all'interno del sistema. Si era ripromesso di trasformare il modo di operare della squadra, se fosse diventato sceriffo. Ma Latrell gli aveva dimostrato che in quel proposito albergava una menzogna. E se invece il sistema non si poteva cambiare perché era proprio così che funzionava? In quel caso, allora, che cavolo di senso aveva portare il distintivo?

Per te, però, il sistema ha funzionato alla grande, o no? gli sussurrò la voce di Red DeCrain.

Titus scosse il capo e aprì le mail.

Lesse i rapporti di Carla, Trey e Steve. Oltre ad aver parlato con i dipendenti della fabbrica del pesce, Carla e Steve erano andati alle chiese che gli erano state affidate, e lo stesso aveva fatto Trey. Titus non si considerava un genio dell'investigazione, ma persino lui si rendeva conto che i sopralluoghi alle chiese erano valsi a ben poco. La visita di Carla e Steve allo stabilimento della Cunningham Seafood, invece, un piccolo frutto lo aveva dato. A quanto pareva Latrell ci aveva lavorato fino a due settimane prima. Quello di per sé non era insolito: alla maggior parte degli abitanti della contea capitava, prima o dopo, di varcare le pesanti porte di metallo. Il fatto che Latrell fosse un buon amico di Darnell Posey, altro tossico occasionale, gli saltò invece agli occhi. Carla aveva anche notato che c'erano diversi dipendenti che il giovane sembrava evitare. Fra questi spiccavano Eddie Franklin, il supervisore del turno (cosa comprensibile, specie se Latrell andava a lavorare sballato), e Carolyn Chambers, pescatrice di granchi nonché madre di Candy Chambers, ex di Latrell. A quanto pareva faceva il possibile per evitare anche Dayane Carter. Dayane era una giovane avvenente che viveva in un campo roulotte ed era rimasta coinvolta in una buona dose di risse sia al Watering Hole che al Celtic Tavern. Titus l'aveva arrestata diverse volte per ubriachezza molesta. Secondo gli appunti di Carla, Latrell la evitava come la peste. A quanto pareva non evitava Cole Marshall, ma nemmeno ci faceva comunella.

Non sapeva se quel dettaglio fosse importante, ma se lo appuntò. Mentre dava una scorsa al resto dei rapporti di quel giorno, gli suonò il cellulare.

Era Darlene.

«Ciao, che c'è?» disse Titus.

«Ho voglia di vederti, stasera. Ce la fai?»

«Sì, certo. Tutto a posto?»

«No, Titus. Ho saputo di Cole Marshall. Ho paura. Tu non hai paura?» chiese Darlene.

«Oh, D, non ti preoccupare, okay? Ascolta, fra qualche minuto ho finito. Ci vediamo a casa per le sette.»

«Non hai risposto alla mia domanda. Prima i ragazzini sepolti nel bosco, adesso è morto Cole. Come fai a non aver paura? Io sono terrorizzata a morte. Ho chiuso il negozio presto, oggi. Sono rimasta qui seduta in casa coi miei cercando di non pensarci» disse Darlene, e Titus sentiva che era sull'orlo delle lacrime. Era la seconda volta quel giorno che una donna stava per piangergli davanti nel suo momento di maggior vulnerabilità senza che lui potesse farci niente. Plausi e promesse non avrebbero lenito la paura di Darlene.

Chiuse gli occhi. A che serviva la stella che aveva sul petto, quel titolo prima del nome, se non sapeva impedire che le persone a cui voleva bene perdessero la speranza? Tutto il potere e la gloria che in teoria derivavano dall'essere un tutore dell'ordine svanivano in un soffio non appena la donna con cui dividevi il letto ti confessava di essere terrorizzata dal luogo in cui era nata.

«Non ho paura. Sono preoccupato, ma non ho paura. So che lo prenderemo. Mi fido della mia squadra quasi quanto mi fido di me stesso» le disse. Quell'ultima parte gli era sfuggita ma, come piaceva dire a suo padre, di' la verità e svergogna il diavolo. Si fidava di se stesso più che di chiunque altro. Compreso Dio in paradiso, la polizia di Stato e i membri della sua squadra. Aveva imparato, sperimentandolo sulla propria pelle tramite errori e circostanze al di fuori del suo controllo, che quando calava il lungo velo nero poteva contare soltanto su se stesso.

Cosa che lo condannava a una lunga vita solitaria.

«Vuoi che ti porto qualcosa da mangiare?» chiese Darlene.

«Come vuoi tu. Ci vediamo fra poco, okay?»

«Okay. Ti amo» disse Darlene.

«Anch'io.»

Posò il cellulare sulla scrivania. Nella sua mente si fece strada una domanda, per la quale non aveva una buona risposta. Quando aveva iniziato a dire «Anch'io»?

Era sicuro che Darlene avrebbe saputo rispondere.

Titus era seduto sul divano mentre Darlene sparecchiava. Versò due dita di Jameson nella coppia bicchieri da whiskey poggiati sul tavolino, ciascuno con un cubetto di ghiaccio dentro. Suo padre era all'incontro del venerdì sera in chiesa.

«Ma Albert ti lascia ancora i bigliettini? Perché non ti manda un messaggio?» gli aveva chiesto Darlene notando la grafia da pollo ruspante di Albert sulla minilavagnetta accanto al frigorifero.

«Albert Crown è un tipo decisamente vecchia maniera. Ancora si rammenda i calzini» le aveva detto Titus.

«Che significa rammendarsi i calzini?»

Titus le porse un bicchiere. Lei gli si mise accanto sul divano. Gli poggiò la gamba sinistra sulla destra e prese il telecomando.

«Wow, non scherza questa roba» disse dopo aver bevuto un sorso.

«Se non riesci a reggere questo, meglio che non tiri fuori il liquore che fa lui» disse Titus.

Darlene gli diede qualche ditata scherzosa sul petto mentre passava da un canale all'altro.

«Una volta io e Marquis abbiamo bevuto un po' del liquore di papà. Quando l'ha scoperto, ci ha costretti a berlo con lui. Un litro. Credo di non avere più toccato alcol finché sono andato all'università» disse Titus.

«Come sta Marquis? Ho sentito che ha attaccato briga al Watering Hole, ieri sera.»

«Tutto a posto. Lo sai com'è fatto, non prende mai niente troppo sul serio» disse Titus, bevendo un sorso. Il Jameson scese a bruciargli la gola fino a che trovò un posticino caldo nello stomaco dove accoccolarsi. Quel calore si irradiò lento in tutto il corpo. Non aveva intenzione di diventare il classico stereotipo del poliziotto che beveva forte, ma dopo gli ultimi giorni una birra fredda non bastava ad avviare il processo di decompressione.

«Mio padre ha comprato un po' di cartucce per il fucile oggi. Ha detto che da Bobby Joe c'era un sacco di gente» disse Darlene.

«Eh?»

«Ho detto che oggi mio padre ha comprato delle cartucce da Bobby Joe.»

Titus bevve un altro sorso. Bobby Joe Andrews gestiva l'armeria. Si poggiò il bicchiere contro la fronte. A Charon c'erano più armi che persone, perché la maggior parte delle persone aveva più armi del necessario. L'ultima cosa di cui aveva bisogno era che un branco di aspiranti Doc Holliday dal grilletto facile si mettesse a fare scorta di munizioni scalpitando in attesa di giocare all'eroe col fucile.

«Immagino che tanta gente abbia paura. Non solo quella che mi ha votato contro» disse Titus.

«Okay, papà si è comprato le cartucce, ma non significa che secondo lui non riuscirete a prenderlo, Titus. Però siamo a Charon. Vedi che non succedono spesso, queste cose. La gente non sa che fare» disse Darlene.

«Non sai quanto sono stufo di sentire la gente che dice "siamo a Charon". Manco fossimo tutti delle verginelle, qui, come se nessuno avesse mai rubato un acino d'uva al supermercato. Lascia che ti dica una cosa che ho imparato nell'FBI. Non importa da dove vieni o dove vivi, le persone sono persone. Possono essere gelose, odiose, deviate, malate. Rubano e mentono e rubano ancora. Si scopano i mariti e le mogli degli altri, i figli e le figlie. Vanno in chiesa ogni domenica e si stracciano le vesti e blaterano di fratellanza e "vivi in Cristo", poi escono dalla chiesa, ti danno del negro da cortile e se ne vanno a casa a picchiare i figli. E poi hanno ancora la faccia tosta, il coraggio smisurato, di additare qualcun altro, o un'altra città, e dire: "*Quelli* sono dei peccatori, loro sì che sono dei mostri, noi no, noi di Charon no".»

«Titus, io non...» provò a dire Darlene, ma lui la ignorò.

«Flannery O'Connor diceva che il Sud è infestato da Cristo. È infestato, non c'è dubbio. Dall'ipocrisia del cristianesimo. Tutte queste chiese, tutte queste Bibbie, e poi è proprio in posti come Charon che i poveri sono ostracizzati. Che si dà delle puttane alle ragazze che denunciano uno stupro. Che non posso andare al Watering Hole senza chiedermi se il barista m'ha sputato nel bicchiere. La gente dice che queste cose non succedono in un posto come Charon. Darlene, sono queste le cose che mandano avanti i posti come Charon. È questa la roccia su cui hanno fondato il tempio» disse Titus. Mandò giù il resto del whiskey e sparì in cucina.

Sciacquò il bicchiere e lo poggiò sul bordo del lavandino. Le spalle si alzavano e si abbassavano al ritmo del respiro affannato.

Sentì le mani di Darlene prima sulla schiena, poi sulle spalle, il suo tocco leggero come una piuma. Titus si voltò e la prese tra le braccia. Lei appoggiò la testa contro il suo petto.

«Scusami. Sei sotto pressione, non avrei dovuto dire...»

«No, sono io quello che deve chiedere scusa. Non volevo perdere le staffe. Non hai fatto niente di male. Ascolta, io amo questo posto. Lo so che un attimo fa non sembrava, ma è così. È casa mia e ce l'ho nel cuore. E proprio perché lo amo, non posso barare, né voglio. Perché so che potrebbe migliorare molto. Ma non succederà mai, se continuiamo a far finta che sia una specie di utopia sulla Chesapeake Bay. Dobbiamo guardare Charon e vederla tutta, nel suo complesso. Anche le parti brutte. Solo così riuscirò a prenderlo.»

«Dev'essere difficile guardare tutta questa scelleratezza» disse Darlene.

«È il mio lavoro. Andiamo di sopra» disse Titus. Darlene annuì. Lui le prese la mano piccola ma forte nella sua zampa d'orso e la accompagnò attraverso il soggiorno. Si fermò per spegnere la tv. Stavano mandando una pubblicità.

«Questo programma è stato offerto dalla Fondazione Nazionale Sclerodermia. Per donare...»

Titus premette il tasto sul telecomando e lo schermo si annerì.

Nessuno dei due disse niente per qualche secondo.

«È quello che aveva tua mamma, vero?» chiese Darlene. La domanda le uscì a spizzichi e bocconi. Titus conosceva quel tono. Anche se facevano di tutto per nasconderlo, le persone erano curiose da far male. Persino la sua ragazza.

«Sì. Le ha indurito tutti i muscoli. Una brutta faccenda» disse.

Si rivide dodicenne sulla porta della camera da letto dei suoi, mezzo impaurito, mezzo confuso, gonfio del desiderio che appartiene soltanto ai figli che bramano l'abbraccio di una madre che non riesce neppure a sollevare una mano.

«Mia zia veniva sempre a pregare per lei. Le passava l'olio benedetto sulla fronte. Lei non sopportava che la toccassero, ma mia zia lo faceva comunque. La maggior parte dei malati di sclerodermia può vivere una vita lunga e piena, solo che mia madre aveva una forma rara. Molto aggressiva. Ogni volta che qualcuno la toccava gridava come un coniglio in fin di vita. Che fosse mio padre che le faceva il bagno o mia zia che le imponeva le mani. Una volta sono corso dentro mentre mia zia era lì che delirava e straparlava e la riempiva di quell'olio. Le ho dato un calcio. Le ho detto di stare lontana da mamma. Lei mi ha dato uno schiaffo. Mamma si è alzata dal letto per la prima volta dopo non so quante settimane e ha preso mia zia per il polso. Le ha detto di non toccarmi mai più. La malattia aveva colpito anche le corde vocali. La sua voce era irriconoscibile, ma lei era sempre mia madre, sì. Poi mi ha detto che mi voleva bene. È stata l'ultima volta che ha parlato.»

Darlene gli strinse la mano.

Guardò il tremore attraversargli il corpo come le onde di una marea quando c'è la luna piena. Salirono al piano di sopra mano nella mano. Darlene finse di non vedere le lacrime sul volto di Titus, e Titus finse di non piangere.

Più tardi Titus scese al piano di sotto e andò in cucina. Il vecchio orologio del gatto Felix diceva che erano le due del mattino. Suo padre era seduto al tavolo con un barattolo di liquore davanti. Aveva svitato il tappo, ma il barattolo era ancora pieno.

«Pa'? Tutto bene?» Suo padre non si ubriacava più, anche se ogni tanto un goccetto della roba buona se lo beveva volentieri, nonostante la devozione alla chiesa. Gli piaceva rimarcare che persino Gesù aveva trasformato l'acqua in vino.

«Eh? Sì, tutto a posto. M'han telefonato qualche minuto fa. È morto Gene Dixon. Infarto» disse Albert.

«Oh, porca, pa'. Mi spiace tanto. So quanto eravate legati» disse Titus.

«Te l'ho mai detto che è stato Gene a presentarmi tua madre? A un ballo all'Honey Drop Inn. Un vecchio bar clandestino in un angolo sperduto della contea. Gene usciva con Faye Jones. Che era la migliore amica di tua madre. Gli serviva qualcuno che ballasse con Helen quando uscivano. Tua madre non aveva granché voglia di andare a reggere il cero, e io ho colto la palla al balzo.»

«Non lo sapevo no» disse Titus. Si sedette di fronte a suo padre.

«Eh, già. Gene era un brav'uomo. Che il Signore abbia pietà, che tempi sono questi» disse Albert.

«La stagione del dolore» disse Titus a voce bassa.

«Come?»

«Niente, pa'. Ci facciamo un goccetto?»

«Mi sa che è il caso. Per Gene.»

Titus prese due bicchierini dalla credenza. Suo padre fece un brindisi prima di mandare giù il liquore. «A Gene Dixon, un buon amico e un brav'uomo, e il miglior giocatore di biliardo che abbia mai visto. Possa il suo spirito dimorare presso il Signore d'ora in avanti e fino alla fine dei tempi» disse Albert. Entrambi mandarono giù il liquore e poi sbatterono i bicchieri sul tavolo.

«Tu, piuttosto, cosa ci fai alzato?» chiese Albert col fiato tagliato dall'alcol.

«No lo so. Ho fatto un sogno. Un incubo, a dire il vero.»

«C'erano quei ragazzini nel bosco?»

«No, non c'erano, ma sono sicuro che c'entrano. Sono da solo, in piedi in mezzo a un campo. Un campo di grano. Ma il grano è morto, scuro. Secco e friabile. Ci sono questi nuvoloni neri che si avvicinano come una marea nel cielo. E il vento che soffia fra gli steli del grano morto. E sono da solo mentre arriva il temporale. Tuoni e fulmini e pioggia, ma la pioggia fa male. È calda, bollente. Mi brucia. E sono da solo.» Titus si versò un altro cicchetto.

«Non sei da solo, figliolo. Ci sono io, c'è tuo fratello, c'è Darlene e, cosa ancora più importante, c'è il Signore.»

«Siamo sempre soli, pa'. Abbiamo soltanto imparato a credere il contrario» disse Titus prima di mandare giù il liquore.

«Non è vero, Titus. Dio cammina al nostro fianco in ogni momento della nostra vita. Persino nei momenti più bui.»

Titus non rispose. Non voleva riprendere quel discorso con suo padre, non era il caso, non quella sera.

Lo guardò e annuì.

Voleva bene a suo padre, gliene voleva davvero tanto, ma era passato molto tempo dall'ultima volta che Albert gli aveva dato l'impressione di sapere cosa dicesse quando parlava degli angeli di Dio.

Titus si era tolto i paraocchi la notte in cui sua madre era finalmente e fortunatamente morta. Voleva ancora bene al suo vecchio, ma in quei momenti dolorosi si era reso conto che gli adulti non ne sapevano poi tanto più dei bambini. Che tutti quanti improvvisavano man mano che la vita andava avanti, e la religione era solo un'altra stampella, come il liquore o l'erba.

Suo padre aveva chiamato il medico che diverse settimane prima aveva dato per spacciata Helen Crown in modo tale che ne constatasse il decesso, e poi c'era stato il funerale, e Albert Crown aveva borbottato che ora la madre di Titus era in un luogo migliore insieme a Gesù. Dopodiché aveva lasciato soli Titus, appena tredicenne, e Marquis, che aveva otto anni, e se ne era andato al Watering Hole. All'epoca lo gestiva il padre di Jasper. Quando Albert era tornato a casa ubriaco, piangendo come La Llorona, Titus ormai aveva cambiato le lenzuola sporche nel letto dei genitori e aveva preparato un po' di zuppa di pollo per sé e per suo fratello. Aveva lavato i piatti, li aveva messi via e poi era andato a letto assicurandosi che Marquis facesse altrettanto.

Perché qualcuno doveva pur fare l'adulto, dal momento che sua madre se n'era andata da questo mondo. In seguito suo padre era riuscito a darsi una regolata ed era persino diventato un diacono, ma Titus non aveva mai dimenticato che, la sera in cui sua madre era morta, lui aveva lasciato due bambini a casa a sbrigarsela da soli, dopo avergli detto che l'anima della loro madre doveva essere più o meno andata in Paradiso.

Il tempo aveva lenito la ferita, ma dentro Titus c'era ancora il tredicenne che odiava un pochino suo padre per quella storia.

Albert si alzò in piedi e posò una mano sulla spalla di Titus.

«Finché non mi mettono sotto terra, non sarai mai da solo» disse, prima di trascinarsi su per le scale. E quel piccolo gesto, quelle parole gentili, erano il motivo per cui amava Albert più di quanto quel ragazzino poteva odiarlo. Era la benedizione del sangue.

Titus rimise il barattolo sotto il lavandino e lavò i bicchieri. Spense la luce della cucina e uscì sulla veranda. A metà ottobre capita di battere i denti anche al Sud. Il vento che arriva dalla baia si porta dietro l'aria fredda dall'Atlantico settentrionale come un fantasma che ti accarezza le guance e ti fa male ai denti.

Spalancò le braccia e lasciò che il freddo lo avvolgesse. L'aria fresca gli pungeva la pelle, ma era una bella sensazione. Gli affilava i sensi. L'indomani avrebbe detto a Trey di parlare con il medico legale. Avrebbe dovuto cominciare alle 7:00 e andare avanti senza fermarsi fino alle 21:00. La gente aveva paura. Il modo migliore di tenerla a bada era far vedere che lo sceriffo stava per le strade, nei quartieri. Che faceva qualcosa, qualsiasi cosa che dimostrasse che non se ne stava rintanato nel suo ufficio, nascosto dietro a una scrivania. Il novanta per cento del suo lavoro era far rispettare la legge, ma il restante dieci per cento, il dieci per cento che quasi tutti vedevano, era proiettare un'immagine. Non gli piaceva, però sapeva che non aveva senso ignorarlo. Aveva detto a Darlene che non aveva paura; non era del tutto vero. Aveva paura, ma non dell'uomo che aveva ucciso quei ragazzini e probabilmente anche Cole Marshall. Temeva ciò che quell'uomo, l'Ultimo Lupo, stava facendo alla sua contea. Doveva usare quella paura, spezzarla, piegarla al suo volere. C'era un baratro che tutti prima o dopo dovevano attraversare e che si chiamava fallimento. La paura era il ponte che ti portava dall'altra parte dello strapiombo.

«Titus! La radio! Ti chiamano!» gridò Darlene. Titus si voltò e la vide al di là della porta, in cima alle scale. Indossava una delle sue vecchie magliette dell'università. Si affrettò a rientrare e salì le scale.

Prese la radio, staccandola dal caricabatterie.

«Sceriffo Crown.»

«Titus, abbiamo un problema qui in ufficio» disse Pip.

«Che problema?»

«Darnell Posey è venuto qui, ha consegnato un pacco e poi ha provato a scappare nei boschi. Ce l'abbiamo in cella.»

Titus avvicinò la radio alla bocca. «Cosa c'è nella scatola?»

Arrivò nel giro di cinque minuti. Cinque minuti in meno rispetto ai dieci che impiegava di solito. Pip e Douglas lo stavano aspettando. Sulla scrivania c'era una scatola di cartone con sopra il famoso baffo.

«Sulla pergamena ci sono delle parole» disse Pip. Porse a Titus un paio di guanti in lattice. Titus si infilò i guanti, prese la pergamena.

Sono la bestia che striscia verso Betlemme.

Sembrava avessero usato dell'inchiostro nero.

«Sarà un verso della Bibbia?» chiese Pip.

«No, è un riferimento a una poesia di Yeats» disse Titus porgendo la pergamena a Pip, che la mise in un sacchetto per le prove. «E non è una pergamena, è pelle umana» aggiunse.

«Ma che cazzo!» esclamò Douglas. Pip infilò la mano nella scatola e tirò fuori un sacchetto trasparente con la chiusura a zip.

«Be', direi che ha senso, perché nella scatola c'è anche questo» disse, porgendo il sacchetto a Titus. All'anziano poliziotto tremavano le mani.

Titus appiattì il sacchetto sulla scrivania.

Si ritrovò a guardare il volto senza occhi di Cole Marshall che lo fissava, la bocca bloccata in un'eterna O di dolore.

Charon

Le cittadine di provincia sono come la gente che le abita. Piene di segreti. Segreti carnali, segreti di sangue. Giuramenti nascosti e promesse sussurrate che diventano menzogne più in fretta di quanto si guasti il latte al sole caldo dell'estate.

Il mito di un Sud con gente rispettabile che passeggia per la via principale del centro è sempre stato una casta fantasia da puritani. La realtà si trova nelle stradine di campagna, per i sentieri sterrati, sotto il cielo quando diventa nero. Sul sedile posteriore di una Buick chiazzata di ruggine e sul pianale di un pick-up sgangherato. Il cuore di Charon e della sua contea batte al ritmo degli spiritual che si cantano in chiesa la domenica mattina, ma la sua anima è una verità che si può leggere nel sudore degli amanti clandestini, nel sangue che cola dalle labbra della presidentessa dell'associazione genitori e insegnanti dopo che il marito ha bevuto un bicchiere di troppo, ben più d'una volta di troppo. Si può argomentare dai numeri di serie delle banconote da dieci e da venti che passano dalle mani dei figli e delle figlie più amati di Charon alle tasche di uomini e donne che vendono loro un assaggio di quella quiete che li manda a salivare nel mondo dei sogni.

È lì che danza tra i fumi d'un riscaldamento a cherosene in una roulotte tanto gelida da tagliare il fiato a una madre, un padre, un bebè.

Persiste anche dopo che tutte le carinerie della civiltà crollano sotto il peso della propria impermanenza.

La si può presagire negli occhi del Lupo che ha seppellito sette ragazzini sotto il salice piangente di Tank Billups. Il Lupo che sogna angeli con le ali spiegate, i loro quattro volti increspati da una follia figlia dell'eccessiva vicinanza al trono di Dio.

Il Lupo che si crogiola nel suo segreto. Che si diverte a nascondere il suo vero volto.

Sì, le cittadine di provincia sono come la gente che le abita.

Prima o dopo si lasciano sfuggire i propri segreti, e il prezzo di quelle rivelazioni è sempre il sangue.

QUINDICI

Titus entrò nella sala che usavano per gli interrogatori e si sedette di fronte a Darnell Posey.

Sbatté il palmo della mano sul tavolo.

La testa di Darnell si sollevò di scatto e l'istinto lo spinse a mettersi in piedi, ma era ammanettato al tavolo e ripiombò sulla sedia d'acciaio. Titus posò una cartellina davanti a sé.

«Come va, Darnell?» chiese.

«Oh, io non ho fatto un cazzo, eh» disse Darnell.

«Be', non è proprio così, però, o no? Hai lasciato quella scatola da scarpe davanti alla porta e poi sei corso nel bosco. Come me lo chiami, quello?» chiese Titus.

Darnell si umettò le labbra. «E che ne so, oh? Uno scherzo? Cioè, cosa c'era dentro? Tipo della merda o cose del genere?» La sua pelle scura era coperta da una patina cerea e grigiastra come se fosse disidratato, come se avesse attraversato un vasto deserto.

«No, non era uno scherzo, Darnell. C'era dentro questo» disse Titus. Tirò fuori una foto del contenuto del sacchetto trasparente con la zip, che aveva ingrandito su un foglio A4.

Darnell diede un'occhiata e di scatto provò di nuovo ad alzarsi in piedi.

«Oh, ma che cazzo è? Cos'è quella roba? Una cazzo di faccia?»

«Sì, è una cazzo di faccia. C'è ancora del sangue sopra. Per cui farai meglio a cominciare a parlare, e anche in fretta. Ah, e un'altra cosa, Darnell: sarà meglio che mi innamori di ogni singola parola che ti esce di bocca.»

«Oh, io non so un cazzo di quel coso!»

«Darnell, lo sai che non mi sto innamorando per niente? Dove l'hai presa quella scatola?» disse Titus.

«Senta, mi son svegliato verso le undici e ho trovato quella scatola davanti alla porta, con cinquecento dollari in contanti in una busta. C'era una lettera che diceva "Consegnala allo sceriffo" e io l'ho consegnata. Cristo, non lo sapevo che dentro c'era una faccia. Ma che cazzo!»

«Darnell, la mia domanda è: perché non ti sei tenuto i soldi e hai buttato via la scatola?»

«Perché ho pensato che chi me l'aveva lasciata mi stava tenendo d'occhio per vedere se lo facevo, no?» disse Darnell.

Titus rimise la foto nella cartellina. Giunse le mani a dita dritte e spinse indietro la sedia. «Darnell, lo conoscevi bene Latrell Macdonald? E prima che tu mi dica che non lo conoscevi, o che non sai niente, ti dico subito che so già che eravate amici.»

«Cosa c'entra Latrell con questa storia?»

«Vuoi che ti accusi di omicidio? Perché quella faccia appartiene alla vittima di un omicidio. Adesso mi dici cosa sai di Latrell, o altrimenti non vedi mai più una cimetta d'erba in vita tua» disse Titus.

Studiò Darnell, lo guardò mordicchiarsi il labbro e roteare gli occhi come fossero biglie in un barattolo di latta. Si rendeva forse conto che Titus stava bluffando? Che, nonostante avesse consegnato una scatola con dentro la faccia di Cole Marshall, loro non avevano nulla per incriminarlo? Avevano esaminato la scatola in cerca di impronte e, anche se quelle di Darnell erano sull'esterno della scatola, dentro non ce n'erano. Niente impronte sul sacchetto né sul pezzo di pelle conciata. Darnell non dava l'impressione di essere un genio del crimine, quindi l'assenza di impronte nella scatola suggeriva che fosse coinvolta una persona più organizzata.

Un assassino organizzato. Era stato l'assassino a lasciare quella scatola davanti alla porta, pensò Titus, correggendosi. L'Ultimo Lupo si stava prendendo gioco di loro. Voleva che sapessero che era stato lui a uccidere Cole. La cosa non lo stupì più di tanto. Un assassino come l'Ultimo Lupo, che era la personalità dominante del triumvirato, non poteva che essere un narcisista. Uno che vedeva le forze dell'ordine in generale, e Titus nello specifico, in quanto sceriffo, come la propria nemesi. Il suo bisogno di dimostrare la propria superiorità sarebbe stato la sua rovina. Titus l'aveva visto accadere più di una volta. Era così che alla fine avevano preso lo Strangolatore BTK.

«Insomma, io e Latrell ci vedevamo ogni tanto.»

«Vi sballavate insieme?» chiese Titus.

Darnell esitò. «Sì... Sì. Latrell riusciva sempre a procurarsi roba buona. Ogni tanto faceva dei lavoretti per Jasper Sanderson.» Spinse all'infuori il labbro inferiore e afflosciò le spalle. Indossava la sconfitta come un vecchio cappotto comodo.

«Che tipo di lavoretti?»

«Secondo lei? Lo saprà cosa fa Jasper, no? Quello stronzo comanda mezza contea.»

«Latrell ti ha mai detto niente a proposito di Jeff Spearman o di qualcuno in qualche modo legato a Jeff Spearman?»

«Non m'ha mai detto un cazzo del professor Spearman, però non mi sorprende che ammazzasse i ragazzini. Latrell era pazzo, eh. Un attimo prima poteva essere il tipo più tranquillo del mondo e un attimo dopo, cazzo, era capace di puntarsi un pezzo di vetro alla gola e dirti che voleva farla finita» disse Darnell.

«Ha mai detto perché voleva uccidersi?» chiese Titus. Pensava di sapere la risposta, ma Darnell era come un rubinetto rotto. A quel punto il flusso era inarrestabile.

«Non lo so. Cioè, l'ultima volta che l'ho visto era strano. Come se avesse paura. Qualcuno gli aveva dato una botta in testa... Senta, una cosa me l'ha detta, però se gliela dico bisogna che mi lasci andare. Le giuro su una pila di Bibbie sulla schiena di mia madre che non sapevo cosa cazzo c'era dentro» disse Darnell.

Titus si sporse in avanti. «Dipende da cosa mi vuoi dire.»

Darnell faceva andare una gamba su e giù, agitato come un ossesso. «Allora, l'ultima volta che ho parlato con Latrell sarà stato una settimana fa. M'ha detto che era al Watering Hole a ritirare un pacco da Jasper, che poi doveva consegnare a un tipo giù a Gloucester. M'ha detto che era andato in bagno e che aveva sentito Jasper che parlava con qualcuno. M'ha detto che si sentiva l'eco dall'ufficio o qualcosa del genere. Fatto sta che ha sentito dire a Jasper che s'era comprato un poliziotto. Che ogni volta che provate a beccare Jasper il poliziotto lo chiama e lui gli dà una mazzetta. Ha detto che Jasper se la rideva perché aveva sentito che lo sbirro depositava il contante in banca come un coglione. Insomma che Latrell esce dal bagno e dice non so cosa a Jasper e Cotton del poliziotto che si sono comprati e a quel punto m'ha detto che Cotton gli ha dato una mazzata in testa. Poi però mi dice che non era preoccupato di Cotton e Jasper. Dice che ha problemi più grossi di quei due lì. E io non so che cazzo di problema può essere peggio di Jasper e Cotton. Non so altro, giuro.»

Titus non lasciò trasparire alcuna emozione, ma sentiva le interiora rimestarsi come se gli vorticasse un uragano nel petto. Non ci fosse stata quella conversazione con Marquis, probabilmente avrebbe liquidato la dichiarazione di Darnell come il delirio di un tossicodipendente che tentava disperatamente di uscire dalla fossa che si era scavato con le sue stesse mani. Ma la conversazione c'era stata. E adesso una seconda fonte gli stava dicendo che uno dei suoi si era fatto comprare. Non credeva nelle coincidenze, ma credeva nella preponderanza delle prove.

Ripensò al livido che aveva visto sul volto di Latrell sugli scalini del liceo.

«Te lo stai inventando, Darnell? Mi stai mentendo?» chiese Titus.

«Cazzo, oh, me l'ha chiesto e io glielo dico. Perché cazzo dovrei mentire? Poi Latrell non è manco il primo a cui l'ho sentito dire. C'è tanta gente che pensa che Jasper s'è comprato uno dei suoi.»

Titus ignorò il commento e lo mise da parte per dopo. «Latrell ti ha mai detto se c'era qualche legame tra il professor Spearman e Jasper? Ti ha mai detto se si vedevano, se erano amici?» chiese Titus.

Darnell scosse il capo. «Nah, non me l'ha proprio mai nominato, il professore. E comunque Spearman era un maniaco.»

Titus si sporse in avanti. «Perché dici così?»

Darnell parlò fissando il soffitto. «Quando andavo a scuola, a un certo punto stavo cercando di non perdere il posto nella squadra di basket, solo che avevamo una macchina sola, che era un catorcio di merda. Continuavo a perdere gli allenamenti e cazzate varie. Un giorno ho preso a botte Chris Mason durante l'ora di geografia perché mi stava prendendo per il culo, no? Insomma che anziché mandarmi dal preside, Spearman mi fa restare dopo la campanella. Mi chiede che problema c'è, e allora glielo dico. E lui mi fa: "Ti accompagno io a casa dopo gli allenamenti". Io ero tipo, davvero? "Promesso."» Darnell fissò lo sguardo in quello di Titus. «La prima volta che mi dà un passaggio ci diamo la mano. Seconda volta, vuole un abbraccio. Terza volta, un abbraccio bello lungo, cazzo. Quarta volta... Be', non c'è stata la quinta. Mi hanno cacciato dalla squadra, e visto che andavo a scuola solo per giocare a basket, mi sono ritirato. Tutto perché quel maniaco voleva una sega.»

Titus sentì montare la rabbia, ma la represse fin nelle viscere. «E non l'hai mai detto a nessuno?»

Darnell sbottò. «A chi crederebbe, lei? All'insegnante dell'anno o a un nero che non ha finito gli studi?»

«Ci fossi stato io, ti avrei creduto» disse Titus.

«Eh, be', purtroppo però lei non c'era.»

Titus si alzò. «Resta lì. Torno fra cinque minuti.»

«E dove vuole che vada?»

«Che dice?» chiese Pip.

Erano seduti nell'ufficio. Titus aveva messo la scatola in un armadietto della sala reperti. Aveva infilato il sacchetto trasparente in una busta rossa destinata al materiale pericoloso di origine biologica. L'indomani avrebbe dovuto farla recapitare al medico legale.

«Ha detto che Latrell faceva dei lavoretti per Jasper. E mi ha detto che Spearman una volta ha cercato di molestarlo. Però sembra non sapere niente del suo rapporto con Latrell. In ogni caso sono abbastanza sicuro che sia stato il terzo uomo a mandarlo da noi» disse Titus.

«Cosa te lo fa pensare? Senza offesa, ma soltanto io ho arrestato Darnell cinque volte per possesso. È già un miracolo che riesca a tenersi il posto alla fabbrica del pesce. Cristo, probabilmente sarà sballato anche adesso» disse Pip.

«Non è quello il punto. Il punto è chi l'ha mandato. Pensaci. Passiamo dalla fabbrica del pesce a fare domande in giro sul conto di Latrell. Una delle persone con cui parliamo è Darnell Posey. E poi per combinazione si presenta qui con in mano una scatola con dentro la faccia di Cole Marshall? No. Qualcuno ci ha visto parlare con Darnell e ha deciso di usarlo per recapitarci un messaggio» disse Titus.

«Che genere di messaggio?» chiese Pip.

«Sa che gli stiamo alle costole. E ci sta sfidando a prenderlo» disse Titus. Si abbandonò a un lungo sbadiglio e stirò le braccia fino a farsi scrocchiare la schiena. «Domani devo parlare di nuovo con Elias. E con Jasper.»

«Ehi, perché non ci mandi Douglas, da Jasper? Cioè, fra Marquis che ha spaccato la faccia ad Austin e Cotton che a causa tua parla come Candyman, magari se ci va lui reagiscono meglio» disse Pip.

Titus ci pensò. «Sì, buona idea. Voglio sapere dov'era Jasper ieri sera» disse.

«Pensi che sia lui il terzo uomo?» chiese Pip.

«Darnell ha detto che usava Latrell come fattorino. Che Cotton lo teneva in riga a suon di ceffoni. Di sicuro è un sospetto» disse Titus. Non fece parola delle accuse di corruzione di Darnell. «Ma dimmi un po', tu com'è che non ti sei mai candidato a sceriffo, Pip?»

Pip ridacchiò. «Ogni volta che mi è passato per la testa venivo qui, guardavo Ward e gli vedevo le spalle flosce sotto tutto il peso che portava. Nossignore, grazie, preferisco evitarmi certi problemi.»

«Uomo saggio» disse Titus.

Darlene dormiva, quando Titus tornò a casa. Era stesa sul letto come un invito. Il suo corpo era nella posizione perfetta per infilarsi dietro di lei sotto le lenzuola e cingerla in vita. Quando lo fece, lei mise le mani sopra le sue e gli si accoccolò contro.

«Tutto bene?» sussurrò.

«Sì» mentì lui.

SEDICI

La mattina dopo Titus si mise subito all'opera. Arrivò in ufficio che non erano neanche le sette. Mezz'ora dopo era in sala reperti che rovistava in un armadietto alla ricerca della cintura di Marquis. La sua si era spezzata quando si era chinato per allacciare una scarpa. Sperava non fosse un brutto auspicio per la giornata che aveva davanti.

Quando arrivò Carla, la spedì subito a Richmond con la scatola da scarpe e il relativo contenuto. Poi radunò il resto della squadra per assegnare i compiti.

«Steve, passa di nuovo alla fabbrica del pesce. Torchiali. Latrell, Darnell e Cole lavoravano lì, tutti e tre. E adesso Darnell ci porta la faccia di Cole Marshall. Voglio sapere se Spearman aveva qualche legame con qualcuno che lavora lì. Non andartene finché non hai qualcosa in mano» disse Titus.

«Sissignore» disse Steve.

«Non abbiamo ancora la conferma ufficiale, ma sono sicuro al novantanove per cento che il corpo che abbiamo spedito al medico legale è quello di Cole Marshall. Steve, convoca la sua ragazza. Voglio parlarle entro fine giornata. Ho detto a Carla di controllargli il telefono, già che è a Richmond. Per vedere chi è l'ultima persona con cui ha parlato o comunicato. Qualcuno lo ha attirato in Ten Devil's Hop Road» disse Titus.

«Mi chiedo se l'abbiano fregato. Quella stradina è un noto luogo di incontri» disse Davy.

«E tu come lo sai?» chiese Douglas.

«Io... cioè, ci ho beccato delle coppiette diverse volte» balbettò Davy.

«E dai, che ti prendevo in giro, Davy» disse Douglas.

«Douglas, tu vai a parlare con Jasper e Cotton. Voglio sapere dov'erano ieri sera e quando è stata l'ultima volta che hanno parlato con Latrell» disse Titus.

«Hmm... Ho una domanda.»

«Dimmi pure, Davy.»

«Insomma, hai detto che Spearman faceva... delle cose a quei ragazzini, e anche il terzo uomo faceva delle cose. Però hai detto che dai video sembrava che Latrell più o meno presenziasse e basta» disse Davy.

«Sì. Qual è la domanda, Davy?»

«Sto solo cercando di capire perché ci fosse anche lui. Voglio dire, se quella roba non lo eccitava, perché farsi coinvolgere?»

Titus si posò un dito sulle labbra per un istante prima di rispondere.

«Credo che Latrell fosse un ragazzo estremamente problematico. Credo che Spearman e il terzo uomo se ne siano approfittati. Credo che lo usassero come esca» disse.

«Come esca? In che senso?» chiese Steve.

«Erano due bianchi di una certa età. Come pensi che siano riusciti ad avvicinare tutti quei ragazzini?» disse Trey.

Sulla stanza scese il silenzio, fino a che Titus non dichiarò conclusa la riunione.

«Okay, al lavoro, forza. Ci rivediamo qui oggi pomeriggio alle tre» disse. Tutti quanti si alzarono e uscirono dall'ufficio.

«Ehi, Trey» disse Titus. Trey si fermò accanto alla porta. «Chiudi.» Trey fece come gli era stato detto e restò in piedi in mezzo alla stanza. «Lo so che ti sto chiedendo molto, fra l'indagine sulla sparatoria e il resto, ma mi serve un...»

«Ti serve un favore» disse Trey con un sorrisetto.

«Sì. Ho bisogno che vai alla Citizen Mercantile Bank a parlare con Fraser Woodall, appena apre.»

«Il direttore della banca?»

«Sì. Stamattina ho chiesto a Mack Bowen un mandato per esaminare i conti correnti di chi ha partecipato alle retate al Watering Hole. Ovverosia Roger, Steve, Pip e Carla. Ho bisogno che controlli qualsiasi versamento effettuato la settimana di una retata, o la settimana precedente. Soprattutto quelli più sostanziosi del normale» disse Titus.

Trey si accigliò. «Sei sicuro di volertene occupare con un'indagine interna? Voglio dire, io faccio come vuoi tu, ma sono ancora in ballo con gli esami balistici. Sicuro che non vuoi che se ne occupi la polizia di Stato?» chiese Trey.

«Per adesso no. Ho chiesto a te di occuparti della sparatoria perché sei intelligente, diligente e mi fido. Al momento sei l'unico di cui possa fidarmi per questa faccenda.»

«Credi davvero che uno dei nostri sia un venduto?» chiese Trey.

Titus tamburellò le dita sulla scrivania. «Spero di sbagliarmi. Ma capita di rado» aggiunse.

Titus tornò a bussare alla porta della chiesa. Chiuso a chiave. «Elias!» chiamò, sfogando ancora una volta sulla porta la frustrazione di quella mattina.

«L'ho vista, l'altro giorno, quand'è passato di qua. Speravo fosse venuto a chiudere tutto» disse una voce di donna da tre pacchetti di sigarette al giorno. «Oggi però Elias non l'ho visto.»

Titus si voltò e vide un'anziana donna bianca seduta sulla veranda in miniatura di una piccola casa mobile sull'altro lato dello stretto nastro della carreggiata. Titus si tolse gli occhiali da sole e si avvicinò.

«Ha visto per caso qualcosa di illegale alla chiesa?»

La donna rise amaramente. Si passò una mano nella criniera scarmigliata di capelli bianchi ancora screziati di castano. Titus attraversò la strada, mise un piede sul primo scalino della veranda e si appoggiò alla ringhiera. Le dava più o meno sessantacinque anni, anche se nei suoi occhi verdi e intensi brillava l'audacia d'una donna più giovane.

«È da quando mi sono trasferita qui nell'89 che quei cazzo di fanatici urlano e sbraitano e si comportano come fossero la seconda venuta del Tempio del Popolo» disse la donna.

«Siete in ben pochi, su quest'isola, a venire da fuori, signora...?»

«Griselda. Griselda Barry. Sono venuta qui nell'89 dopo aver sposato mio marito, Otis Barry. Lui poi è morto nel '95. E io ho deciso di restare. Se non altro so che do fastidio a padre santone e alla sua allegra banda di matti. La famiglia di Otis era gente dell'isola. Non erano proprio entusiasti che avesse sposato una figlia dei fiori della Virginia Occidentale, e il sentimento era reciproco, si fidi, ma quando Otis è annegato sono praticamente rimasta bloccata qui con loro. Mi sono occupata di entrambi i suoi genitori finché non se ne sono andati alla casa di riposo di Lake Castor giù a Red Hill.»

«È stata senz'altro una gran brava nuora» disse Titus.

«Be', cazzo, anch'io non è che avessi un posto dove andare, eh. La scelta era fra tornare a Wheeling in autostop oppure preparargli la zuppa e aiutarli a non rompersi le anche.»

«Mio padre si è rotto un'anca giusto l'anno scorso» disse Titus.

«Cristo, quella è la cosa peggiore. Dopo una cosa del genere non torni mai davvero a posto.»

«Cos'ha visto, laggiù, per pensare che debba chiudere la chiesa?» domandò Titus. L'intuito gli stava sussurrando che quell'ex figlia dei fiori aveva da dirgli qualcosa di importante. L'ex agente dell'FBI che era in lui aveva notato che Griselda aveva senz'altro una questione personale in sospeso. Era così che spesso si risolvevano i crimini. L'animosità spingeva la gente a vigilare con particolare attenzione.

«Be', che sono pazzi lo sanno tutti. Ma sono sempre successe cose terribili in quella chiesa. Non lo sa di quel ragazzino che viveva lì, vero?» chiese Griselda.

«Che ragazzino?»

«Aspetti, ci vorrà un po'» disse Griselda. Trasse un pacchetto di Pall Mall dalla tasca della felpa tinta a nodi. Tirò fuori dal pacchetto una sigaretta e recuperò dalla tasca anche un fiammifero. Lo sfregò sul tacco di una delle Hush Puppies marroni che indossava e accese la sigaretta con fare esperto ed elegante. Inspirò a fondo e poi esalò due pennacchi di fumo grigio dalle narici come una vera draghessa.

La brezza scuoteva le foglie delle ortensie blu che circondavano la veranda. Griselda accavallò le gambe.

«Sarà stato l'88 o l'89. C'era ancora Otis. I suoi avevano un piccolo bungalow poco più avanti lungo la strada. Ogni domenica provavano a farci andare in chiesa con loro, e alla fine Otis mi ha convinto a cedere. È stato un errore. È mai stato a una di quelle funzioni in cui strillano e urlano tutto il tempo, sceriffo? Sembra di guardare un musical sulla fine del mondo. E dopo tirano fuori quei cacchio di serpenti. Ho detto a Otis che era la prima e l'ultima volta che mettevo piede nella cazzo di Sacra Roccia. Quella domenica, combinazione, è stato il giorno che Elias e Mare-Beth hanno a provato a convincere tutti che quel bambino fosse il loro» disse Griselda.

«Un bambino? E non era figlio loro?» chiese Titus.

«Macché, cazzo. Mare-Beth era fertile come una coniglia, però quando era incinta tendeva a ingrassare. Prendeva sempre un sacco di peso e poi bruciava il grasso correndo dietro a tutti quei marmocchi o ballando posseduta dallo Spirito Santo fra le panche della chiesa. Invece, prima che spuntasse quel bambino quella domenica, non aveva preso un grammo.»

«E dove l'hanno trovato, un neonato? Che fosse di una delle figlie?» chiese Titus.

Griselda scosse il capo. «Ci ho pensato anch'io, ma tutte quelle ragazze hanno preso da Elias: secche come chiodi. E finché hanno vissuto qui con loro, secche come chiodi sono rimaste. Si sarebbe notato. No, non so da dove è venuto quel bambino, ma se ci tornava era meglio» disse Griselda.

Titus succhiò l'aria fra i denti. «Lo trattavano male?»

«Eh, diciamo così. Oppure si potrebbe dire che lo pigliavano a calci nel culo come un cane randagio. Li ho guardati trattarlo come un bastardo dal pelo rosso per dodici anni. Lo facevano sgobbare come un servo della gleba. Avrà avuto nove anni che si son messi a fargli tagliare il prato con la falciatrice. Quando ne aveva dieci gli hanno fatto dipingere gli scalini nelle ore più calde del giorno nel periodo più caldo dell'anno. Ho mandato Otis a dire qualcosa a Elias quando l'ho visto dare un ceffone in piena faccia al ragazzino solo perché aveva fatto cadere del fil di ferro che serviva per le trappole dei granchi. Certe volte ho pure chiamato il vecchio sceriffo. Ma a nessuno fregava un fico secco di quel che capitava agli abitanti dell'isola. Specialmente a un bambino mulatto che anziché andare a scuola imparava chissà cosa qui alle Porte del Paradiso, Dio Cristo.»

Griselda fece un altro tiro di Pall Mall.

«Il bambino era mulatto? È sicura?» chiese Titus.

«Sì, sì. Si sono messi a tagliargli i capelli cortissimi appena son venuti fuori quei riccioli crespi. In estate sembrava soltanto abbronzato, ma dai capelli si vedeva. Elias ci usciva pazzo» disse Griselda.

«Posso immaginare. Non mi ha mai dato l'impressione di essere particolarmente tollerante dal punto di vista razziale. Ma, a maggior ragione, mi viene da chiedere: da dove è arrivato, quel bambino?» disse Titus.

Griselda fece un grugnito. «Immagino che qualche poveretta

l'abbia dato via pensando di offrirgli una vita migliore. Cavolo, se si sbagliava. Elias è più a destra di David Duke. Quando non sta gridando e strillando qui in chiesa, se ne va a Charon dai suoi compagni di merende e tutti insieme piangono le mazzate che si è preso il loro caro generale Lee. Secondo me quel bambino, se fosse stato di una delle sue figlie, l'avrebbe ammazzato.»

Titus inarcò un sopracciglio. «Davvero?»

«Parla tanto di Dio e della Bibbia, ma mia mamma diceva sempre che il diavolo sa citare le Scritture tanto quanto gli angeli. Ed Elias è la cosa più vicina al diavolo a cui vorrò mai avvicinarmi.» Fece un lungo tiro di sigaretta.

«E poi c'era il fratello di Elias, Henry» disse. Il suo tono di voce a quel punto ricordò a Titus quello che usava suo padre parlando dei ratti che gli rubavano il mangime per gli uccelli.

«E che mi dice del fratello di Elias?» chiese Titus. Non le mise troppa pressione; si vedeva che era un bel po' che Griselda aveva voglia di raccontare quelle storie.

«Henry Hillington era cattivo e perfido come uno di quei serpenti con cui ballano la domenica mattina. Un uomo come quello si odia e non sa perché, e allora si sfoga sugli altri. Trattava quel bambino peggio ancora di come lo trattava Elias. Lo prendeva a schiaffi, lo insultava, per come camminava e per come parlava, tanto che più di una volta gli ho gridato dietro di lasciarlo in pace, quel ragazzino, cazzo» disse. Spense la sigaretta e ne accese subito un'altra. «Ma non ho fatto abbastanza e non ho detto abbastanza. Né io né nessun altro. Nessuno ha protetto quel ragazzino come avrebbe dovuto. Poi Henry ha cominciato a portarselo fuori in barca per andare a raccogliere le trappole per granchi, da solo. Soltanto loro due» disse Griselda.

Il suo sguardo scavò in quello di Titus, dicendogli cose che non riusciva a dire a voce alta. Titus ascoltò le parole che si rifiutava di pronunciare e gli si accapponò la pelle.

«Poi un giorno Henry Hillington è rimasto chiuso nel gabinetto dietro la chiesa e l'hanno morso in sette o otto fra teste di rame e mocassini acquatici. Qualcuno l'ha chiuso lì dentro e gli ha rovesciato in testa una delle teche di Elias. È stato nel 2000, credo.»

«Non ne sapevo nulla. Io mi sono diplomato, nel 2000, ma mio padre non mi ha mai parlato di un omicidio qui sull'isola» disse Titus.

Griselda ridacchiò. «Cazzo, nemmeno al vecchio sceriffo fregava una sega di Henry. La maggior parte della gente a Charon probabilmente manco se lo ricorda. Di sicuro Elias ha fatto del suo meglio per assicurarsi che nessuno parlasse di omicidio. Non voleva che lo sceriffo Bennings venisse qui a ispezionare troppo da vicino il funzionamento della setta, secondo me.»

«È stato il ragazzino? È stato lui a ucciderlo? Che fine ha fatto?»

Griselda soffiò fuori un'altra nube di fumo.

«Non lo so. Dopo che è morto Henry, è... sparito. Secondo me o è scappato oppure l'hanno mandato via. Se è scappato, ovunque sia finito mi auguro che la gente da quelle parti chiuda la porta a chiave la sera e tenga bene d'occhio i propri animali.»

«Ma secondo lei è stato lui a uccidere Henry? A rovesciargli i serpenti in testa?» chiese Titus.

«Se devo essere onesta, Henry era il tipo d'uomo che prima o poi qualcuno che voleva ucciderlo lo trovava. E visto come trattava quel bambino, non ho intenzione di sprecare neanche una lacrima per lui. Ma quel povero bambino. Un dolore come quello che gli hanno fatto provare, l'odio che gli vomitavano addosso nel nome di quella che chiamano chiesa... be', secondo me un omicidio non gli sarebbe bastato, non crede? Un male come quello ha tanta fame.»

Griselda spense la seconda sigaretta. Poi disse a bassa voce: «Un male come quello ha sempre fame».

DICIASSETTE

Titus parcheggiò nel posto riservato a lui davanti alla sede dello sceriffo. Tirò fuori il bloc-notes e si appuntò il nome di Elias Hillington, poi scrisse «Ragazzino scomparso? Ucciso?» accanto al nome. Se anche solo metà delle cose che gli aveva detto Griselda erano vere, la Sacra Roccia meritava tutta la sua attenzione.

La frase incisa sui ragazzini proveniva dalla Sacra Roccia. Il ragazzino misterioso che aveva ucciso il fratello di Elias guarda caso era mulatto, a sentire Griselda. Elias, un razzista, a quanto pareva lo aveva cresciuto e maltrattato. Tutte le vittime erano di colore e fra i quindici e i diciassette anni. Vedeva il collegamento, anche se ancora non capiva come e dove. Tuttavia, sapeva che le scoperte fatte quel giorno erano decisamente importanti.

I suoi istruttori all'Accademia avevano una versione personale della teoria delle stringhe. Per come la spiegavano loro, c'erano fili invisibili che vibravano negli spazi liminali fra l'alba e i segreti, fra la diceria, le ombre e la menzogna. Fili che tenevano tutto insieme. Non dovevi far altro che raccapezzarti in quella matassa e sbrogliarla. Oppure tirare e strappare tutto.

Scendendo dal SUV, notò un furgone targato Indiana parcheggiato vicino all'ingresso. Titus si bloccò a metà di un passo. Avrebbe dovuto sapere che sarebbe venuta comunque, a prescindere da quello che diceva o non diceva lui.

Gli uscì un sospiro. Era la procedura operativa standard di

Kellie. Chiedere perdono anziché chiedere il permesso. Poi ovviamente erano pur sempre in America, e a lei non serviva certo il permesso di Titus per venire fin giù nel Vecchio Dominio. Solo, avrebbe voluto che almeno quella volta lo fosse stata a sentire.

«E se i desideri fossero cavalli, il mendicante cavalcherebbe» borbottò fra sé entrando nell'edificio.

La trovò in piedi che parlava con Carla accanto al centralino, sotto lo sguardo di Davy, Steve e un altro tizio. Davy aveva negli occhi più stelle della galassia di Andromeda.

Kellie faceva quell'effetto, a certa gente.

«Oh, salve, capo. Stavamo giusto parlando con la tua amica» disse Carla. Le orecchie di Davy cominciarono a farsi paonazze.

«Capo? Ti fai chiamare capo, Virginia?» chiese Kellie. Lo guardò di sbieco, con i lunghi capelli castano ramato che le scendevano sulla schiena come i colori fatti e finiti dell'autunno.

Titus sapeva che sotto quella chioma, sotto il giubbotto di pelle che indossava, sotto la camicia, c'era un tatuaggio che le occupava quasi tutta la schiena.

Era un castello medievale sormontato dalla frase DUBITA CHE LE STELLE SIANO FUOCO da una scapola all'altra, e NON DUBITARE MAI DEL MIO AMORE all'altezza delle reni. Kellie adorava Shakespeare. Titus non aveva dimenticato di aver baciato quelle parole al buio. La voce di lei resa rauca da qualcosa di più profondo del desiderio mentre gli sussurrava in continuazione due parole.

Più forte.

Titus sbatté furiosamente le palpebre dietro le lenti da sole. Si disse che era stato lo shock di ritrovarsela davanti in carne e ossa dopo due anni, ad accendergli quel ricordo. Si tolse il cappello e si sforzò di non restare lì impalato, avvicinandosi a Kellie e al suo pubblico.

«Io non dico a nessuno cosa deve dire. Non è così che funziona questo posto.»

Kellie gli sorrise. «No, figurati, Titus Crown non è certo il tipo da approfittarsi della propria autorità» disse facendogli l'occhiolino.

Lui fece un respiro profondo.

Fumava ancora, ma non lo faceva da diverse ore. Kellie sapeva che lui non lo sopportava, e se il suo naso non lo tradiva, aveva rinunciato alla sigaretta del mattino, per quanto il pacchetto che aveva fumato il giorno prima fosse ancora sulla pelle e nei capelli. L'ego di Titus gli diceva che aveva rinunciato alla sigaretta apposta per lui, ma il poliziotto che era in lui diceva che l'aveva fatto in modo da potersi avvicinare abbastanza e convincerlo a partecipare al suo podcast. Si rese conto che, in ambedue i casi, non gli importava. E doveva ammettere che era bello rivederla. Sentire la sua risata melodiosa. Non la voleva indietro, ed era più che contento con Darlene, però era bello rivedere Kellie Stoner e i suoi occhi color del miele.

«Esattamente, signorina Stoner» disse Titus. Kellie inarcò un sopracciglio per un istante, prima di scoppiare in quella sua risata. Titus si ricordò di quando facevano a turno ad alzare il sopracciglio l'uno davanti all'altra.

A parte quella volta che invece te ne sei approfittato, con Red DeCrain. Con quello stronzo te ne sei approfittato eccome, gli mormorò una voce nella sua mente.

«Ah, adesso sono la signorina Stoner?» disse Kellie. All'inizio parve leggermente irritata, poi si accorse dell'abbozzo di curvatura agli angoli della bocca di lui. «Ahhh, era una battuta alla Titus. È un evento talmente raro che mi stava scappando. Un po' come vedere lo Yeti o il mostro di Loch Ness.»

«Ma veramente uscivate insieme?» disse Davy. Gli uscì di colpo, una raffica di sillabe, neanche se le stesse tenendo dentro da mesi.

«Andiamo nel mio ufficio. Riunione quando ho finito qui, d'accordo?» disse Titus.

Carla e Davy annuirono.

«Cioè, non sono affari miei. Ero solo curioso, davvero...» farfugliò Davy.

«Hai ragione. Non sono affari tuoi» disse Titus.

«Più di un anno e mezzo. Siamo usciti insieme per quasi due anni, poi Titus è tornato a casa. Perlomeno mi ha fatto la cortesia di mollarmi di persona. Lo sai che hai lasciato da me la tua maglietta di Luke Cage? Per un bel po' di tempo l'ho usata come federa del cuscino.» Kellie sorrise, ma quel sorriso non si spinse mai oltre le guance. Non si avvicinò mai a quegli occhi intinti nel miele.

Titus sentì il cuore sfarfallargli nel petto. Si schiarì la gola. «Ehm, possiamo accomodarci nel mio ufficio» disse. Fece per metterle la mano sulle reni per condurla verso la porta, poi la ritrasse come se stesse per toccare una stufa accesa.

«Sissignore, capo. A proposito, le manette sono quelle da festa o quelle da lavoro?» disse lei. Gli fece un saluto militare, ridendo di nuovo.

Titus si diresse verso l'ufficio. Quando Kellie e l'uomo che la seguiva con gli occhi da cucciolo si furono accomodati, Titus appese il capello al gancio giusto e andò a sedersi dall'altra parte della scrivania.

«Non puoi dire cose del genere davanti alla mia squadra.»

«In che senso cose del genere? Intendi le manette? Cristo, Virginia, era una battuta. Siamo tutti adulti.» Ridacchiò appena, e Titus capì che avrebbe voluto fare un'altra battuta sarcastica per essere rimproverata, così avrebbe potuto dire qualcos'altro di sarcastico e poi, fossero stati ancora i vecchi tempi, si sarebbero ritrovati schiacciati l'uno contro l'altra, con lei che lo spingeva contro il muro.

Ma i vecchi tempi erano andati.

«A proposito di adulti, non mi hai presentato il tuo amico» disse Titus.

«Lui è Hector. Hector, questo è lo sceriffo Titus Crown, ex agente speciale dell'FBI di stanza all'ufficio di Fort Wayne» disse Kellie. Hector gli porse la mano e Titus la strinse con fermezza ma senza aggressività. Hector tentò di stringere con altrettanta forza, non ci riuscì, e ritrasse la mano.

«Piacere di conoscerla, sceriffo. Sono il tecnico del suono del podcast.»

«E l'attrezzatura dov'è?»

«Ah, sì, è nel furgone. Kellie ha detto...»

«Ho detto "passiamo direttamente", perché se ti avessi chiamato e ti avessi chiesto un appuntamento per un'intervista mi avresti fatto aspettare fino al giorno del Giudizio» intervenne Kellie.

Titus si tolse gli occhiali da sole. «In effetti. Siamo sommersi di lavoro, non c'è soltanto il caso Spearman.»

«Però non ci hai ancora detto di andarcene.»

Titus scosse il capo. «Non posso impedirti di parlare con i miei concittadini. Non posso impedirti di fare domande. Però non posso neanche fornirti dettagli relativi a un caso per il quale le indagini sono appena iniziate.»

«E allora non farlo. Non c'è problema. Dimmi di te. Come ci si sente a scoprire che per tutto questo tempo c'è stato un assassino in mezzo a voi? Anzi, tre assassini, per la precisione. Dimmi come ti fa sentire» disse Kellie. Si era sporta in avanti e punteggiava le frasi picchiettando l'indice sulla scrivania.

Come mi sento? pensò lui. Mi sento come il taglialegna quando affronta il lupo cattivo. Bisognerà che spanci qualcuno, se voglio riportare un minimo di normalità in questo posto. Ecco come mi sento.

«Ti conosco abbastanza bene da non provare nemmeno a evitare del tutto un'intervista» disse Titus.

Kellie lo interruppe. «Hector, vai a prendere l'attrezzatura. Non te ne pentirai, Virginia.»

Hector si alzò in piedi.
«Seduto, Hector» disse Titus.
Hector si lasciò ricadere sulla sedia.
«Prima di tutto stabiliamo qualche regola. Io ti rilascio una dichiarazione. Ti dico un paio di cose a proposito delle indagini. E basta. Ci siamo capiti, Indiana?»
Kellie sorrise. «Certo.»
«Molto bene. Adesso puoi andare a prendere l'attrezzatura, Hector» disse Titus. Hector si affrettò a uscire dall'ufficio.
«È il tuo...?» Titus lasciò che la domanda restasse sospesa nell'aria.
«Hector? Ma va', è solo il mio tecnico del suono e mi aiuta a produrre il podcast. In realtà mi sto vedendo con un tizio che lavora per il mio tatuatore. Non sarai geloso, Virginia. E comunque, tu non stai con Darlene?»
«E chi te l'ha detto? Fammi indovinare, è stato Davy.»
Kellie annuì. «È talmente goffo che alla fine risulta carino.»
«Davy è un bravo ragazzo, solo che è come un cazzo di cagnolino col fiatone. Non riesce a tenere la bocca chiusa. E sì, io e Darlene stiamo insieme da quasi un anno.»
«Sei felice?» chiese Kellie.
«E tu?»
«Te l'ho chiesto prima io.»
Titus si appoggiò allo schienale della sedia. «Sì. È una brava ragazza e sono fortunato a stare con lei.»
«Allora sono felice per te. Io e Paul per il momento ci stiamo divertendo e basta. Non ci siamo ancora frequentati abbastanza da poter capire se siamo felici o no. Però se lei ti tratta bene e ti fa stare bene, sono contenta.»
I loro sguardi si trovarono, sui lati opposti della scrivania. Lui era bravo a fiutare i bugiardi. Kellie non stava esattamente mentendo, però non stava nemmeno dicendo tutta la verità. Il che significava che erano in due.

«Io...» fece per dire Titus, quando Hector tornò.
«Siamo pronti?» chiese, con un gran sorriso.

Quella che doveva essere una breve intervista si trasformò in una conversazione di quarantacinque minuti. Alla fine, mentre Hector metteva via l'attrezzatura, Kellie diede una pacca sul braccio a Titus.

«Cavolo, ma fai sempre duecento flessioni al giorno?»

«Ogni due» la corresse Titus, mentre entrambi si appoggiavano alla scrivania.

«Be', prima che il tuo bicipite mi distraesse, volevo dirti che se vuoi ascoltare la versione montata puoi passare al nostro bed and breakfast fra qualche giorno.»

«State al Todd's Inn?»

«Le tue capacità deduttive sono veramente strabilianti» disse Kellie.

Titus si voltò e la vide sogghignare. «Uno dei benefici del vivere in un posto piccolo. È l'unico bed and breakfast che c'è.»

«Comunque... ti dicevo, fammi sapere se vuoi ascoltare l'audio.» Poi nessuno dei due disse niente per un po'. Restarono a guardare Hector che rimetteva a posto cavi e microfoni.

«Probabile che mi liberi solo la sera tardi» disse Titus.

«Non c'è problema. Tanto non è che abbiamo in programma di buttarci nella movida di Charon» disse Kellie.

Titus li accompagnò al furgone. Hector salì dal lato del conducente. Kellie scivolò sul sedile del passeggero. Titus guardò il finestrino abbassarsi. Lei si sporse e gli fece cenno di avvicinarsi. Lui fece un passo avanti e incrociò le braccia.

«È stato davvero bello rivederti, Virginia.»

«Anche rivedere te, Kellie.»

«Mi sei mancato.» Titus notò il tempo verbale.

«Meriti ben più di quello che potevo offrirti.»

Kellie si baciò il palmo e gli prese la mano. «Non sei mai stato in grado di ammettere che eravamo felici insieme. Sei troppo impegnato a punirti per cose al di fuori del tuo controllo.» Premette il palmo della mano contro quello di lui. Agli occhi dei passanti sarebbe sembrata una normale stretta di mano.

«Non... non era quello il problema» disse Titus.

«Se lo dici tu, Virginia.» Kellie gli strinse ancora la mano prima di lasciargliela andare. Lui guardò il furgone allontanarsi lungo la strada fino a che i fanalini sfumarono.

DICIOTTO

Titus era seduto alla scrivania con le dita intrecciate davanti a sé. Steve, Davy, Carla, Douglas e Trey erano schierati a semicerchio dal lato opposto.

«Carla, hai trovato niente sul telefono di Cole? Che ha detto il medico legale della pelle nella scatola e della faccia di Cole?» chiese Titus. Carla tirò fuori il cellulare e recuperò gli appunti.

«Il medico legale ha identificato Cole tramite le impronte dentali. Ci vorrà qualche giorno per analizzare il campione di pelle. Ha confermato che si tratta della sua faccia, ma quello lo sapevamo. Ho dato un'occhiata al telefono. L'ultima chiamata ricevuta arrivava da un call center, per discutere di una garanzia aggiuntiva. L'ultimo messaggio che ha ricevuto gliel'ha mandato Dayane Carter. Il messaggio diceva *Ci vediamo al solito posto?* seguito dall'emoji del diavoletto» disse Carla.

Titus si rizzò sulla sedia. «Dayane della fabbrica del pesce?»

Carla annuì.

«Be', questo conferma una cosa che ho scoperto oggi» disse Steve. Titus fece mulinare l'indice come a dire «Va' avanti».

«Allora, Lydia Hart mi ha detto che Cole e Dayane se la intendevano. Stando a lei, è possibile che lui tradisse la sua ragazza con Dayane. E senti questa. Mi ha detto che a volte Latrell accompagnava Cole. Specialmente quando avevano delle grosse consegne. Mi ha detto che non ne aveva parlato prima perché non voleva mettere nei guai Cole, ma adesso che più o meno tutti quanti sanno che è morto non importa più granché. Ah, e Jasper e Cotton erano a Dinwiddie all'autodromo, ieri sera, a vedere una gara con le loro ragazze. Le ragazze confermano la loro versione e Jasper mi ha pure mostrato le matrici dei biglietti. Ha detto che non vedeva Latrell da settimane, anche se credo che mentisse, ma sta di fatto che ieri sera non era a Charon» disse Steve.

Titus si alzò e fece il giro della scrivania.

«Okay, quindi non lo sospettiamo per l'omicidio di Cole. Comunque sia: la frase sui corpi viene dalla Sacra Roccia. Nello specifico, è di Elias. E mi hanno anche raccontato la storia di un bambino che viveva alla Sacra Roccia» disse Titus. Riferì, come l'aveva sentita da Griselda, la triste storia del ragazzino e del gabinetto nel quale Henry Hillington era prematuramente scomparso.

«Cole per caso frequentava quella chiesa?» chiese Carla.

«Nah, lui andava alla Prima Corinzia. Durante le vacanze facevamo catechismo insieme» disse Davy.

«Aveva legami con Ricky Sours e i suoi? A quanto pare Elias è un loro compare» disse Titus.

«No. Poi magari sarà anche stato d'accordo con loro, ma da quello che ho scoperto sembra che fosse troppo occupato coi suoi due lavori per unirsi alle loro sfilate in costume» disse Carla.

Davy succhiò l'aria fra i denti.

«C'è qualche problema, agente Hildebrandt?» chiese Titus.

«Eh? No, io... cioè, non è che tutti i membri di quel gruppo siano razzisti. Dico solo questo» disse Davy a bassa voce.

Titus concentrò tutta la sua attenzione su di lui. «Quindi non tutti nel reggimento numero 2239 "Cricket Hill" dei Figli della Confederazione ritengono che la schiavitù fosse un sistema economico accettabile per il Sud?» chiese Titus.

«Io... uh.»

«Scusa, mettiamola in un altro modo. Non tutti i membri del reggimento numero 2239 "Cricket Hill" dei Figli della Confederazione ritengono che i negri debbano essere a ragione asserviti all'uomo bianco, come disse Alexander Stephens nel famoso discorso della pietra angolare?» chiese Titus.

«Stavo solo dicendo, cioè, mio cugino è in quel gruppo e lui non è razzista» disse Davy.

Titus si avvicinò al suo agente. Si piazzò alle sue spalle e si sporse in avanti di modo che la bocca fosse vicina all'orecchio di Davy.

«Davy, se tuo cugino non è razzista, di sicuro si trova terribilmente a suo agio in compagnia di quei razzisti. È una distinzione inconsistente. Ora, agente, possiamo tornare alla nostra riunione?»

«Sissignore» mormorò Davy.

Titus tornò alla scrivania.

«Carla, richiama il medico legale e chiedile se è riuscita a identificare qualche altro corpo. Se sì, cerchiamo di capire da dove venivano quei ragazzini. Se c'è qualche legame con le consegne di Cole e Latrell» disse Titus.

«Capisco a cosa stai pensando, capo, ma se Cole era l'Ultimo Lupo, chi è che l'ha ammazzato? Un quarto lupo?» chiese Steve.

Titus si rimise a sedere e tamburellò con le dita sulla scrivania. «No, c'erano solo tre persone in quei video. Credo che Cole sapesse chi era l'Ultimo Lupo. Dobbiamo capire chi erano e dove abitavano quei ragazzini. Steve, voglio che tieni d'occhio Elias. Con la tua macchina, in borghese.» disse Titus.

«Certo, capo» disse Steve.

«Cosa c'entra Elias con questa storia?» chiese Carla.

Titus ruotò sulla sedia e fissò il muro. Teneva una bacheca dietro la scrivania. Si alzò e prese un pennarello e qualche foglio di carta da un cassetto. Scrisse un nome su ogni foglio: Elias, Cole, Latrell, Spearman. Tolse il volantino della festa che aveva marcato l'apertura autunnale della stagione della pesca e attaccò i fogli alla bacheca.

«La frase che c'è sui corpi viene da Elias, che ha cresciuto un bambino che ha ucciso suo fratello. Un mulatto. Per cui è la persona che ci interessa di più. Latrell e Cole si occupavano insieme di alcune consegne, e ora entrambi sono morti. C'è un legame fra loro ed Elias? Potrebbe essere Elias l'Ultimo Lupo? Non sembra abbastanza forte da poter sopraffare Cole. Cole telefona per dire che ha fatto un lavoro per un tizio e poi lo troviamo morto. E l'ultima persona a mandargli un messaggio prima che morisse è stata Dayane Carter» disse Titus.

«Magari non è Elias. Magari sta coprendo qualcuno. Magari i figli?» suggerì Steve.

«Come?» disse Titus. Si voltò, e Steve ripeté la domanda.

«Ottima osservazione, Steve. Cambio di programma. Passa a prendere Elias domani mattina appena attacchi. Voglio sapere chi era quel bambino e che fine ha fatto. Carla, tu convoca Dayane Carter. Voglio sapere perché ha chiesto a Cole di vedersi la sera in cui è stato macellato come un cerbiatto. Okay, abbiamo finito» disse Titus.

Gli agenti uscirono in fila. Trey rimase seduto al suo posto. Titus aspettò che gli altri se ne fossero andati, poi chiuse la porta. Tornò alla sedia, si accomodò e si appoggiò allo schienale.

«Sei rimasto muto tutto il tempo, per cui immagino tu abbia qualcosa da dirmi a proposito del compito che ti ho assegnato» disse Titus.

Trey annuì. «Sono passato in banca, stamattina. Ho parlato con il direttore e con Nadia Manchester, che lavora allo sportello. Ci siamo diplomati insieme.»

«E?» disse Titus.

Trey infilò una mano sotto il blazer marrone e tirò fuori un foglio. «Come da mandato, mi hanno dato soltanto gli estratti conto delle persone sulla lista. Erano puliti» disse, porgendo a Titus il foglio. «Poi, tanto per andare sul sicuro, ho chiesto a Nadia di dare un'occhiata ai conti di tutti. Incluso il mio, per trasparenza. Dato che il mandato in origine non lo prevedeva, non so se sia ammissibile, o se il procuratore vorrà avviare un'inchiesta. Voglio dire, sono prove circostanziali, però corrisponde a quello che ci ha detto Darnell.»

E a quello che mi ha detto Marquis, pensò Titus leggendo le cifre sul foglio e il nome associato al conto corrente.

«Come vuoi procedere?» chiese Trey.

Titus alzò la testa. La sentiva pesante e ingombrante. «Questa cosa rimane fra noi. A meno che non riusciamo a far dire a Jasper che è sul suo libro paga, persino un avvocato di merda come Vaughn Callis sarebbe in grado di far cadere le accuse. Non possiamo dimostrare che i versamenti vengono da Jasper, anche se le date corrispondono, ma di sicuro posso licenziarlo, cazzo» disse Titus. La voce si spezzò sulla parola «licenziarlo». Succedeva, quando la rabbia si avvicinava allo zenit.

«Okay. Be', questo complica anche la questione della sparatoria» disse Trey. Si alzò e fece per andarsene.

«Ehi, come ti è venuto in mente di controllare tutti?» chiese Titus.

Trey si fermò. Aveva la mano sulla maniglia. Si voltò a guardarlo. «È quello che avresti fatto tu se fossi stato al posto mio» rispose.

Poi se ne andò.

Il resto della giornata scivolò via come cera calda lungo una candela. Una tediosa serie di eventi che colarono come la resina lungo il tronco d'un pino in pieno inverno. Quando si fece sera, Titus prese il laptop e i suoi appunti e li infilò nella valigetta che teneva sotto la scrivania, per portarseli a casa. Doveva riesaminare gli elementi del caso da diverse angolazioni.

Doveva trovare quel filo.

Proprio mentre stava prendendo il cappello, il fisso iniziò a squillare. Esitò. Avrebbe potuto dare una voce a Cam e dirgli di appuntarsi il messaggio, ma sapeva già che non sarebbe andata così. Evitare le telefonate non era un'opzione, finché aveva quella stella sul petto.

Posò il cappello e rispose.

«Qualcuno che chiede dello sceriffo sulla uno» disse Cam.

«Sceriffo Crown, mi dica.»

La voce era demoniaca. Più avanti gli sarebbe venuto in mente che assomigliava a quella di Mercedes McCambridge nell'*Esorcista*. Notò a livello subconscio che il suo interlocutore stava usando un modulatore vocale digitale. Una semplice app che si poteva scaricare su qualsiasi cellulare.

«Apocalisse ventuno, quattro» disse la voce.

La linea ronzava fra di loro, tesa come una corda di pianoforte. Titus si passò la cornetta dall'orecchio destro al sinistro. Cercò di captare qualcosa, qualsiasi cosa, in sottofondo. Una parte di lui voleva che fosse lo scherzo di un adolescente solo e annoiato. Ma seppe subito, senza esitazione, che si trattava di tutt'altro. La solennità di quelle parole gli spazzò via dalla mente ogni ombra di dubbio. Non sapeva chi ci fosse all'altro capo del filo, ma la telefonata in sé era una cosa seria.

«"E tergerà ogni lacrima dai loro occhi; non ci sarà più la morte, né lutto, né lamento, né affanno, perché le cose di prima sono passate." Che è, un quiz a tema biblico? È questo che mi voleva dire? Perché non ho intenzione di tenere occupata questa linea per delle stupidaggini» disse Titus nella sua miglior voce da poliziotto.

Dall'altra parte arrivò soltanto silenzio. Titus non sentiva nessun'altra voce, né rumori di sottofondo tipo spazzatrici o clacson. Il che significava che quella persona era al chiuso, probabilmente in una stanza al centro di un edificio con le porte chiuse e il telefono incollato all'orecchio. Titus vedeva la scena nella mente come fosse stata un dipinto del Caravaggio.

«Mi dica, sceriffo, perché, secondo lei, Gesù non ha teso una mano dal Paradiso per asciugare le lacrime di quei ragazzini mentre incidevo sulla loro pelle le parole delle Sacre Scritture?»

Titus tirò il filo del telefono fino alla porta e schioccò le dita per attirare l'attenzione di Cam. Scandì muto le parole *Rintraccia il numero*.

Quel dettaglio non era di pubblico dominio. Persino alcuni dei suoi agenti ancora non ne sapevano nulla. Lui stesso stava provando a dimenticarsene.

Era l'Ultimo Lupo.

«Era quello che volevi succedesse? Lo stavi mettendo alla prova?» disse Titus. Mantenne un tono calmo, mentre Cam lavorava al computer che filtrava le chiamate. Da poliziotto era diventato psicologo. Un'altra cosa che ti insegnavano all'Accademia. Non importava quanto il soggetto fosse turbato e perverso, dovevi cercare di stabilire un legame. Anche se dopo ti restava la voglia di sciacquarti la bocca con la candeggina.

«Genesi nove, da venti a ventisette» disse la voce.

«La maledizione di Cam? È quella la tua giustificazione per quello che hai fatto con Spearman e Latrell? È per questo che hai preso di mira quei ragazzini?» disse Titus con voce gentile. Fingere empatia per quel mostro lo faceva star male fisicamente. Se li vedeva, quei ragazzini, e nonostante alcuni magari fossero stati quasi maggiorenni, questo erano, nella sua mente, poco più che bambini alla mercé di Spearman e di quest'altro maniaco, mentre Latrell piangeva in un angolo. Aveva ancora in mente le immagini, nitidissime.

«Latrell... mi ha sorpreso. Non pensavo fosse capace di tanto. Credo che lei mi abbia salvato la vita, sa, sceriffo?» disse la voce.

«Certo, errore mio. Non si ripeterà.»

C'era un limite all'empatia che poteva dimostrare.

La voce ridacchiò. «Giovanni dieci, dodici.»

Titus si accigliò. L'altro restò in silenzio. Titus conosceva il versetto, ma le parole esatte danzavano giusto al di là della portata della sua memoria.

«Non mi dica, sceriffo, l'ho finalmente presa in castagna? Si faccia dare un aiutino. Fuggirà quando mi vedrà arrivare? Fuggirà quando il lupo verrà a divorare il suo gregge?» disse la voce.

Poi la linea si fece muta.

Titus corse nell'atrio.

«Dimmi che l'hai rintracciato, cazzo.»

Cam si morse il labbro inferiore. «Era un numero privato. Non... scusami, capo.»

Titus si sfregò la faccia. Charon era una piccola contea della Virginia, non una metropoli dove le forze di polizia avevano a disposizione dei tecnici per il tracciamento. E in realtà non era neanche mai servito nulla di tanto elaborato, anche se in quel momento Titus avrebbe dato il braccio sinistro pur di avere un team di informatici semidecente.

«Non fa niente, Cam. Stiamo tutti facendo del nostro meglio» disse.

Tornò alla scrivania e chiamò l'ufficio Indagini Criminali, l'unità investigativa speciale della polizia di Stato.

«Ufficio Indagini Criminali.»

«Devo parlare con l'agente Geary. Sono lo sceriffo Titus Crown, della contea di Charon» disse Titus.

«L'agente Geary non è disponibile in questo momento; vuole lasciare un messaggio?»

«Sì. Gli dica che ho bisogno che metta sotto controllo il mio telefono. Mi ha appena chiamato l'assassino.»

DICIANNOVE

Titus lasciò l'ufficio e partì alla volta del West River, che segnava il confine tra Charon e la contea di Strayer. Svoltò su Griffin Road, poi imboccò Kingston Lane. C'erano tre abitazioni, su Kingston Lane, tre modeste casette una in fila all'altra, sul retro l'acquitrino e la sponda sinistra del fiume. Una delle case apparteneva a Cabot Venturis, lo chef del ristorante Pax Romana, ovverosia quel che passava per alta cucina a Charon. Un'altra apparteneva a Seth e Sueann Sutcliff. Seth era un capoturno alla fabbrica di bandiere e a Titus pareva di ricordare che qualcuno gli avesse detto che Sueann vendeva candele e sacchettini profuma-ambiente tramite un qualche schema di marketing piramidale che le costava più soldi di quanti gliene facesse guadagnare.

La terza casa apparteneva a uno dei suoi agenti.

Imboccò quel vialetto e passò oltre le querce bianche che orlavano la colata di aggregato. Gli alberi erano soffocati dal muschio spagnolo, che pendeva dai rami come la chioma d'una strega. La luce del pomeriggio filtrava a ondate tra le fronde e contribuiva a proiettare ombre scure sulla sua strada.

Parcheggiò accanto a un pick-up rosso, una berlina grigia e un elegante coupé blu a due porte. Scese, si raddrizzò la cravatta e aggiustò il cappello prima di andare alla porta. Suonò il campanello e aspettò.

Aprì Barbara Sadler.

«Ciao, Titus» gli disse. Aveva i lunghi capelli biondi raccolti in uno chignon disordinato. Indossava una vecchia maglietta sporca e un paio di pantaloncini di jeans cortissimi. Non gli sorrise né gli chiese di entrare. Se ne restò immobile, con le mani sui fianchi e le labbra strette in una linea tesa. Il suo atteggiamento diceva a Titus che non aveva preso molto bene la sospensione di Tom.

«C'è Tom?» chiese Titus.

«È in giardino. Stiamo svuotando la piscina» disse lei, senza farlo accomodare.

«Devo parlargli. Posso entrare?» Barbara lo guardò come se farlo entrare in casa sua fosse la cosa che meno desiderava al mondo, ma si fece da parte.

«È in veranda» disse lei. Titus attraversò il soggiorno, la cucina e le porte a vetro scorrevoli che si aprivano sulla veranda. Barbara non lo seguì.

Tom era seduto su una adirondack di legno, a sorseggiare qualcosa da un grosso bicchiere di plastica gialla. Titus gli si piazzò davanti. Tom bevve un lungo sorso della sua bevanda. Fece una smorfia, dopodiché posò il bicchiere su un tavolino accanto alla sedia.

«Come procede, Titus? Qualche passo avanti con la faccenda di Spearman l'avete fatto?»

Titus lo guardò dall'alto in basso. Studiò le sue occhiaie, il naso sottile invaso dai capillari rotti. Gli occhi itterici. Quando era diventato un alcolizzato? E come mai lui non ci aveva mai fatto caso prima? Forse le sue maniere tranquille e alla mano erano riuscite a mascherare la dipendenza dalla bottiglia. Tom era sempre d'accordo con tutti perché voleva andare d'accordo con tutti, il che aiutava a nascondere la dipendenza e la sua doppiezza.

«Non sono venuto per parlare di questo.»

«Sei venuto a reintegrarmi?» chiese Tom, ma sembrava che non ci credesse neppure lui.

«Tom, ho saputo di te e Jasper» disse Titus. Non aveva senso girarci intorno.

Tom prese il bicchiere e lo svuotò. Il liquido ambrato gli colò lungo il mento ispido di barba. Rimise il bicchiere sul tavolino. «In che senso di me e Jasper? Ogni tanto passo al Watering Hole. Al di là di quello, non so di cosa stai parlando.» La voce era poco più di un sussurro.

Titus si sfilò gli occhiali da sole e si picchiettò il distintivo che aveva sul petto con una delle stanghette.

«Ce l'hai presente, questo? È più di un distintivo. È una promessa. Quando te lo metti, dai la tua parola, giuri di proteggere e servire, ma, cosa ancora più importante, prometti di fare del tuo meglio affinché le persone che hai giurato di servire siano al sicuro. Che i loro figli e le loro figlie siano al sicuro. Che i loro fratelli e le loro sorelle siano al sicuro. O almeno è quel che dovrebbe significare. Il sogno è quello, no? Quando però tradisci la promessa, questa stella diventa un pezzo di latta senza valore, e tu diventi un bugiardo» disse Titus.

«Di cosa stai parlando?» disse Tom, con la voce talmente fioca che era come se parlasse da solo.

«Delle mazzette che hai preso da Jasper per avvertirlo ogni volta che provavamo a fare una retata. L'anno scorso abbiamo provato a beccarlo quattro volte. E tutte e quattro le volte, la settimana prima della retata, tu sei andato a fare un versamento bello sostanzioso in banca. Novemilanovecentonovantanove dollari. Giusto un dollaro sotto la soglia che impone la notifica automatica al fisco. Per un totale di quaranta testoni» disse Titus. Non lo stava accusando, piuttosto gli stava presentando un dato di fatto inconfutabile. Tom studiò il fondo del bicchiere vuoto.

«Il mio stipendio da agente è ventottomila dollari all'anno. Mia figlia quest'autunno vuole andare all'università alla Mary Washington. Mia moglie ha fatto già una mastectomia e potrebbe servirgliene un'altra» disse Tom.

«Tom, mi dispiace per Barbara, e spero che Allison riesca a entrare alla Mary Washington, ma non puoi startene qui seduto sulla veranda da venti metri quadri della tua bella casa di mattoni, davanti alla tua piscina, a raccontarmi la storia delle tue sventure, quando peraltro tu guidi un Gladiator, Barbara gira con la Lexus e Allison ha una Mini Cooper. Come minimo potresti evitare di mancarmi ulteriormente di rispetto» disse Titus, pensando al suo veicolo borghese, una Jeep Wagoneer di otto anni.

«Non sto dicendo niente. Ti sto dicendo come sono messo al momento. Non capisci. Io... ho un sacco di pensieri per la testa.»

«È per quello che hai sparato a Latrell? Perché avevi un sacco di pensieri per la testa?»

«Cosa... perché dici una cosa del genere?»

Titus si avvicinò alla sedia di Tom. In lontananza, una strolaga declamò il proprio canto d'amore all'acquitrino.

«Latrell ti aveva visto da Jasper. Vi aveva visti parlare. Sapeva che prendevi le mazzette. Così, quando si è fiondato giù per quei gradini dopo aver fatto saltare la testa a Jeff Spearman, hai visto un'opportunità per liberarti di lui e assicurarti che non ne facesse mai parola con nessuno, del tuo rapporto con Jasper. Per te è stata una felice coincidenza che fosse armato e pericoloso. Hai visto un'occasione e l'hai presa al balzo. E la cosa che mi fa incazzare di più è che probabilmente la passerai liscia. Il procuratore non ti toccherebbe mai, ora che hai ucciso quel nero fuori di testa che minacciava le migliori giovani menti della contea. Sei un eroe, e a nessuno piace sfilare la maschera agli eroi» disse Titus. Si chinò in avanti e poggiò le mani sui braccioli della sedia. Il volto di Tom era a un paio di centimetri dal suo. Tanto vicino da poterlo quasi baciare.

«Le cose stanno così: non posso sbatterti in galera per omicidio di primo grado, ma di sicuro posso toglierti quel pezzo di latta e la pistola e assicurarmi che non indossi mai più una divisa, a Charon. Non è granché. Anzi, in realtà è un pelo meglio di niente, ma è così che terrò fede alla mia promessa. È così che proteggo la mia gente. Ah, e... Tom... Ti conviene non fare neanche mezzo accenno di passo falso col mignolo del piede, d'ora in poi. Ti tengo d'occhio e alla minima cazzata ti garantisco che vivrò solamente per farti marcire in galera. Ti conviene stare attento a non calpestare nemmeno un'aiuola» bisbigliò Titus.

Si tirò dritto in piedi.

«Il distintivo puoi spedirmelo per posta. Domani passa a consegnare la pistola.»

«Titus... Io non...»

«Tom, quanti figli dei tuoi vicini sono andati in overdose perché tu ti sei lasciato corrompere da Jasper? Quanti sono finiti al camposanto perché ti serviva una pompa nuova per la piscina? Pensaci bene, prima di azzardarti a rivolgermi di nuovo la parola.»

Lasciò la veranda e tornò al SUV passando dal giardino. Mentre si allontanava, gli parve di sentire dei singhiozzi.

Quando varcò la soglia di casa trovò suo padre intento a cucinare delle braciole di maiale. Sentì il profumo delle cipolle, dei peperoni e dell'aglio sin dal soggiorno. Tolti il cappello e gli occhiali da sole, raggiunse il padre in cucina.

«Che combini qua dentro, vecchio? Vuoi dar fuoco alla casa?» chiese con tono impassibile.

«Giovanotto, chiudi la bocca. Sto preparando le braciole per il rinfresco di domani» disse Albert.

«Cioè queste non sono per cena? Pa', mi ferisci» disse Titus.

Albert si lasciò scappare un sospiro esasperato. «Ti pensi che non cucino prima di tutto per mio figlio? Te ne ho messe un po' da parte nel frigo, sono da scaldare.»

Titus andò ad aprire il frigorifero e prese un piatto di braciole, purè e cime di rapa. Lo infilò nel microonde, dopodiché si prese una birra mentre le radiazioni facevano il loro lavoro. Albert rigirò le braciole nel grasso sfrigolante mentre Titus sorseggiava la birra e osservava le spalle di suo padre tendersi, rilassarsi, poi tendersi di nuovo.

Infine Albert si voltò a guardarlo.

«Mi chiedevo, e lo so che hai da fare, con tutto quello che sta succedendo, e lo so che non sei tipo da chiesa, ma mi chiedevo se...»

«Vuota il sacco, pa'» disse Titus, pur essendo abbastanza sicuro di cosa stesse per chiedergli il vecchio. Lo leggeva nella curva della postura, nelle linee del volto.

«Verresti con me al funerale di Gene, domani? Non aveva tanti parenti, e probabilmente non ci sarà tanta gente, e poi... be', la verità è che per me significherebbe tanto se ci fossi. Io... Gene era uno dei miei migliori amici.» Albert si pulì una mano sul grembiule, poi si asciugò la bocca con il dorso, stando attento a tenere lontana dagli occhi la mano che aveva maneggiato le cipolle.

Titus mandò giù un altro sorso di birra. «Non lo so, pa'. Sono nel pieno dell'indagine. E ho appena dovuto licenziare uno dei miei.»

«Cosa? E chi?» chiese Albert.

«Non ha importanza. È solo che non credo di riuscire a venire.»

Albert si voltò e abbassò la fiamma sotto la padella; lo sfrigolio scemò. Poi Albert parlò, dandogli le spalle.

«Non ti chiedo molto, in fin dei conti. Lo so che hai delle responsabilità. Per carità di Dio, sei stato responsabile da far paura sin dal giorno che è morta tua madre. Cerco di non farti pressioni, ma te lo sto chiedendo da padre. Io... io speravo tanto che potessi accompagnarmi. E pensavo che magari potremmo andare a portare due fiori sulla tomba della mamma.» Sospirò. «È strano, sai? All'inizio vai tutte le settimane. Non riesci a pensare ad altro. Poi, a poco a poco, piano piano, come una gomma che perde aria, ti ritrovi ad andare sempre meno, finché un giorno guardi il calendario ed è il tuo anniversario di matrimonio e ti rendi conto che stai per seppellire il tuo migliore amico nel giorno più felice della tua vita e che non vai a trovare tua moglie dal suo compleanno dell'anno prima.»

Albert fece una pausa. «E poi non so se ce la faccio, da solo.»

Titus poggiò la birra sul piano di lavoro. Suo padre era sul punto di piangere, e lui non lo vedeva così da parecchio tempo.

«Okay, pa'. Dai, andiamo assieme. Ti accompagno.»

Albert spense il fuoco sotto la padella. Si avvicinò a Titus e lo strinse fra le braccia. «Grazie, figliolo.»

Gli diede una, due, tre pacche sulla schiena.

«Adesso va' a magiare, che non hai idea di cosa sono quelle braciole.»

Più tardi, steso sul letto, con i dati dell'indagine a girargli in testa come gli ingranaggi lenti ma inesorabili di un enorme macchinario dieselpunk, sentì squillare il telefono.

«Pronto.»

«Ehi» disse Darlene.

«Ehi. Come va?»

«Non lo so. Mi chiedevo cosa stavi facendo. Non ti ho sentito tutto il giorno» disse lei.

Titus chiuse gli occhi.

«Lo so. È stata una giornata frenetica. Scusa. Sta succedendo di tutto.»

«Voglio venire da te, ma... Ho paura a uscire di casa anche solo per salire in macchina» disse Darlene. Rise, ma senza leggerezza.

«Non c'è problema. Puoi passare domani sera. Ho un po'

di cose da fare la mattina, ma nel pomeriggio accompagno mio padre al funerale di Gene Dixon, poi ci sono» disse Titus.

«Oggi ho visto che è arrivato Channel Nineteen. E Wanda Leigh m'ha detto che c'è una donna che fa un podcast o qualcosa del genere e che faceva un sacco di domande in giro. Aspettava la gente fuori dal supermercato. Non lo so, ho la sensazione di non essere più a Charon, sembra più un film horror, e comunque non mi interessa sapere chi è che sopravvive» disse Darlene.

«Ecco, senti, ti devo dire una cosa» disse Titus.

La linea si fece silenziosa.

«Dimmi» disse Darlene dopo pochi secondi.

«La donna fuori dal supermercato... Si chiama Kellie Stoner. Prima è passata anche dal mio ufficio. È una giornalista dell'Indiana.» Titus lasciò il tempo a quelle frasi di insediarsi fra di loro.

«Dice in giro che eravate amici» disse Darlene.

Altro silenzio.

Titus sospirò. «Be', eravamo più che amici. Siamo stati assieme per un po'. Volevo solo che lo sapessi.»

«Okay.»

«Tutto a posto?»

«Sì. Voglio dire, è un po' che vi siete mollati, no?» chiese Darlene.

Sì, pensò lui. Però oggi quando l'ho vista mi si è seccata la bocca e il cuore mi sbatteva contro il costato. Facevamo del sesso che rasentava la violenza. Al punto che dopo mi sentivo sporco. Ma mi piaceva. E un po' mi detesto per questo. E c'è qualcosa di selvatico in lei che mi attrae e mi fa ammattire al tempo stesso. E non mi piace sentirmi selvatico, feroce, e fuori controllo.

«Sì. È finita un bel po' di tempo fa» disse Titus.

VENTI

Il mattino dopo Titus arrivò alla scrivania prima delle sette. Trovò ad accoglierlo Cam e un appunto lasciato durante il turno di notte. La signora June Baker, un'ultraottantenne con una pessima mira, aveva sparato attraverso la finestra di casa a due ragazzini che vivevano poco più avanti e che stavano bussando alla suddetta finestra alle dieci di sera. A detta di Pip, la signora Baker pensava che alla sua finestra ci fosse «quel ragazzo che ammazzava i bambini». I ragazzini stavano bene, solo un po' di vetro nei capelli e un po' di urina nelle mutande.

«Medico legale sulla due» disse Cam prima ancora che Titus potesse posare il caffè. Rispose al telefono e tenne la cornetta nell'incavo del collo mentre poggiava la valigetta sulla scrivania.

«Pronto.»

«Sceriffo. Sono la dottoressa Kim. Volevo farle sapere che abbiamo confermato l'identità di Cole Marshall tramite le impronte dentali e il DNA.»

«Grazie, dottoressa. Apprezzo molto il lavoro che sta facendo per noi» disse Titus, prendendosi un appunto mentale per ricordarsi di contattare i genitori di Cole e rilasciare una dichiarazione ufficiale sui social.

«Come credo direbbe anche lei, è il nostro lavoro. A proposito, già che la sento, volevo anche dirle che stiamo facendo dei test sulla pelle che vi hanno recapitato. E stiamo analizzando per il DNA i campioni che abbiamo trovato sui corpi, nonché dei campioni prelevati dai corpi stessi. Stiamo usando una nuova tecnica che ci permetterà di trovare più facilmente delle corrispondenze tramite il DNA ereditario. Dovremmo avere qualche risultato entro la fine della settimana» disse la dottoressa Kim.

«Sarebbe davvero una buona notizia, se saltasse fuori qualcosa. E qualche buona notizia ci farebbe proprio comodo» disse Titus.

«Sceriffo, un'altra cosa. Abbiamo trovato le stesse fibre sintetiche, riconducibili a certi tipi di parrucche, sia sul corpo del signor Marshall sia sui resti ritrovati sotto il salice piangente» disse la dottoressa Kim.

Titus annuì. Quella scoperta confermava i suoi sospetti. L'Ultimo Lupo aveva ucciso Cole Marshall.

«La causa del decesso di Cole Marshall? Immagino sia morto per lo squarcio alla gola, ma mi chiedevo se fosse vivo quando gliel'hanno tagliata. È riuscita a stabilire il tipo di coltello usato?»

«È morto per la lacerazione dell'arteria carotide *e* dell'arteria femorale. Riteniamo che fosse ancora vivo quando l'aggressore gli ha asportato i polmoni. Abbiamo rilevato dei danni all'osso ioide. Potrebbero essere stati causati da una stretta alla gola o da uno strangolamento a due mani. Il coltello era a lama larga, probabilmente un Bowie. Estremamente affilato.» Prima che Titus potesse dire qualcosa, riprese a parlare.

«Il colpevole è una persona incredibilmente disturbata, ma non credo di dirle niente che non sappia già.»

«No, infatti» confermò Titus.

Titus ultimò l'aggiornamento relativo alla morte di Cole Marshall e lo postò sulle pagine social dell'ufficio. Un'ora prima era passato a casa della madre e del padre di Cole. Nonostante facesse quel lavoro da molti anni, non si sarebbe mai abituato alle grida strazianti dei genitori quando capivano che il loro figlio non avrebbe mai più visto la luce del sole.

Steve bussò allo stipite della porta.

«Entra. Sei andato a prendere Elias?» chiese Titus.

«Proprio di quello ti volevo parlare. Ero lì una mezz'oretta fa. Sua moglie ha detto che non c'era. Poi una di quelle figlie inquietanti che si ritrova si è fatta scappare che non tornava a casa da qualche giorno» disse Steve.

«Di' a Cam di diramare subito un avviso di ricerca. Procurati i dati del veicolo e la targa» disse Titus.

Steve si accigliò. «Pensi che sia lui? Pensi che sia scappato?»

«Non lo so. Ma di sicuro preferisco averlo qui che non sapere dove sia.»

«Stavo pensando una cosa. Elias cos'avrà? Sessantacinque, sessantotto anni? E peserà settanta chili da fradicio. Non ce lo vedo proprio ad appendere Cole Marshall a quei due alberi in quel modo» disse Steve.

Titus si appoggiò allo schienale della sedia. «Sì, stavo pensando la stessa cosa, ma gli voglio comunque parlare. Non è un caso che l'assassino abbia usato quella frase. Elias ha detto che la usava da anni. C'entra qualcosa; solo che ancora non so in che modo.»

Anche se ho i miei sospetti, pensò.

«E che mi dite di Dayane Carter? Anche lei ha levato le tende?» chiese Titus.

«Nossignore, Carla la sta portando qui proprio adesso» disse Steve.

«Okay. Fai diramare quell'avviso, poi prova a tracciare gli spostamenti di Elias. Cerca di scoprire se qualcuno l'ha visto ieri sera» disse Titus.

«Va bene. Ehi, capo, ma il tizio lo prendiamo, vero?» chiese Steve.

Titus si appoggiò alla scrivania. «Perché, secondo te no?»

Steve si guardò le punte dei piedi. «No, intendo… secondo me sì, è solo che, mi pare... Cioè, secondo te è possibile che Elias sia scappato, se non è stato lui? Perché Elias non mi pare uno che prende e se ne va così» disse.

«Lo prendiamo, anche se non sarà facile. Ma d'altro canto le cose importanti non lo sono mai. Adesso vai a far diramare quell'avviso» disse Titus.

«Sì, okay.»

Il suo vecchio supervisore, l'agente speciale Tolliver Young, diceva sempre che un buon leader a volte doveva fingere di essere solido persino quando era nella merda fino al collo. Le cose non si erano ancora messe male fino a quel punto, ma non poteva permettersi che il dubbio si insinuasse nella squadra. Il dubbio era come una cancrena. Rimuoverlo era quasi impossibile, una volta che cominciava a diffondersi, e Titus non intendeva permettere che accadesse. Trovare Elias adesso era la priorità numero uno. Quel vecchio bastardo d'un predicatore apocalittico c'entrava qualcosa e la sua scomparsa improvvisa non faceva che confermarlo.

Bussarono di nuovo alla porta.

«Capo, Dayane Carter è arrivata. Ha acconsentito a seguirmi, ma non è stato facile convincerla» disse Carla.

Titus si alzò dalla scrivania. Prese il bloc-notes e una penna.

«Prendi il fascicolo di Cole. Portamelo in sala interrogatori. Voglio che ci sia anche tu. L'hai convinta tu a venire, per cui è possibile che si senta più a suo agio in tua presenza» disse Titus.

«Va bene, se credi davvero che sia una buona idea.»

«Sì, vedrai. Lo so che vuoi fare il mio lavoro, un giorno, e non farei per bene il mio se non ti dessi l'opportunità di vivere le esperienze che ti permetteranno di arrivarci.» Non aveva mai pensato di fare lo sceriffo a vita. Non si era neppure aspettato di vincere, ma adesso che aveva quel titolo e quel distintivo doveva fare il possibile per evitare che personaggi come Tom o Roger assumessero il controllo trasformando la contea in un feudo come Ward e Cooter avevano fatto.

Carla sorrise. «Grazie. Dico davvero.»

«Lo so. Adesso andiamo a vedere cos'ha da dirci su Cole e la sua faccia.»

Dayane era seduta al tavolo a braccia incrociate, quando entrarono nella stanza. Masticava la gomma come un ruminante. Titus e Carla si sedettero, praticamente insieme.

Titus pensò che doveva essere stata una bella donna. Persino adesso era tutt'altro che orrenda. Ma le troppe notti brave e le troppe giornate senza fine avevano cominciato a lasciare il segno. Zampe di gallina agli angoli degli occhi, profonde abbastanza da infilarci una monetina, il sorriso ingiallito e incompleto. Sembrava che fosse invecchiata di cinque anni da quando l'aveva beccata con Danny Fields nel parcheggio del supermercato, alle tre del mattino, a fumare metanfetamina da una bottiglietta di plastica adibita a bong. Se non altro, però, se la passava meglio di Danny, che poche settimane dopo era andato in overdose.

Aveva i capelli biondi e folti raccolti in una lunga coda di cavallo talmente tirata che la pelle della fronte sembrava lì lì per strapparsi. Indossava un giubbotto di jeans e i pantaloni di una tuta da ginnastica. E indossava anche la maglietta di una band che Titus non aveva mai sentito nominare, i Dionysus Effect.

«Come stai, Dayane?»

«Come vuoi che stia? La tua ragazza viene e mi trascina via dal lavoro e mi porta qui. Sto perdendo tempo quando invece potrei guadagnare dei soldi, quindi non sto granché bene» rispose.

«Allora cerchiamo di farti tornare allo stabilimento il prima possibile. Vogliamo solo farti qualche domanda. E non ti preoccupare, ché l'anno scorso hai vinto la gara di sgusciatura delle ostriche al Festival d'Autunno, quindi sono sicuro che recupererai i soldi persi» disse Titus.

Dayane lo guardò male ma non rispose.

Titus tirò fuori una foto formato A4 dalla cartellina che Carla aveva portato con sé. La posò a faccia in giù sul tavolo di metallo.

«Allora, non ho intenzione di prenderti in giro. Sappiamo che tu e Cole ogni tanto vi vedevate. E quello non ci interessa. Però voglio sapere perché gli hai scritto di vedervi al vostro solito posto la sera che l'hanno sgozzato» disse Titus.

Dayane si mordicchiò il labbro inferiore.

«Avete il suo telefono, eh? Tanto non ho niente da vergognarmi, io. Avevo voglia di farmi scopare. Gli ho mandato un messaggio e sono andata al ripetitore, solo che lui non è mai arrivato e me ne sono tornata a casa» disse.

«A che ora sei arrivata? E quanto hai aspettato prima di tornare a casa?» chiese Titus.

«Non lo so. Tipo alle nove? Avrò aspettato un quarto d'ora, poi me ne sono andata.»

«No» disse Titus.

«In che senso no? Ti dico di sì. Scopare scopava bene, ma non valeva la pena aspettarlo tutta la sera.»

«Eh no, vedi, perché Cole non è uscito di casa alle otto e mezza. Per arrivare al ripetitore ci vorranno dieci minuti. Se fossi arrivata lì alle nove l'avresti visto. Avresti dovuto vederlo. Riprova. E stavolta prova con la verità» disse Titus.

Dayane smise di masticare. Ingoiò la gomma e fissò Titus. «E va be', allora sarà stato verso le dieci. Ogni tanto mi confondo.»

«Dayane, abbiamo trovato Cole a quaranta passi dallo sterrato. Qualcuno lo ha legato a un albero e gli ha aperto la schiena fino alle costole e gli ha fatto questo alla faccia.»

Girò la foto. Era un primo piano del viso scorticato di Cole.

Titus vide che Dayane era combattuta. Non voleva guardare

la foto, ma i suoi occhi parevano attratti dalla forza di gravità. Alla fine diede una sbirciata alla foto e subito chiuse gli occhi.

«Perché devi farmi vedere una cosa del genere?» disse.

«Perché so che stai mentendo. E ti dico cos'altro so. Cole mi ha telefonato per parlarmi di qualcuno che secondo lui avrebbe potuto essere pericoloso. Una persona per cui aveva fatto dei lavori come carpentiere. Ci ha detto che era andato a certe feste, con questa persona. Che portavano delle ragazze in un posto con i muri tappezzati di angeli. E secondo me tu sei una di quelle ragazze. Tu, Cole, e qualcun altro, anche se ancora non sappiamo chi, andavate lì a scatenarvi. Sì, certo, vi vedevate anche sulla strada sterrata, ma era solo per le sveltine. Questo posto invece è di proprietà di una persona di cui tu e Cole vi fidavate. Solo che dopo la mia conferenza stampa Cole si è messo a pensare. Si è messo a pensare a quel posto con i dipinti degli angeli. Ci ha telefonato, ma poi non ha avuto il coraggio di dirci chi fosse. Io credo che abbia deciso di affrontare quella persona faccia a faccia. E poi quella persona ti ha chiesto un favore. Fa' uscire Cole di casa. Tu l'hai fatto, e ora Cole è morto. Proprio come quei ragazzini sotto il salice. Perché chi ha ucciso Cole ha anche ucciso quei ragazzini» disse Titus. Sapeva che c'erano diversi buchi, in quella teoria, ma stava in piedi. L'aveva elaborata la sera prima. Era stata la faccenda delle fibre della parrucca a fargliela venire in mente.

«Non so di che cazzo stai parlando» disse Dayane.

«Dayane, se sai chi è stato a conciare così Cole, ti conviene dircelo subito» disse Carla.

«Non so niente, quindi non posso dirvi niente.»

«Credi di essere al sicuro?» chiese Titus.

«In che senso?»

Titus tirò fuori altre foto dal fascicolo.

«Guarda cos'ha fatto a Cole. Uno che considerava un amico. Uno con cui condivideva un luogo segreto e anche le donne. Eppure l'ha spanciato come un pesce. Credi che non farebbe lo stesso a te? Che non prenderà il suo bel Bowie e non ti taglierà la gola? Sai troppe cose. Non può permettersi di lasciarti vivere. Dicci come si chiama, solo così possiamo aiutarti. Altrimenti rischi di trovarti a gridare disperata in mezzo al buio» disse Titus. Le sue erano parole dure, che rasentavano la minaccia, ma la determinazione di Dayane era fragile. Lo capiva dal suo respiro affannato e rapido, da come si stava divorando il labbro inferiore. Doveva metterle pressione. Perché non stava esagerando, la sua vita era in pericolo. Se non avesse detto loro quello che dovevano sapere, e subito, il rischio era che la prossima volta l'avrebbero rivista stesa su un tavolo per le autopsie.

«Non so niente. Se non mi state accusando di niente, me ne torno al lavoro, adesso» disse Dayane. Il piede sinistro andava su e giù a un ritmo tale che Titus pensò si trattasse di uno spasmo.

«Dayane, hai paura? Perché, fidati, per quanta paura tu abbia, non è neanche lontanamente abbastanza.» Titus sparse le foto sul tavolo come un mazzo di carte. «Dovresti essere terrorizzata, cazzo.»

La donna si mise a guardare il soffitto. Non aveva intenzione di guardare le foto.

«Voglio tornare al lavoro.»

«Dayane, per favore, rifletti» disse Carla.

«Ho detto che voglio andare via!» gridò. Titus e Carla si guardarono per un istante prima che Titus annuisse. Non avevano nessun motivo valido per trattenerla; non potevano nemmeno considerarla una testimone rilevante.

«E va bene, andiamo» disse Carla. Si alzò, e Dayane si alzò con lei. Carla aprì la porta e Dayane la seguì fuori.

«Se fossi in te, mi procurerei qualcosa con cui proteggermi» disse Titus.

Dayane si fermò. «Se fossi in te, mi preoccuperei di prendere chi ha ammazzato quei ragazzini, chi ha ammazzato Cole. Mi preoccuperei di proteggere il mio gregge.»

Titus sentì un blocco di ghiaccio scivolargli lungo la nuca.

Si alzò e la seguì fuori dalla stanza.

«Cos'hai detto?» disse Titus.

Dayane non rispose, ma Carla si fermò. Dayane passò oltre.

Titus la afferrò per un braccio.

«Ti ho fatto una domanda» disse, girandola in modo tale da guardarla negli occhi.

«Ho solo detto che faresti meglio a preoccuparti di te stesso» disse Dayane.

«No, hai usato la parola *gregge*. Cosa intendevi dire?»

«Ma che ne so? Non mi ricordo manco di averla detta» disse Dayane.

«Stai mentendo» disse Titus.

Dayane provò a divincolarsi, ma lui la tenne stretta.

«Voglio che mi fai un favore» disse Titus, abbassando la voce. «Quando gli parli, digli che sto venendo a prenderlo. Digli che gliela farò pagare per quello che ha fatto a quei ragazzini. E quando ti spancerà dallo sterno all'ombelico, ricordati che abbiamo provato ad aiutarti.»

Le lasciò andare il braccio.

«Non so di cosa stai parlando» disse Dayane, e poi si allontanò in tutta fretta.

«Che è successo?» chiese Carla.

«Ieri abbiamo ricevuto una telefonata da qualcuno che era a conoscenza di certi dettagli dell'indagine che sappiamo soltanto noi e l'assassino. Parlava di un gregge, diceva che lui era il lupo che l'avrebbe divorato. E poi arriva lei e mi parla proprio di un gregge.»

Attraverso la finestrella romboidale in vetro antisfondamento del portone d'ingresso, Titus guardò Dayane avvicinarsi alla volante di Carla.

«Riportala al lavoro. E poi tornaci verso la fine del suo turno. Voglio tenerla d'occhio» disse.

«Va bene. Pensi davvero che sappia chi ha ucciso Cole?» chiese Carla.

«Sì. E credo che sia l'Ultimo Lupo» disse Titus.

«Se è così, potrebbe...» fece per dire Carla, ma Titus finì la frase al posto suo.

«Potrebbe portarci da lui. Forza, riaccompagnala.»

Titus uscì dall'ufficio poco dopo l'una per passare a prendere suo padre e accompagnarlo al funerale di Gene. La maggior parte dei giorni, a Charon, le strade erano piene di camper e di pick-up con i muscoli pompati che si portavano dietro cabinati e motoscafi, tutti diretti al fiume quando non direttamente alla baia. Persino in autunno inoltrato, i veicoli vacanzieri e i loro proprietari si riversavano nella contea per godersi ancora qualche oziosa giornata di baldoria ad alto tasso alcolico.

Tranne che quel giorno le strade che portavano al fiume erano quasi deserte. Titus sorpassò una mietitrebbia con le barre di taglio alzate. Vide alcuni concittadini sui pick-up e sui SUV, ma nient'altro. La morte, quella sentinella ammantata di nero, aveva mietuto la stagione turistica di Charon con un paio di colpi di falce. Il primo era stato dato al ritrovamento dei corpi sotto il salice. Il secondo aveva il nome di Cole Marshall. Per quanto gli scocciasse ammetterlo, sembrava che Scott non avesse del tutto torto. Gli omicidi avevano fermato il cuore pulsante dell'economia di Charon.

Un motivo in più per trovare quel mostro, pensò.

Imboccò il vialetto, spense il motore ed entrò in casa. Trovò suo padre in piedi in cucina con un contenitore pieno di braciole. Indossava il suo vecchio completo nero. Non fosse stato per le mani callose, Titus pensò che lo si sarebbe potuto prendere per un banchiere o un avvocato.

«Stai bene, pa'. È proprio vero che i neri invecchiano alla grande» disse Titus.

Suo padre grugnì. «Almeno quello. Per il resto sono a pezzi.»

«Sei pronto?»

«Ma tu vieni in divisa?»

«La cravatta ce l'ho» disse Titus. Albert annuì, apparentemente soddisfatto che avesse acconsentito a mettere piede in una chiesa.

«Dammi quel coso.»

«Lo porto io. Tu prendi i fagiolini e le patate arrosto. E prendi i fiori. Li ho messi nel frigo» disse Albert.

Titus eseguì. Prese i contenitori di plastica con dentro i fagiolini e le patate arrosto, poi recuperò dal frigo un bel mazzo di rose gialle e gigli stellati. Seguì suo padre fuori e fino alla Jeep Wagoneer che guidava quando non era in servizio. Posò il cibo a terra davanti al sedile posteriore e i fiori sul sedile vero e proprio, poi si sedette al volante. Suo padre salì dall'altra parte con una smorfia e qualche lamento.

«Tutto a posto?»

«Sì, è che l'anca oggi mi fa penare. Lo sai che significa che più tardi viene a piovere, vero?» disse Albert.

«Meglio di un colonnello dell'aeronautica, sei» disse Titus. Suo padre ridacchiò.

Titus svoltò nel parcheggio della Chiesa Battista di Emmanuel e posteggiò fra la veneranda Cadillac El Dorado di Bernice Berry e la Chevy Chevelle rosso ciliegia del '73 con tanto di striscia nera da corsa che apparteneva a Ridley Marks. Scese dalla Jeep e prese il cibo.

«Chiudi la portiera, pa', io porto questi in cucina.»

«Va bene. Vado a prendere i posti» rispose Albert.

Titus portò il cibo sul retro della chiesa. Una delle diacone, Tammy White, lo vide sulla porta e lo fece entrare.

«Diamine, ragazzo, non volevi proprio fare due viaggi, eh?» lo salutò Tammy. Titus se la ricordava dai tempi della scuola. Aveva cinque anni più di lui, ma il portamento da matrona la faceva apparire molto più vecchia.

«Papà ha preparato qualcosa per il rinfresco.»

«Aspetta, dammi qui. Mi fa piacere che sei venuto nonostante tutto il lavoro per la faccenda di Spearman. Non si può mai sapere di cosa è capace la gente, vero?»

«La gente ha i suoi segreti, quello è sicuro» disse Titus. Red DeCrain si sarebbe detto d'accordo, fosse stato ancora vivo.

Prima di entrare, Titus si fermò a togliersi il cappello e gli occhiali da sole e fece una serie di respiri lenti e profondi. Quando stavano assieme, Kellie gli aveva insegnato alcuni esercizi di respirazione che aveva imparato a yoga. Era la prima volta che li faceva da quando si erano lasciati. Sentiva uno sfarfallio nel petto che pareva avvilupparglі tutto il corpo. Si rese conto che stava sperimentando quel che uno psicologo avrebbe potuto chiamare un miniattacco di panico. Non era la prima volta che tornava nella chiesa di quand'era bambino dopo che avevano seppellito sua madre: era passato un anno prima, con il cappello in mano, a un incontro del giovedì sera, per chiedere alla congregazione di mettere una X accanto al suo nome sulla scheda per l'elezione dello sceriffo.

Quindi questa era la seconda volta che tornava nella chiesa di quand'era bambino da quando sua madre si era lasciata alle spalle le sue spoglie mortali. Entrò nel santuario e trovò suo padre seduto nella terza fila di panche. S'infilò accanto a lui e prese il programma della funzione che Albert gli porgeva. La bara di Gene era grigio antracite con le finiture nere. Dalla panca riuscivano a vederlo nella posizione del suo eterno riposo. Sembrava nel pieno d'un sonno non del tutto tranquillo. Titus si chiese se il corpo avesse messo a dura prova i becchini, perché Gene Dixon sarebbe partito per l'eternità con un evidente cipiglio sul volto.

«Alziamoci in piedi» ordinò una voce profonda e roboante. Titus imitò i convenuti e si alzò in piedi. Il becchino entrò nel santuario seguito dal reverendo e dai parenti di Gene. Titus riconobbe la moglie di Gene. Anche qualora non fosse cresciuto entrando e uscendo dalla sua cucina con i figli Gerald e Charlie, avrebbe comunque riconosciuto l'ombra che il lutto proiettava. Quel genere di lutto che soltanto un coniuge può provare. Aveva visto lo stesso sguardo sul volto di suo padre.

Il reverendo Jackson prese posto sul pulpito mentre i becchini chiudevano la bara e la moglie di Gene, i suoi due figli e la figlia Rosie cominciavano a parlare la lingua degli inconsolabili. Ululati d'angoscia che avrebbero dovuto convincere Dio a tendere una mano e soffiare nuova vita nel corpo di Gene per porre fine al loro tormento.

Ma lui non aveva mai visto quel miracolo, o nessun altro miracolo, per dirla tutta. E custodiva ancora il proprio tormento nelle cavità più fredde del cuore. In un luogo dove il viso sfinito e morto di sua madre lo fissava dall'abisso come una sirena venuta dal vuoto cosmico.

Durante la funzione qualcuno accese tutti e quattro i condizionatori montati sulle finestre. Titus sapeva che Emmanuel era una delle congregazioni più numerose della contea. Nelle domeniche buone, il cestino delle offerte doveva fruttare almeno mille se non millecinquecento dollari. Si trovò a pensare che una chiesa in grado di contare su certi introiti avrebbe potuto concedersi un impianto centralizzato anziché quattro condizionatori traballanti e al limite del tubercolotico. E anche delle sedute più comode. E dei pannelli di vinile nuovi alle pareti.

Non poté fare a meno di notare la tonaca nera riccamente

ornata di ricami del reverendo Jackson, per non parlare della Lexus nuova di zecca parcheggiata nel posto riservato. Sembrava che il buon reverendo si comprasse un'auto nuova ogni anno. Magari era il miracolo che confermava la fede dei veri credenti.

O magari si approfittava di una comunità che tradizione e tribolazioni avevano avvinto alla vecchia chiesa sul bivio della strada, tanto da farle chiudere gli occhi e voltarsi dall'altra parte per non vedere il rosso nei libri contabili. Magari il rosso si sarebbe trasformato in nero come l'acqua si era trasformata in vino. Nel frattempo, il reverendo Jackson viveva in una delle case più grandi della contea.

Alleluia, pensò Titus.

Quando la funzione finì, Albert diede di gomito a Titus.

«Quando portano fuori la bara, tu vai a prendere i fiori» sussurrò Albert.

«D'accordo, pa'.»

«Dio, quanto mi mancherà Gene. Ma lo rivedrò. Sì, lo rivedrò» disse Albert asciugandosi gli occhi.

Titus tenne per sé i propri pensieri a proposito dell'aldilà.

Titus guardava i becchini procedere con la bara. Suo padre fece una smorfia quando entrambi cominciarono a scendere i gradini della chiesa.

«Sicuro che non vuoi che ti aiuti a camminare fino alla fossa?» chiese Titus.

«Puoi aiutarmi quando muoio. Ce la faccio. Vammi a prendere i fiori.»

Titus andò a recuperare i fiori dalla Jeep. Rimase indietro quando i presenti si radunarono intorno alla tomba di Gene, in modo tale che nessuno pensasse che i fiori fossero per lui. Le nubi stavano convergendo come ragazzotti pronti a una rissa di strada. Le prime gocce iniziarono a cadere tamburellando sulla tesa del cappello di Titus. I singhiozzi dei parenti di Gene scemarono pian piano.

Quando la gente si avviò, Titus s'incamminò verso la tomba di sua madre. Si piazzò lì dove Helen Crown avrebbe riposato per sempre, in attesa che Albert lo raggiungesse. Vide il reverendo Jackson che parlava con suo padre. Persino a distanza si rendeva conto che il suo vecchio non era affatto contento della conversazione.

Si avvicinò ai due uomini.

«Insomma, credo che sia meglio così» disse il reverendo Jackson. Aveva una voce profonda come una miniera di carbone.

«Cosa è meglio così?» chiese Titus.

«Oh, ciao, Titus. È bello vederti, fratello, al di là della triste circostanza» disse il reverendo Jackson.

Titus ignorò i convenevoli. «Cosa è meglio così?» chiese un'altra volta.

«Il reverendo Jackson pensa che siccome eravamo solo io e Gene a curare l'orto della chiesa, adesso che Gene non c'è più dovremmo lasciar perdere l'orto così che la chiesa possa vendere il terreno» disse Albert.

Titus non aveva mai sentito suo padre tanto abbattuto.

«La terra dietro il cimitero? Vuole liberarsi dell'orto e venderla? E a chi? Chi vuole che lo compri, un quarto di acro accanto a un cimitero?» chiese Titus.

«Titus, la chiesa semplicemente pensa che sia meglio così. Ci sono molte, molte cose che potremmo fare con i proventi della vendita di quel terreno» disse il reverendo.

«Tipo comprarti una macchina nuova?»

Il reverendo Jackson e Albert lo fissarono.

«Chiedo scusa?»

«Chiedi scusa quanto ti pare; non attacca. Mio padre e Gene e la signora Jojo Ware hanno tirato su quell'orto dal nulla prima ancora che arrivassi tu con i tuoi cinquecento completi eleganti. Quante famiglie sono riuscite a non fare la fame grazie a quell'orto? Quanta gente si è evitata di dover rapinare il 7-Eleven per mettere insieme i soldi che servivano per sfamare i figli? E adesso lo vuoi vendere? Vorrei tanto che Gesù esistesse davvero per cacciarti dall'altare a frustate nel culo, Cristo» disse Titus.

«Ehi, giovanotto, attento a come parli!» disse Albert.

«No, pa', è questo ladro che deve stare attento. Senti un po'. Cosa ne dici se mi presento alla prossima riunione e propongo una mozione di modo che un contabile forense venga a dare un'occhiata ai conti della chiesa? Tanto per vedere se c'è davvero bisogno di venderlo, quel terreno.»

«Considerato che non frequenti regolarmente, ne hai di cose da dire sul modo in cui gestisco la mia chiesa» disse il reverendo Jackson.

Titus fece un passo avanti, passando oltre il padre fino a stagliarsi dritto davanti al metro e settanta scarso del reverendo Jackson.

«Questa non è la tua chiesa. Tu sali sul pulpito e basta» disse Titus. Il reverendo Jackson fece un passo indietro, inciampò e per poco non cadde su una lapide. «Ne parliamo più tardi, diacono» disse. Poi zigzagò via tra le tombe mentre la pioggia si infittiva.

Titus tornò da sua madre. Albert lo seguì.

«Titus, lo so che... non ti piace la chiesa, ma non era il caso di parlare al pastore in quel modo. Secondo me... magari ha ragione. Pure tu l'altro giorno eri preoccupato per me» disse Albert.

Titus posò i fiori sulla tomba.

«Quell'edificio non è la Chiesa. Non è altro che legna, pietra e pannelli di vinile. La Chiesa è quello che facevate tu e Gene. Potrò anche non crederci, ma la so riconoscere. Non permettere mai a quel truffatore di convincerti che non è così, pa'.»

Titus cinse le spalle del padre con un braccio.

«Ti ricordi il versetto della Bibbia preferito della mamma?» chiese Titus.

«Salmo trentasette, versetto venticinque» disse Albert con voce fioca.

«"Sono stato fanciullo e ora sono vecchio, ma non ho mai visto il giusto abbandonato né i suoi figli mendicare il pane." Sei tu, il giusto, pa'. Per merito tuo, un sacco di gente non ha mai dovuto mendicare il pane» disse Titus.

Restarono lì insieme, fianco a fianco, per molto tempo. E se versarono delle lacrime, la pioggia le nascose.

VENTUNO

Quando Titus svoltò sulla strada di casa la pioggia cadeva a secchiate. Aveva le luci accese e i tergicristalli al massimo mentre imboccava il vialetto.

Parcheggiò la Jeep. Mentre i tergicristalli facevano avanti e indietro in uno staccato robotico, vide un lampo di colore sulla porta di casa fra una spatola e l'altra.

Un lampo rosso che colava sui pannelli della porta in vetroresina. Titus fermò i tergicristalli. Per un istante, prima che la pioggia invadesse il parabrezza, credette di riconoscere la fonte di quelle strisce rosse.

«Pa', resta in macchina e chiama la polizia» disse.

«Ma che... cosa c'è sulla porta?» chiese Albert strizzando gli occhi.

«Pa', chiudi le portiere quando scendo.»

«Cos'è, Titus?»

«Chiuditi dentro, pa'» Scese dalla Jeep ed estrasse la pistola. La pioggia cadeva in diagonale ma, a mano a mano che si avvicinava, Titus vedeva la porta sempre più chiaramente. Fece ricorso all'impugnatura tattica, mano destra sul polso sinistro, e puntò la pistola verso la porta. Si spostò sull'angolo della casa e si assicurò che dietro non ci fosse nessuno. Non c'erano posti in cui nascondersi, a meno che qualcuno non si fosse seppellito sotto la legna. Tornò alla porta d'ingresso. Ripose la pistola nella fondina e poggiò le mani sui fianchi.

Un agnellino bianco, la gola aperta da un taglio netto, era stato inchiodato alla porta. Il chiodo in realtà era un picchetto da tenda che si infilava nell'occhio della povera creatura e gli usciva dalla nuca andandosi a conficcare nella vetroresina. Il sangue aveva smesso di sgorgare dalla ferita, ma il vento aveva spinto la pioggia fin sulla veranda e l'aveva mescolata ai fluidi vitali dell'agnello per poi risoffiare tutto sulla porta.

Titus deglutì a fatica.

L'Ultimo Lupo era stato a casa sua. Gli aveva lasciato un messaggio. Ma non quello che credeva. Credeva di spaventare Titus. Si sbagliava. Con quell'agnello inchiodato alla porta, l'Ultimo Lupo diceva a Titus che era nervoso, forse addirittura stava perdendo il controllo. Quando un assassino metodico diventa instabile, comincia a fare degli errori. L'agnello era un errore. Titus era disposto a scommettere che veniva dallo zoo per bambini di River Oak. Sapeva che lì c'erano delle telecamere di sicurezza. Quella povera creatura aveva perso la vita ma, proprio come accadeva con i sacrifici dei tempi antichi, dal suo sangue versato sarebbe potuta scaturire presto una benedizione.

Il fatto che avesse violato casa sua, che l'assassino che aveva falciato sette giovani vite e aveva ucciso Cole Marshall, e un agnellino, per mandargli un messaggio, ecco, che quell'uomo avesse appena portato la guerra sulla porta di casa sua, be', questa cosa doveva metterla da parte, per il momento.

Doveva sfruttare l'occasione. Per arrabbiarsi e spaventarsi c'era tempo.

Venti minuti dopo, il vialetto era affollato di veicoli privati e della polizia. Le luci rosse e blu lampeggiavano nell'avanzare celere dell'oscurità. L'agnello era stato riposto in un sacco per i rifiuti a rischio biologico. Douglas, Carla e Davy stavano interrogando i vicini per sapere se avevano visto o sentito qualcosa. Pip e Trey aiutavano Titus a pulire la porta. Steve era di riposo, ma aveva telefonato. Tutti erano passati da lui o l'avevano chiamato. Gli fece decisamente piacere.

«Una videocamera di sorveglianza non ce l'hai, vero?» chiese Trey.

Titus scosse il capo. «A mio padre non piace la tecnologia e francamente non pensavo ne avessimo bisogno.»

«Allora: Cory di River Oak ha confermato che qualcuno ha rubato uno dei loro agnellini. Stamattina si è accorto che avevano tagliato la rete, così li ha contati» disse Pip, rimettendosi il telefono in tasca. La pioggia era passata, ma l'aria era ancora satura di umidità. Titus aveva l'impressione di muoversi in una nebbia di pioviggine.

«Mandate l'agnello a Richmond. Controllate la porta per vedere se trovate delle impronte, anche se dubito che ne abbia lasciate. E qualcuno accompagni mio padre a casa di mio fratello» disse Titus.

«Eh, a proposito. Dice che lui non va da nessuna parte» disse Trey.

«Sì, è stato abbastanza categorico» aggiunse Pip.

Titus sospirò. «Ci parlo io. Chi sta tenendo d'occhio Dayane?»

Pip e Trey si scambiarono un'occhiata.

«Ragazzi, non mi dite che non la sta sorvegliando nessuno. Elias, invece?»

«Capo, appena abbiamo saputo siamo venuti a vedere come stavate tu e tuo padre» disse Trey.

«E lo apprezzo, Trey. Ma Dayane è la persona che ci può portare all'assassino. Per risolvere questa faccenda dobbiamo seguire lei e trovare Elias. Fatemi parlare con mio padre» disse Titus.

Cercò di non essere troppo duro con loro. Non tutti avevano una squadra che teneva così tanto al proprio capo. E di questo lui era grato. Ma non potevano dimenticare l'indagine. Gli faceva piacere che si preoccupassero per lui, ma lui era ancora vivo. Erano i morti ad avere bisogno di attenzione.

«Pa', bisogna che vai a stare da Marquis per un pochino» disse Titus. Suo padre era seduto su un ceppo vicino alla catasta di legna, mentre gli agenti si affaccendavano in giardino.

«Sono trent'anni che dormo nel mio letto, e dalla mia parte del letto. Questo pazzo maniaco non cambierà le cose.»

«Pa', sto cercando di proteggerti.»

«E te ne sono grato. Davvero. Ma ho la Colt 1911 che m'ha lasciato mio padre. E stanotte mi terrà compagnia. Non ho intenzione di lasciare la mia casa.» Per un momento gli anni svanirono e Titus rivide l'Albert di una volta, un uomo pieno di energia che non si spostava di un centimetro per nessuno.

Titus gli posò una mano sulla spalla.

«E va bene, pa'. Restiamo.»

«Titus!» gridò una voce dalla penombra. Quando si voltò vide Kellie, che con Hector stava cercando di aprirsi un varco fra gli agenti, i quali a loro volta si erano schierati a falange per bloccarla. Si affrettò a raggiungerli.

«Kellie, cosa ci fai qui?»

«Abbiamo un ricevitore scanner. Stai bene? Ci puoi dire qualcosa? Credi che sia stato l'assassino?» Kellie teneva in mano un esile microfono wireless. Il tono era professionale ma aveva gli occhi sgranati e bordati di rosso. Aveva paura per lui. Non c'era bisogno che glielo sentisse dire.

«Kellie, tornatene al Todd's Inn. Ci sentiamo più tardi, qui adesso date solo fastidio.»

«L'ha sentito, signorina» disse Carla, dandole una leggerissima spinta sulla spalla.

«Non mi toccare!» disse Kellie. Il volto era livido di una rabbia che ribolliva come metallo fuso.

Titus si fece avanti e si mise di traverso fra le due. «Kellie, per favore, vai. Ci sentiamo più tardi. Promesso.»

«E tu intanto insegna un po' il primo emendamento alla tua amica J. Lo» disse Kellie, andandosene insieme a Hector.

«Come mi hai chiamata?» disse Carla, ma Titus la bloccò non appena fece per seguire Kellie.

«Se davvero vuoi fare il lavoro che faccio io, ti toccherà indurire un po' la scorza, agente» disse Titus.

«Proprio non capisco cosa ci vedessi, in quella.»

Titus sospirò.

«È una storia lunga» le disse.

Douglas, Carla e Davy parlarono con tutti i vicini di casa di Titus. Nessuno aveva visto niente. La maggior parte di loro era in giro per commissioni oppure al lavoro. Trey andò a River Oak per esaminare i filmati, ma la qualità del video era pessima, si vedeva solo un individuo con una felpa con il cappuccio, il passamontagna e i guanti che si apriva un varco nella rete con delle cesoie e si portava via il povero agnellino. Senza lavorarci un po' era impossibile dire se fosse un uomo o una donna, alto o basso, bianco o nero. Titus disse a Trey di farsi dare il filmato e che l'avrebbero spedito agli investigatori della polizia di Stato il mattino dopo. A quel punto non c'era più molto che i suoi potessero fare, così la maggior parte tornò di pattuglia o se ne andò a casa. Carla andò a controllare Dayane. Davy si diresse all'isola per vedere se Elias fosse tornato all'ovile.

«Vuoi che qualcuno ti sorvegli qui fuori?» gli aveva chiesto Pip.

«No. Se torna, lo accolgo a modo mio» disse Titus. Suonava minaccioso, ma la verità era che non voleva mettere a rischio i suoi agenti. L'Ultimo Lupo, l'Angelo della Morte, stava cedendo. Titus aveva il sospetto che potesse perdere del tutto il controllo, più prima che poi. C'era un che di apocalittico nei suoi pensieri. Pip si meritava di andare in pensione, non di finire invischiato nelle pulsioni distruttive di un pazzo.

Perciò mandò tutti a casa, o a fare il proprio dovere.

Ora era seduto sulla veranda con il Jameson e il fucile antisommossa in grembo. Le nuvole avevano tolto il disturbo e nel cielo notturno aleggiava il bagliore di stelle morte da tempo. Le rane, i grilli e le ghiandaie notturne si contendevano la sua attenzione. Già nelle notti buone non dormiva molto, quindi si aspettava di restare senz'altro sveglio fino all'alba. Lì, nell'oscurità, con suo padre a letto, anche lui con una pistola accanto, l'orrore di quanto era successo gli penetrò nelle ossa.

Non poteva dare la colpa a nessuno se non a se stesso. Aveva sfidato l'assassino, gli aveva mandato un messaggio tramite Dayane e lui aveva risposto. Diceva sempre ai suoi di non lasciare mai che il lavoro diventasse una questione personale, ma quella fra lui e quell'abominio cominciava a sembrargli una questione addirittura intima.

Prese il cellulare e chiamò Darlene.

«Stai bene?» disse lei come prima cosa.

«Stiamo bene. Ti chiamavo perché non volevo che ti preoccupassi.»

«Non sono preoccupata. Sono spaventata a morte.»

«Va tutto bene. Andrà tutto bene.»

«Titus, qualcuno ti ha inchiodato una capra alla porta di casa!»

Un agnello, ma immagino che ormai sia storia, pensò Titus.

«Lo so. Andrà tutto bene, anche se dobbiamo stare attenti. Non credo sia una buona idea che tu venga da me, stasera. Anzi, per un po'.»

«Quanto sarebbe un po'?» chiese Darlene.

«Un po'. Lo prenderemo, ma per il momento... non mi perdonerei mai se ti capitasse qualcosa» disse Titus.

«E io non so cosa farei senza di te.»

«Non sarà necessario scoprirlo. Voglio solo che tu sia al sicuro, va bene?»

«Ti amo, Titus» disse Darlene.

«Anche... ti amo anch'io.»

«Chiamami domattina. Sono così stressata che ho preso un sonnifero e mi sa che fra non molto crollo» disse Darlene.

«Va bene. Sogni d'oro.»

«Anche a te, Smokey.»

Titus riattaccò.

Bevve un sorso dalla bottiglia. Chiuse gli occhi e visualizzò l'indagine come un puzzle di cui gli toccava mettere insieme i pezzi.

Elias era sparito dopo che lui era andato a parlargli. Cole Marshall era morto. Dayane sapeva il nome della persona con cui avevano fatto baldoria, la persona che aveva ucciso Cole e quei ragazzini. E se l'assassino non era Elias? Se Elias era solo il movente? O, per meglio dire, la genesi? C'entrava con il passato dell'assassino? Griselda aveva detto che ovunque fosse finito il bambino, sperava che la gente chiudesse la porta a chiave di notte.

E se quel posto fosse stato Charon?

Se quel ragazzino era tornato a casa ed era diventato l'Ultimo Lupo?

Titus bevve un altro sorso. Non sentiva la mente annebbiata dall'alcol. Anzi, era come se gli affilasse i pensieri.

Metti che il bambino vittima degli abusi di Elias e della sua chiesa sia tornato a vivere a Charon. Solo che ha dentro questo dolore. Un dolore vorace. Conosce Spearman, in qualche modo, e si rendono conto di avere gli stessi pruriginosi interessi. O quanto meno interessi simili. In qualche maniera coinvolgono Latrell, e quello è stato il loro errore. Adesso il ragazzo abusato sta riscuotendo vecchi crediti e sistemando vecchie questioni mentre precipita nel suo buco nero. Con i due accoliti morti, la sua missione, la sua guerra con Dio, è stata sventata. Per Titus ruotava tutto attorno a quella questione.

«Ti hanno rotto qualcosa dentro, vero? E adesso è in mille pezzi» sussurrò.

Bevve un altro sorso.

Significava che Elias probabilmente era morto. Stava aspettando che Carla lo chiamasse, ma se Dayane era sparita, allora significava che o aveva lasciato la città oppure era morta anche lei.

Titus aprì gli occhi.

Chiamò Trey.

«Sissignore» disse Trey.

«Domattina vai dal giudice e fatti rilasciare un mandato per perquisire gli archivi dell'ufficio di Cole Marshall. So che aveva una licenza edile, il che vuol dire che pagava le tasse. Se il suo amico ha pagato in contanti per quell'edificio di cui mi parlava, non ci servirà a un cazzo. Ma se il suo amico ha pagato con un assegno, dev'esserci una traccia. Confrontiamo i suoi clienti con il profilo del sospetto. Un maschio bianco forte fisicamente, fra i venticinque e i trentacinque anni, che ha abbastanza terra da costruirsi una tana in grande stile o qualcosa di simile» disse Titus.

«Buona idea, capo. Me ne occupo domani appena attacco. Ehi, so che magari non è il momento, ma com'è andata quell'altra cosa?» chiese Trey. Titus sentiva una voce di donna in sottofondo. Trey stava cercando di mantenere la conversazione riservata.

Titus pensò che sarebbe potuto diventare un ottimo investigatore, se era quello che voleva.

«Me ne sono occupato.»

«Okay, bene così, mi vien da dire. Allora mi occupo di quella cosa domani» disse Trey.

«Buona notte» disse Titus.

Bevve un altro sorso.

Persino dopo tutto quel che aveva visto, dopo tutte le cose

che aveva fatto, l'immagine dell'agnello inchiodato alla porta di casa lo tormentava.

I bambini e gli animali erano bersagli facili. Né gli uni né gli altri avevano imparato a diffidare delle buone intenzioni e delle parole dolci.

VENTIDUE

Preston Jefferies si trovava spesso a desiderare di poter controllare il tempo atmosferico. Il dipartimento dell'Agricoltura diceva che tecnicamente la siccità era finita, ma la bolletta dell'elettricità per l'impianto di irrigazione raccontava tutt'altra storia. Il granturco aveva impiegato un'eternità a maturare, pronto giusto in tempo per il Festival d'Autunno, nonostante i dodicimila dollari investiti nel suddetto impianto di irrigazione. E adesso era la terza settimana di ottobre e finalmente si stava preparando ad accendere la mietitrebbia per provare a eguagliare il raccolto dell'anno precedente. Di sicuro non l'avrebbe superato. Nessuno registrava aumenti da tanto tempo. Però, se fosse riuscito a mantenere la rendita, sarebbe comunque rientrato nei parametri per il sussidio di stato. In tutta la Virginia sudorientale, la sua era una delle poche fattorie a conduzione familiare di proprietà di una famiglia nera, e quei sussidi aiutavano a tamponare le perdite quando non riusciva ad aggiudicarsi un grosso contratto con un produttore di etanolo, o quando i produttori di mangimi tiravano sul prezzo.

Preston pensava che il capitalismo fosse un ottimo sistema se al Campidoglio sedeva gente che ti somigliava. Per tutti gli altri, be', a volte era come cercare di arrampicarsi con delle muffole su una pertica cosparsa d'olio.

Accese la mietitrebbia. Il motore si svegliò con il boato dei suoi 268 cavalli. Preston diede gas e uscì dal capannone a tre lati dove teneva il veicolo. Il sole stava lentamente facendo capolino dall'orlo dell'orizzonte. Nonostante le giornate lunghe, i dolori e i fastidi, nonostante l'incertezza, mattine come quella gli ricordavano perché continuava a guadagnarsi da vivere lavorando la terra. Gestire una fattoria richiedeva una volontà ferrea. Preston traeva il proprio sostentamento dal suolo grazie alla grande forza di carattere. Eppure quel gesto lo legava alla terra, a suo padre e al padre di suo padre. La fattoria era la sua eredità. Sperava che lo diventasse anche per i suoi due figli.

Raggiunse il lato più lontano del campo e diede inizio al raccolto. Canticchiava fra sé mentre la mietitrebbia separava le pannocchie dai gambi per poi lasciar cadere i gambi sul terreno in modo che contribuissero al raccolto successivo. Il suo canticchiare prese la forma di una vecchia canzone R&B che aveva cantato a sua moglie durante il ricevimento di nozze. *Always* degli Atlantic Starr.

Preston giunse all'estremità opposta del campo. La sua fattoria era piccola rispetto a quelle del Midwest, ma lui lavorava la terra con occhio esperto e con grande energia, riuscendo a massimizzare la produzione. Fece inversione e ripartì nella direzione opposta. Stava per arrivare all'acuto che aveva fatto commuovere sua moglie, quando vide uno strano oggetto al centro del campo di granturco.

Scese dalla mietitrebbia.

«Gesù Cristo» disse, quando fu abbastanza vicino da vedere cosa c'era in mezzo al campo.

Titus era davanti alla bacheca a contemplare i fogli fissati con le puntine. Carla gli aveva dato la cattiva notizia appena era arrivato in ufficio.

«Sono andata a casa di Dayane. La macchina non c'era più e la sua coinquilina mi ha detto che l'ha vista riempire un borsone ma che non le ha detto dove andava né quando sarebbe tornata. Ho parcheggiato sull'altro lato della strada per un paio d'ore nel caso decidesse di rientrare, ma non si è più vista.» Titus non l'aveva rimproverata: avevano commesso un errore e adesso dovevano adeguarsi.

Aveva aggiunto alla bacheca un foglio con sopra scritto il nome di Dayane.

Steve aveva fatto sapere che Elias non era ancora tornato a casa.

«Chiedi a sua moglie del bambino che hanno cresciuto. Chiedile del fratello di Elias e vedi se ha qualche foto del ragazzino, chiedi se sa dove sia finito. Immagino fosse un'adozione illegale, e so che studiava a casa. Quindi senza una foto non sappiamo che aspetto aveva allora né che aspetto abbia oggi» aveva detto Titus.

«Credi che sia diventato l'Ultimo Lupo?» gli aveva chiesto Steve.

«Ci sta. Ci sono dei buchi, ma ci sta. Chiedile le foto» aveva ripetuto Titus.

Trey bussò alla porta dell'ufficio.

«Entra» disse Titus.

«Ho controllato i conti di Cole, se così vogliamo chiamarli. Quasi tutti quei lavoretti li faceva in nero. E quelli che non ha fatto in nero erano tutti per gente anziana. Tipo sgomberare un campo dai detriti o sradicare dei cespugli. Ho chiesto alla sua ragazza se le avesse mai raccontato di aver costruito una qualche tana o un capannone per qualcuno, ma mi ha detto che non le parlava mai di lavoro. Mi sa che è un buco nell'acqua» disse Trey.

«Be', valeva la pena provarci.»

Titus tornò a guardare la bacheca. «Ricapitoliamo quello che pensiamo di sapere. L'assassino è un amico di Cole Marshall. È un amico di Dayane Carter. È uno del posto. È possibile che sia il ragazzino che ha subito gli abusi alla chiesa della Sacra

Roccia, dove poi avrebbe ucciso lo zio acquisito. Conosceva Spearman abbastanza bene da arrivare a condividere con lui dei segreti. Era in grado di far salire su un veicolo quei ragazzini, e non tutti erano proprio degli sprovveduti. Era lì che entrava in scena Latrell. Cole, Latrell e Dayane lavoravano tutti e tre alla fabbrica del pesce.»

«Magari dovremmo tornare dalla sua ragazza e chiederle di chi fosse più amico. Con chi usciva a bere, almeno, dovrebbe saperlo» disse Trey.

«Bravo. Fai così. Io ho visto Cole a cena con lei e un tizio di nome Dallas Processer e la moglie. Chiedile quanto fossero amici Cole e Dallas» disse Titus.

«Dallas? Non saprei. Ce l'avevo seduto dietro in classe. Nella vita non voleva fare altro che guidare il camion dei rifiuti di suo padre. Era zitto come un topolino. Non ce lo vedo proprio a fare certe cose.»

«La maschera, Trey. Indossiamo tutti una maschera. Chiedile quant'erano amici.»

«Okay. Possiamo parlare della sparatoria?» chiese Trey.

Titus si voltò a guardarlo.

«Dimmi tutto.»

Trey si schiarì la gola.

«Ho dato un'occhiata ai rapporti e ho guardato un bel po' dei video che ci sono online. Ho parlato con alcuni studenti e ho visionato i video che hanno fatto. Titus, ho esaminato questa cosa da tutte le angolazioni possibili e non mi sento di dire che Tom non fosse giustificato a sparare, nonostante quello che sappiamo. Latrell vi è corso incontro con un fucile in mano. Non sono un grande fan di Roger, e Tom è losco da far paura, ma secondo me non hanno esagerato. Ti mando una copia del rapporto» disse.

«Sei sicuro? Non voglio che tu dica così solo perché si tratta della nostra squadra.»

«Noi siamo migliori di così, grazie a te» disse Trey.

Titus annuì. Avrebbe avuto per sempre dei dubbi, ma la verità era che il distintivo li avrebbe protetti. Latrell aveva un fucile. Aveva ucciso un uomo. Era complice dell'omicidio di sette ragazzini. I Jamal Addison di questo mondo potevano anche piangere la sua morte, ma per la maggior parte delle persone era semplicemente un problema risolto. Quella era la narrazione che avrebbe preso piede. Al diavolo i dettagli.

Chi aveva il controllo della narrazione aveva il controllo sulla verità.

Era un'altra lezione che aveva imparato da Red DeCrain.

Squillò il telefono sulla scrivania. Titus non aspettò che Kathy specificasse la linea della chiamata. Afferrò il ricevitore e rispose.

«Sceriffo Crown.»

«Sceriffo, sono la dottoressa Kim.»

Titus spostò il ricevitore sull'orecchio sinistro.

«Mi dica, dottoressa.»

«Abbiamo identificato altre quattro vittime grazie alle impronte dentali e al DNA. Vuole che le mandi le informazioni per avvertire i parenti?»

«Me le mandi per mail. Dottoressa, dove sono scomparse le altre vittime?» chiese Titus.

«Mi faccia dare un'occhiata. Ovviamente di Baltimora lo sa già, poi abbiamo Columbia, South Carolina; Hillsborough, North Carolina; Wilmington, Delaware; e Philadelphia, Pennsylvania.» La dottoressa Kim recitò la lista con distaccata efficienza.

«Ha le date approssimative delle denunce di scomparsa?» chiese Titus, tirando fuori il bloc-notes.

«Sì. Per la vittima di Columbia 21 giugno 2013; per quella di Hillsborough 13 luglio 2014; Wilmington 1 agosto 2015; Philadelphia 10 giugno dell'anno scorso. La vittima di Baltimora invece è scomparsa nel 2016. La vittima che non abbiamo ancora identificato è la più recente. Proveremo a effettuare una ricostruzione facciale.»

«Grazie, dottoressa» disse Titus.

«Sceriffo, c'è dell'altro.»

Davy entrò di corsa nell'ufficio di Titus senza curarsi di bussare. Restò lì impalato, ad ansimare come un pony.

«Titus, bisogna che vieni subito. Hanno trovato un altro corpo, nel campo di granturco di Preston Jefferies. Bisogna che vieni subito, è una brutta roba, una gran brutta roba, cazzo!» Le parole gli uscirono in rapida successione, come una fila di miccette.

«Dottoressa, devo andare, mi mandi il resto delle informazioni per mail» disse Titus.

«Sceriffo, credo davvero...»

«Mi scusi, devo proprio andare. Abbiamo un altro cadavere» disse Titus. Riattaccò e scattò dalla sedia. Prese il cappello e seguì Davy.

Sta giocando con noi, pensò Titus. Il vento soffiava fra gli steli del granturco facendoli battere come denti al freddo. C'era uno strano sentore nell'aria, un amalgama tra gli odori della terra bagnata, quelli delle sostanze acri che Preston usava per fertilizzare e gli odori del corpo.

«Chi gli ha messo il lenzuolo sopra?» chiese Titus.

«Preston. Ha chiamato il 911, poi ha detto che non voleva lasciare il corpo da solo ma non sopportava nemmeno di guardarlo» disse Pip.

Il sangue aveva inzuppato il lenzuolo bianco creando disegni astratti, espressionisti. Titus studiò il terreno. Era un guazzabuglio di impronte, fra quelle di Preston, quelle di Pip e Steve, e quelle di chiunque altro fosse passato a dare un'occhiata al cadavere. Molto probabilmente le impronte dell'assassino erano state coperte da tutto quel calpestio. La strada era circa quattro filari più in là. Titus sentiva le auto sfrecciare, ma sentiva anche il rumore della ghiaia sotto le ruote di chi accostava per curiosare meglio.

Infilò dei guanti di lattice e alzò il lenzuolo.

«Dio Cristo» bisbigliò.

Elias Hillington aveva sofferto.

Era nudo come il giorno in cui era venuto al mondo. Un palo di legno, del diametro di un manganello, era stato conficcato nel terreno. L'altra estremità era conficcata nell'ano di Elias. Era così che il cadavere stava in piedi. Le mosche ronzavano intorno al corpo suonando un blues elettrico con le ali traslucide. Negli ultimi giorni aveva fatto un caldo fuori stagione. E se a Cole Marshall era stato risparmiato l'oltraggio di avere le mosche a zampettare su quel che restava della sua faccia, al reverendo Elias quella grazia era stata negata.

NON C'È VIA DI FUGA DA QUESTO LUOGO SELVAGGIO.

Le parole erano incise sul torace. Da quel che Titus riusciva a vedere, era soltanto l'inizio dell'inferno che aveva attraversato. Dozzine di tagli sul corpo e sul volto. L'addome portava i segni di diverse coltellate, compatibili con un Bowie. Aveva dei chiodi conficcati nelle mani. Gli avevano scorticato il pene.

Titus deglutì a fatica e si avvicinò al corpo. L'odore era orribile. Un misto di vomito e merda che avvolgeva i resti in una nube nauseabonda.

Allungò una mano e afferrò il mento dell'uomo. Aveva qualcosa in bocca. Titus tirò piano il mento verso il basso e il naso verso l'alto.

Dalla bocca di Elias scivolò fuori un serpente morto che fece balzare indietro lo sceriffo.

«Il Signore è il mio pastore, non manco di nulla» disse Davy.

«Su pascoli erbosi mi fa riposare» si aggiunse Pip.

«Ad acque tranquille mi conduce» disse Steve.

Presto tutti e tre stavano recitando all'unisono il resto del salmo ventitré.

Titus non si unì.

Dio non c'era. Questa era opera del diavolo. E il diavolo era un uomo.

Titus tornò in ufficio, mentre il corpo del reverendo Elias Hillington veniva trasportato a Richmond. Pip si offrì volontario per avvertire la famiglia.

«Da giovane andavo a scuola con Mare-Beth. Magari con me la prende meglio» aveva detto, prima di partire alla volta dell'isola.

Titus chiuse a chiave la porta dell'ufficio e si sedette alla scrivania. Era una corsa contro il tempo. L'Ultimo Lupo stava perdendo il controllo, ma nel processo mieteva altre vittime. Si rimproverò in silenzio per averlo battezzato «Ultimo Lupo». Alla fine un nome gliel'aveva dato. Aveva cementato il suo status mitologico senza nemmeno rendersene conto.

Si strofinò il volto con entrambe le mani. Gli ultimi sviluppi in pratica confermavano che l'assassino era il ragazzino che aveva patito anni di abusi per mano di Elias e della sua famiglia. Titus fece due conti. Se aveva dodici anni nel 2000, ora doveva averne ventinove o trenta. Chiuse gli occhi per esaminare l'archivio fotografico che aveva in testa. Cercò di concentrarsi sulle facce che incrociava ogni giorno. Cercò di visualizzare un mulatto sulla trentina. E se fosse passato per bianco? Era forse una persona che stava al di fuori della rete sociale di Titus? Era per questo che il suo volto era solo un'immagine sfocata nella mente?

Qualcuno bussò forte.

«Titus, apri, dobbiamo parlare» sbraitò Scott Cunningham dall'altra parte della porta. Titus si strinse la radice del naso fra le dita. Forte.

Si alzò e andò ad aprire. Scott fece irruzione come una furia, con il petto gonfio e la solita aria di superiorità che s'era fatta burrasca.

«Cosa vuoi, Scott?»

Questi si sedette senza invito e accavallò le gambe.

«È arrivato il momento di ammettere che questa faccenda si è protratta troppo a lungo e che hai perso il controllo della situazione. Adesso abbiamo perso un membro della chiesa! Per non parlare della crisi del turismo» disse Scott.

«Mi fa piacere che tu abbia ben chiare le priorità» disse Titus.

Scott sfoderò il suo sorrisetto sempre troppo compiaciuto. «Ti ho detto più di una volta che non sono tuo nemico. Voglio solo il meglio per Charon. La mia famiglia vive qui dalla creazione della contea. Sappiamo benissimo entrambi che quello che sta succedendo va al di là delle tue capacità. Quindi, ho contattato la polizia, e hanno detto...»

«Cos'hai fatto?» La voce si alzò come un'onda di marea.

«Ho chiamato la polizia di Stato. Ho chiesto che vengano a prendere in mano le indagini. Mi hanno detto che possono farlo soltanto se la richiesta viene da te che sei lo sceriffo. E adesso tu questa richiesta la fai. Non credo che al momento farei fatica a organizzare una nuova elezione» disse Scott.

Era deliziato di poter ricorrere a quella minaccia, ma Titus si rese conto, d'un tratto, che se ne infischiava di elezioni e mozioni. Voleva solo prendere l'assassino. Magari... magari era davvero giunta l'ora di coinvolgere la polizia di Stato. Non perché prendesse in mano le indagini, ma poteva fornire nuovo impeto ai suoi sforzi mettendogli a disposizione le sue risorse.

«La vera umiltà non è pensare che tu valga meno degli altri; è pensare meno a te stesso e più agli altri» aveva detto uno dei suoi istruttori all'Accademia. Soltanto diversi anni dopo Titus aveva scoperto che era una frase di C.S. Lewis, ma non per questo l'osservazione era meno sacrosanta.

Non gli andava giù di strisciare ai piedi di Scott Cunningham, cazzo. Ma se la polizia di Stato fosse stata in grado di tamponare il fiotto di sangue che allagava la contea, allora magari avrebbe dovuto prostrarsi davanti a quelle cazzo di scarpe traforate.

«Scott, penso che...» fece per dire Titus, quando una notifica gli fece vibrare il cellulare.

«Qui non è più questione di cosa pensi. In veste di presidente del consiglio comunale è mio dovere fare la cosa giusta per il bene di Charon. E quella cosa non sei tu» disse Scott. Cercò di fingere un certo travaglio, fallendo nell'intento.

Il cellulare di Titus mandò un secondo avviso.

«Vuoi rispondere, così poi possiamo finire questa conversazione?»

Titus sentì la rabbia montare, com'era montata la sua voce pochi istanti prima, ma la tenne a bada e guardò il display.

Era una mail della dottoressa Kim. Contrassegnata IMPORTANTE/RISERVATO.

Titus cominciò a leggerla mentre Scott si lanciava in un pippone sull'onore di Charon e il fango che non si meritava.

Sceriffo,

ho confrontato il DNA incrociandolo con le sequenze del database nazionale. Sfortunatamente non abbiamo trovato corrispondenze. Poi mi sono presa la libertà di contattare online una manciata di studi che si occupano di ricerche genealogiche per chiedere un controllo comparato del DNA ereditario. E lì un collegamento lo abbiamo trovato.

Titus lesse il resto della mail.

Posò il cellulare.

Si sporse in avanti e poggiò i palmi sulla scrivania.

«Immagino che ci siamo capiti, no, Titus? Se non ti dispiace vorrei essere presente, per assicurarmi che tu faccia davvero quella telefonata e richieda in effetti l'intervento della polizia di Stato» disse Scott.

Titus giunse le mani a dita dritte.

«Scott.»

«Per favore, Titus, non rendere le cose più difficili di quanto non lo siano già» disse Scott.

Dopodiché si lanciò in un'altra lunga paternale che alle orecchie di Titus suonò come una lavatrice piena di mattoni. Rumore e furia che non dicevano niente se non le insicurezze di un uomo.

«Scott, guardami.»

Scott smise di parlare e vide il fuoco negli occhi di Titus. La ferocia che balenava negli occhi di un predatore quando si avvicinava alla preda.

«Scott. Dimmi del tuo fratellastro.»

La fronte di Cunningham si solcò di lunghe rughe profonde.

«Che diamine dici? Cos'è, un trucchetto per non perdere il lavoro? Perché ti assicuro che non funzionerà.»

«Non stiamo più parlando di me. Conosco tua sorella Alanna; non ho mai saputo che avessi un fratellastro» disse Titus.

«Non ce l'ho un fratellastro, Cristo Dio!»

«Sì che ce l'hai. Da parte di tua madre. Quel messaggio era una mail del medico legale. Ha contattato gli archivi di alcuni servizi di ricerca genealogica online per un confronto del DNA. Ha trovato una corrispondenza. L'anno scorso hai mandato il tuo DNA a TheFamilyTree.com. Il medico legale ha scoperto che condividi diversi marcatori genetici rilevanti con il campione di DNA che ha inviato lei. Marcatori ereditari per via materna. Ora, te lo chiedo un'altra volta, Scott. Dimmi di tuo fratello. Perché è lui che ha aiutato Spearman ad ammazzare quei ragazzini. Ha ucciso Cole Marshall ed Elias Hillington. Se davvero ti sta a cuore Charon, dimmi il suo nome» disse Titus.

«Quella cosa del DNA era per il compleanno di mia madre.

Diceva sempre che eravamo parenti di certa gente arrivata con la Mayflower. Alla fine non era vero» borbottò Scott.

«Scott, dimmi come si chiama» disse Titus, scandendo piano ogni parola.

«No lo so! Non ce l'ho un fratellastro!» gridò Scott.

«Il DNA ci dice un'altra cosa. Guarda tu stesso» disse Titus. C'era forse un accenno di soddisfazione nella sua voce?

Forse.

Fece scivolare il cellulare sulla scrivania in modo tale che Scott potesse prenderlo. Guardò il presidente del consiglio comunale leggere la mail muovendo appena le labbra. Poi Scott si prese la testa fra le mani. Stava iperventilando.

«Scott, calmati. Finisce che ti senti male. Lo vedo che per te sono informazioni nuove» disse Titus. Fece del suo meglio per non sembrare sarcastico. Il momentaneo piacere era evaporato. Non per la prima volta, si ritrovava a scoperchiare un segreto di famiglia. Non era mai una bella sensazione, nemmeno quando c'entrava uno stronzo del calibro di Scott Cunningham.

«Quella puttana» disse Scott. Le parole gli uscirono a un volume abbastanza basso da far pensare a Titus che non si fosse neanche reso conto di averle pronunciate.

«Chi, Scott?» chiese Titus con fare gentile, sapendo benissimo di chi stava parlando Cunningham.

«Devo andare.» Scott si alzò e fece per prendere la porta.

«Dovrò andarci a parlare.»

Scott si fece di pietra. «Non ti azzardare neanche ad avvicinarti a mia madre, Titus Crown.»

Titus sospirò. Sospirava spesso, in quel periodo. «Ci andrò a parlare, Scott. Ha avuto un figlio, il tuo fratellastro, il cui DNA è sui corpi dei ragazzini assassinati. Non c'è modo di evitare che io abbia una conversazione con lei. Dici che ti sta a cuore Charon? Eccoti l'opportunità di dimostrarlo.»

«Mia madre è una sessantottenne diabetica che vive da sola

nella vecchia di casa di famiglia. Se ti avvicini a lei ti denuncio per molestie.» Era tornato su un terreno a lui più familiare, quello da cui elargiva minacce roboanti.

«Ci andrò a parlare. Oggi stesso. E se cerchi di fermarmi ti arresto per intralcio alla giustizia. E dopo mi assicuro di tenere occupato il giudice così che tu possa restare qualche giorno dietro le sbarre a raffreddare i bollenti spiriti. Non sei l'unico in grado di fare minacce, Scott. Solo che io dalla mia ho un distintivo e una pistola.»

«Se ci fosse ancora mio padre...»

«Mi rivolgerebbe un epiteto razzista e proverebbe a minacciarmi esattamente come hai fatto tu, e ignorerei anche lui. Non mi sembra vero di dovertelo ricordare, ma non siamo nel 1949. Sei il presidente del consiglio comunale. Sei bianco, e quel che passa per ricco da queste parti. E non me ne frega assolutamente nulla. Sei consanguineo di un uomo che ha torturato a morte ragazzini e ragazzine di colore. Se fossi in te, più che della mia conversazione con tua madre, mi preoccuperei degli strascichi che potrebbe avere questa storia.»

«Stai lontano da mia madre» disse Scott e si fiondò fuori dall'ufficio.

«Tratta male gli altri e il male ti torna indietro» mormorò Titus. Era uno dei detti preferiti di sua madre, nonché uno dei più profetici.

VENTITRÉ

La piantagione di Blue Hills apparteneva alla famiglia Cunningham da più di duecento anni. Il cartello all'imboccatura della strada, appeso a una catena rotta attaccata al braccio di un palo logoro, diceva che risaliva al 1816. Era sopravvissuta a uragani e alluvioni, e dopo la fine della guerra civile i Cunningham erano passati dalla produzione del tabacco all'apertura di uno stabilimento alimentare per l'imballaggio del pesce e poi di una fabbrica di bandiere, con la stessa facilità con cui un pallino di metallo scivola attraverso il mercurio.

Molti anni prima, in una pausa durante una delle sue lezioni di catechismo estive, la signora Jojo aveva raccontato alla classe di Titus una brutta storia, la storia di come Hollis Cunningham, ferito durante la guerra e pieno d'odio e di veleno, avesse rinchiuso i pochi schiavi che gli restavano in un fienile e avesse appiccato il fuoco mentre l'esercito degli Stati Uniti marciava verso Charon.

«Preferiva vederli bruciare che vederli liberi» aveva declamato la signora Jojo con la sua dizione tagliente.

Non sono cambiati molto, pensò Titus prendendo il viale coperto di ghiaino. Enormi magnolie cariche di petali morti e imbruniti orlavano la strada, selvagge entità arboree che stendevano i rami contorti verso i fratelli sul lato opposto, strisciando contro le fiancate del SUV. Il viale curvava a destra, poi a sinistra e terminava con una rotatoria di fronte alla casa.

Titus parcheggiò e spense il motore. Il tempo non era stato clemente con Blue Hills. L'edificio di tre piani pareva in grado di sopportare un paio di brutti temporali al massimo, prima di diventare ufficialmente decrepito. Alla ringhiera della veranda che fasciava tre quarti della casa mancavano tante di quelle barre che ricordava un sorriso sdentato. Le persiane erano sbiadite e il legno aveva iniziato a spaccarsi. Le ortensie e le buganvillea erano prossime a invadere i dodici scalini dell'ingresso. C'era un pick-up abbastanza nuovo parcheggiato sul lato della casa, accanto a una vecchia Chrysler Fifth Avenue in perfette condizioni.

Titus scese dal SUV e salì gli scalini fino alla porta. Il legno cigolò sotto la mole dei suoi centocinque chili. Suonò il campanello e lo sentì riverberare per l'intera struttura. Quante persone che gli somigliavano avevano visto quell'edificio nei propri incubi? Quanti l'avevano ammirato in tutta la sua gloria sapendo che non avrebbero mai goduto degli stessi diritti e degli stessi privilegi dei quali godevano gli uomini e le donne che li consideravano dei beni di proprietà?

Titus si disse che la macchia della schiavitù aveva penetrato la roccia su cui era stato eretto il luogo che chiamava casa. Una maledizione di sangue che nessuna somma di denaro e nessuna azione caritatevole avrebbero mai potuto lavare via. Una maledizione alla quale gente come Ricky Sours si rifiutava di credere e per la quale non intendeva in alcun modo fare ammenda.

Gli aprì la porta una giovane donna nera che non riconobbe.

«Lei dev'essere lo sceriffo Crown» gli disse. Indossava un'uniforme da infermiera. Il cartellino con il nome che aveva sul petto diceva NATALIE BIVENS, Infermiera.

«Sono io. Vorrei parlare con la signora Cunningham, se è possibile, signora Bivens.»

«Signorina. Sono signorina. Scott ha già chiamato per dirmi

di non lasciarla entrare... ma la signora Polly ha detto che voleva parlarle» disse Natalie.

«Mi dica, la signora Cunningham è... lucida? Suo figlio mi ha detto che ha molti problemi di salute.»

Natalie sorrise. «Ha sessantotto anni. Non è nel pieno delle forze e la maggior parte dei giorni si sposta su una sedia a rotelle, ma a livello mentale è acuta come pochi. Come le dicevo, vuole parlarle.» Si voltò e s'incamminò. Titus si chiuse la porta alle spalle e la seguì.

I pannelli di legno sui muri della casa parevano assorbire la luce che filtrava dagli abbaini ottagonali. Generazioni di Cunningham lo guardavano dai dagherrotipi dai toni seppiati. Salirono una breve rampa di scale che dall'atrio conduceva al salotto. Attraversarono la stanza ed entrarono in un soggiorno cupo con il soffitto a cattedrale. Le pareti erano coperte da librerie inframezzate dai resti pietrificati di orsetti lavatori, conigli e volpi imbalsamati.

Polly Anne Cunningham era seduta al centro della stanza su una poltrona reclinabile, parallela a un divanetto che Titus era sicuro avesse almeno cinquant'anni. Di fianco c'era una sedia a rotelle altrettanto vecchia. Titus levò il cappello e gli occhiali da sole.

Polly Anne lo osservò con freddezza. I suoi occhi azzurri erano ancora vivaci e curiosi. I capelli lunghi e folti le ricadevano sulle spalle e sul petto. Il volto era segnato del tempo, ma quei segni le conferivano un'aria solenne e matura. Titus pensò che con quella veste da casa a fiori bianchi e blu sembrava un profeta del Vecchio Testamento, se solo alle donne fosse stato concesso di assumere quel ruolo.

«Sceriffo. Devo dire che mai avrei creduto di vivere abbastanza a lungo da vedere il giorno in cui un nero avrebbe indossato quel distintivo» disse Polly Anne. La voce era chiara e forte, il genere di voce che si sentiva alle riunioni dell'associazione dei genitori e degli insegnanti e alle raccolte fondi per le Figlie Unite della Confederazione o per i Figli della Confederazione.

«La cosa la disturba?» chiese Titus.

«Nient'affatto. Pensavo solo che Charon non avrebbe mai permesso che accadesse. Il che dimostra quanto ne capisca io di certe cose. Prego, si accomodi.»

Titus si sedette sul divanetto. Aveva un aroma vissuto, non acre o sgradevole, ma polveroso e crudo, il sentore di migliaia di ore di utilizzo; sapeva di sudore, lacrime e pelle.

«Natalie, puoi aiutarmi a mettermi sulla sedia?» disse Polly Anne. Natalie si avvicinò e infilò le braccia sotto le ascelle della donna per spostarla dalla poltrona alla sedia a rotelle, senza sforzo apparente. Polly Anne doveva pesare poco più d'un uccellino.

«Ora, fammi guardare in faccia come si deve il nostro ospite. E potresti dire a Crutch di portarci un po' d'acqua?»

«Certo» disse Natalie, prima di lasciarli soli.

«Signora, non so se suo figlio le abbia detto perché volevo parlarle, ma si tratta di una... questione delicata, e so che potrebbe essere difficile per lei, ma ci sono delle vite in gioco e...»

«Vuole parlare di mio figlio. Quello che ho dato via» disse Polly Anne.

Titus sgranò gli occhi. «Sì... sì, signora. Lo so che è un argomento delicato, ma ho bisogno di sentire la sua versione della storia. Potrebbe essere coinvolto negli omicidi avvenuti di recente e in quelli precedenti che abbiamo scoperto.»

Un nero anziano con un paio di pantaloni di cotone beige e una camicia bianca entrò nel soggiorno portando un vassoio sul quale erano posati una caraffa d'acqua e ghiaccio e due bicchieri. Poggiò il vassoio su un tavolino rotondo accanto alla sedia a rotelle. Riempì entrambi i bicchieri. Ne porse uno a Polly Anne e l'altro a Titus.

«Grazie, Crutch» disse Polly Anne.

«Ci mancherebbe. Non si affatichi troppo» disse Crutch. Uscì in silenzio così com'era entrato.

«Crutch lavora qui sin da quando Scott si è iscritto al liceo e Alanna era ancora negli scout. È l'unico motivo per cui non sono in una casa di riposo. Spero che dell'acqua le vada bene, sceriffo. Di questi tempi non posso concedermi altro. Già ho perso le dita dei piedi a causa dei vizi della vita qui al Sud. Troppo zucchero nel tè.»

Titus lanciò un'occhiata ai piedi della donna, fasciati nelle calze a compressione. Là dove avrebbero dovuto esserci le dita, il piede era stondato come una patata.

Titus prese un appunto mentale per ricordarsi di farsi controllare il glucosio.

«Scott vuole mandarla in una casa di cura?» chiese Titus.

«Preferirebbe fossi chiusa là dentro intanto che aspetta che io muoia. Così a quel punto potrà vendere la casa e i venticinque acri che la circondano.»

«A me non sembra che abbia bisogno di andare in una casa di riposo» disse Titus.

«Non è questione di bisogno, sceriffo. È questione di volontà. Mio figlio, quello che ho tenuto, mi ci vuole rinchiudere. Solo che io e il vecchio Crutch continuiamo a scombinargli i piani. Ma lei non è qui per parlare di quella parte della mia famiglia disfunzionale.»

«No, signora, ha ragione. Ho motivo di credere che il bambino che lei ha affidato a Elias Hillington sia diventato un assassino. Elias è morto. Lo stesso vale per un uomo di nome Cole Marshall e per sette innocenti. E ieri sera qualcuno mi ha inchiodato un agnello alla porta di casa. Ho bisogno di prenderlo prima che faccia del male a qualcun altro o a se stesso» disse Titus.

Polly Anne bevve un sorso d'acqua, poi posò il bicchiere sul tavolino. «Voglio bene ai miei figli, sceriffo, ma nessuno di loro è quel che si dice una brava persona. Due sono viziati e arroganti, e l'unica espressione d'amore che riconoscono sono le banconote. L'altro... insomma, sa meglio di me che cos'è. Mi chiedo quanto sia stata colpa mia. In che misura sia colpa dei peccati delle madri e dei padri che gli infestano l'anima.» Le tremò la voce, e per un attimo Titus temette che si mettesse a piangere. Ma si limitò a scuotere la testa.

«Sceriffo, le è mai capitato di prendere una decisione che credeva giusta ma che poi per anni ha gettato ombre sulla sua vita?» chiese Polly Anne.

«Sì, signora, credo di sì» disse. Rivide Red DeCrain in ginocchio che implorava di essere ammanettato.

«Quando avevo diciannove anni ho incontrato Horace Cunningham alla Washington and Lee University. Era l'uomo più bello, intelligente e affascinante che avessi mai conosciuto. Nel giro di un anno lasciai gli studi e ci sposammo. Horace era un'anima buona e gentile. Era ricco ma non lo ostentava, a differenza del resto della famiglia. Quando si è laureato ci siamo trasferiti qui a Blue Hills. Lui ha iniziato a lavorare come dirigente alla fabbrica del pesce e io ho fatto del mio meglio per essere una buona moglie. Ho imparato a intrattenere gli ospiti e a perdermi in chiacchiere educate. E ogni sera mi coricavo accanto a mio marito e pregavo che si girasse e mi baciasse e mi stringesse. Ma non lo faceva mai.»

«Horace era gay» disse Titus.

Polly Anne sorrise. «Gli piaceva dire che preferiva un altro tipo d'amore. Alla fine suo padre si è messo a esigere che producessimo qualche erede. Horace piangeva prima e dopo. E, durante, lui chiudeva gli occhi e io chiudevo i miei, e credo che entrambi andassimo molto, molto lontano. Dopo che ho avuto Scott e Alanna, abbiamo trovato un... un'intesa. Saremmo rimasti marito e moglie da tutti i punti di vista tranne uno. Lui era libero di trovarsi un altro tipo d'amore... e anch'io.»

«Il bambino… era di etnia mista» disse Titus con gentilezza. Si chiese quando fosse stata l'ultima volta che Polly Anne aveva parlato con qualcuno che non fosse Natalie o Crutch. Si chiese quanto pesassero sulla sua anima quei rimorsi. Si chiese se con quella confessione in qualche modo volesse assolversi.

«Ho studiato Storia, all'università. Non ho mai condiviso i dogmi razzisti che invece osservava la gran parte dei parenti di Horace. Una volta andavo all'Honey Drop e al Club 24, e da Gardner. Lì trovavo... degli amici. Era per proteggermi che andavo in quei luoghi? Stavo usando il mio privilegio di donna bianca per trovare affetto tra le braccia di uomini con i quali non avrei mai potuto farmi vedere in pubblico? Sì, ma le persone che ho conosciuto in quei posti erano davvero miei amici. Jojo Ware, Ruth e Jimmy Packer, Gene Dixon, conoscevo persino suo padre, Albert. Spero che non mi giudicherà troppo duramente, sceriffo. Ero una donna sola e quelle serate in compagnia di persone che non mettevano in discussione la mia presenza, che mi trattavano come una donna e non come una decorazione, restano tra i momenti più felici della mia vita» disse Polly Anne.

«Conosceva mio padre?» chiese Titus, inclinando il capo a destra.

Polly Anne si lasciò scappare una risatina. «Non in quel senso, sceriffo. Ad Albert piaceva il whiskey e gli piaceva ballare, ma amava sua madre. Di quello non deve proprio preoccuparsi.» Bevve un altro sorso d'acqua.

«Nell'estate del 1987 Horace ha iniziato a perdere peso. Era un omone robusto, quindi per qualche chilo non ci siamo preoccupati. Poi la notte ha cominciato a sudare in maniera terribile, tanto che il letto al mattino era fradicio. A gennaio del 1988 era morto. E tre mesi dopo sono rimasta incinta.»

Polly Anne fissò lo sguardo alle spalle dello sceriffo, su un ritratto appeso alla parete opposta. Titus l'aveva notato entrando. Era una delle fotografie più recenti. Horace Cunningham da giovane. Per un momento le rughe sul volto di Polly Anne si distesero e un sorriso giocò agli angoli delle sue labbra.

«Lui stava molto attento, ma temo che qualcuno non lo sia stato altrettanto con lui. Insomma, capisce il mio dilemma? Ero una vedova, rimasta incinta dopo che mio marito era morto e sepolto.»

«E così ha deciso di affidare il bambino agli Hillington? Perché a loro? Sapeva che genere di persone fossero? Le cose che erano capaci di fare?» chiese Titus.

Polly Anne scosse il capo.

«No. Dopo la morte di Horace, si sono messi in mezzo i suoi fratelli e hanno cercato di prendere in mano la nostra vita. Ha organizzato tutto Lemuel, il fratello più grande. Non mi hanno neanche mai lasciato vedere il volto di mio figlio. Mi hanno sempre proibito di contattarlo. Credo che se l'avessi visto quand'era appena nato, avrei provato a tenerlo. Ma i Cunningham non mi avrebbero mai permesso di farlo crescere insieme a Scott e Alanna. Lo consideravano impuro.» Polly Anne fece per bere un altro sorso d'acqua, ma cominciò a tremarle la mano. Titus si alzò e mise la mano alla base del bicchiere per tenerlo fermo.

«Una volta sono andata a vederlo. Ho detto a Crutch di accompagnarmi sull'isola in macchina. Abbiamo parcheggiato a una certa distanza dalla chiesa. Avrà avuto nove anni. È stato solo dopo che è morto Lemuel che ho avuto il coraggio di mettere piede su quell'isola.» Fece una pausa. «Era fuori, da solo. Stavo quasi per scendere dalla macchina quando l'ho visto prendere un granchio blu da una trappola e poi frantumarlo con una pietra. Un granchio vivo. Continuava a sbattergli sopra quella pietra. Sono risalita subito in macchina e me ne sono tornata a casa. Non l'ho mai più visto.»

Le lacrime presero a scorrerle lungo le guance come un ladro che scappa nella notte.

«Penso... tante volte penso che se l'avessi tenuto, se l'avessi cresciuto io, avrei potuto cambiarlo. Se non mi fossi lasciata intimidire dai Cunningham avrei potuto aiutarlo. Quei poveri ragazzini, quel Marshall, persino Elias... ho le mani sporche del loro sangue» singhiozzò.

Natalie tornò di corsa nel soggiorno, ma Titus alzò una mano. Lei si fermò, fece un passo indietro.

Titus prese la mano di Polly Anne nella sua. Gli parve sottile come fumo. I singulti cominciarono a placarsi.

«Il sangue è sulle mani di chi l'ha versato. Lei non può addossarsi la colpa di ciò che ha fatto lui. Però se mi dà una mano cercherò di assicurarmi che riceva l'aiuto di cui ha bisogno. Ha per caso una fotografia? Sa come l'hanno chiamato gli Hillington?» disse Titus.

«Fotografie non ne ho. E mi vergogno a dire che a malapena ricordo che faccia abbia. Però so che l'hanno chiamato Gabriel.»

«Come l'arcangelo» disse Titus.

Titus stava per scendere l'ultimo scalino della veranda quando Natalie arrivò sulla porta.

«Verrà fuori tutto, vero? Del bambino e tutto il resto» disse.

Titus si mise il cappello. «Sì. Una volta che lo prendiamo, sì.»

«Erano anni che voleva raccontare quella storia. Scott era adolescente quando la signora ha avuto il bambino, e per qualche motivo incolpa lei della morte del padre. Non gli farà piacere che diventi di pubblico dominio. Tanto per farglielo sapere» disse Natalie.

«Credo che non ci sia niente al mondo che mi importi meno di cosa faccia o non faccia piacere a Scott Cunningham. Mi auguro che non sia un problema per la signora, però.»

«Onestamente, credo che per lei sia un sollievo.»

«Bene. Ne ha passate abbastanza.»

«Non sono abituata a incontrare dei poliziotti tanto gentili.»

Titus si infilò gli occhiali da sole. «Nessuno è perfetto, avrebbe detto mia madre. Buona giornata, signorina.»

Tornò al SUV e chiamò subito Trey.

«Ehi, capo, ho parlato con Jessica. Ha detto che Dallas e Cole si conoscevano appena. Sono lei e la moglie di Dallas che sono buone amiche dai tempi dall'asilo. Ha detto che ogni tanto girava con Denver Carlyle e che era in buoni rapporti anche con Jasper e con quelli del Watering Hole. Ho parlato con Dallas, ma lui ha un alibi di ferro per la notte dell'omicidio. Era a Harrisonburg a ritirare un carico per il camion. Denver si è rifiutato di parlarmi e Jasper ha detto di non conoscerlo bene» disse Trey.

Titus prese a tamburellare sul volante. Un altro vicolo cieco. Un altro sentiero che non portava da nessuna parte.

«Torna da Denver. Portalo da noi come testimone. Tra mezz'oretta arrivo» disse Titus.

«Ma possiamo farlo? Voglio dire, in realtà non è stato testimone di nulla» disse Trey.

«No, ma lui questo non lo sa.» Detestava il gusto che quelle parole gli lasciavano in bocca, ma non era più il tempo della gentilezza. Dovevano trovare l'assassino, e se per riuscirci bisognava ricorrere alle armi più discutibili di cui la sua posizione lo forniva, amen. Avrebbe potuto rimproverarselo in un secondo momento.

Jamal Addison era seduto sul cofano della sua Prius, quando Titus svoltò nel parcheggio. Appena scese dal SUV, Jamal si alzò e gli si fece incontro.

«Reverendo.»

«Sceriffo, mi hanno detto che sarebbe tornato a breve. Mi chiedevo se avesse un attimo di tempo per me» disse Jamal. Titus notò che aveva l'aria mogia, come se tutta la sua energia si fosse prosciugata.

«Reverendo, sono certo che saprà che il nostro tempo è limitato. Abbiamo un assassino da prendere» disse Titus. Una brezza fresca cominciò a soffiare da est, portandosi via il calore del pomeriggio.

«È di quello che le volevo parlare. Ha preso in considerazione l'idea di annullare il Festival d'Autunno?»

«Jamal, non ho l'autorità per farlo. Sta al consiglio comunale e al comitato organizzativo del festival, e non credo che saranno disposti a farlo.»

«So che il festival porta un sacco di soldi alla contea. Ma Ricky Sours e i suoi hanno in programma di marciare lungo Main Street e sbraitare di sangue e suolo e della Grande Sostituzione e della persecuzione dei bianchi. Quanto pensi che ci vorrà prima che si mettano a dare la colpa a noi per l'uccisione di due bianchi nella contea?»

«E così hai saputo di Elias» disse Titus. Prese in considerazione l'idea di cogliere Davy di sorpresa e chiedergli a chi altro l'avesse detto.

«Non è un segreto per nessuno. Ma quello che ho detto resta valido. Ricky e i suoi sono capacissimi di tirare su un casino alla Susan Smith e di dare la colpa a noi per Cole ed Elias. Tutta quella gente radunata al Festival d'Autunno, carica di liquore, rabbia e paura. Finisce che ti ritrovi con una grana mica da ridere» disse Jamal.

«Jamal, non è che per caso voi avete in programma una contromanifestazione?» chiese Titus.

Jamal evitò di guardarlo negli occhi. Il giovane pastore fissava l'asfalto che aveva sotto i piedi. «Tu non sai cosa dicono in giro. Già ci odiano, adesso ci vogliono pure dare la colpa. Non ci credono, che sia stato Spearman. Vogliono dare tutta la colpa a Latrell o a qualche altro nero che corrisponde al loro stereotipo del gangster incazzato. Non siamo più ai tempi del dottor King, Titus. Un sacco di gente ne ha le palle piene della resistenza non violenta. Un sacco di gente, nera e bianca, è stufa di Ricky Sours e della sua banda.»

Jamal salì in macchina. Abbassò il finestrino e sporse fuori la testa.

«Chiedigli di annullare il festival, Titus. Per favore.»

VENTIQUATTRO

Di nuovo in ufficio, Titus si piazzò di fronte alla bacheca. Ci aggiunse un foglio, fissandolo con una puntina, e scrisse sopra il nome «Gabriel». Sotto il nome annotò il movente plausibile dell'uomo e quelle che ipotizzava fossero le sue patologie. Non stava esattamente tracciando un profilo, quanto piuttosto organizzando i pensieri. Si mise a parlare da solo, borbottando a bassa voce mentre scriveva.

«È ossessionato dalla religione e dagli angeli. Fisicamente è forte da far paura. Odia la sua metà nera? È per quello che prende di mira i ragazzini di colore? È sfrontato, anche se lo stesso vale per gran parte dei sociopatici. Probabilmente passa per bianco. Era l'alfa, tra lui, Spearman e Latrell. Come li ha conosciuti? Latrell non sembrava partecipare attivamente agli omicidi. Era solo un'esca.»

Smise di scrivere. Una cosa che aveva imparato sulla propria pelle era che tracciare un profilo non era magia. Era al massimo una serie di ipotesi di inquadramento basate su determinati metodi di ricerca e di analisi. Ma alcune persone non si riuscivano a inquadrare. Alcune persone non rientravano in nessun profilo. Non rientravano neanche nella razza umana.

Certe persone erano mostri fra i mostri.

Carla bussò sullo stipite della porta aperta.

«Che mi dici?» chiese Titus.

«Ho parlato con il capo spedizioniere allo stabilimento. Le

date in cui Latrell ha accompagnato Cole non corrispondono neanche lontanamente alle date in cui sono scomparsi i ragazzini» disse Carla.

Titus annuì.

«Okay. Era improbabile che servisse a qualcosa. Cole non è il nostro colpevole. Lui sapeva chi era l'assassino, anche se fino alla conferenza stampa non sapeva di saperlo. Però non riesco a smettere di pensare che Latrell e l'assassino lavorassero assieme per rapire le vittime. Usava Latrell come esca. Lo so, solo che non ho ancora capito la dinamica» disse Titus.

«Magari Latrell e l'assassino facevano semplicemente su e giù per la costa est quando gli veniva voglia» disse Carla.

«Può darsi. In quel caso diventerebbe più difficile trovare…» Titus si zittì. Stava per chiamare l'assassino l'Ultimo Lupo. «Diventerebbe più difficile trovare l'assassino. La casualità è sua alleata.»

«E la nostra qual è?»

«La determinazione.»

Titus trascorse le ore successive a rispondere alle mail e a occuparsi delle questioni amministrative che aveva tralasciato negli ultimi giorni. Vero era che aveva delle buone ragioni per averlo fatto, ma la gente per cui lavorava non le avrebbe riconosciute come tali, bollandole invece come scuse.

Diede un'occhiata alle pagine social dedicate a Charon. Quelle pagine avevano rimpiazzato le macchinette del caffè in ufficio e le staccionate fra le case, ed era lì che la comunità interagiva. Specialmente la gente che aveva la tendenza a dimostrarsi razzista, misogina e incredibilmente ignorante. Secondo lui, in troppi erano convinti che i social avessero un'importanza che invece non avevano affatto.

C'erano molti post sulla sparatoria. Alcuni erano scritti da cittadini preoccupati che invitavano alla preghiera per la guarigione spirituale della contea. Ma da molti traspariva una gioiosa esuberanza per la morte di Latrell: usavano quella tragedia come un'occasione per sfoggiare la vastità del loro vocabolario razzista. Parecchi riguardavano il Festival d'Autunno. Quasi tutti gioviali, pieni di trepidante attesa per la gara dei mangiatori di tortini o quella di tiro delle trappole per granchi. Albert Crown teneva esposti sul caminetto tre trofei vinti proprio in quella competizione.

Alcuni post suggerivano aspettative più violente.

Bandiere per la marcia prese!

Il Sud risorgerà!

Sti cazzo di fiocchi di neve non reggono la vera storia!

Titus lasciò perdere internet.

Realizzò che non c'era luogo più confuso dal proprio passato, o più terrorizzato dal futuro, del Sud. Mandò una mail al consiglio comunale per informarli che avrebbe chiesto rinforzi alle contee vicine durante i tre giorni del festival. Sperava che non gli servissero, ma la speranza e le preghiere non avrebbero impedito a qualche ragazzotto di scagliare una molotov in mezzo a una folla.

Titus chiuse il laptop e guardò l'ora. Erano da poco passate le sei di sera, ed era tutto il giorno che non mangiava. Prese in considerazione l'idea di chiamare Darlene e dirle di vedersi da Gilby, ma l'immagine dell'agnello inchiodato alla porta gliela fece accantonare in fretta. Sarebbe andato a prendere qualcosa e se lo sarebbe portato in ufficio.

Mentre attraversava l'atrio, Trey e Pip entrarono trascinando Denver Carlyle.

«Ho i miei diritti, figli di puttana!» sbraitò Denver.

«Immagino che non fosse disposto a fare il testimone» disse Titus.

«Il cervellone, qui, è corso via, è saltato in macchina, e poi è finito in un fosso. Il che significa accusa per guida in stato d'ebbrezza, resistenza a pubblico ufficiale e tentata evasione. Questo se il procuratore sarà tenero» disse Pip.

Titus fece un respiro profondo. Denver puzzava come se avesse fatto le vasche in un barile di whiskey. «Denver, se sei ubriaco lo sai che puoi dire addio alla tua bella licenza conto terzi, sì?» disse Titus.

«Vaffanculo. Andate affanculo tutti, figli di puttana. Ho i miei diritti. Sono un uomo bianco in America. Sì, esatto, ho detto *bianco*. Non mi vergogno della mia razza solo perché cent'anni fa qualcuno aveva degli schiavi.»

«Però ti sta a cuore che non tolgano una statua dedicata a quelle persone. Quelle che avevano gli schiavi. È per quello che marciate, giusto?» chiese Titus.

Denver scosse il capo. «È la nostra storia che state cercando di distruggere! State cercando di cancellarci.»

«Quindi non ti dà fastidio che i tuoi antenati fossero schiavisti, semplicemente non vuoi che la gente se ne lamenti. Portatelo in cella. Chiamate il giudice» disse Titus. Pip condusse Denver in cella.

«Ah, gli ho chiesto di Cole, già che ce l'avevamo in macchina. È ubriaco e probabilmente non sarà ammissibile, ma mi ha detto che non parlava con Cole da mesi. Ha in mente solo le cazzate dei Figli della Confederazione» disse Trey.

«Quando gli passa la sbornia chiedetegli se è disposto a fornirci un campione di DNA.»

«Pensi che sia lui?» chiese Carla.

«Per ora non escludo nessuno» disse Titus.

«No, va bene, questo lo capisco, ma quel coglione lo conosco da una vita. È sempre vissuto qui a Charon. Il ragazzino, quello che hanno tirato su Elias e la sua famiglia, è sparito. Denver non è mai andato da nessuna parte» disse Carla.

«Giusto, ma il suo DNA lo voglio comunque. Potrei sempre sbagliarmi, a proposito del ragazzino» disse Titus.

«Non è che ti sbagli tanto spesso, capo.»

«Stavolta in realtà spero proprio di sbagliarmi.»

Titus era seduto alla scrivania in attesa che Denver smaltisse la sbronza, quando gli suonò il cellulare. Guardò il display, numero riservato. Esitò. Probabilmente era il call center che lo chiamava a proposito della garanzia aggiuntiva della macchina. Ma, d'altro canto, poteva essere una telefonata importante. Toccò lo schermo e rispose.

«Pronto?»

«Il gregge non è al sicuro» disse una voce profonda e demoniaca.

Titus si rizzò sulla sedia.

«Come hai avuto questo numero?»

La voce ridacchiò, facendogli accapponare la pelle.

«Chiunque può trovare chiunque, su internet. Il gregge non è al sicuro, Titus» disse la voce.

«È quello che hai provato a dirmi con quell'agnello... Gabriel?» Titus sperava di coglierlo di sorpresa, usando il suo vero nome.

«Cazzo dici, non mi chiamo così.»

«Me l'ha detto tua madre che ti hanno chiamato così. La tua vera madre. Rimpiange di averti dato via, Gabriel.»

Sentì un respiro aspro e profondo all'altro capo del telefono.

«E tua madre come sta? Sempre morta?» disse la voce. Aveva perso la baldanza.

«Sì, mia madre è morta. Però mi voleva bene. Non mi ha dato via. È questo che ti fa fare certe cose? Quando hai ucciso quei ragazzini, pensavi di uccidere una parte di te? La parte che tua madre non poteva accettare?» disse Titus.

«Non azzardarti a provare a farmi il profilo, cazzo. Voglio che ti ricordi quello che ti ho detto. Il tuo cazzo di gregge non è al sicuro.»

La linea fu interrotta.

Titus gettò il cellulare sulla scrivania e affondò la faccia tra le mani. Era come se la follia dell'Ultimo Lupo gli stesse filtrando nel cervello attraverso i ripetitori. Parlare con quel maniaco, pensare come lui, era corrosivo. Gli mangiava l'anima.

Il cellulare squillò di nuovo.

Titus lo afferrò, e un peso immediatamente gli prese forma nello stomaco.

Era suo padre.

«Ehi, che succede?» disse Titus.

«Niente, calmati, giovanotto. Ti chiamavo solo per dirti di non prendere niente per cena. Faccio pollo arrosto con le verdure, il pane di granturco e un'insalata di patate. E poi mi portano due ostriche da grigliare» disse Albert.

«Mi sembra un sacco di cibo solo per noi due» disse Titus.

Albert ridacchiò. «Vieni a casa.»

«Ho un sacco da fare, qui.»

«Titus Alexander Crown, puoi tornare al lavoro dopo mangiato. Adesso vieni qui. Tempo che arrivi e sarà pronto da mangiare» disse Albert.

«Che succede, pa'? Ti ho detto che non voglio far venire Darlene finché non risolviamo il caso» disse Titus.

«Non è Darlene, testone. Dai, su, muoviti.»

Titus scese dal SUV e si diresse verso la porta. Una pallida patina rosata copriva ancora la vetroresina. Entrò in casa, dove lo accolsero nel loro abbraccio gli aromi della lunga giornata ai fornelli di Albert Crown.

«Cavolo, ti sei proprio lanciato, eh, vecchio?» disse.

Albert stava mescolando del tè in una caraffa con un cucchiaio di legno. «Ogni tanto bisogna.»

«Ma quello è il tuo famoso tè freddo alla lavanda?» chiese.

Albert fece un gran sorriso. «Non so quanto è famoso, ma sì.»

Titus vide la pirofila piena di pollo, la teglia di alluminio colma di pasta al forno, il vecchio contenitore del burro con l'insalata di patate.

«Viene a trovarti qualche amica?»

Albert rise. «Siediti e chiudi la bocca. Intanto che aspettiamo ti riempio un piatto.»

«Papà, posso riempirmelo da solo, il piatto.»

«Fa' come vuoi» disse Albert, tornando a mescolare il tè.

«Davvero non mi dici chi viene a cena?» chiese Titus, servendosi una cucchiaiata di pasta al forno.

«Sei tu il detective. Vedi di capirlo» ridacchiò Albert.

Titus mangiò un boccone di pasta. Il vecchio non perdeva un colpo.

Suo padre aveva apparecchiato per tre. Stava facendo il tè alla lavanda. Titus diede un'occhiata al forno. Dietro il vetro temperato vide una teglia piena di croissant. Solo che lui e Marquis, da piccoli, non li chiamavano croissant.

«I rollini? Hai fatto i rollini. Vuoi vedere che viene a cena Marquis?»

Albert fece un gran sorriso. «Finisci di servirti» si limitò a rispondergli.

Titus posò il piatto sul tavolo. «Pa', sono anni che non passa da casa. Cosa ti fa pensare che...» attaccò a dire Titus, ma qualcuno lo interruppe bussando alla porta.

«Ostriche non ne ho trovate» disse Marquis entrando in casa. Li raggiunse in cucina con in mano un pacco da sei birre. «Ehi, fratellone. Stai da paura come al solito. Pa', queste vuoi metterle in frigo?» disse Marquis.

«Sì, metticele. Il tè è pronto. Le birre possiamo aprirle dopo.»

«Sicuro che già quel tè non sia un po' troppo forte per te? Sembra che ci stai facendo a botte, con quel cucchiaio» disse Marquis passando accanto ad Albert e dandogli una pacca scherzosa sulla spalla.

Albert si voltò di scatto e gli mostrò il pugno. Titus fece un passo verso di loro prima di rendersi conto che entrambi sorridevano.

Sorrise anche lui.

Una volta mangiato il pollo, bevuto il tè e finite le birre, tutti e tre si lasciarono andare contro gli schienali delle sedie intorno al tavolo della cucina, con la pancia piena e le guance indolenzite dal ridere.

«Gesùddio, che abbiocco» disse Marquis.

«Era tutto buonissimo, pa'» disse Titus.

«Lo so. Faccio ancora faville in cucina» disse Albert. Sbadigliò e si scrocchiò le dita. «Mi sa che me ne vado in branda.»

«Son le otto e mezza!» disse Marquis.

«Infatti, per me è già tardi» rispose.

Scoppiarono a ridere.

«È che ho preso un antidolorifico per l'anca. E adesso mi vuole Morfeo.» Albert si alzò da tavola facendo una leggera smorfia. Posò la mano sulla spalla di Marquis e guardò Titus. «È bello avervi qui tutti e due, ragazzi.» Strinse la spalla di Marquis, fece un cenno a Titus e prese le scale per andare di sopra.

«Ma papà ce n'ha ancora di quel buon vecchio liquore?» chiese Marquis.

«Sì, sì. Esattamente dove lo teneva una volta.»

«Ti ricordi quando gliene abbiamo rubato un po' e ci ha beccati e ci ha fatto finire il barattolo?»

«Ancora non sopporto l'odore dei lamponi, dopo quella poltiglia che restava quando siamo arrivati in fondo» disse Titus, mentre Marquis andava a recuperare il barattolo.

«Ti va di uscire sulla veranda? Mi fa strano bere moonshine al chiuso» disse Marquis.

«L'unica volta che l'ho sentito mezzo litigare con mamma è quando si è ubriacato al tavolo della cucina dopo il lavoro, insieme a Gene e Gary Parrish» disse Titus.

Marquis prese due bicchieri e uscì sulla veranda. Passando davanti al caminetto si fermò per mandare un bacio alla foto di matrimonio dei genitori.

Si sedettero fianco a fianco sulle sedie da giardino e si passarono vicendevolmente il barattolo fino a che il calore d'un accenno di sbronza non li avvolse come una nebbia.

«Te lo devo chiedere. Cos'è che ti ha convinto a venire, stasera?» chiese Titus.

Marquis bevve un sorso dal barattolo. «Quando qualcuno inchioda una pecora alla porta di casa di tuo padre, mi sa che è il caso di andare a vedere come sta.»

«Mi sembra giusto. Ma volevo dire che lo so che per te è difficile venire qui.»

«Se riesco a non pensare a quel rantolo che aveva in gola, non è un problema» disse Marquis.

«Io ci penso in continuazione.»

«Non capisco perché ti torturi così» disse Marquis.

Titus mandò giù un sorso. «Sai, una parte di me pensa che se non lo faccio, se comincio a dimenticarmi di quella sera, le manco di rispetto. Forse penso che qualcuno debba portarselo dietro. Il suo ricordo.»

«Non ho detto che non voglio ricordarmela. È solo che non voglio pensare a quella sera, o ai sei mesi che sono venuti prima. Voglio ricordarmela che ci aiuta a costruire gli aquiloni» disse Marquis.

Titus si mise a ridere. «Ti sei preso la scossa, con quell'affare.»

«Non l'avevo mai vista tanto arrabbiata e tanto spaventata in vita mia» disse Marquis. Ridacchiò e bevve un sorso di liquore. «Tu come stai? Lo so che stai dando la caccia al tizio che fa a pezzi la gente e la lascia in mezzo ai campi di granturco e merdate del genere. Dev'essere una pressione bella tosta.»

«È il mio lavoro. Ho deciso io di farlo.»

«Negro, bada bene che non hai deciso di vivere *Il silenzio degli innocenti*. Siamo a Charon. Al massimo dovresti sedare qualche rissa al Watering Hole» disse Marquis.

«A proposito del Watering Hole. Avevi ragione. Uno dei miei prendeva mazzette» disse Titus. Allungò una mano verso Marquis, che gli passò il barattolo.

«Esattamente come avevo sentito.»

«E l'avevi sentito perché stavi facendo qualche lavoretto per Jasper?» chiese Titus.

Marquis voltò la testa gigantesca per guardarlo. «Non credo tu voglia saperlo. Ma mettiamo che, per assurdo, in passato qualcosina l'abbia fatta. Fossi stato un fratello come si deve, avrei smesso il giorno stesso che ti hanno eletto, per non mettere nei guai il mio fratellone» disse Marquis.

«D'accordo, proseguiamo ancora un po' con quest'ipotesi. Se tu lavoravi per loro ma hai smesso, e io poi licenzio il loro uomo, non verranno a prendersela con te, o sì? Perché quella è roba ben più seria di qualche tavolo rotto.»

«Non sono tanto scemi da venire a provocare me. E non ti dico altro, perché meno sai e meglio è» disse Marquis, facendo l'occhiolino a Titus.

«Cristo, altro che ragazzo d'oro» disse Titus, porgendo il barattolo a Marquis.

«E dai, su. Io sono la pecora nera, senza ironia, e tu sei il bravo ragazzo. Laureato da primo della classe all'università della Virginia, poi Columbia, poi dieci anni nell'FBI – dieci anni, no? Cazzo, non so perché sei tornato qui, e non dirmi che è per l'anca di papà.» Marquis ingollò una lunga sorsata. «Ehi, quella è la mia cintura» disse restituendo il barattolo a Titus.

Titus si guardò la vita. «La mia si è rotta e la tua sta bene con l'uniforme, nonostante abbia un pugnale nella fibbia.» Un altro sorso. «Comunque, come ti dicevo, non sono un ragazzo d'oro.»

La risata di Marquis echeggiò nella notte, e le risposero alcune ghiandaie e un gufo. «Ma se sei più corretto di un teorema di geometria» disse tendendo la mano per riavere il barattolo.

Titus, prima, ne bevve una sorsata. Il liquore bruciò fin nelle dita dei piedi.

«Mi hai chiesto perché sono tornato a casa. Hai ragione. Non è stato solo per papà. C'entra, ma era più una questione personale. E adesso ridammi quel cacchio di barattolo.»

Marquis glielo porse senza fare battute sarcastiche. Titus finì il liquore in un unico, lungo sorso.

«Non l'ho mai raccontato a nessuno. L'FBI ha insabbiato tutto dopo che mi sono licenziato, ovviamente. E non c'erano parenti che potevano mettere in discussione la versione ufficiale» disse Titus. Si afflosciò sulla sedia. Stava rapidamente passando dall'alticcio all'ubriaco, ma non c'era altro modo per tirare fuori la storia che stava per raccontare.

«In vino veritas» disse Titus.

«Eh?»

«Niente. Comunque, dall'unità di Scienze comportamentali sono passato al terrorismo interno. C'erano più opportunità di fare carriera, e io volevo fare carriera. Mi vedevo con una donna, con cui volevo fare le cose sul serio, e stavo pensando di comprare casa e magari piantare radici in Indiana. Be', insomma, il primo caso che mi capita in quel dipartimento è un'operazione congiunta con l'ATF e la DEA. Dovevamo andare a prendere un narcotrafficante suprematista che stava accumulando una marea di armi nell'Indiana settentrionale, un tizio di nome Ronald «Red» DeCrain. Ora, devi sapere che Red non era soltanto un pezzo di merda narcotrafficante razzista, era anche il capo di una cazzo di setta. Nella tenuta con lui vivevano una cinquantina di seguaci accaniti. Noi avevamo un infiltrato che ci aveva aiutato a organizzare un affare con Red e i suoi, tutti pregiudicati, che avevano comprato armi da fuoco rubate provenienti da un altro stato.» Titus fece una pausa.

«Avevano infranto abbastanza leggi da soddisfare tutte e tre le agenzie. Così abbiamo caricato il SUV nero, ci siamo equipaggiati di tutto punto per il raid e siamo andati ad arrestare Red e cinque dei suoi luogotenenti più in vista. I miei colleghi dell'ufficio Indagini criminali ci avevano fornito una valutazione di Red DeCrain. Dicevano che non aveva il complesso del martire. Che non avrebbe combattuto fino alla morte. E in parte avevano ragione. Ma la parte che invece non hanno azzeccato... be', quella è stata terribile, cazzo» disse Titus. Fece per prendere il barattolo, vide che era vuoto e lo lasciò sulle assi della veranda.

«Ti risparmio i dettagli più cruenti, ma è stato un bagno di sangue. Sapevano che stavamo arrivando. Il nostro infiltrato si era bruciato la copertura e aveva confessato il piano dopo che gli avevano tagliato tre dita di un piede. Noi per un po' ci siamo ritrovati sotto tiro, poi abbiamo cominciato a respingerli. Io e un mio amico, l'agente speciale Tolliver Young, abbiamo fatto irruzione nella tenuta insieme a quattro agenti dell'ATF.» Titus smise di parlare e sbatté le palpebre.

«Ti, non c'è bisogno di continuare, se non ti va» disse Marquis.

«Devo farlo. E tu sei l'unico con cui possa parlarne.»

«Sicuro? Perché hai una faccia che sembra che hai visto un fantasma, cazzo» disse Marquis.

«Fammi parlare, Marq. Ne ho bisogno. Devo raccontare tutta la storia.»

Si prese un attimo.

«Siamo riusciti a chiudere Red in un angolo. Pensavamo stesse provando a scappare. Era con la moglie e i tre figli. Il più grande aveva quattordici anni. Il più piccolo sette. Un biondino che somigliava a Dennis la minaccia.» Titus si bloccò di nuovo e deglutì a fatica.

«Gli ho detto di alzare le mani e di stendersi a terra. E sai lui cos'ha fatto? Mi ha sorriso. La pazzia, quella vera, è come un'aura che aleggia intorno alle persone. Un alone blu come quello delle fiammelle di una stufa a gas. E quella pazzia è contagiosa. Può diventare come una religione per le anime perse. L'ho vista negli occhi di sua moglie e dei suoi figli. Erano soggiogati, come quelli che si credono posseduti dallo Spirito Santo» disse, passandosi le mani sulla faccia.

«Poi DeCrain ha urlato: "Sic semper tyrannis". E la moglie e i tre figli hanno tolto la sicura dai giubbotti esplosivi. È stato come precipitare nella bocca di un drago. Una luce bianca, accecante, un calore incendiario che mi ha bruciato le sopracciglia. Se non avessi avuto Tolliver in piedi davanti a me, sarei morto. Avevano riempito i giubbotti di pallini di piombo. Lui è evaporato come la nebbia appena spunta il sole la mattina. I quattro agenti dell'ATF erano schierati spalla a spalla. Sono finiti in mille pezzi. A me è arrivato un pallino di piombo nell'addome, giusto sopra l'inguine» disse Titus tirandosi fuori la camicia dai pantaloni e sollevandola per far vedere. Si toccò la cicatrice con la mano libera.

«Quando mi sono svegliato, avevo le orecchie che mi fischiavano talmente forte che a malapena riuscivo a pensare. Mi sono tirato in piedi, sono scivolato più volte su tutto quel sangue. Avevo pezzetti di Tolliver e della famiglia di DeCrain in faccia. Dove li sento ancora oggi. Ho perso il venti per cento dell'udito dall'orecchio destro. Mi si sono rotti quasi tutti i denti sul lato destro della bocca. Tutta questa roba» disse, passandosi la lingua sui denti «è una dentiera. Insomma ero lì che sanguinavo, il mio amico era morto, la nostra squadra era stata sterminata. La moglie e i figli di Red DeCrain erano morti.

Anche il bambino di sette anni. Aveva convinto un bambino di sette anni ad ammazzarsi perché a papà non piacevano le persone di colore. Morti. Tutti. Tranne me... e DeCrain. Cioè, era messo male. Aveva un buco nella coscia che ci sarebbe entrato un piede, ma era vivo» disse, riabbassandosi il lembo della camicia.

«Sono andato da lui e l'ho guardato dall'alto in basso. Aveva ancora quell'aria folle, da idiota decerebrato. Mi ha parlato. Ha detto che voleva arrendersi. Voleva un medico. Voleva che lo ammanettassi. Voleva andare in galera insieme ai suoi fratelli. Voleva, voleva, era tutta questione di cosa voleva lui. Non ha detto niente, non una parola, sulla moglie o i figli, o sul mio amico o sugli uomini che erano venuti con noi in quel covo di vipere. Solo quello che voleva *lui*» disse Titus, stirandosi le dita.

«Quando è morta mamma, mi sono ripromesso che avrei fatto il possibile per proteggere le persone. Che avrei vissuto all'insegna dell'ordine, dando un assetto alle cose, perché il mondo è crudele e capriccioso e non gliene frega un cazzo di te, e la chiesa che lei tanto amava e il Dio che pregava affinché la guarisse sono solo dei placebo che non possono nulla contro il veleno in cui nuotiamo tutti i giorni. Per questo sono entrato nelle forze dell'ordine. Per cercare di imporre un minimo di ordine al mondo, e alla mia vita. Ed ecco che mi trovo davanti Red DeCrain, il caos fatto persona, che con ogni probabilità sarebbe campato altri trent'anni buoni senza troppi problemi. Va bene, sarebbe finito dentro, ma se la sarebbe cavata grazie a tutti i suoi contatti, a meno che non avessero optato per l'iniezione letale. Per quel figlio di puttana che aveva appena reso vedove cinque donne, che non aveva generato altro che disordine e tragedie, sarebbe stata una pacchia. Ero lì che lo guardavo e mi sono chiesto dove mi aveva portato, alla fine, seguire le regole. Cosa avevo ottenuto cercando di mettere ordine in mezzo al caos?»

Titus si fermò un attimo. Fece un respiro profondo, inalando una quantità d'aria tale da espandere il torace al massimo della capacità.

«Perciò gli ho sparato. Due colpi in testa e due nel petto. Gli ho sparato, imbrattato com'ero di quello che restava della sua famiglia e del mio amico. È arrivata una squadra proprio mentre rimettevo la pistola nella fondina.» Titus si lasciò scappare un grugnito. «L'FBI mi ha chiesto gentilmente, va be', mi ha detto di dimettermi. Hanno rilasciato un comunicato stampa che dava l'impressione che fosse stato armato quando gli ho sparato quattro volte. Ho perso tutte le indennità, ma non mi hanno sbattuto in cella. Sei mesi dopo hanno operato papà.»

«Non gliel'hai mai detto? Il tuo nome non è mai finito sui giornali?» chiese Marquis.

Titus scosse il capo. «Quando mi è scaduta la disoccupazione sono tornato a casa, mi ero più o meno ripreso. E il mio nome è stato cancellato dalla documentazione ufficiale, fratellino. Hanno fatto di tutto per dare il minor risalto possibile alla vicenda. L'ultima cosa di cui avevano bisogno era un'altra Waco. Ne hanno parlato soltanto alcuni notiziari locali. Chi non viveva in Indiana probabilmente non ne ha neanche sentito parlare. È per quello che, quando si è presentata l'opportunità, mi sono candidato a sceriffo.»

«Non capisco. Hai fatto fuori un razzista e ti è venuta voglia di diventare sceriffo?» disse Marquis.

«Ho ucciso un uomo. Terribile, ma pur sempre un uomo, e l'ho fatta franca perché avevo un distintivo. Mi sono candidato a sceriffo perché volevo che più nessuno la facesse franca grazie a un distintivo, come succedeva quand'eravamo piccoli. Volevo... immagino volessi cambiare le cose dall'interno. Molto più facile a dirsi che a farsi. Ma è la penitenza che mi tocca.»

«Certo che per uno che non crede in Dio parli tale e quale a un uomo di fede, cazzo. Ascoltami bene, non devi niente a nessuno. Hai ammazzato quel razzista? Bene. Probabilmente hai salvato delle vite. E non sta a te cercare di raddrizzare sempre ogni cosa. Non è il tuo lavoro.»

«In realtà sì che è il mio lavoro. Sono lo sceriffo. Continuo a pensare a cosa direbbe la mamma se lo sapesse» disse Titus.

«Hai scelto di fare lo sceriffo. Come puoi scegliere di non farlo più. Ma non è compito tuo aggiustare il mondo perché non sei riuscito a salvare la mamma. Nessuno poteva salvarla, Ti. Fammi tirare fuori una citazione dei tempi del catechismo. Quell'idea che devi salvare tutto? È superbia. E lo sai cosa dicono della superbia e della caduta. Te lo ripeto. Non devi niente a nessuno. Né a me, né a papà, né alla mamma, e di sicuro non devi niente a Charon. E, tanto per la cronaca, probabilmente la mamma ti direbbe: "Sparagli altre quattro volte a quel figlio di puttana".»

Titus prese il barattolo vuoto e si mise a guardare il modo in cui la luce della lampada sulla veranda danzava sulla superficie. «E se questo mio provare a tenere insieme il mondo fosse l'unica cosa che mi salva dall'andare in mille pezzi?»

«Cazzo, Ti.»

Marquis posò la mano pesante sulla spalla di Titus mentre nel buio le ghiandaie notturne e i caprimulgi intonavano una serenata.

VENTICINQUE

Titus si svegliò con in bocca il sapore delle pessime decisioni che aveva preso la sera prima. Si costrinse ad alzarsi dal letto e a fare duecento flessioni prima di buttarsi sotto la doccia, con l'intento di eliminare l'alcol tramite il sudore.

Quando scese al piano di sotto trovò Marquis sul divano. Uscì di casa senza curarsi di provare a svegliarlo. Montò sul SUV e partì per l'ufficio. C'era un accenno di brina sui bordi del parabrezza. Durante la notte la temperatura era scesa di dieci gradi. Il cielo coperto conferiva al paesaggio un aspetto slavato; era come guardare la stampa sbiadita d'un film muto, guidare fra le strade secondarie che portavano sullo stradone. Titus pensò che si confacesse allo spirito di Charon, ora che un assassino l'aveva adibita a macello.

Mentre parcheggiava nel posto riservato sentì sul cellulare il bip che notificava l'arrivo di una mail.

Caro sceriffo Crown,

il consiglio non ha nessuna obiezione alla sua idea di rafforzare la sicurezza. Ci auguriamo, tuttavia, che terrà in dovuta considerazione l'impressione che potrà destare una presenza più massiccia della polizia. Non vorremmo disincentivare la partecipazione al Festival d'Autunno.

Cordiali saluti saluti,

Julie Narrows

Vicepresidente del Consiglio comunale di Charon

«Non ce la fanno proprio» disse Titus fra sé.

«Ehi, Titus, Denver è uscito su cauzione circa un'ora fa. Il giudice ha detto a Steve e Davy di portarlo in tribunale e l'hanno rilasciato lì. Steve mi ha detto di dirtelo» lo avvisò Cam vedendolo passare.

«L'ha poi dato il consenso a fornirci un campione di DNA?» chiese Titus.

Cam scosse il capo. «No. Ha chiamato l'avvocato appena te ne sei andato. Credi che sia lui?» chiese Cam con una specie di lamento nella voce.

Titus non lasciò trasparire la frustrazione. «Non lo so, Cam. Ma se riusciamo a procurarci un campione di DNA, potremmo escluderlo oppure arrestarlo.» Pensò che Cam rappresentasse al meglio la gente della contea. Aveva bisogno di rassicurazioni, voleva che l'uomo con la stella sul petto gli dicesse che il mostro era stato sconfitto. Si aspettava da lui risposte magiche, quando a lui toccava confrontarsi con le circostanze del mondo reale.

Si sedette alla scrivania. Sentiva quel peso di cui parlava Pip, una sorta di giogo intorno al collo. Lesse qualche mail, esaminò le note spesa carburante, diede un'occhiata alla lista degli arresti della sera prima e aggiornò i social chiedendo a chi fosse in possesso di informazioni utili sull'omicidio di Elias di farsi avanti. Sembrava strano occuparsi del mondano e del profano, ma era un tratto distintivo del lavoro.

La giornata si trascinò a passo di lumaca. Trey stava sorvegliando Denver, che fino a quel momento non aveva fatto altro che comprarsi una cassa di birra all'alimentari e bere fino a intontirsi. Ancora nessuno aveva avuto notizie di Dayane Carter e nessuno sembrava sapere dove poteva essere finita. Steve chiamò in ufficio per segnalare due ragazzini che avevano imbrattato una lapide al cimitero della Prima Corinzia con dei graffiti che inneggiavano all'Uomo del salice piangente.

Grazie tante, Davy, pensò Titus prendendo la chiamata.

Telefonò ai suoi pari grado nelle contee di Queen, Red Hill e Gloucester sperando che, compatibilmente con le loro necessità, potessero spedire qualche rinforzo per il Festival d'Autunno, a cui mancavano due giorni. Quelli di Queen rifiutarono quasi per partito preso, invece Red Hill e Gloucester promisero di inviare tre agenti ciascuna.

Non abbastanza. Neanche lontanamente abbastanza, ma era quel che passava il convento, e Titus cercò di non soffermarsi troppo sul pensiero. Mentre scendeva il buio, si alzò dalla sedia e fece scrocchiare la schiena volgendo lo sguardo alla bacheca.

Tutto quello che ti serve per risolvere un caso ce l'hai a portata di mano. È come il puzzle di una tempesta di neve. Devi fare un passo indietro e guardare come i pezzi si incastrano fra loro diceva sempre l'agente speciale Young, prima che la moglie e i figli di Red DeCrain lo facessero andare in un milione di pezzettini.

La bacheca. Era tutto lì. Semplicemente non si era allontanato abbastanza.

Il cellulare gli vibrò nella tasca.

«Pronto?»

«Ehi, Virginia. Tutto a posto?» disse Kellie.

«Sto bene. Scusa per l'altra sera. Erano tutti molto tesi» rispose Titus.

«Tranquillo. Stavo solo... be', mi fa piacere sentire che stai bene. Chiamavo perché abbiamo finito di montare il tuo pezzo e volevo chiederti se ti andava di ascoltarlo.»

«Immagino che sia il caso, così almeno mi assicuro che non mi fai fare la figura dello stronzo» disse Titus.

Kellie rise. «So fare tante cose, ma di farti fare la figura dello stronzo non credo di essere capace. Posso mandarti il file, se vuoi, oppure puoi fare un salto qui.»

Titus non disse niente.

Poteva farsi mandare il file. Dirle di inviarlo e fine della storia.

Poteva fare così.

Oppure poteva passare al Todd's Inn a trovare lei e Hector. Magari parlare dei vecchi tempi. Magari respirare, per un attimo. Certo, Kellie gli avrebbe chiesto delle indagini, ma avrebbero potuto anche parlare di quella volta che era rimasta chiusa fuori dall'appartamento in mutande. Non è che andasse da lei per provarci. Anche qualora non ci fosse stato Hector, lui era innamorato di Darlene. Quella era una promessa che non avrebbe infranto per nessuno.

Sarebbe stata una cosa da due amici e quattro chiacchiere. Titus che si levava la stella dal petto per un'oretta e qualcosa e si concedeva il lusso di un breve sollievo dalla sua penitenza e, insomma, che c'era di male?

«Ne ho ancora per un paio d'ore qui, quindi sarà verso le dieci, è troppo tardi?» chiese Titus.

«No, è perfetto. Vuoi che prendo due braciole d'agnello per cena?» disse Kellie.

«Kellie...»

«Va bene, va bene, ancora troppo presto. A dopo, Virginia.»

VENTISEI

Il Todd's Inn, come tante altre vecchie case nelle ex piantagioni, sorgeva alla fine di un lungo e tortuoso viale coperto di gusci d'ostrica frantumati e orlato da rigogliosi cornioli. Per Titus, Charon era una contea fatta di fiumi e lunghi viali. Quello era anche punteggiato ogni sei o sette metri da luci decorative dai delicati toni ambrati il cui bagliore etereo pareva riversarsi sulla strada come fuochi di Sant'Elmo. Alla fine arrivò al Todd's Inn vero e proprio, una struttura di due piani che affacciava sullo Spill's Creek. Lì il viale si biforcava: a sinistra proseguiva fino alle casette adagiate nell'abbraccio del bosco dei Todd; a destra andava verso quelle che davano sul torrente. Aveva mandato un messaggio a Kellie e lei gli aveva risposto che alloggiavano al cottage numero quattordici. Un cartello inchiodato con stile a un albero gli disse che le casette dall'uno al quindici erano sulla sinistra. Titus sterzò di conseguenza e superò i numeri dall'uno al tredici. Le casette erano tutte nere come la pece. Lucy Todd non teneva accesa neppure la luce sulla veranda, in quelle libere.

I fari rimbalzarono sul retro del furgone di Kellie, poi si riversarono sulla facciata della piccola costruzione.

Fu allora che vide la porta aperta.

Reagì in fretta. Parcheggiò, scese ed estrasse la pistola in un unico movimento. Una porta aperta non preannunciava necessariamente una tragedia, ma una porta aperta a quell'ora, quando la temperatura era scesa intorno ai cinque gradi, non era un dettaglio da prendere alla leggera.

Fece ricorso all'impugnatura tattica. La porta non solo era aperta, era stata abbattuta con un calcio tanto forte da spaccarne lo stipite. Nel buio, i lamenti e i fischi soavi degli usignoli e dei cervi con la pancia piena e di tutte le altre creature della foresta che uscivano soltanto di notte furono momentaneamente zittiti dall'implacabile martellio del suo battito cardiaco.

«Kellie!» gridò, sentendosi allo stesso tempo stupido e speranzoso. Se c'era, poteva essere ferita e impossibilitata a rispondergli. Se non c'era, le sue parole erano inutili e Kellie era in pericolo.

Entrò nella casetta.

Hector era afflosciato contro la parete con le mani sulla gola. Il sangue gli filtrava tra le dita e usciva gorgogliando dalla bocca. Titus fece per aiutarlo, quando sentì un urlo.

Sentì l'urlo di Kellie.

Attraversò il soggiorno e in un attimo fu in cucina.

«FERMO!» gridò Titus, tanto forte da sentire un dolore al petto.

Un uomo era piazzato di fronte a quello che pareva un armadio dispensa. Era vestito di nero. Jeans neri, felpa nera, guanti neri assicurati ai polsi della felpa con del nastro adesivo.

Aveva in mano un coltello Bowie macchiato di rosso.

Indossava una maschera di cuoio le cui fattezze ricordavano la testa d'un lupo.

Aveva già conficcato il coltello nell'anta della dispensa; lo squarcio saltava agli occhi. Ora era rigido e teneva il coltello in alto sopra la testa. Kellie gridava da dentro la dispensa.

«FACCIA A TERRA, CAZZO» gridò Titus.

L'uomo con la maschera da lupo non si mosse.

«Giuro che t'ammazzo se non molli quel coltello» urlò Titus. L'uomo continuava a restare immobile. Rimasero lì, bloccati in una silenziosa battaglia di volontà nella quale nessuno dei due pareva disposto a cedere di un centimetro.

D'improvviso Hector franò addosso a Titus e si afflosciò, andando a sbattere di faccia sul pavimento della cucina. Il sangue schizzò ovunque, quando il corpo si schiantò sulle piastrelle. L'impatto con Hector spinse Titus verso destra. L'uomo con la maschera da lupo ruotò su se stesso e lanciò il coltello mirando alla testa di Titus, ma lui, con un unico movimento, lo schivò e sparò all'uomo con la maschera. Lo mancò, frantumando il vetro della porta della veranda in fondo alla cucina.

L'altro si lanciò a tutta velocità verso la porta della veranda e attraverso la vetrata che ancora stava cadendo in pezzi. Titus gli corse dietro e si mise a sparare, ma non c'era luce nel giardino sul retro e l'uomo mascherato era sparito come un fantasma nello sbadiglio delle fauci della notte.

Kellie, chiusa nella dispensa, stava ancora strillando.

Titus andò prima dal tecnico del suono. La sua ultima scarica di adrenalina aveva consentito all'assassino di scappare. Quel disgraziato tentativo di salvare Kellie sarebbe stata l'ultima cosa fatta da questo lato del velo.

Titus aprì le ante della dispensa.

Kellie gli cadde fra le braccia che ancora urlava, ancora lo pregava di salvarla, di aiutarla, di tenerla al sicuro. Lui si rese conto di aver fallito.

Titus sedeva nel SUV, mentre Carla e Davy tiravano il nastro giallo intorno al cottage per delimitare la scena del crimine. Trey si avvicinò e si piazzò vicino alla portiera aperta.

«Kellie dice che ti stavano aspettando col tuo episodio pronto quando qualcuno ha sfondato la porta. Ha detto che lei è corsa a infilarsi nella dispensa mentre Hector ha affrontato il tizio. Non ha sentito arrivare macchine, quindi immagino che abbia parcheggiato poco distante e sia passato per i boschi.»

«Non voleva che sentissero il motore» disse Titus con la voce piatta come una frittella.

«Già. Ma davvero portava la maschera da lupo?»

«Sì. Era vestito di nero, con le maniche infilate nei guanti e fissate col nastro adesivo. Poco sotto l'uno e ottanta, circa novanta chili. Forte. Ho sparato alla porta, ma lui c'è passato attraverso neanche fosse carta crespa.»

«Secondo te perché è venuto qui?» chiese Trey.

Titus fece dondolare avanti e indietro il cappello che teneva per la tesa.

«Voleva colpire me. Kellie è mia amica.» Si fermò. «Stavamo insieme. Mi sorprende che tu non lo sappia. Lo sanno tutti. Lo sa pure l'assassino. Questo è il motivo per cui è venuto qui.»

«No, questo lo so, ma perché prendere di mira la tua ex? Perché non Darlene? Non che voglia che prenda di mira Darlene...»

«La gente parlava di lei. Era sulla bocca di tutti.»

«Adesso Carla la sta accompagnando all'Hampton Inn e passerà la notte con lei. Vuole andarsene già domattina. La lasciamo andare?»

Titus scese dal SUV e si stagliò in tutta la sua altezza. «Sì. Se ci serve possiamo farla tornare. I dati di Hector li abbiamo. Avverto io la famiglia.»

«Perché invece non lasci che me ne occupi io? Non credo tu abbia voglia di spiegargli cos'è successo qui. Non nei dettagli, comunque.»

«No, ci penso io. È compito mio» disse Titus.

«Hai detto che voleva colpire te. Perché solo te?»

«È concentrato su di me. È a me che dà la colpa per la distruzione del suo piccolo triumvirato. E poi l'ho sfidato al telefono. L'ho sfidato tramite Dayane. Oggi ha telefonato di nuovo e gli ho messo pressione parlandogli della sua madre biologica. L'ho chiamato per nome. Quello che gli ha dato Elias.»

«Ha telefonato di nuovo? E quando avevi intenzione di dircelo?»

«Domani mattina alla riunione» disse Titus. Si voltò a guardare la casetta. La porta sfondata. «Ha detto che il mio gregge non era al sicuro.» Titus si rimise il cappello. «Immagino avesse ragione.»

Quando arrivò a casa, suo padre e Marquis dormivano. Salì al piano di sopra e si sfilò la divisa. Poggiò la pistola sul comodino. Avrebbe detto a Trey di fare rapporto per uso di arma da fuoco durante un tentato arresto. Se quella regola valeva per la squadra ma non per lui, allora che regola era?

Si sdraiò sul letto a fissare il soffitto.

L'assassino era un amico di Cole Marshall. Di quello era sicuro, anche se pareva si trattasse di un amico segreto, con il quale non si faceva vedere in pubblico. Dayane ne era al corrente, ma era sparita. O era scappata per paura, o giaceva da qualche parte dentro una buca. Non era mai stato tanto vicino e al tempo stesso tanto lontano dal prendere quel bastardo. Se gli fosse andato dietro anziché consolare Kellie, magari l'avrebbe preso. Avrebbe potuto sfilargli la maschera e vedergli la faccia. La faccia di un mostro che camminava su due gambe. Ma sarebbe stato in grado di guardarsi allo specchio, se non l'avesse tirata fuori da quella dispensa?

Titus si mise sotto la coperta. Non sapeva come l'avrebbe guardato l'uomo nel riflesso, se non l'avesse fatto.

Sentì vibrare il cellulare sul comodino. Lo prese e guardò l'ora. Era da poco passata l'una del mattino.

«Pronto?»

«Ehi» disse Darlene.

«Ehi, tutto a posto?»

«Dovrei chiedertelo io. Ho sentito che hanno ammazzato qualcuno dove stava la tua amica» disse Darlene.

Titus fece una smorfia. Percepiva il dolore nelle sue parole. «Già. Un'irruzione.»

«Puoi venire da me?» gli chiese.

«Ma... sei sicura? Non voglio metterti in pericolo, Darlene. Questo tizio pare avercela parecchio con me» disse Titus.

«Ho bisogno che vieni qui. Puoi, per favore?»

Titus parcheggiò accanto all'auto di Darlene. La piccola berlina era alla sua sinistra, sulla destra c'era un filare di bossi che il padre di Darlene aveva usato come recinzione da quando si erano trasferiti nel 1998. Stando a Darlene, il giorno in cui avevano dovuto chiedere al figlio di Parker, che viveva poco più avanti, di potare la siepe perché l'artrite del padre non gli permetteva più di farlo, era stato uno dei più tristi del vecchio.

Titus scese dalla Jeep e Darlene si presentò alla porta mentre lui ancora saliva i gradini della veranda.

«State bene? Vi ha dato fastidio qualcuno?» chiese Titus.

Darlene scosse il capo. Lui si accorse che aveva gli occhi rossi. «No. Papà ha dormito abbracciato al fucile fino a un attimo prima di andarsene.»

«Andarsene? In che senso andarsene? E dove sono andati?»

«Patterson's Walk, giù a Williamsburg. È una casa di riposo per anziani. Abbiamo chiuso il negozio martedì. Solo che ancora non l'abbiamo detto a nessuno.»

«E perché non l'hai detto almeno a me? Ti avrei dato una mano. Avrei potuto...»

Darlene lo interruppe. «Cosa? Cos'avresti fatto, preso come sei dal caso? Ma è giusto così, è quello che devi fare. D'altronde, è quello che sei. Non ti ho coinvolto apposta per non esserti d'impiccio.»

«Darlene, non sei un impiccio.»

Darlene si mordicchiò il labbro inferiore, poi si asciugò gli occhi con il dorso della mano mutilata. «Titus, me ne vado anch'io.»

Titus si appoggiò alla ringhiera della veranda. «Come, te ne vai? Dove? E noi? Noi cosa facciamo?»

Darlene sorrise amara. «Quando abbiamo cominciato a vederci, sapevo che ti portavi sulle spalle un fardello. Si percepiva quasi fisicamente, il peso che ti schiacciava quelle spalle larghe. Mi sono detta che potevo aiutarti a sopportarlo. E ci ho provato. Dio sa quanto ci ho provato, Titus. Perché tu, più di qualsiasi altra persona che conosco, meriti di essere felice. Solo che non vuoi esserlo. Per qualche motivo pensi di dover soffrire. E non sono la donna di cui hai bisogno per uscire dalla voragine che ti sei scavato da solo.»

«Didi, non dire così. Io... ti amo. Qualsiasi cosa stia succedendo, possiamo risolverla» disse Titus.

«No che non mi ami, Titus. Vorresti. E io vorrei tanto che mi amassi, ma non è così. Ho provato a restare aggrappata a te, ed è come cercare di afferrare il fumo. Quando i miei genitori mi hanno detto che se ne andavano, mi sa che mi sono resa conto che... è troppo tempo che sto qui senza combinare niente. Ho trentasette anni e non ho mai preso un aereo. Non sono mai andata oltre il Medio Atlantico. Prima mi dicevo che restavo per i miei. Poi ci siamo conosciuti e ho cominciato a dirmi che restavo per te. Adesso i miei hanno voltato pagina, e noi... noi non so più cosa siamo.»

Titus le prese le mani, ne sentì il calore. «Siamo innamorati, ecco cosa siamo.»

Darlene ritrasse le mani. «Continui a ripeterlo, perché sei un bravo ragazzo e pensi di dovermelo dire. Però... cioè, sono contenta che eri lì e che hai potuto salvare la tua amica, ma cosa ci facevi lì alle dieci di sera?»

Titus sentì la bocca seccarsi.

«Ero... ero lì per l'intervista del podcast. Nient'altro, te lo giuro. Non avevo nessuna intenzione... Mi conosci.»

Lei si alzò sulla punta dei piedi e gli diede un bacio sulla guancia. Gli mise una mano sul petto, sopra il cuore. «Sì, ti conosco. E so che non intendevi tradirmi. Quello che sto dicendo è che se mi amassi non ci saresti proprio andato. Se mi amassi, avresti subito mandato qualcuno a controllare che stessi bene. Ma non ti è nemmeno venuto in mente, vero?» Le lacrime le luccicavano sulle guance come diamanti.

Titus non aveva una risposta da darle. Perché aveva ragione lei. Chinò il capo e chiuse gli occhi.

«Darlene, io...»

«Parto domani mattina per Atlanta. Mia cugina ha un negozio di abiti da sposa. Prenditi cura di te, Titus.»

Lo baciò sulle labbra.

«Trovati una che ti faccia sorridere.» Si voltò e rientrò in casa. Lui restò fermo dov'era a sentire la chiave che girava nella serratura, e poi a guardare la luce accendersi nel corridoio e spegnersi un attimo dopo come una candela.

Charon

L'oscurità non potrà essere respinta.

Adesso tutti ne sono consapevoli. Si intrufola senza invito nei loro cuori come un freddo vento invernale. Infetta i giorni come un'eclissi e le notti come una coperta intrisa di terrore.

Preston Jefferies è andato dal medico a Red Hill per farsi dare qualcosa, qualsiasi cosa possa aiutarlo a smettere di sognare. Da quando ha trovato quel folle predicatore bianco nel suo campo di granturco non si è più svegliato senza gridare. Si chiede se troverà mai di nuovo la pace oltre il muro del sonno.

Paul Garnett ha imparato a fare attenzione con la spazzatura. Le bottiglie tintinnano una contro l'altra come castagnette, quando porta la spazzatura alla discarica. Cinque, a volte sei bottiglie di Old Crow. Ha preso l'abitudine di sorseggiarlo da una fiaschetta durante la pausa pranzo. Si dice che è colpa del lavoro. È un momento difficile, alla fabbrica; le vendite sono in calo rispetto all'anno scorso. Il nuovo Presidente proprio non ce la fa a restare concentrato per un lasso di tempo sufficiente a completare l'ordine delle bandiere americane per tutti gli edifici federali e le basi militari del paese. Paul non ha votato per lui, ma non avrebbe mai pensato che potesse essere tanto incompetente. Si dice che è a causa sua se passa alla bottiglieria tre volte a settimana. Ma è il volto scorticato di Cole Marshall che lo viene a trovare quando si avvicina troppo alla sobrietà.

Le domeniche portano poco sollievo dalle ombre che muli-

nano intorno a Charon. Dai metodisti ai cattolici, dai battisti ai luterani, passando per testimoni di Geova, ministri, pastori, padri e reverendi, tutti vedono le parole consolatrici e la propria forza spirituale cadere in larga parte nel vuoto. Che razza di Dio permetterebbe che una simile maledizione colpisca il suo popolo? Nessuno lo direbbe mai ad alta voce, ma in tanti, tantissimi, stanno vivendo una crisi spirituale. Molti incanalano la fede nelle cartucce per il fucile e nelle calibro .357, anziché affidarsi al falegname della Galilea.

Per i bambini e gli adolescenti della contea, l'assassino è diventato l'Uomo del salice piangente. Arcani rituali per evocarlo sono diventati prassi comune intorno ai falò e alle feste in casa. Per i più piccini è l'ultima incarnazione del babau, con l'unica differenza che possono ammirarne l'opera nei notiziari locali. Lavon Macdonald non l'ha detto a nessuno, ma si è messo a girare con un coltellino in tasca, casomai l'Uomo del salice piangente decidesse di fargli visita. Gli manca suo fratello, che sapeva fare le voci di qualsiasi personaggio dei cartoni animati che lui gli chiedeva di imitare. Gli manca così tanto che forse sta diventando matto; se solo sapesse come ci si sente a essere matti. Ha paura che suo padre non smetterà mai più di piangere, e si chiede se per caso non è così che ci si comporta quando si diventa matti per davvero.

Darlene si lascia alle spalle la statua del Vecchio Joe e si immette sulla Route 18. Si dice che sta facendo la cosa giusta, anche se ha dovuto convincere i suoi a trasferirsi a Patterson's Walk con la sottile minaccia che lei se ne sarebbe andata in ogni caso. Non rimpiange di aver detto a Titus quello che gli ha detto, ma non può evitare di chiedersi se l'avrebbe lasciato comunque, se l'Uomo del salice piangente non avesse provato a uccidere la sua ex. Secondo la sua amica Sandra è coraggiosa ad andarsene ad Atlanta. Lei non ha avuto il cuore di confessarle che non sono stati il coraggio o il desiderio di indipendenza a motivarla: è stato il terrore, puro e semplice. Da quando ha saputo dell'aggressione, ha pensato soltanto a scappare.

Scappare da quella città, da Titus che le ha spezzato il cuore un millimetro alla volta, dall'assassino, che prende di mira lui e le persone che gli stanno accanto. Sapeva che lui sarebbe stato in grado di proteggerla, ma non sopportava l'idea che potesse trovarsi a dover scegliere fra lei e la sua ex, o suo padre, o suo fratello. Non riusciva a immaginarsi uno scenario nel quale avrebbe scelto lei. È stato quel pensiero ad accompagnarla sull'Interstate 95.

I membri del comitato organizzativo del Festival d'Autunno hanno continuato a preparare il loro evento con la cupa determinazione dei musicisti che suonavano sul ponte del Titanic. Morte, oscurità, terrore: nulla impedirebbe loro di allestire la bancarella per la mangiata dei tortini o la piattaforma per il tiro delle trappole per granchi. Durante l'ultima riunione del comitato organizzativo, la presidentessa Elizabeth Morehood ha pronunciato un entusiasmante discorso in stile «ci sono gli Spartani alle porte delle Termopili», onde ricordare a tutti che il Festival d'Autunno è importantissimo per la contea. Che non possono permettere al mostro che si nasconde in mezzo a loro di portarglielo via. Non possono lasciarlo vincere.

Non ha detto di come si sia appropriata indebitamente di migliaia di dollari, teoricamente spettanti alla tesoreria del comitato, sotto forma di licenze per le bancarelle e fondi per la riffa annuale. Non ha detto che aveva intenzione di coprire il buco con i soldi incassati dai parcheggi e dalle giostre. Non ha detto che non intendeva lasciarsi ammanettare da quel nero bastardo com'era capitato ad Alan Cunningham.

Ricky Sours si è ritrovato a dover calmare alcuni tra i suoi seguaci più accaniti che volevano sfilare armati il giorno della parata al Festival d'Autunno. Ma parlarci adesso era come cercare di blandire un orso affamato. C'era nei loro occhi una brama che l'ha spaventato. Volevano il confronto. Volevano spaccare crani e strappare tendini. Non potevano farlo alla persona che stava ammazzando i loro vicini di casa, quindi magari si sarebbero accontentati di chiunque avesse osato sfidarli il giorno della parata.

Sembrava quel vecchio cartone animato di Topolino con le scope che ballano. La sua creazione ormai gli era sfuggita di mano.

Mare-Beth Hillington ha provato a piangere per suo marito, ma si è ritrovata troppo sollevata nel rendersi conto che un bicchiere non lavato nel lavandino non le sarebbe costato un manrovescio.

Dayane Carter ha accolto di buon grado l'oscurità. Nel suo abbraccio ha trovato la pace. Era lì che si sentiva al sicuro. Lì non poteva vedere ciò che lui aveva fatto alla sua carne.

VENTISETTE

Il Festival d'Autunno era in pieno svolgimento.

Titus era appostato all'angolo fra Main Street e Courthouse Lane, davanti alla vecchia farmacia. Courthouse Lane era stata chiusa al traffico. Andava dall'angolo di Main Street fino a Brickworks Road, che era parallela a Main Street. Fra le due vie c'erano il tribunale, la vecchia galera coloniale, l'ufficio del tesoriere della contea e il piazzale del tribunale, che era una vasta distesa di festuca inframezzata da panchine e fontane. Courthouse Lane passava anche davanti alla statua del Vecchio Joe.

Il grosso dell'evento si svolgeva nel piazzale, il luogo deputato a giostre, bancarelle di artisti e artigiani, la corsa a tre gambe, la gara dei mangiatori di tortini, banchetti del cibo e dello zucchero filato e tutta una serie di armamentari che vedevano la luce soltanto durante le feste di provincia.

I dieci metri della piattaforma con le trappole per granchi si stagliavano nel cielo all'estremità del piazzale, lontano dalla ressa. I concorrenti salivano sulla piattaforma e cercavano di alzare le trappole il più velocemente possibile. Titus si chiedeva quando qualcuno sarebbe finalmente riuscito a battere il record di suo padre. Erano quasi trent'anni che Albert Crown deteneva il record di velocità. Jaime Chambers, un omone che aveva lavorato sul peschereccio *Busted Bottle*, ci era andato vicino l'anno prima.

Titus osservava la massa di teste muoversi sul piazzale e lungo la strada chiusa come un organismo amorfo che si tendeva e distendeva, si espandeva e contraeva, avviluppando ogni cosa. C'era decisamente più gente di quanto avesse previsto: visto ciò che stava accadendo, avrebbe scommesso che la folla sarebbe stata rada come i capelli d'un uomo dalla calvizie incipiente. Era raro che si sbagliasse, ma di sicuro stavolta non ci aveva preso.

Sentiva gli strilli di gioia dei bambini, i genitori che ridevano, i giovani che facevano casino. Un senso di giubilo riempiva l'aria e mozzava il fiato, come l'odore dei narcisi in primavera. Ma gli sembrava una forzatura, come se i cittadini di Charon avessero deciso che quel giorno si sarebbero divertiti o sarebbero morti provandoci.

Titus fece due passi lungo Courthouse Lane e guardò alcuni bambini scivolare sul toboga. Vide un gruppo di liceali affrontare il proprio turno nella gara dei mangiatori di tortini. Vide volti che conosceva dai giorni gloriosi della sua gioventù, altri che aveva conosciuto dopo essere tornato a casa. Altri ancora gli erano estranei, ma tutti apparivano deliziati dal poter partecipare a una piccola festa in una piccola contea spersa nelle pianure della Virginia.

Dovrebbe essere sempre così, pensò.

Guardò l'ora.

Le due del pomeriggio. Nel giro di un quarto d'ora Ricky Sours e i suoi avrebbero dato il via alla loro marcia lungo Courthouse Lane. Prese la radio.

«Attenzione. Quindici minuti alla marcia. Formiamo il cordone» disse.

«Ricevuto» disse Carla.

«Sì, capo. Cioè, ricevuto» balbettò Davy.

«In posizione, Davy» disse Titus.

«Ricevuto, arriviamo da est e stiamo superando adesso il piazzale» disse Danforth Sampson, il vicesceriffo di Red Hill.

Titus fece un respiro profondo e sentì il profumo del popcorn appena fatto e l'odore zuccherino delle frittelle. Sperava di sbagliarsi, a proposito di quella marcia. Sperava che Jamal avesse voluto fare solo la voce grossa con lui e che Ricky Sours riuscisse a tenere a bada i suoi. Sperava che i rinforzi alla fine non servissero, ma preferiva averli inutilmente anziché non averli qualora fossero serviti.

La speranza ce l'hai quando provi ad attraversare un fiume a nuoto; la preparazione quando ti porti una mappa per trovare il punto in cui attraversarlo, diceva sempre l'agente speciale Young.

Non si erano preparati a dovere, quel giorno alla tenuta di DeCrain. E Titus non voleva mai più commettere lo stesso errore.

Sentì un mormorio prendere corpo sotto le risate, allorché Danforth e i quattro agenti che si era portato dietro si unirono a Carla, Davy, Steve e Pip sul lato sinistro di Courthouse Lane. Sulla destra c'erano l'agente Caldwell Thomas e sei colleghi di Maryville, la contea contigua a Red Hill. Aveva conosciuto Caldwell durante un corso di formazione al quale era stato obbligato a partecipare qualche mese prima. Era rimasto colpito da quell'uomo loquace, con le spalle larghe e un austero taglio di capelli a spazzola. Era quanto di più vicino a un amico Titus fosse riuscito a trovare da quand'era diventato sceriffo.

Si toccò il distintivo, facendo scorrere le dita lungo i bordi della stella.

«Ti ameranno. Ti odieranno. Ma tu devi farti rispettare. E per farti rispettare devi essere imparziale» gli aveva detto uno dei suoi istruttori. Stava parlando a un agente dell'FBI, ma valeva anche per uno sceriffo.

«AAAAAAAT-TENTI!» sbraitò Ricky Sours.

Titus strizzò gli occhi.

«Ma che cazzo...» sussurrò.

Ricky e i suoi erano circa una trentina. Indossavano divise sudiste storicamente accurate. Jasper faceva da portabandiera. Stringeva un'asta lunga circa un metro e ottanta alla quale era fissato un enorme vessillo confederato. Titus sentì un fiffaro e un tamburo, decisamente meno accurati dal punto di vista storico. I Figli della Confederazione si misero in marcia lungo Courthouse Lane.

«In campana, ché stanno arrivando» disse Titus.

Gli si accapponò la pelle. Sapeva, razionalmente, che era il 2017, che il Quattordicesimo emendamento era stato approvato da più di un secolo, e che tuttavia il razzismo se la passava ancora benone, ma era uno sceriffo con la facoltà di arrestare, e l'avrebbe fatto, chiunque avesse esagerato, bianco o nero che fosse.

Eppure.

Eppure sentì una repulsione atavica attraversargli il corpo. Quegli uomini in divisa grigia, che ritenevano fosse una falsità definirli privilegiati dato che la loro vita era un totale fallimento, lo disgustavano. Non gli facevano paura, non lo inquietavano, lo nauseavano proprio. Vederli marciare impettiti per strada era come dare un morso a una bistecca e ritrovarsi i vermi in bocca.

«Teniamo la folla nel piazzale ad almeno un paio di metri di distanza» disse Titus nella radio. Non pensava che sarebbe stato un problema. La maggioranza della gente neanche si era accorta di Ricky e dei suoi, impegnati com'erano a giocare al tiro degli anelli e a mangiare fette di anguria al whiskey. Sì, qualcuno batteva le mani e faceva dei cenni, ma senza troppa convinzione. Più educati che polemici, all'apparenza.

«Si avvicinano alla statua» disse Carla, che era piazzata poco più avanti.

«Ricevuto» disse Titus. Ricky e i suoi avevano il permesso di marciare fino in fondo alla strada, oltre la statua, per poi fare dietro front e tornarsene a casa, a inveire contro gli immigrati, i neri e chiunque non fosse etero, maschio e bianco nella privacy dei loro garage, dove erano soliti lenire le ferite all'orgoglio con qualche cassa di birra da due soldi.

Titus sentì un coro levarsi alle sue spalle. Le parole della canzone giunsero alle sue orecchie prima ancora che si voltasse.

«WE SHALL OVERCOOOME.»

Un nutrito gruppo di persone stava svoltando l'angolo di Main Street per proseguire lungo Courthouse Lane. In una sorta di cornucopia della comunità di Charon, camminavano fianco a fianco neri, bianchi, latinoamericani, gay, etero, vecchi, giovani. Tutti quelli che facevano paura a chi dava retta a Ricky Sours.

«Dieci-diciotto, dieci-diciotto! Mi servono rinforzi all'angolo di Main Street. Ripeto, rinforzi all'angolo di Main Street» sbraitò Titus nella radio. Scese dal marciapiede e si piazzò di fronte al corteo della contromanifestazione, che contava almeno una sessantina di partecipanti. In risposta, i contromanifestanti formarono una catena umana.

Schierato al centro e in prima fila c'era Jamal Addison. Il suo sguardo incrociò quello di Titus per un breve istante. A Titus non piacque affatto quello che vide. Jamal aveva gli occhi di un uomo rassegnato al suo destino. Un uomo che era disposto a sopportare un'agonia inimmaginabile, e forse l'aspettava.

Aveva gli occhi d'un martire.

Titus aveva già visto occhi del genere.

«Fermatevi! Fermatevi subito! Non siete autorizzati! È autorizzato solo il corteo dei Figli della Confederazione!»

«'Fanculo l'autorizzazione!» gridò qualcuno.

«Non ci sostituirete! Non ci cancellerete!»

Un nuovo ritornello si alzò come un grido di guerra. Erano i nostalgici Sudisti.

«Fermatevi tutti!» disse Davy, che insieme a Steve si era unito a Titus in mezzo alla strada, mentre Caldwell e il resto della sua squadra si paravano davanti a Ricky e ai suoi. Stavano cercando di contenere alcuni uomini che parevano intenzionati a rompere i ranghi e a lanciarsi verso i contromanifestanti.

«Caldwell, spingeteli verso il piazzale!» gridò Titus nella radio.

«Ci provo» disse Caldwell.

«Jamal, fermali!» gridò Titus.

Jamal lo guardò, e per tutta risposta si mise a cantare ancora più forte.

«Negri di merda!» gridò qualcuno dal gruppo dei Confederati. Titus sentì quel grido in ogni fibra, non solo nelle orecchie. Era pieno di una rabbia selvaggia e idiota, l'ululato d'un animale bloccato in una trappola che si era costruito da sé.

Una bottiglia scura, di birra, sfrecciò nell'aria.

Andò in mille pezzi ai piedi di Jamal e le schegge esplosero in alto e tutt'intorno in uno sciame di farfalle affilate come rasoi.

Dio Cristo, pensò Titus.

Una ventina di contromanifestanti si smarcarono con uno scatto e riuscirono a superare Titus, Davy e Steve. Gli agenti di Caldwell furono in grado di contenerli per un attimo, ma quell'attimo fu presto una goccia nel fiume del tempo e un secondo dopo alcuni ragazzi di Ricky partirono alla carica, e a quel punto volavano i pugni, e la rabbia e la collera e la paura erano esplose come un aneurisma, e Titus gridava nella radio perché tutti si concentrassero sugli scontri intanto che con Steve e Davy tentava di ricacciare indietro i contromanifestanti. La gente sul piazzale scappava e Titus sentiva i bambini piangere d'un pianto afflitto che penetrava l'aria come gli aghi la carne.

Fu allora che sentì il camion.

Il rombo sovrastò tutte le urla e le grida e i tristi e patetici canti di guerra. Il motore era un drago che annunciava tuonando il proprio arrivo, lasciando presagire l'imminente cataclisma.

Titus vide i contromanifestanti che si sparpagliavano. Correvano sui marciapiedi e verso il piazzale del tribunale. Ma i più vecchi, tra i quali il reverendo Wilkes, si muovevano troppo lentamente per poter sfuggire al camion che piombava loro addosso.

Titus vide il corpo del reverendo volare in aria con le braccia che mulinavano. Un altro corpo lo seguì, torcendosi e rivoltandosi come un pezzo di carta portato dal vento. Ora che la folla si disperdeva, Titus poté vedere meglio il camion. Era un autocarro furgonato rosso e bianco. Sul cofano aveva dipinto il logo della CFF, la fabbrica di bandiere dei Cunningham.

Titus guardò a destra e a sinistra.

Steve e Davy non c'erano più.

Colse del movimento con la coda dell'occhio e li registrò accodati alla folla che si stava levando di mezzo. Caldwell e i suoi erano riusciti a ricacciare indietro quasi tutti i Confederati, ma qualcuno, su ambo i fronti della battaglia, stava ancora nel mezzo della strada.

La mente di Titus viaggiava a un milione di chilometri all'ora. Le sinapsi scoppiettavano come miccette. Vide l'autista del camion che lo guardava da dietro il parabrezza, con un ghigno a denti scoperti.

Titus estrasse la pistola.

Era lì, in mezzo alla strada, come un pistolero del Far West pronto al duello con quelle due tonnellate di acciaio e fuoco.

D'improvviso Carla gli fu accanto, con la pistola in pugno.

Titus puntò il parabrezza.

«Spara alle gomme!» gridò.

Carla si inginocchiò.

L'autista spinse sull'acceleratore e il camion s'imbestialì. Alle sue spalle Titus sentiva appelli a Dio, a Gesù, a qualunque divinità fosse disposta ad ascoltare.

Premette cinque volte il grilletto in rapida successione.

Sentì Carla scaricare una raffica di colpi sulla ruota anteriore sinistra del camion.

I proiettili bucarono il parabrezza e si piantarono nel corpo di Denver Carlyle come un martello sceso dai cieli. Il camion sterzò di colpo a sinistra e si ribaltò sul marciapiede andando a sbattere contro la facciata del negozio di articoli da collezione Wild Iris, dove si fermò con uno schianto feroce. Titus corse verso il camion e appoggiò la schiena alla furgonatura mentre con la mano destra apriva la portiera. Carla lo seguì, con il fumo che ancora si levava dalla canna della pistola.

Il corpo di Denver Carlyle cadde floscio dall'abitacolo e finì disteso sull'asfalto. Quattro dei colpi di Titus l'avevano colpito al volto. Al funerale di Denver la bara non sarebbe rimasta aperta.

Davy e Steve arrivarono di corsa. Pip si frappose fra Titus e il corpo. «Stai bene? Cristo Dio, è la cosa più incredibile che abbia mai visto. Faccia a faccia con un cazzo di camion.»

Titus rimise la pistola nella fondina e corse verso il reverendo Wilkes. Girò intorno al retro del camion, dove l'olio colava dal tubo di scappamento.

«Titus, stai bene?» gridò Pip.

Il reverendo Wilkes era sdraiato su un fianco. La gamba destra era piegata all'indietro a un'angolatura impossibile e le braccia andavano dalla parte sbagliata. Titus gli si inginocchiò accanto. Il sangue intasava la bocca e inzuppava la barba. Aveva gli occhi aperti, ma ormai vedevano cose che andavano oltre la comprensione di uomini come Titus. Il reverendo Wilkes ormai non c'era più.

Titus avrebbe voluto chiudergli gli occhi, ma sapeva che funzionava soltanto nei film.

Corse verso l'altro corpo. Era una donna, massacrata quanto il reverendo Wilkes, ma ancora gemeva. Titus si accosciò. Riconobbe Sandra James, un'amica di Darlene.

Si alzò e si rivolse alla sua squadra. A Caldwell e ai suoi uomini. A Danforth e ai suoi.

«È viva! Chiamate un'ambulanza! Mettiamo in sicurezza l'area. E procuratevi un lenzuolo per Denver» disse.

All'inizio nessuno si mosse.

«Allora! Datevi una mossa!» gridò.

«L'avete sentito, muoviamoci!» disse Carla.

Mentre loro tornavano al proprio dovere, Titus si toccò il distintivo. A volte la stella era come uno scudo sul cuore, a volte era un'ancora che ti trascinava nell'abisso, e altre volte, be', altre volte ti sembrava davvero un pezzetto di rame da due soldi.

L'ambulanza venne a prendere Sandra. Le pompe funebri vennero a portare via Denver e il reverendo Wilkes. Titus fece arrestare cinque Confederati e tre contromanifestanti sulla base delle informazioni fornite da Caldwell e dai suoi.

Trovò Jamal seduto da solo su una panchina vicino alla statua.

«Stai bene? Vuoi che i medici ti diano un'occhiata?» chiese Titus.

Jamal scosse il capo. Poi lo guardò con occhi spettrali. «Il reverendo Wilkes era un brav'uomo. Gli ho detto che non era il caso che venisse. Lui ha detto che era suo dovere in quanto uomo di Dio.» Si coprì la faccia con le mani. «Non cambieranno mai, vero, Titus? La gente come Ricky, come Denver. Possiamo marciare e cantare quanto ci pare ma non fa nessuna differenza. Non glielo toccheremo mai il cuore. E intanto il reverendo Wilkes è morto» disse, con la voce che si spezzava.

Titus si sedette accanto a lui sulla panchina.

«Non lo so. L'unica cosa che so è che la violenza chiama violenza, e che la violenza è sempre la confessione di un dolore. Le persone ferite tendono a fare del male agli altri. Ricky ha aizzato i suoi, compreso Denver. E ieri abbiamo fermato Denver per guida in stato di ebbrezza. La terza volta in cinque anni. Il che significava che avrebbe perso la licenza conto terzi, e quindi il suo lavoro da camionista. La statua c'entra, ma fino a un certo punto. Stava perdendo il controllo della sua vita, di tutto, e non sapeva dove sbattere la testa. Per tanti di loro, quella statua non è che un simbolo di tutto ciò che temono di avere perso. Ed è facile prendere come capro espiatorio gente come te, come me e come il reverendo Wilkes» disse Titus.

«Lo sai cosa mi ha detto Ervin l'altro giorno? Mi ha detto che era al Watering Hole e ha sentito Denver che faceva una battuta. Che diceva: come si chiamano sette ragazzini neri morti nei boschi? Un buon inizio. Abbiamo a che fare con stronzi del genere, Titus. Non lo so. Forse è ora di arrendersi. Che se la tengano, la loro cazzo di statua. Magari il reverendo Wilkes sarebbe vivo se non avessi…»

«Non l'hai ucciso tu. L'ha ucciso Denver Carlyle. Non ti arrendere, Jamal. Un giorno quella cazzo di statua cadrà. E alla gente come Ricky toccherà guardarla cadere.»

Lasciò Jamal e andò da Elizabeth Morehood.

Le disse che bisognava annullare il festival. Lei sulle prime si rifiutò.

«Elizabeth, sono appena morte due persone. Il festival è finito. Basta. Vattene a casa.»

«Lo capisco, ma c'è bisogno di questa serata. Senti, io proporrei di chiudere tutto per un'ora, e poi riaprire per il ballo di strada di stasera.»

Titus la guardò inebetito. «Elizabeth, ci sono appena morte delle persone, su questa strada. Cosa deve fare la gente? Ballare sul sangue del reverendo Wilkes?»

«Ovviamente puliamo la strada durante la pausa.»

«Elizabeth, vattene a casa o ti faccio arrestare per aver ostacolato un'indagine di polizia. Il Festival d'Autunno si chiude qui.» Vide il volto di lei cambiare e riempirsi all'improvviso di un'amarezza che la invecchiava di dieci anni. Elizabeth si voltò e se ne andò con la faccia tirata, quasi aguzza.

Titus tornò nel suo ufficio. Pip lo raggiunse e chiuse la porta.

«Non avevi scelta» gli disse.

«L'ospedale ha detto che Sandra potrebbe restare paralizzata. Il reverendo Wilkes è morto. C'è un pazzo che se ne va in giro ad affettare la gente e ad ammazzare ragazzini. Un insegnante lo aiutava ad ammazzare quei ragazzini insieme al figlio di un mio amico. E il comitato organizzativo voleva che il festival andasse avanti, stasera, te l'avevo detto? Ma che cazzo di problemi ha la gente? Che cazzo di problemi ha Charon?»

Pip si sedette su una delle sedie davanti alla scrivania di Titus. Si tolse il cappello e si asciugò la fronte con il dorso della mano. Una ciocca di capelli neri e grigio ferro gli cadde sul volto.

«Mia nonna mi diceva sempre che i primi membri della chiesa mennonita erano contro la schiavitù, perché secondo loro possedere un'altra persona non poteva rientrare nel disegno di Dio. Secondo loro possedere degli schiavi era un peccato imperdonabile che li avrebbe condannati all'inferno. Avrebbe macchiato i loro figli e le loro figlie per generazioni.» Pip prese fiato. «Charon è stata teatro di talmente tanti peccati terribili. Magari è una maledizione. Che ci ha macchiati tutti.»

«Tu hai viaggiato, Pip. Non puoi credere che siano il marchio di Caino o il peccato originale» disse Titus.

Pip scosse il capo.

«Mi hai chiesto che problemi ha Charon. Di meglio non saprei cosa risponderti.»

Albert era seduto in soggiorno con Marquis, quando Titus tornò a casa. Si alzò di scatto e gli andò incontro tendendogli le braccia. Lo strinse forte.

«Figliolo, bisogna che la smetti di spaventarmi così» disse.

Titus si chiedeva come aveva fatto suo padre a gestire l'ansia ai tempi dell'FBI. Come avrebbe reagito, se avesse saputo quanto vicino alla morte era andato suo figlio. E se avesse saputo che con Red DeCrain suo figlio era stato giudice, giuria e boia.

Titus ricambiò l'abbraccio.

«Sto bene, pa'.»

Albert fece un passo indietro. Marquis gli diede una pacca sulla spalla con la mano sinistra.

«Ti toccherà fare un po' di spazio sul muro» disse.

«Come?»

Marquis indicò la testa di cervo sopra il caminetto. Quello col palco a dodici punte che Titus aveva preso quando aveva tredici anni.

«Hai un'altra testa da aggiungere alla collezione» disse Marquis ridendo.

Titus non rise.

«Scusa, cercavo di nascondere lo spavento che mi hai fatto prendere» disse Marquis.

«Marquis dice che sull'internet parlano di te» disse Albert.

«Non ti preoccupare, pa', tanto su internet parlano e basta» disse Titus.

«Eh, ma le parole poi finisce che aizzano certa gente. Jasper, soprattutto, pare che parli parecchio» disse Marquis.

C'era una freddezza nella sua voce che inquietò Titus.

«Come ti ho detto, sono solo parole. Non vi preoccupate, va bene?»

«Hmm» disse Marquis.

«Sul serio, Marq. Lascia perdere.»

Marquis fece spallucce. «Il liquore di papà l'abbiamo finito, però ho comprato un po' di Jameson.»

«Nah, io sono a posto, mi sa che me ne vado a letto e basta.»

Marquis scosse il capo. «Smettila.»

«Come, smettila?»

«Smettila di volerti portare sempre addosso tutto il peso. E dai, beviti una cosa con me e papà. Facciamo un brindisi a mamma» disse Marquis.

Titus guardò suo fratello, sapeva quant'era difficile per lui anche solo nominare la loro madre.

Sentì il peso sulle spalle alleggerirsi d'un nonnulla.

«E va bene.»

Albert si ritirò dopo due bicchierini. Gli altri due finirono la bottiglia un'ora più tardi. Adesso, Titus era seduto al tavolo della cucina ad ascoltare Marquis che russava in soggiorno. Prese la bottiglia verde vuota e andò a gettarla nella spazzatura. Si sentiva libero e selvatico, come un cane cattivo improvvisamente senza guinzaglio.

Odiava sentirsi così, perché una parte di lui – una parte che ben poche persone conoscevano, oltre a Kellie – adorava quella sensazione.

Prese un bicchiere d'acqua del rubinetto. Guardò la notte fuori dalla finestra. Red DeCrain non era più l'unico che lo aspettava nella terra dei sogni.

Svuotò il bicchiere, lo sciacquò e lo mise nello scolapiatti. Si spruzzò un po' d'acqua in faccia.

Era stanco. Più stanco di quanto ricordava di essersi mai sentito. Era una stanchezza che sentiva nelle ossa e che una notte di sonno non sarebbe bastata a cancellare. Gli serviva un mese in coma. Gli sarebbe toccato diventare sonnambulo, per poter continuare a lavorare.

La radio gracchiò.

Avrebbe voluto sospirare, ma era troppo esausto.

«Titus.»

«Capo, abbiamo appena ricevuto una telefonata da Calvin Macdonald. Lavon non è tornato a casa oggi, dopo la scuola. Pensavano che fosse andato al festival, poi quando hanno saputo della... faccenda di Denver, sono venuti qui a cercarlo. Titus, sono le nove di sera. Nessuno ha visto quel ragazzino da quando sua madre l'ha mandato a scuola stamattina» disse Kathy.

Il peso tornò ad abbattersi sulle sue spalle con una forza sufficiente a spaccargli la schiena. In fondo allo stomaco gli si aprì una voragine.

Ho visto tuo fratello in giro tutto solo oggi.

VENTOTTO

Titus aveva gli occhi secchi come carta vetrata.

Era in piedi da quasi venti ore. Con tutti quegli energy drink concentrati e gli innumerevoli caffè per alimentare il corpo quando il corpo era ben oltre la soglia dell'esaurimento, stava a un passo dalle allucinazioni.

Aveva richiamato l'intera squadra per trovare Lavon. Aveva avvisato la polizia di Stato e pubblicato appelli su tutti i social. Aveva diramato un codice arancio e battuto personalmente ogni strada e stradina della contea, era arrivato fino a Piney Island.

Niente.

La sera prima era stato da Calvin e Dorothy, o, meglio, dalla loro versione fantasma, volti spettrali tesi sulle ossa del cranio. Titus aveva notato che non si erano seduti insieme sul divano. Calvin si era messo sulla poltrona; Dorothy all'estremità opposta del divano. Come se non sopportassero di stare troppo vicini. Le tragedie possono avvicinare le persone, ma possono anche strappar via la pelle da vecchie ferite e farle sanguinare ancora.

«Trovacelo, Titus. Ti prego, trovaci nostro figlio» aveva detto Calvin, la voce carica di dolore. Il suo vecchio amico era la fragilità fatta persona. Calvin era lì lì per cedere, sull'orlo di una dissoluzione potenzialmente irreparabile. Dorothy, invece, sembrava in un altro mondo. Uno dove il suo figlio maggiore non era morto e il minore non era scomparso.

Titus si era congedato senza fare promesse. Ne aveva già

fatta una alla madre di un altro ragazzino, e fin lì si era rivelata solo aria al vento. Non voleva aggiungere la speranza allo strazio di Calvin e Dorothy. Se avessero trovato Lavon illeso sarebbe stato meraviglioso, oltre che quasi un miracolo. Ma se non l'avessero trovato, o se avessero trovato i suoi resti, quell'invito alla speranza si sarebbe rivelato una crudeltà che non meritavano.

«Titus, ci sei?» disse la voce di Carla nella radio.

«Presente» disse lui.

«Sono arrivati i ragazzi della polizia di Stato con i sommozzatori. Vuoi che ti aspettiamo o iniziamo subito?» chiese lei.

Titus chiuse gli occhi. Gli sembrò di sentire le palpebre scricchiolare. «No, non mi aspettate. Iniziate subito.»

«Ricevuto.»

Li aveva chiamati perché dragassero il fiume e il laghetto alla cava di ghiaia. Ma non si aspettava di trovarci nulla. Non voleva lasciare niente di intentato, ma in questo caso sapeva che sarebbe stato uno spreco di tempo. Lavon non era in un laghetto né in un fiume o dentro un fosso. Se ancora era vivo, era con l'Ultimo Lupo. L'Angelo della Morte. Ed era tutta colpa di Titus.

L'assassino, l'Ultimo Lupo, l'Uomo del salice piangente, ogni volta l'aveva battuto in astuzia. Che fosse per buona sorte o intelligenza, era sempre un passo avanti a loro. L'aveva visto, l'aveva avuto nel mirino come quel cervo sul muro. Era solo un uomo. Folle e malvagio, ma pur sempre un uomo. Eppure Titus aveva la sensazione che stesse diventando un mito, una leggenda rurale che si sarebbe aggiunta alla lunga lista di storie folcloristiche e di tragedie che infestavano la cittadina in cui era nato.

Aveva portato loro la stagione del dolore, ma ora sembrava che quella stagione non avrebbe avuto fine.

Il cellulare gli vibrò in tasca. «Pronto.»

«Sceriffo, sono la dottoressa Kim.»

«Salve, dottoressa.»

«Volevo farle sapere che abbiamo completato l'autopsia di Denver Carlyle. E poi oggi dovremmo ricevere i risultati degli esami tossicologici sui sette corpi.»

Titus non disse nulla.

«Sceriffo?»

«Sì, ci sono. Grazie di avermi chiamato. Giusto per farglielo sapere, ho coinvolto la polizia di Stato. Si occuperanno dell'indagine sulla morte di Carlyle. E...»

Titus fece una pausa.

«E passerò a loro il caso Spearman. Continueremo a fornire assistenza, ma il comando sarà loro. Il suo contatto dovrebbe essere l'agente Geary» disse Titus.

La parola *fallimento* sembrava sfarfallare come un'insegna al neon davanti ai suoi occhi, ma sapeva che era solo la voce dell'orgoglio. Un buon leader capisce quando non è in grado di gestire una situazione o quando ha logorato se stesso e la sua squadra. E Titus aveva logorato i suoi, li aveva spinti al limite. Erano brave persone, tutti quanti, ma quel caso andava oltre le loro capacità, e oltre le sue. Era un boccone amaro da mandar giù, ma l'avrebbe morso, masticato e mandato giù. Non voleva rinunciare al caso, ma quel che voleva non contava. Trovare Lavon, trovare l'assassino, quello contava.

Suo nonno diceva che fare la cosa giusta spesso non era facile, ma ne valeva sempre la pena. Non era facile, ma doveva credere che ne sarebbe valsa la pena.

La dottoressa Kim non parlò per parecchi secondi.

«Ho i miei dubbi, tuttavia capisco la sua decisione, sceriffo.»

«Scusi, quali sarebbero i suoi dubbi?» chiese Titus.

La donna restò in silenzio per un attimo. «Titus, sono tutte vittime di colore.»

Non aggiunse altro, e lui non approfondì.

«Non li sto abbandonando. Non vado da nessuna parte. Ma la polizia di Stato ha più risorse di noi. I miei agenti, li ho spinti al limite» disse Titus, odiandosi immediatamente per averlo detto.

«Non la sto accusando di volerli abbandonare, sceriffo. Non lo farebbe mai, ne sono certa. È solo che... non so se l'ufficio Indagini criminali lavorerà con la stessa dedizione che ha dimostrato lei» disse la dottoressa Kim.

Titus la sentì con le orecchie e anche con il cuore. La ascoltò non solo in quanto sceriffo ma in quanto persona di colore, come lei, che come lei occupava una posizione importante e rispettata, ma che si ritrovava spesso vittima di sabotaggi e tentativi di delegittimazione.

«Non ho intenzione di arrendermi» disse.

La dottoressa sospirò. «Le credo. Magari quelli della polizia di Stato ci possono aiutare a identificare una buona volta questa T di metallo. Siamo riusciti a quantificare e catalogare tutti gli altri reperti trovati nei corpi o sui corpi.»

«La T?» ripeté Titus.

«Sì, non ricorda? È come una T con un'asta cilindrica e le braccia sottilissime» disse la dottoressa Kim.

A Titus parve di avere la pelle in fiamme. Sentì lo stomaco svuotato, come una fossa appena scavata. Si raddrizzò sulla sedia.

«Dottoressa, può mandarmi una foto?» chiese Titus.

«Credevo che avesse deciso di passare il caso.»

«Ancora no. Mi mandi la foto, per favore.»

Era quello il pezzo. Era quello il filo che doveva tirare per sbrogliare tutto. Era di sicuro così, ma voleva vedere la foto per averne conferma.

«Fatto.»

Qualche secondo più tardi, il telefono di Titus vibrò.

Guardò la foto. Guardò oltre gli effetti provocati dalla

ruggine e dalla corrosione. Vide l'oggetto per quel che era, ma anche per quel che sarebbe stato per lui, per la contea tutta.

Una chiave per far entrare finalmente la luce e scacciare il buio che li aveva avvolti come un drappo funebre sin da quando aveva visto per la prima volta quei poveri corpi martoriati tra le radici del salice piangente.

Titus parcheggiò di fronte all'ingresso della CFF, la fabbrica di bandiere dei Cunningham e saltò giù dal SUV. Guardò l'ora. Le nove del mattino. Il primo turno stava per andare in pausa. Non era un problema. Non doveva parlare con gli operai. Doveva parlare con il direttore. E a Charon tutti sapevano che Caleb Cunningham non scendeva ai piani bassi se non per andare a prendere l'Hummer a fine giornata.

Titus entrò e si piazzò di fronte al banco della reception. C'era una donna bianca, tozza e anziana, seduta a una scrivania. Alle sue spalle, un ufficio chiuso nel vetro e, oltre quello, si poteva scorgere il lavorio labirintico dei macchinari della CFF. Macchine da cucire di ferro nero e acciaio che parevano proseguire per chilometri. Ferri da stiro industriali e nastri trasportatori che soffiavano e ringhiavano come bestie affamate di dita e mani. Bandiere americane, bandiere dello stato della Virginia e bandiere dei vari reparti dell'esercito, cucite, ricamate, stirate e piegate per poi essere distribuite in tutto il paese. E quindi anche su e giù lungo la costa orientale.

La receptionist era concentrata sul suo cellulare. Non aveva fatto caso a Titus.

«Mi scusi, devo parlare con Caleb» le disse.

La donna alzò la testa e gli diede una certa occhiata. «Ce l'ha un appuntamento?»

Titus picchiettò l'indice sul distintivo. «Eccolo qui il mio appuntamento. Gli devo parlare. Adesso.»

La donna aprì la bocca, poi la chiuse prontamente. Sollevò

la cornetta del telefono, premette qualche tasto. Una manciata di secondi dopo, attraverso il vetro, Titus guardò Caleb rispondere al telefono nel suo ufficio. Alzò lo sguardo, vide Titus, parlò e riattaccò.

«Dice di accomodarsi.»

Titus sollevò il segmento del banco che ruotava sui cardini e proseguì, varcando la pesante porta di legno che immetteva nel cubicolo di vetro. Caleb non si alzò, né gli porse la mano. Titus sentiva il vibrare frenetico dei macchinari della fabbrica nella pianta dei piedi.

«Titus, cosa posso fare per te?» disse Caleb con un tono che suggeriva che non intendeva fare assolutamente nulla per lui.

«Caleb, ho bisogno dei rapportini di Denver Carlyle e di quelli del camion che ha guidato negli ultimi anni.»

«Cosa? E perché?»

«Questioni di polizia» disse Titus.

Caleb si accigliò. «Sono riservati; sono proprietà della CFF. Non credo di poterteli far vedere così, senza un mandato, o qualcosa. E poi stiamo ancora parlando col nostro avvocato per capire chi ci dovrà rimborsare per il camion su cui si è schiantato Denver. Potrebbe toccarci far causa alla contea. Quindi mi sa che neanche dovrei parlarti.»

Titus era troppo stanco per alzare gli occhi al cielo all'idea che Caleb facesse causa alla contea perché il suo autista aveva falciato una folla di manifestanti pacifici.

«Lo sai, sì, dei ragazzini che abbiamo trovato nella tenuta di Tank?» chiese.

«Be', sì, ma non...»

Titus lo interruppe. «Uno di loro aveva un fermacarichi di metallo infilato in gola. Vedi, l'assassino ha preso una di quelle ancorette che usate per assicurarvi che nessuno vi rubi le spedizioni e ha costretto un ragazzino di quindici anni a ingoiarla. Non l'ho riconosciuta subito, ma poi ieri ne ho vista una sul camion che guidava Denver, quando ha provato a uccidere Jamal Addison e tutti gli altri. Per cui non ho tempo per un cazzo di mandato. Mi servono i rapportini di Denver e mi servono adesso.»

«Ma io…»

«Cazzo, Caleb, balbetto, per caso? Potrebbe esserci in ballo la vita di un altro ragazzo. Recupera i rapportini, Cristo» disse Titus, alzando la voce fino a sovrastare il rumore dei macchinari. Qualsiasi resistenza Caleb avesse avuto intenzione di opporre fu spazzata via dalla furia prepotente dell'ordine di Titus.

Caleb afferrò il telefono sulla scrivania.

«Gloria, recuperami i registri delle consegne di Denver Carlyle del… degli…»

«Degli ultimi cinque anni.»

«Degli ultimi cinque anni. Sì, va bene in allegato» disse Caleb. «L'anno scorso abbiamo scansionato tutti i vecchi registri e siamo passati a un archivio digitale.»

Titus lo guardò senza dire nulla.

Una notifica risvegliò il laptop. Lui fece scorrere le dita sulla tastiera, poi girò il laptop verso Titus. «Ecco qui.»

Titus si sedette sulla sedia di plastica davanti alla scrivania di Caleb e cominciò a esaminare i documenti. A quanto pareva Denver guidava quasi sempre lo stesso camion, il numero 873. Titus continuò la consultazione, una pagina dopo l'altra. Dopo un po' gli salì in bocca un sapore amaro. Le date non combaciavano, e non gli serviva dare un occhio al suo bloc-notes; aveva memorizzato le date e i luoghi. Continuò a cliccare, continuò a leggere, continuò a sperare.

«Non trovi quello che ti serve?» chiese Caleb.

Titus non rispose. Continuò a cliccare.

«Aspetta un attimo, queste date qui, in estate. Queste non sono le iniziali di Denver» disse Titus a bassa voce.

«Come, scusa?» disse Caleb.

Titus scrisse «1 agosto 2015» nella barra di ricerca.

«Chi è RGL?»

«Hmm, fammi vedere» disse Caleb.

Titus girò di nuovo il laptop.

«Ah, sì, quando il lavoro è tanto, di solito d'estate, prendiamo qualche autista in più, a chiamata, e noleggiamo dei camion per rimpinguare la flotta. Denver si offriva volontario per guidare uno di questi camion a noleggio perché l'aria condizionata funzionava meglio, così il suo mezzo lo davamo a uno di questi altri autisti. D'estate è sempre un gran casino» disse Caleb.

«Le iniziali, Caleb.»

«Ah, giusto. Be', preferiamo assumere gente che abbia già la licenza conto terzi. Questo qui è Royce Lazare. Hai presente, no? L'autista dello scuolabus. Affidabile come pochi.»

Titus sentì la bocca seccarsi.

Osservò la grafia spigolosa sullo schermo. Tre lettere aguzze che gli ricordarono le sottili lamette seghettate con cui gli pungevano le dita per controllare il sangue quand'era bambino.

Royce Lazare.

Lazare. Mischia le lettere, ed ecco che viene fuori un altro nome.

Azrael.

L'Angelo della Morte.

«Comunicazione a tutte le unità. Nome: Royce Lazare. L'uomo è armato e pericoloso e ho motivo di credere che abbia rapito Lavon Macdonald. Ripeto, Royce Lazare va arrestato a vista. Adottate la massima cautela nell'avvicinarlo» disse Titus nella radio.

«Pensi che sia lui?» chiese la voce di Carla.

«Lo so per certo» disse Titus. «Cam, chiama il deposito della scuola e vedi se è di turno o se si è messo in malattia. Sono diretto a casa sua. Fra cinque minuti sono lì. Qualcuno cerchi di capire se lo scuolabus è ancora in giro, sempre che oggi sia andato a lavorare.»

«Sono dall'altra parte della contea. Arrivo fra un quarto d'ora» disse Carla.

«Sono a Piney Island. Arrivo anch'io, datemi una ventina di minuti» disse Steve.

«No, non state a venire tutti. Se non è a casa, dobbiamo impedirgli di lasciare la contea» disse Titus sfrecciando lungo la Route 18. Svoltò su Zephyr Road, poi spinse al massimo sull'acceleratore. Aveva recuperato l'indirizzo di Royce dall'archivio della motorizzazione tramite il computer del SUV. Royce stava alla fine di Tall Chief Lane. Titus spinse sul freno con il piede sinistro e continuò ad accelerare con il destro per svoltare a gomito nella via. Il fumo che si levò dalle ruote posteriori avvolse il SUV mentre sbandava in curva.

Royce viveva al civico 2274. Titus tenne d'occhio le cassette delle lettere.

«Duemiladuecentosessantotto, sessantanove, settanta» contò.

Poi inchiodò.

C'era un pick-up rosso fermo all'inizio del vialetto che partiva dalla cassetta delle lettere con sopra il numero 2274. Saltò giù dal SUV.

«Che stai facendo? Va' via» sbraitò Titus.

Tom Sadler scese dal pick-up.

«Ti ho sentito sullo scanner. Ero qua vicino. Sono venuto a dare una mano» disse Tom.

«Tu non lavori più per me» disse Titus.

Tom chiuse la portiera del pick-up. «Non puoi andare da solo. Se davvero è lui, ti serve aiuto. Ti faccio da ausiliario civile. Ho la mia pistola. Sono pronto.»

«Non ho tempo. Carla sarà qui fra dieci minuti. Sparisci» disse Titus.

«Ma io sono qui adesso! Posso darti una mano. Titus, ti

prego, ho bisogno di fare questa cosa. Ti prego, lascia che ti aiuti» lo supplicò Tom.

Titus guardò il lungo vialetto che conduceva alla casa di Royce. Tagliava attraverso un campo di erba seccata dal sole serpeggiando verso una casa colonica bianca a due piani.

«Il giubbotto ce l'hai?»

Tom si sollevò la camicia per mostrargli il giubbotto nero di Kevlar.

«Se c'è, è possibile che abbia Lavon Macdonald. Cerchiamo di prenderlo vivo, ma se dà l'impressione di non volersi arrendere con le buone, gli spariamo» disse Titus.

«Ricevuto.»

«È ora di chiudere la stagione del dolore» disse Titus sottovoce.

«Come?»

«Niente. Andiamo.»

VENTINOVE

Parcheggiarono fianco a fianco alla fine del vialetto di Royce. Titus sulla sinistra e Tom sulla destra. Accanto al pick-up di Tom c'era un vecchio furgoncino Econoline. Titus non ricordava bene quale fosse il mezzo guidato da Royce, ma pensò che un vecchio furgoncino bianco era assolutamente in linea con il suo modus operandi. Nascondersi in piena vista. Essere talmente generico da risultare anonimo. Mimetizzarsi, come l'ennesimo mattone di un muro.

Titus estrasse la pistola. Tom fece altrettanto.

La casa era in buone condizioni. La veranda chiusa da vetrate era stata riverniciata di recente. Un segnavento decorativo si stagliava sulla sinistra nel campo accanto alla casa. Il rivestimento di alluminio era immacolato, come se Royce avesse appena lavato le pareti con il getto di un'idropulitrice.

Titus si chiese se avesse cercato di eliminare delle prove o se invece voleva soltanto dare una ripulita.

Aprì la porta a zanzariera e poggiò un piede sulle assi della veranda. Sulla veranda c'erano sedie e tavoli da giardino, e una piccola stufa di terracotta in un angolo. Titus si avvicinò all'ingresso e bussò alla porta, sei pannelli di vetro separati da una griglia di legno dipinta di bianco. Quando nessuno rispose, sbirciò oltre il vetro. La casa sembrava vuota.

Bussò ancora.

Niente.

«Cosa facciamo?» chiese Tom.

«Abbiamo ragionevoli motivi per credere che qualcuno sia in pericolo, qui dentro» disse Titus, pur odiando il sapore che quella bugia gli lasciò sulla lingua. Se Royce non c'era, se Lavon non c'era, qualsiasi cosa avessero trovato sarebbe stata inammissibile in tribunale. Sarebbe bastato uno studente di legge al primo anno per smontare la sua storia.

Ma l'istinto gli diceva che era nel posto giusto. Aveva trovato il macello. E Royce era il macellaio.

Mise una mano sulla maniglia.

La porta non era chiusa a chiave.

«Entriamo.»

In casa c'era un aroma dolciastro e nauseante. Era come se qualcuno avesse acceso troppe candele aromatiche. Avanzarono nel salotto semivuoto. C'erano solo un sofà, un divanetto e un piccolo televisore a schermo piatto appeso al muro sopra un caminetto a prima vista inutilizzato. Titus notò che non c'erano foto appese ai muri. Niente famiglia, niente amici, niente momenti immortalati per la posterità. Continuarono ad avanzare in un piccolo soggiorno. Di fronte a loro c'era l'enorme cucina. Sulla sinistra una porta chiusa.

Titus indicò la porta con due dita, ma senza parlare. Tom annuì. Titus si avvicinò alla porta. Si appiattì contro il muro e posò la mano sinistra sulla maniglia. Tom si spostò sulla destra. Titus contò fino a tre sulle dita, dopodiché girò la maniglia e spalancò la porta.

Entrò, abbassandosi sulle cosce e puntando la pistola da un lato all'altro della stanza. Era una piccola camera da letto, con un letto singolo al centro. Era spartana quanto il salotto.

Legata al letto mani e piedi c'era Dayane Carter. Era nuda e immobile. Titus si avvicinò e le mise le dita sul collo. C'era polso, per quanto debolissimo.

«Signore Gesù» sussurrò Tom.

Il corpo nudo di Dayane era coperto quasi interamente da tagli e incisioni che formavano parole e frasi dai toni biblici, ma introvabili nelle Bibbie che aveva letto lui. Royce l'aveva tagliata e pareva che poi avesse cauterizzato le ferite.

«Voleva tenerla in vita il più a lungo possibile» mormorò Titus. Se il piano di Royce era quello, stava funzionando soltanto a metà. Molte ferite erano infette. Titus capì finalmente perché c'era quel forte odore.

«Ci dividiamo? Io di sopra, tu al piano terra?» bisbigliò Tom.

«No. La vedi quella porta a due ante in cucina? Probabilmente conduce a uno scantinato. Chiama un'ambulanza per lei. Io vado a dare un'occhiata.»

«Posso chiamare e seguirti» disse Tom.

«Okay. Muoviamoci.»

Si diresse in cucina. Sentì Tom al telefono fornire l'indirizzo, richiedere un'ambulanza e dire a Cam di mandare tutta la squadra. La cucina era il doppio di quella di suo padre. E se il resto della casa era un perfetto esempio di austerità, lì era pieno di attrezzature di prim'ordine. C'erano una macchina per l'espresso e un frigorifero retrò in acciaio inossidabile, un gigantesco frullatore e un mixer rosso come i camion dei pompieri. C'erano anche un grosso tostapane da sei fette alla volta e uno sgargiante contenitore di ceramica a forma di orsacchiotto. Il pavimento della cucina era una scacchiera di piastrelle di marmo bianche e nere. Un grande tavolo d'un rosso brillante, dalla forma vagamente ovale, occupava il centro della cucina. La porta a doppia anta si apriva in corrispondenza del lato corto del tavolo. A sinistra, una porta con la zanzariera dava sul retro. A destra un'alta dispensa dietro una tenda di tela, e di fianco una grossa cucina a gas.

Titus si bloccò.

«Prima la dispensa» disse, tenendo la voce bassa.

«Poco profonda. Non ci starebbe nessuno» sussurrò Tom.

«Controlliamo comunque.»

Tom fece per voltarsi a dire qualcosa.

Un attimo dopo, Tom lo stava spingendo forte verso destra.

Un'esplosione tuonò nella cucina e Titus vide gran parte della testa di Tom Sadler disintegrarsi. Titus rovinò sul tavolo, atterrando sullo sterno, il tavolo scivolò sul pavimento facendogli perdere l'equilibrio. D'istinto, mise entrambe le mani avanti per attutire la caduta.

Royce Lazare entrò con un balzo dalla porta a zanzariera distrutta, a torso nudo, senza il cappellino da baseball e senza i folti capelli castani. Impugnava una doppietta. Titus ruotò su se stesso, ritrovandosi seduto. Fece per alzare la pistola, ma Royce roteò la doppietta come una mazza da croquet e gliela abbatté sulle nocche della mano sinistra, facendo volare via l'arma.

Titus non riuscì neppure a sentire il rumore della pistola sul pavimento, da tanto gli fischiavano le orecchie. Si alzò con uno scatto e si gettò contro Royce, placcandolo in vita per sbatterlo contro il bancone della cucina. Il fucile cadde e Royce prese a tempestare di pugni la schiena di Titus. Ogni manata era un mattone di cemento che gli si schiantava sulla spina dorsale. Titus lo agganciò per la vita e lo sollevò da terra.

Voleva sbatterlo di nuovo giù ma si beccò un pugno nel fianco destro che gli provocò un dolore atroce. Adesso non riusciva a incamerare aria. Lasciò la presa su Royce e usò entrambe le mani per allontanargli il petto e mettere spazio fra i loro corpi. Barcollò all'indietro, scivolando sul sangue di Tom e cadendo a terra, sul fondoschiena. Sentiva il fianco destro caldo e bagnato.

Royce gli si lanciò contro con un Bowie in mano.

Sarà un collezionista, pensò istupidito Titus, prima di sentire qualcosa di duro sotto il culo.

Royce gli era quasi addosso quando Titus tirò fuori la pistola da sotto la coscia destra. Royce d'istinto tese una mano avanti mentre Titus sparava.

Il proiettile gli trapassò la mano e gli sfiorò la guancia, strappandogli via un pezzo dell'orecchio sinistro. Royce urlò e si gettò verso la porta che dava sul retro. Titus rotolò sul fianco e provò a sparare di nuovo, ma il colpo andò a vuoto e il proiettile si conficcò nella macchina per l'espresso.

Titus era disteso sul fianco sinistro e tentava disperatamente di reggere la pistola, che però era pesantissima. Aveva la camicia zuppa di sangue, il suo e quello di Tom. Un raggio di sole entrò da quanto restava della porta sul retro e gli accarezzò il volto. Il suo tocco era caldo. Un bel contrasto con il pavimento di marmo, che invece sentiva freddissimo.

Il pavimento non è freddo. Stai per andare in shock, pensò. L'idea lo spaventava, ma fece del suo meglio per mantenere il controllo. Se solo avesse potuto chiudere gli occhi per un momento, un minuto soltanto, si sarebbe ripreso, si sarebbe dato una calmata, e avrebbe infilato un proiettile in testa a Royce Lazare.

E lo shock? L'emorragia?

«Non c'è problema. Non c'è problema. Devo solo riposarmi un secondo» farfugliò.

Chiuse gli occhi.

Il buio non era poi così male. In un certo modo era confortante. Era un luogo dal quale fuggiva da tanto di quel tempo, una cosa che si portava dentro e che avrebbe voluto recidere, al punto di non aver mai preso in considerazione la possibilità che invece era proprio lì che doveva stare, che era ciò che era destinato a diventare. Tutt'uno con le tenebre, parte d'una notte senza fine.

«Sarà meglio che la smetti di dire baggianate.»

Titus sentì la voce, ma si rifiutò di credere che fosse vera. Meglio tenere gli occhi chiusi e appisolarsi, che aprirli e ritrovarsi ancora col cuore spezzato perché lei non c'era ed era tutto nella sua testa.

«Piccolo, mi senti? Sto parlando con te. Ti devi alzare, Titus. Ti devi alzare. Ha preso Lavon e gli farà delle cose terribili. Ti devi alzare, figlio mio. Non è andato tanto distante. È qui vicino, ma ti devi alzare.»

«Sono tanto stanco, mamma.»

«Lo so, bambino mio, ma ti devi alzare. ALZATI!»

Titus sollevò di scatto le palpebre.

Il raggio di sole gli stava ancora toccando amorevolmente il volto. In cucina non c'era nessuno a parte lui e Tom. Rotolò sulla pancia. Tese una mano e afferrò la maniglia del frigorifero. Con un gemito straziato si alzò da terra e si appoggiò al frigo. Si toccò il fianco. Stava perdendo molto sangue. Tolse la camicia. Con movimenti lenti se la strinse il più forte possibile in vita. Cercò di fare un respiro profondo, ma il male fu tale che lasciò perdere a metà strada.

Abbassò lo sguardo e vide la pistola a terra. Temeva che se si fosse chinato sarebbe svenuto di nuovo, perciò si accosciò esitando, appena il necessario per poterla afferrare. Si staccò dal frigorifero. Aveva dipinto la superficie di acciaio inossidabile con le impronte insanguinate dei suoi palmi.

Barcollò verso la porta sul retro. Si costrinse a fare un bel respiro, urlò di dolore e proseguì.

C'era del sangue sull'erba, e non era suo. Seguì la scia come aveva fatto il giorno in cui aveva preso quel cervo con le corna a dodici punte. La scia si interrompeva di fronte a una fila di sei cespugli di azalee. Guardò a sinistra, poi guardò a destra.

Sulla sinistra c'era un campo di sterpaglie che era stato falciato di recente. A destra, un prato rigoglioso e pieno di caprifogli. Guardò giù. La scia di sangue si fermava lì. Lì, l'erba era di un verde più sbiadito. A ben vedere, anche le azalee erano sbiadite.

Ho fatto dei lavori per un tipo. L'ho aiutato a costruire un posto.

Titus toccò il cespuglio che aveva davanti. Passò le dita sulle foglie. Toccò i rami.

Plastica.

Afferrò i rami e tirò.

La botola a cui era attaccato il cespuglio si sollevò così come si era sollevato, ruotando sui cardini, il bancone della fabbrica di bandiere. Titus mollò la presa e si ritrovò a guardare dentro una buca illuminata da lampade fluorescenti. C'era una scala di metallo fissata al muro.

In piedi in mezzo al bunker che aveva costruito con l'aiuto di Cole Marshall c'era Royce Lazare. Teneva Lavon davanti a sé, usando la mano buona per puntargli un coltello alla gola.

«Mi stavo chiedendo se l'avresti trovato o no. Butta la pistola e vieni giù con noi. Vieni nel Tartaro» disse Royce. Sorrise a Titus dall'abisso delle sue segrete, con il sangue che gli colava sul petto, sul volto, sul capo rasato; un luccichio maniacale gli accendeva gli occhi e per un attimo Titus pensò che in effetti somigliava a un angelo. Un angelo caduto assai lontano dalla grazia divina.

TRENTA

Titus gettò la pistola a terra con la mano che tremava. Sapeva che stava andando avanti a endorfine e adrenalina, e quello era un carburante costoso. Doveva scendere e salvare Lavon. Quel che sarebbe capitato a lui non aveva importanza, doveva salvare Lavon. Non era riuscito a salvare Latrell. Non avrebbe ripetuto lo stesso errore con suo fratello.

Scese nel bunker un piolo alla volta.

Lì sotto era più ampio di quanto si aspettava. Così a occhio misurava almeno sei metri per dodici. In pieno contrasto con lo stile minimalista della casa, il bunker era uno sfavillante guazzabuglio di eccessi sgargianti. Lungo il perimetro del soffitto correvano dei led rossi e blu. C'era una mezza dozzina di pouf sparsi per la stanza. Accanto a ciascun pouf, un tavolino pieghevole con sopra una lampada lava. C'era una croce di Sant'Andrea appoggiata a una parete. Al centro della stanza si ergeva un antico tavolo da imbalsamazione.

E poi c'erano gli angeli. Ovunque. Quadri alla maniera di Caravaggio e Rembrandt e Bacon incorniciati sui muri. Stampe da due soldi con angeli tratti dai manga e dai fumetti. Ai piedi del tavolo da imbalsamazione era sistemata la statua di un angelo di granito grigio che Titus dedusse fosse stata trafugata da un cimitero.

I serafini e gli arcangeli erano tutti stati testimoni della più perversa manifestazione di libero arbitrio che Titus riuscisse a immaginare.

«Ti piace il tavolo? Di solito lo copro, quando ho ospiti. Ospiti che se ne andranno, intendo» disse Royce. Il suo enorme avambraccio era molto più impegnato a tener fermo Lavon che non a reggere il coltello, ma la lama era comunque ancora troppo vicina al collo del ragazzino.

«Lavon, andrà tutto bene. Te lo prometto» disse Titus.

Royce fece schioccare la lingua. «Sceriffo, non dovrebbe fare promesse che non può mantenere.»

Titus lo ignorò.

«Porti la parrucca perché non ti piacciono i tuoi capelli, vero, Gabriel? Tutti ricci ricci. Sono stati gli Hillington a farti odiare quella parte di te?»

Royce si accigliò. «Gli Hillington mi hanno fatto capire che serviamo un Dio sociopatico. Ci crea liberi e ci lascia fare delle cose gli uni agli altri, cose terribili, e lui e i suoi angeli se ne stanno lì a guardare e ridere come i Romani al Colosseo, cazzo. E chi è che fa la vita peggiore? I negri. Che sono la merda sotto la scarpa della razza umana. Vivono in un mondo dove tutto è organizzato per rovinarli e metterglielo nel culo. Gli ho fatto un favore, a quei ragazzini. Che razza di vita avrebbero fatto, in America? In una terra costruita sull'assassinio e sulla morte nel nome del paparino celeste? Un paparino lavativo che ci ha abbandonati tutti. Nessun angelo è mai sceso dal cielo per fermarci. Neanche uno. E io pregavo che si facessero vedere. Volevo vedere il sacro fuoco almeno UNA VOLTA!» gridò Royce.

«È per questo che hai ucciso sette ragazzini neri, Gabriel? Perché eri arrabbiato con Dio, che non ti aveva salvato da Henry Hillington?» chiese Titus. Lanciò un'occhiata alla mano in cui Royce stringeva il coltello. Lavon era scivolato ancor di più sulla destra, verso l'incavo del gomito di Royce.

Doveva muoversi, o sarebbe svenuto.

Royce sorrise. «Chi ti dice che sono solo sette?»

Titus continuò a parlare.

«Penso che tu li abbia uccisi perché stavi provando a uccidere quella parte di te. Credo sia per questo che ti sei unito ai Figli della Confederazione, che ti sei messo a portare i cappellini da camionista e ad ascoltare Hank Williams Jr. Ma non potrai mai uccidere quella parte di te, Gabriel.»

Royce strinse la presa su Lavon.

«Non chiamarmi così, cazzo. Non è quello il mio nome» disse.

Titus gli mostrò i palmi delle mani e abbassò la voce. «Lo so cosa ti hanno fatto. Elias, Henry, gli Hillington. Quella chiesa. E lo so che avevi paura. E che eri arrabbiato. E che eri disperato. Lo so come si sente. So come ci si sente a pregare Dio affinché faccia qualcosa che ti sta a cuore e avere l'impressione che non gliene freghi niente. Da piccolo pregavo Dio di salvare mia madre, a volte lo pregavo tutta la notte, proprio come tu pregavi perché salvasse te.»

«E lo vedi com'è finita? Avrebbe potuto farlo, ma non lo ha fatto. Lo sai cos'è l'inferno? Non è una distesa di laghi di fuoco. È essere ignorati da Dio. Ero all'inferno, e mai una volta che abbia allungato la mano nell'abisso della perdizione per tirarmi fuori. ERO UN BAMBINO! Ero un bambino.» Royce aveva gli occhi sgranati e sfavillanti come smeraldi.

«Magari lo sta facendo adesso. Magari ti sta tendendo la mano proprio adesso. Lascia che ti aiuti... Royce. Lascia andare Lavon e lascia che ti aiuti» disse Titus, tendendogli una mano.

Royce chiuse gli occhi per mezzo secondo.

Quando li riaprì, Titus vide il diavolo che lo abitava.

«Facciamo così. Tu prega che io non tagli la gola a questo ragazzino, e poi vediamo se Michele mi colpisce con la sua spada per fermarmi.»

Royce aumentò la stretta sull'impugnatura del coltello.

Titus si preparò.

Notò che la manina scura di Lavon si muoveva. Lo guardò tirare fuori qualcosa di piccolo e argentato dalla tasca.

Titus fissò il killer negli occhi.

Un sorriso, poi Royce cominciò a far scorrere il coltello sul collo di Lavon.

Titus balzò in avanti proprio nel momento in cui Lavon piantava il coltellino nell'avambraccio di Royce, fino al manico. Questi urlò, un suono acuto che cozzava con la sua gigantesca mole. Lavon si lasciò cadere sulle ginocchia e si tolse di mezzo in fretta e furia mentre Titus piombava addosso a Royce.

Titus afferrò la lama con la mano destra mentre sbatteva la sinistra nella carne soffice del naso e delle guance di Royce. Royce sollevò il braccio destro e come fosse una clava mandò a sbattere l'avambraccio sulla tempia di Titus. Fu come se qualcuno l'avesse colpito con un sacco pieno di cemento.

Royce sottrasse il pugnale dalla presa di Titus, scorticandogli la mano. Poi sollevò la lama, di taglio, e Titus sentì la pelle della guancia aprirsi in due come il Mar Rosso. Balzò all'indietro quando Royce cercò di affondargli la lama nell'addome. Afferrò di nuovo la lama con la destra ma stavolta la torse.

Il coltello cadde a terra mentre Titus colpiva Royce. Royce ruggì, non più un uomo, ma una specie di regressione evolutiva, e afferrò la gola di Titus con la mano sinistra. Senza smettere di ululare lo spinse contro il muro, facendo cadere due quadri di angeli incorniciati che andarono in frantumi.

Titus si sentì mancare. La mano intorno alla gola era come una trappola per orsi. Gli infilò il pollice sinistro nell'occhio, ma Royce non fece che serrare la presa. Infiniti puntini neri si misero a danzargli davanti agli occhi mentre l'altro gli mostrava i denti come un lupo.

Titus portò la mano sulla fibbia della cintura.

La sentì scattare e aprirsi.

Toccò la levetta.

Dodici centimetri di metallo affilato come un rasoio scattarono dalla fibbia rettangolare.

Titus li infilò tutti e dodici nel collo di Royce appena sotto il mento. Poi tirò forte verso sinistra. Il sangue esplose dalla ferita. Royce mollò la presa e barcollò all'indietro, tenendosi la gola. Cadde contro il tavolo da imbalsamazione, poi scivolò a terra, con il sangue che sgorgava dal collo come un fiume di vino rosso.

Titus scivolò lungo la parete fino a che non sentì sotto di sé la moquette del pavimento del bunker. Appoggiò la testa al muro e cercò di fare un respiro profondo, ma non sembrava in grado di riempirsi i polmoni.

Lavon si avvicinò cauto. «È morto?» chiese.

«Sì» disse Titus.

«Bene. Non mi ha lasciato scendere dallo scuolabus. Stavo andando a casa perché non avevo voglia di andare al festival. Mi ha detto delle cose brutte su mio fratello.»

«Non… non dargli retta. Tuo fratello ti voleva bene» disse Titus. Si sentiva fluttuare. «Ehi, bisogna che... qui nella tasca. Prendi il telefono. Chiama la polizia. Digli dove siamo. Loro non lo sanno, e io ho bisogno di aiuto.»

Lavon si avvicinò di più e recuperò il cellulare. Chiamò la polizia. «Sì, siamo...» Lavon si zittì.

«Al 2274 di Tall Chief Lane. Dietro la casa, in un bunker» disse Titus.

Lavon ripeté.

«Dicono che sono quasi arrivati.»

Titus chiuse gli occhi.

«Bene.»

Lavon si sedette per terra accanto a lui. «Andrà tutto bene» disse.

Titus non sapeva dire se fosse una domanda.

«Mi manca mio fratello. La mamma dice che era malato. Ma mi manca comunque» disse Lavon.

«Scommetto che gli manchi anche tu.»
Poi fu solo la notte senza fine.

Aveva la sensazione di avere masticato del cotone grezzo. Aprì gli occhi e vide Albert e Marquis seduti ai lati opposti del letto d'ospedale. Albert si accorse che era sveglio e si alzò dalla sedia con sorprendente agilità. Gli afferrò la mano sinistra, talmente forte che Titus sentì male nonostante gli antidolorifici con cui l'avevano bombato.

«Figlio mio, il mio ragazzo. Sei tornato. Lo sapevo che tornavi» disse Albert. Le lacrime scendevano lungo il volto invecchiato impigliandosi nella barba grigia.

«Quanto... ho dormito?» chiese Titus.

«Due giorni.» Marquis si alzò e strinse la sbarra del letto con le mani enormi.

Albert accarezzò la fronte di Titus. «Ti voglio bene» disse.

«Anch'io ti voglio bene, pa'» gracchiò lui.

«Aspetta, che ti prendo un po' d'acqua. Il medico ha detto che potevi bere se... quando ti svegliavi» disse Albert.

«Sì, ho una sete infernale» disse Titus con voce roca.

«Torno subito» disse Albert. Uscì dalla stanza strascicando i piedi, abbandonato dall'agilità di un momento prima.

«Che cos'ha la voce?» chiese a Marquis dopo che Albert si fu allontanato abbastanza.

«Quel figlio di puttana ti ha fatto qualcosa alla laringe. Ti ha anche conciato male il fegato e t'ha tagliato la cistifellea, ma tanto han detto che non è che serva a granché» disse Marquis. «Te la sei vista brutta, ma io e papà gli abbiamo detto che sei troppo testa di cazzo per morire. Poi se no chi ci impedirebbe di rubare l'uva al supermercato?» disse Marquis. Prese con dolcezza la mano destra di Titus nella sua.

Titus si voltò dall'altra parte. La finestra alla sua sinistra affacciava sul giardino dell'ospedale. Cerchi concentrici di grossi cristalli di quarzo, inframezzati da liriopi ed erba della pampa. Al centro era piazzata una panchina di legno.

«Sai, quando mi ha accoltellato, sono svenuto per qualche secondo. Ero lì steso per terra, nel mio sangue, nel sangue di Tom, a pensare che stavo per collassare e...» Titus deglutì a fatica. Gli sembrava di ingoiare filo spinato.

«E cosa?» chiese Marquis.

Titus si umettò le labbra.

«Mi è sembrato di sentirla.»

«Di sentire chi?»

«La mamma. So che era una reazione acuta da stress che mi pompava l'adrenalina a mille e mi mandava in cortocircuito il cervello, ma era talmente vero, Marq. Io lo sapevo che non era vero. Lo sapevo che se avessi aperto gli occhi non ci sarebbe stata. Però mi ha fatto rialzare da terra. Immagino che la mia mente abbia tirato fuori l'emozione più forte che avevo e l'abbia usata per rimettermi in piedi» disse Titus.

«Cioè il dolore perché lei è morta?» chiese Marquis.

«No. Il senso di colpa.»

«Ti, smettila, dai. Quando parliamo di mamma non ti devi proprio sentire in colpa. T'ho detto mille volte che non ci potevi fare niente, come non ci potevamo fare niente io e papà. Quella cosa andava oltre le nostre possibilità.»

«Lo so, però comunque mi resta la sensazione che...»

«Sai, io non so niente di adrenalina e reazioni da stress o quelle robe, però... cioè, tu dici che è stato il tuo cervello che ti ha fatto tirare su e andare a spanciare quel figlio di puttana, e probabilmente è vero, però... se dicessimo che è stata lei? Metti che è tornata per aiutare suo figlio. Lo so che non credi a queste cose, ma non è stato bello sentire la sua voce? Perché io darei qualsiasi cosa per risentirla anche solo una volta» disse Marquis.

Titus sentì il respiro spezzarsi.

E un attimo dopo stava piangendo, piangeva forte, lunghi e rumorosi singhiozzi che gli scuotevano il corpo, e c'era Marquis che lo abbracciava e lo stringeva e lo teneva stretto.

«Mi manca tanto, Marq. Non sono riuscito a salvarla. Non sono riuscito a salvarla. Mi manca tanto» piangeva.

«Hai salvato Lavon. Hai salvato Kellie. Hai salvato Charon. Adesso è ora che ti salvi tu, fratellone» disse Marquis.

Dondolarono così, avanti e indietro, per un bel po'.

TRENTUNO

Il cielo al crepuscolo era un sogno color magenta che ammantava la contea di Charon.

Il vento freddo di dicembre fischiava negli angoli di casa Crown. Albert sparecchiò la tavola e impilò i piatti della cena nel lavandino. Marquis finì la birra e gettò la bottiglietta nella spazzatura.

Titus scese al piano di sotto. Portava un giubbotto di pelle nera, una maglietta nera e un paio di jeans. Aveva in spalla un borsone marrone. Lo posò per terra e andò in cucina.

«Mi accompagnate fuori?» chiese. Era passato un mese e mezzo e la voce ancora non gli era tornata normale. I medici suggerivano un intervento chirurgico, ma lui non ne voleva sapere. Aveva chiuso con quelli che lo volevano tagliuzzare. Aveva chiamato Kellie per sapere come stava e lei aveva sentito la sua voce ed era scoppiata a piangere.

«Oddio, Virginia, cosa ti ha fatto?» aveva detto, ricacciando indietro un singhiozzo.

Si erano promessi di restare in contatto, anche se Titus dubitava che fosse la cosa giusta da fare. Rivederlo, risentire la sua voce, le avrebbe ricordato la notte più traumatica della sua vita. L'ultima cosa che voleva fare era causarle altro dolore.

«Non so perché non puoi aspettare fino a domani mattina, per partire» disse Albert.

«Pa', mi devo fare quindici ore di macchina. Se arrivo per

le nove a Baton Rouge, posso andare dritto all'università e sistemarmi» disse.

«Ancora non ci credo, che fai l'insegnante» disse Marquis.

«Professore» lo corresse Titus.

Marquis lo liquidò con un cenno della mano. «Sì, sì, va be'. È che proprio non ti ci vedo seduto in cattedra a correggere le tesine e dare gli adesivi ai bimbi bravi.»

«Insegnerò criminologia, quindi non è che proprio cambi completamente campo.»

«Non lo so, secondo me ti annoi» disse Marquis.

Albert si asciugò le mani nello strofinaccio e disse: «Se non fosse bruciato, avrei detto andiamo a berci una cosa al Watering Hole prima che parti».

«Va be', pa', non è che non torno mai più. E comunque il Watering Hole era un posto di merda. Qualcuno ha semplicemente deciso di porre fine alle sue sofferenze» disse Titus. Incrociò lo sguardo di Marquis. Suo fratello non gli fece l'occhiolino, ma ci mancò poco.

«Il Watering Hole che va fuoco, la fabbrica di bandiere che chiude. Cunningham che vende lo stabilimento e se ne va, e adesso pure tu che ti sei dimesso. È come se Charon stesse perdendo i pezzi» disse Albert.

Titus ripensò alla faccia di Carla quando le aveva consegnato il distintivo.

«Ma... ma si può fare una cosa del genere?» aveva detto.

«Già fatta. Ho detto al consiglio comunale che ti avevo nominata vicesceriffo, quando ho rassegnato le dimissioni. Ora devi solo finire il mio mandato e poi probabilmente dovrai vedertela con Roger alle prossime elezioni. Sempre che tu voglia candidarti» le aveva detto.

Carla era rimasta a fissare il distintivo nel palmo della mano.

«Vorrei che non te ne andassi.»

«Ti ricordi quando mi hai chiesto come gestivo i pensieri

che mi venivano in testa dovendo dare la caccia a gente come Royce?»

«Sì.»

«Voglio riuscire a sognare di nuovo senza aver paura di quello che mi aspetta. Ora, se vuoi sapere cosa ne penso io, secondo me dovresti candidarti, e penso che tu possa vincere. Contatta Jamal Addison e ti porterà un sacco di voti. Sarai un ottimo sceriffo, Carla. Migliore di me» le aveva detto.

Poi lei l'aveva abbracciato.

«A volte tocca bruciare il raccolto dell'anno prima per far rigenerare la terra, pa'» disse Titus sulla porta.

«Alé, è arrivato l'Almanacco del Contadino» disse Marquis.

Titus scosse la testa. «Dai, su, accompagnatemi alla macchina.»

Uscirono insieme nella fredda serata autunnale, con il sole appena visibile sull'orizzonte. Si fermarono e restarono per un lungo istante a osservare il cielo.

«Va bene, è ora ormai» disse Titus.

Albert lo abbracciò forte. «Chiamaci quando arrivi. E quando ti fermi per una sosta. Insomma... chiamaci.» Lasciò andare Titus e fece un passo indietro.

«Lo sai che ti vengo a trovare, così possiamo andarci a fare un viaggetto a New Orleans, vero?» disse Marquis stringendo il fratello tra le braccia.

«Vedi di farlo davvero» gli disse Titus nell'orecchio.

Si scambiarono qualche pacca sulle spalle per poi sciogliere l'abbraccio.

Titus salì sulla Jeep e mise in moto.

Abbassò il finestrino.

«Rigate dritto, voi due. Vi chiamo quando arrivo.»

«Forza, vai, prima che ci mettiamo tutti a piangere. Un'altra volta» disse Marquis.

Titus rise. «Vi voglio bene.»

«Specchio riflesso» disse Marquis.
«Ti voglio bene, figliolo» disse Albert.

Titus guidò sulla Route 18, oltre il supermercato e la farmacia. Le strade di Charon erano deserte, fatta eccezione per un opossum vagabondo che avanzava pigro lungo la linea di mezzeria. Svoltò a sinistra su Courthouse Lane. L'avrebbe percorsa fino a Zephyr e poi fino alla Route 19, che l'avrebbe portato fuori dalla contea. Avrebbe attraversato Red Hill e Maryville per prendere infine l'interstatale appena fuori Newport News.

Passò davanti al tribunale e al monumento sudista del Vecchio Joe il Ribelle.

Pigiò sul freno.

Mise la retromarcia e tornò indietro. Parcheggiò in uno dei posti a lisca di pesce davanti al tribunale.

Scese dalla macchina, guardò a destra, poi a sinistra. Non c'era un'anima. Il cielo era passato dal magenta a un buio fitto e senza stelle.

Titus aprì il bagagliaio della Jeep. Spinse da parte le valigie. Sollevò il pannello che copriva la ruota di scorta. Spostò il cric e la leva. Spostò i bastoncini luminescenti e il triangolo catarifrangente che gli aveva dato suo padre l'anno prima per le emergenze.

Prese la cinghia da traino gialla che gli aveva dato suo padre insieme ai bastoncini.

Raggiunse il Vecchio Joe. Lesse l'iscrizione sul basamento della statua alla luce rossa dei suoi fanali posteriori: AI NOSTRI PADRI E FIGLI E FRATELLI CHE DIMOSTRARONO INDEFESSO CORAGGIO E DEVOZIONE COMBATTENDO PER DIFENDERE IL NOSTRO MODO DI VIVERE. 1915, CONTEA DI CHARON.

«Quante cazzate» sussurrò Titus.

Fece passare la cinghia intorno alla vita della statua. Fissò l'altra estremità al gancio da traino della Jeep.

Risalì in macchina e ingranò la marcia.

All'inizio pensò che non si sarebbe mossa. Gli fumavano le gomme, da tanto che giravano contro l'asfalto. Il motore strepitava con ferocia metallica, ma alla fine sentì il monumento cedere come avevano fatto i confederati ad Appomattox.

Quando la statua cadde, il braccio di Joe volò via e rimbalzò lungo la strada liberando scintille che sembravano lucciole.

Titus scese, sganciò la cinghia, rimontò sulla Jeep e sfrecciò lontano.

Rideva ancora quando raggiunse il confine della contea.

RINGRAZIAMENTI

Scrivere un romanzo non diventa mai più facile man mano che ci provi, ma se ti circonda gente meravigliosa non è neanche più difficile. Concedetemi un istante per esprimere a queste persone la mia gratitudine.

Josh Getzler, il mio agente, la prima persona che ha creduto in me e che mi ha aiutato a credere in me stesso: grazie per tutto quel che fai, capo.

Christine Kopprasch, la mia editor: grazie perché mi stimoli a migliorarmi come scrittore e come artista. La tua mano ferma guida le mie parole e i mondi che creiamo.

Nikki Dolson, Chad Williamson, Bobby Mathews, Jordan Harper, Rob Hart, Rob Smith, Jonathan Janz, Eryk Pruitt, James Queally e Mark Bergin: grazie di aver letto la prima stesura di questo libro. Grazie dell'onestà, del sostegno e, cosa più importante, della vostra amicizia. Il buio c'è, a questo mondo, ma voi tutti siete la luce.

E infine: grazie a Kim. Lei sa perché. Lo ha sempre saputo.

Finito di stampare nel mese di maggio 2024
su carta HOLMEN con fibra vergine proveniente da foreste sostenibili
holmen.com/paper
presso Elcograf S.p.A. - Stabilimento di Cles (TN)
Printed in Italy